# 月点波心

湖上春来似画图，乱峰围绕水平铺。松排山面千重翠，月点波心一颗珠。碧毯线头抽早稻，青罗裙带展新蒲。未能抛得杭州去，一半勾留是此湖。

鄢文龙 ◎ 著

花山文艺出版社

河北·石家庄

图书在版编目（CIP）数据

月点波心 / 鄢文龙著. -- 石家庄：花山文艺出版社，2021.6
ISBN 978-7-5511-5709-4

Ⅰ. ①月… Ⅱ. ①鄢… Ⅲ. ①散文集－中国－当代 Ⅳ. ①I227

中国版本图书馆CIP数据核字(2021)第079444号

| | | |
|---|---|---|
| 书　　名： | 月点波心 YUEDIAN BOXIN | |
| 著　　者： | 鄢文龙 | |
| 责任编辑： | 于怀新　张凤奇 | |
| 责任校对： | 李　伟 | |
| 封面设计： | 博新 BOOKs DESIGN | |
| 美术编辑： | 胡彤亮 | |
| 出版发行： | 花山文艺出版社（邮政编码：050061） | |
| | （河北省石家庄市友谊北大街330号） | |
| 销售热线： | 0311-88643221 | |
| 传　　真： | 0311-88643225 | |
| 印　　刷： | 三河市嵩川印刷有限公司 | |
| 经　　销： | 新华书店 | |
| 开　　本： | 787×1092　1/16 | |
| 印　　张： | 27.125 | |
| 字　　数： | 422千字 | |
| 版　　次： | 2021年6月第1版 2021年6月第1次印刷 | |
| 书　　号： | ISBN 978-7-5511-5709-4 | |
| 定　　价： | 78.00元 | |

（版权所有　翻印必究·印装有误　负责调换）

# 目 录

**【行游山水】**

这个春天,我愿以身相许 / 2

一叶扁舟山水间 / 5

有时,见了溪流怪羞愧 / 7

温泉,地球深处的温柔 / 10

夏日炎炎 / 13

卧水而读 / 16

山影水中尽,鸟声天上来 / 19

**【心灵独语】**

我只想待在地铁的一角 / 24

我曾经爱过你 / 26

心宽无处不桃源 / 29

我只在乎经过 / 31

孤独的那边 / 33

我的幸福,其实你不理解 / 35

我住在这里的理由 / 39

且行且慢 / 42

一个人的复旦 / 44

进德修业 / 48

雨过琴草润 / 54

只剩下一条透明短裤 / 60

我在越轨中生活 / 63

子非鱼，安知鱼之乐？ / 66

五十八岁，闪电后的阳光 / 68

【参悟人生】

人生，就是一双筷子 / 72

人生，就是一辆自行车 / 75

把自己活成原创 / 79

幸福，就是一双鞋 / 82

蜗居哲学 / 85

有时，人就是一只螃蟹 / 89

我们努力奔跑，只为留在原地 / 93

爱，就是分离 / 96

如果，你再百依百顺…… / 98

墙上的斑点 / 102

当癖好成为人生 / 105

如果，一个人没有暗示 / 110

一种思想的流行，总是要以被误解作为代价 / 112

人生12345 / 114

# 目 录

人生，其实是380度 / 117

人生，就是一种权衡 / 120

人生，遇上一个泡茶的男人 / 123

厨房里的奔驰 / 125

父母的今天，就是我们的明天 / 128

## 【天伦之乐】

奶奶的心 / 132

将就的午餐 / 134

只想一碗水豆腐 / 136

一片树叶，喝出乾坤 / 139

月到天心处，正食鱼头时 / 143

原来，父亲就是最深刻的记忆 / 145

## 【刻骨铭心】

至暗时分 / 150

母亲的片刻 / 152

咸菜里洗出人生 / 155

## 【梦幻之旅】

人生何不"半"风流 / 162

当我开始爱自己 / 165

梦想，足以到达的地方 / 169

让我们相约一场说走就走的旅行 / 172

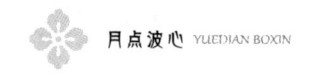

老鼠，钻进了我的喉咙 / 176

## 【穿越时空】

空间记忆 / 180

绝代美人的聚会 / 183

指间乡情　竹子花开 / 187

加减乘除丘壑来 / 190

## 【飞鸿踏雪】

打开一坛尘封的记忆 / 196

一双失散的回力鞋 / 200

裂　瓜 / 203

挂在门上的心灵 / 205

心　邻 / 207

上　梁 / 210

活　手 / 213

## 【开卷有益】

走过四季，只有你 / 218

江清唯独看，心外更谁知 / 221

一本芭蕉寄秋思 / 225

# 目 录

## 【卧读鲁迅】

"鲁迅"的言外之意 / 230

鲁迅：冰与火的世界 / 232

鲁迅的衣着色彩美学 / 235

鲁迅心中的屈原 / 238

有一部翻译，让鲁迅头昏眼花 / 240

阿Q，你怎么了？ / 242

鲁迅的遗憾 / 245

## 【唐人雅韵】

日昃夜艾　卓越千古 / 250

就着《全唐诗》下酒 / 255

开门听潺湲 / 258

行到水穷处，坐看云起时 / 262

最忆是江南 / 266

深山采药　饮泉坐山 / 270

起坐鱼鸟间　动摇山水影 / 275

## 【宋代风流】

安知风雨夜，复此对床眠 / 282

苏轼：曾经亵渎过的一段爱情 / 286

无一诗中不说山 / 290

人生无苦乐　适意即为美 / 294

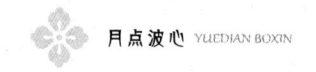

怎一个"情"字了得 / 300

## 【笠翁闲情】

湖上笠翁昂秋爽 / 306

白日闲暇正梦时 / 310

沐　浴 / 314

我的菜园，就在心间 / 317

## 【文人心迹】

一腔痴情　蓄势待发 / 322

归卧山丘心悠闲 / 325

对仗，山水诗最适合的形式 / 331

东篱闲坐以盈把 / 336

谁料晓风残月后 / 339

花落春常在 / 343

饮食男女 / 348

幽人卧谷　一川风月 / 352

一帘幽梦影，漫随云卷舒 / 356

大观园里的真爱 / 359

一箫一剑平生意 / 362

## 【文化世家】

一脉进士十八人　刘敞之子入宰辅 / 368

三代传承史学，一门合祠西涧 / 374

【独领风骚】

一位被忽视的画家 / 382

剥蕉见心　悱恻芳馨 / 385

柳如是，风流放诞的女人 / 387

高山仰止　景行行止 / 391

我每天看着三个老男人发痴 / 395

空前绝后 / 398

苏世独立　横而不流 / 403

【域外风情】

比喻的浓度 / 408

孤独，就是一枚待嫁的少女 / 411

马克·吐温："美国文学中的林肯" / 414

他活蹦乱跳地活在世上 / 416

跋 / 420

【行游山水】

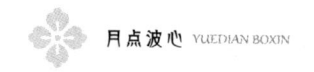

# 这个春天，我愿以身相许

　　清晨，拉开窗帘，推开窗户，山上的一轮红日冉冉升起，正当我准备摄下这美丽瞬间的刹那，她却羞涩地躲入了山际，我遗憾地踮起脚跟，企足而待，只可惜，她再也不出来了。

　　当俯瞰门前小溪的时候，那执着的清泉伴着小鸟的鸣叫，一直让我陶醉，忘情，想入非非……

　　孟浩然《万山潭作》中名句"垂钓坐磐石，水清心亦闲"，跳入我的脑际，原本一直打算沿着小溪，一边欣赏，一边探寻。可是，这个春天不同意，就因冬天的意外，就因冬天意外的蔓延，就因冬天意外蔓延得难于收拾。

　　人生中最不能错过的两件事，莫过于回家的末班车和深爱着你的人。

　　可是这个冬天，却让一切的不可能变得可能，一切的可能更变成无情的不可能。

　　回家，才是他们离家的初衷；团圆，才是他们打拼的意义。

　　可是，他们的初衷，意外地在这个冬天丢失；他们的团圆，有的从此阴阳相隔，有的甚至来不及与世间告别，就举家撒手人寰……

　　人类，和这个冬天似乎意外的相似：

　　凝重，深邃，空旷，无助，生命曲线上的一个极点，不约而至。

　　甚至，这个春天，也显得极端的无助，大自然，已强制性地把人类调成了"静音模式"。

　　曾记得，有一句名言：在懂你的人群中散步。

【行游山水】

今天，即便有人懂你，可你却再不敢在懂你的人群中散步。那病毒，那无情的病毒，吞噬你所有的自由、所有的梦想、所有的愿景。

世界上总有一些人，就是莫名其妙地讨厌你。可是，现在你已经没兴趣把关注点放在他们身上。

据说，我们的一生会遇到826356个人；会打招呼的39778个人；会和3619个人熟悉；会和275个人亲近，但这个冬天，却意外地让你失散在人海，哪怕春天里你还在期待。

今天，我们就像一条从宽阔的平原走进森林的路。之前，我们在平原上可以结伴而行，欢乐地前推后拥。可一旦进入森林，草丛和荆棘挡路，每一个人都专心地走着，寻找着各自，寻找着各自的路，寻找着各自的方向。

一尘不染，不是不再有尘埃，而是尘埃已在肆意飞扬。

那些你曾经以为很要好的朋友，那些你曾以为一直陪伴走下去的人，不知何时走着走着就在路途中走散了。

每天叫醒自己的，不再是闹钟，不再是梦想，是梦中的惊醒，梦中对武汉疫情的惊醒，梦中看到全国疫情数据的惊醒。

我所看到的溪流，那流淌的声音仿佛已经诉说着无力的疲惫；

我所听到的鸟声，那磕磕碰碰的身体似乎在努力地安慰：我们一起相信，我们一起努力；

我们所瞅见的那些惬意、闲适、无拘无束的慢生活，其实都是人生给予自律的奖赏，是生活某一个看上去甜美却百般无奈的瞬间，并不是全部的日常。

这个时候，如果没有足够的隔离，没有足够的戒备，和任何人走得太近，都可能是一场灾难，一场难以挽回的灾难。

我们必须心存戒备，听从安排，配合政府，多宅家，少外出。

未来的风险不可预测，也许发生的概率只有1%，但一旦发生，摧毁力就是100%。

幸福，在此刻不再取决于你拥有多少，只在于你看淡多少。

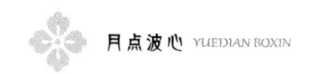

一个人顶级的修养，是情绪稳定。掌握了情绪，方能掌握人生。只要淡定，一切都甘之如饴。

我们选择宅家，我们选择读书。读书的意义，就是用生活所感去读书，用读书所得去生活。

我们似乎听到了白居易跨越千年，匆匆跑来："我心本无乡，心安是归处。"

今天，我们看到钟南山终于笑了，可是，要知道，在他轻松的笑容背后，却曾是一个咬紧牙关的灵魂，一个84岁高龄却咬紧牙关日夜心系国家的灵魂。

查尔斯·A.比尔德说："天空黑暗到一定程度，星辰就会熠熠生辉。"

心态，能解决人生80%的问题。只要我们心向太阳，其实无须多问何时春暖花开。当我们透过洒满阳光的玻璃窗，蓦然回首，我们就是风景。

叔本华曾说过："只有当一个人独处的时候，他才可以完全成为他自己。"

每一粒熬过冬天的种子，都有一个关于春天的梦想。

这个春天，我愿以身相许。

在春天里，坐拥书城；

在春天里，分享担当；

在春天里，享受太阳；

在春天里，期待希望。

2020年2月28日 于天沐温泉谷

# 一叶扁舟山水间

我喜欢,远眺江中的一叶扁舟。

我总是期待着,即将靠岸的一叶扁舟。

我更愿意顶着烈日,戴着毡帽,行游在狭长的山水之间,纵一叶扁舟。

这两年,我住在西湖边西溪湿地紫金庭园的时候,想象着,总想买一条小船,将紫金庭园旁边的西溪湿地,将西溪湿地旁边的西湖,尽收眼底。

总想坐在一叶小舟中,一享两岸的湖光山色、云烟竹树;一睹溪中的樵夫牧童、醉翁游女。

这里,简直就是一幅天然图画。

船行时,摇一下橹,刹那间,就变成一幅画;撑一下篙,倏地,就变成一处美景;就是在系上缆绳的一瞬间,水动风摇,亦如此多娇。

我总是贪婪地试图把船外的无穷景色摄入船中,又把船上的人、舟中的物,哪怕是桌席杯盘也想方设法映出船外。

我最想送给你一幅"无心画"。

浮白轩后面有一座山,高不过一丈,宽只有八尺,里面却有丹崖碧水,茂林修竹,鸣禽响瀑,茅屋板桥。

我真想手执钓竿,坐在这磐石上,有石有山有水,独钓寒江雪,这里,"须弥山藏于芥子之中",我唯愿整天坐在这里观景看色。

原来,这座山,就是画;这幅画,除了山,更有水;这幅画,是一幅流动的山水画,最是天地一扁舟。

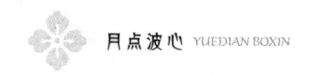

我只想移天换日，将昨天变成今天，把今天留给未来。

想起苏轼《前赤壁赋》中的意境：
我与你在江中的小洲打鱼砍柴，以鱼虾为侣，以麋鹿为友，在江上驾着这一叶小舟，举杯相敬。
羡慕柳永《迷神引·一叶扁舟轻帆卷》的闲适：
一叶小舟上轻帆舒卷，暂时停泊在楚江南岸。
有时，在空阔无边的湖水荡漾中，撑一只小艇，旁若无人地在那儿吟啸自得，除了水云相伴外，谁也不过问。
如果你稍加留意，那早就成为宋代李光《水调歌头·兵气暗吴楚》笔下的畅快。
有时，驾着一叶扁舟，远处传来数声牧童的横笛。
只有在北宋秦观的《风流子·东风吹碧草》中，才能重温。
即便是行游在波涛中，在一叶扁舟上睡着了，外面下着大雨，我们也体验了一把元代白贲《鹦鹉曲·渔父》的天然诗意：
"浪花中一叶扁舟，睡煞江南烟雨。"

前人说过："会心之处不在远方。"
如果我们真有一段闲情，一双慧眼，但凡我们亲眼所见，亲耳所听，"牛溲马勃，尽入药笼"。

记得，有一位禅师说过："整壶茶水是你一生所赚的钱，杯子的容量是你一生所需要花的钱，赚超过自己所需要的财富，只会满溢出了，无法留住。"
人生是一段孤独的旅程，但我遇见了你。你不是我，却又像世界上的另一个我。
我愿是一叶扁舟，没有目的，毫无奢求，在蓝天中荡漾，于山水间行游。

2020年8月4日于天沐温泉谷

# 有时，见了溪流怪羞愧

每天闲暇时的漫步，
沿着天沐温泉谷前小溪，
或溯流而上，或顺流而行。
有时，看着小溪那奔腾的执着；
有时，看着小溪那不舍昼夜的纯情；
有时，看着小溪那暴雨过后的喧嚣；
有时，看着小溪那细雨过后的随风潜入；
有时，看着小溪那阳光沐浴下的波光粼粼；
有时，看着小溪那听见"子在川上曰"时的平静；
有时，看着小溪那顺流而下时睿智的弯道超越。

有时伫立在小溪旁，看着小溪流水，那样奔腾，那样执着，我在小溪流水的奔腾中找到一种慰藉。

其实，这样的奔腾，这样的执着，就是一种追求，一种对自由的追求。每一个人也应该有自己的追求，有对自由的不断追求。

《罗伯特·弗罗斯特校园谈话录》中曾有这么一句话："我对打破任何具体规则毫无兴趣。我只对我拥有自由感兴趣。"

日本时装设计师山本耀司说过："我从来不相信什么懒洋洋的自由，我向往的自由是通过勤奋和努力实现的更广阔的人生，那样的自由才是珍贵的、有价值的。"

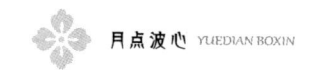

有时，在小溪边逗留，看着小溪那不舍昼夜的纯情，那细雨过后的随风潜入，那听见"子在川上曰"时的平静，我佩服水深不语的修炼。我在想：生活中，我们为什么不以一颗平和的心，做一个简单明了的人，当我们拥有一颗平和的心，我们的生活必将美妙绝伦。

如果我们平静地谈话，如果平静地在别人的诗里等候时机，如果我们让世界安静下来，倾听自己内心的声音。

或许，我们就能像《明心宝鉴》所说的那样："心安茅屋稳，性定菜根香。世事静方见，人情淡始长。"

有时站在阳台上，偶尔听见小溪那暴雨过后的喧嚣，欣赏着小溪那阳光沐浴下的波光粼粼，惊叹小溪那顺流而下时睿智的弯道超越。

我再一次想起钟扬的名言："不是杰出者才做梦，而是善梦者才杰出。"

真正理解了为什么有时一个梦想足以点亮整个天空。一旦进入生活，我们发现：人生最曼妙的风景，其实和溪水的流动一样，竟是内心的淡定与从容。

你会深深地感叹：原来"拥有是一种局限，憧憬才是无限的"。

看来，人需要融入自然，人应该在自然中受到启迪。

不同的融入，不同的感悟，总是带给不一样的人生。

苏轼在《文与可画筼筜谷偃竹记》写道，子由为《墨竹赋》以遗与可曰："庖丁，解牛者也，而养生者取之。轮扁，斫轮者也，而读书者与之。"

读书何尝不是如此，善读者常常读出言外之意。

我在中学教书时常常羞愧于对《庖丁解牛》主旨的阐发，总是反复强调：熟能生巧。后来，来到大学教书，真正进入《庄子》的整本书阅读，才发现我们误读了庄子，误解了庄子。看来，读任何一本书，不能离开具体语境，不能离开具体历史语境，更不能断章取义。很多人没有读懂《庖丁解牛》，就是没有把最后一句"吾闻庖丁之言，得养生焉"读完，就匆匆得出"熟能生巧"的主旨。其实庄子所要表达的正是最后一句，正是养生的道理，正是：顺应自然。

这样看来，对"运斤成风"典故的理解，也同样不能仅仅满足于"熟能生巧"的归纳，而应回到文本本身。

无论是生活；
无论是阅读文本；
无论是人与大自然；
无论是对大自然的体悟；
我们都需要回到个体与本体。
村上春树说得好："不是所有的鱼，都生活在同一片海洋。"
大地只有放低自己的姿态，才能聚水成海；人只有放低自己的气势，才能最终成才。

这样，我们再不羞愧，我们就会在细腻中选择善良，于繁华中坚持独处，从浮躁中继续提升，即便是喧嚣中也能保持淡泊。

2020年3月18日 于抱朴行藏阁

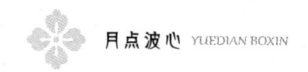

# 温泉，地球深处的温柔

这里，溪水潺潺，云涛雾霭；

这里，碧空如洗，撩人心怀；

这里，山月相通，一睹天籁；

这里，山涧逸趣，朗月矮礁；

这里，梦幻浪漫，扑面而来；

这里，倾情演绎，明月传哈；

这里，云崖绝壁，心宽体泰；

这里，晨钟暮鼓，清铃自在；

这里，心旷神怡，桃源世外。

这里是温汤镇温泉；

这里是宜春市温汤镇温泉；

这里是宜春市温汤镇明月山温泉；

这里是宜春市温汤镇明月山风景区温泉；

这里是世界两大温泉之———宜春市温汤镇明月山风景区温泉。

因为她，温汤镇出名了；

因为她，明月山不翼而飞了；

因为她，宜春市的旅游走出了江西；

因为她，江西的武功山—明月山旅游带走向了全中国；

因为她，富硒温泉闻名全世界，走出国门，饮誉全球，功在千秋。

你不知道，地球深处蕴藏着这么丰富的热能；

你不知道，地球在运动中通过各种介质不断地向外扩散；

你不知道，地下水在运动中，做了热能的介质，形成地下热水，溢出地表的就是温泉；

你不知道，她如此温婉，或温水，或汤水，或暖泉，或温汤，或汤泉，或圣汤，或沸泉，有时甚至压根儿就不愿意叫出她的名字。

你更不知道，最早著录温泉的古籍竟是《山海经》，在那里，她有着一个充满神秘而诱惑的温柔名字——汤谷。

你为什么而来，只因她在。

你常常渴望得到世界上最好的，来了温汤，遇上温泉，却发现她就是世界上最好的。

原来，古代最早对温泉的利用是在医疗上。

东汉张衡《温泉赋》云："有疾疠兮，温泉汩焉，以流秽兮，蠲除苛慝。"

北魏郦道元《水经注·㶟水注》引《魏土地记》说："代城北九十里有桑干水，城西渡桑干水，去城十里，有温汤，疗疾有验。"

原来，温泉可以治这么多病，怪不得上海人愿意不远千里前来。

唐代陈藏器《本草拾遗》论："温汤主诸风、筋骨挛缩及肌皮顽痹，手足不遂、无眉发、疥癣诸疾；在皮肤骨节者入浴，浴干，当大虚惫，可随病与药及饮食补养。"

原来，温泉除了洗浴治病外，饮用也可治病。

因为，温泉水，多为矿泉水；

因为，矿泉中所包含的某些微量元素。

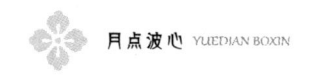

原来，利用温泉的下流余温灌溉农田，可以助长，早收，丰产。遇上明月山品牌大米，你不怦然？你不心动？

其实，我在与欧阳君文校注《正德袁州府志》时在《山川》中就有发现，其文云：

  温泉，府城西南三十里，修仁乡温汤里定光院前。气温如汤，冬可浴。以生鸡卵投之即熟。水中犹有鱼。凡三出：一在东岸上，僧人甃为池；一涌出江心巨石中，石头锅状，上宽五六尺许，平坦可坐，游者多于此饮以为乐；一在西岸下。宋黄叔万诗："离火自天烁，温泉由地生。我来需晓汲，聊用濯尘缨。"

今浏览《文史知识》旧刊，偶读李仲均、李卫文《我国古代对地下水的开发与利用》，知古代对温泉的利用，联想起日日居住的天沐温泉谷。
浸淫温泉，身心怡然。
愿月色与雪色之间，温泉是第三种绝色。
温柔，挡不住的诱惑。

2020年2月14日 于天沐温泉谷

# 夏日炎炎

今年的夏天,好像在考量人类与动物的实力。

小车,从桥上驶过,先是一股浓烟,接着就冒出烧焦的烟味儿;

行人,从水泥地走过,右脚刚刚踮起,左脚迈步的时候,右脚就已经因地表的温度,已经硬拔不动了;

小狗,从主人身边百般地躲闪,就是躲不过高温带来的窒息,你看那伸出的舌头,好像一直不听使唤,竟半天没有自在地挪动。

今年的夏天,好像在向大自然百般无赖地肆虐。

面对有恃无恐的疫情这般无情蔓延,好像在席卷全球之后,依然没有找到最佳的对策;

面对无情的洪水自然灾害这般肆虐,好像在危害灾区之后,人民一直在思考着科学应对。

有时在想,一个人应该坦然。

正午的阳光,虽然热辣,可是行走在大道上,看着一片荷花池里盛开的荷花,你会觉得,因为阳光,所以灿烂;你会思考,荷花虽好,正是绿叶扶持。相比之下,往左一看,那臭水沟边的南瓜,不也毫无怨言地开着花,结着果吗?右边,那丝瓜,也毫无怨言,默默地开花结果呢。

最佩服的是,这样的阳光,这般炎热,那几只狗也不辞劳苦地一边摆着尾巴,一边伸出舌头喘着粗气行走在烈日之下。

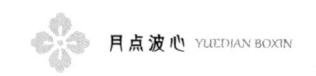

最有意思的是，这样的阳光，这般炎热，那几只水鸭也匍匐般地嘎嘎地朝我们走来，好像告诉我们，这才是最见生活功底的时候。

抬头向山上望去，那一丛丛竹子，虽不是因风而动，婀娜多姿，却亦"我自岿然不动"，仿佛在经受着检阅。

有时在想，一个人应该淡然。

即便是深更半夜，有的人因为炎热，或邀约，或不约而同地来到夜宵地儿，靠着小河，枕着小山，看着喷泉式电影。一边将烟圈吐向电影的屏幕，似乎加盟似的，把心掏给了不经邀约的月儿；有的则三五成群地漫步在波光粼粼的河边，那婀娜的身姿惹得男人们将推向对方的酒杯停在了半空；有的则娴熟地剥着大龙虾优雅地送入嘴里……

当然，更惬意的是，偶尔因为其中一两个男人的粗犷很随意地打着赤膊，将酒杯送入空中的潇洒。

长大了，才发现，越随意，越放松，越放松，越深情……

有时在想，一个人应该悠然。

即便是天气如此炎热，如果你有一颗悠然的心，心静亦自凉。

如果，几个好友，在炎热的傍晚，能邀约在茶座，喝上一杯绿茶，体验绿叶的漂浮，引发人生的思考；如果，一个人，在孤独的时候，能用玻璃杯，沏上一杯绿茶，欣赏着她的婀娜，看着她深情的舞动，盯着她捉迷藏似的飘向一个角落，你是在喝茶吗？你分明在与一位美女促膝谈心，分享快乐，原来，那是一种比酒更快意的陶醉。

有时在想，一个人应该怡然。

特别是，我们这个年龄，是康养的年龄，是享受的年龄。

为什么，不可以找一个适合自己的地方，一个适合自己冬暖夏凉的地方，颐养天年，享受天伦之乐？

最近，一次偶尔的夜宵，听朋友介绍一个不二之选——浙江湖州南山国际康养度假村。

一想到，就向往：

那延袤5200亩的养心大境，那广袤纵深的竹林云海，那拥享全球最为稀缺的优越自然资源。

一想到，就心仪：

这里，善琏湖笔，安吉白茶，湖州丝绸，声名远扬；

这里，青山南山，樊隆葛洪，人文名胜，底蕴丰厚。

一想到，就渴望：

那五谷园，那耕耘地，那百草苑，以天为境，以鹭为伴，居如仙境。

这里，夕阳下，享受的是精致；星空中，静怡的是人生。

这里，无偿给你提供将是一个人生新概念——被动式养生。

德国已经开始，奥地利走得更快，我国正在加快步伐，湖州南山国际就是第一空间站。

这里，不仅仅是青山绿水；这里，不仅仅是蓝天白云；这里，已经开始造节能建筑。

这里，空调、暖气的概念已经从人们的思维字典中开始删除；这里，已经做好了恒温、恒湿、恒养、恒静、恒洁的宜居状态准备。

在这夏日炎炎，面对山竹青青，只渴望山泉甜甜。

我只想农夫山泉。

做一个农夫，有一点儿山，有一点儿泉，有一点儿田，有山有水，有点儿甜。

不再烈日炎炎，不再天冻连连，只愿生活闲闲。

2020年7月23日于抱朴行藏阁

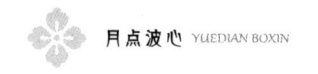

# 卧水而读

我的一生，充满歉意。

第一次参加工作，赶上第一个教师节，一个月的工资38元，成了一生永久的数字记忆。

那时，大脑中一直经营着，终于有机会自由买书了，因为买书，常常捉襟见肘，心中对书充满着歉意。

可是，就是这样的机会，也只是短短地持续了一年，第二年就恋爱了。总是，试图在恋爱之余，腾出一些费用，买自己最想买的书，可是，心中又开始惭愧，对爱人充满歉意。

结婚了，逐步尝到了柴米油盐酱醋茶的滋味，书仅仅是其中的八分之一，简直成了皇帝眼中的小妾。从此购书，成了地下活动。先是，在晚上散步时，偷偷地买好，寄放在地下室，第二天拿到办公室，一睹为快，之后，便在记忆的淡忘中，慢慢地移入家中书柜。可是，日积月累，书柜已经堆积不下了，过重的承载，对书柜也开始心存歉意了。

于是，开始经营着买房，让书籍有更多的憩息之地。先是用最大的房间做书房，之后是，除了书房之外，再在客厅与饭厅之间，构筑起私人图书馆，最后，又在山水间营构专用读书写作卧游居。直到现在，一间书房，三面书墙，五个私人阅读空间，都无法满足图书的栖息，只好让图书委屈地打个地铺。

就这样，每一套房子的主角都是书，对妻子、家人的歉意，从开始，"歉意"这个高频词，就一直不满地躺在了我的心灵字典里。

今天，在书房里阅读起国家图书馆的《爱上阅读效率笔记2020》，俄国列宾的名画《在树林中休息的托尔斯泰》，一直吸引着我。

过去，一直只迷恋纸上阅读，一直只迷恋纸上的文字阅读，自从在今日头条发表配文阅读之后，我酷爱起图文阅读，尤其是名画的阅读。看着托尔斯泰悠闲地倚靠在树下，那种安静的阅读，那种投入的目光，那种卧游的阅读姿态，那哪是休息，那分明是以休息的方式享受着阅读的快慰。

原来，"人生至乐，无如读书"。（宋代家颐《教子语》）

是呀，"布衣暖，菜羹香，诗书滋味长"。（宋末元初画家郑思肖《隐居谣》）

真是"蹉跎莫遣韶光老，人生惟有读书好。读书之乐乐何如，绿满窗前草不除"。（宋末元初翁森《四时读书乐》）

其实，"文章是案头之山水，山水是地上之文章"。（清代文学家张潮《幽梦影》）

怪不得季羡林会说："古今中外都有一些爱书如命的人，我愿意加入这一行列。"

再一次看到明代吴伟的《树下读书图轴》时，我在想：树下，真是个读书的好地儿。

我也在画轴中看到过明代蒋嵩的《渔舟读书图轴》，这个我还真没体验过。但是，一次朋友邀约去铜鼓县的大段水库闲游，却勾起了我的妄想：如果有一天能在这水库租上一叶扁舟，带上一本自己最喜欢的书，泛舟水上，在卧游中享受自然，陶醉山水，思考人生，那是什么，那是濠上之乐，那是心的漫游。

想起高中读书的时候，夏天，我曾在学校旁边的一口池塘边，发现池塘

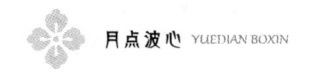

上有一棵树，横卧水波之上，简直就是一个天然卧椅，当我小心翼翼地爬上小树时，不大不小，正好仰卧其间，最惬意的是，在那炎热的夏天，将两只脚伸在水中，一边躺着，一边享受着，一边读着，那滋味，那醉意，那怡然，那记忆，简直是，自然中的巧夺天工，巧夺天工中的唯一。

在这炎热的夏天，我回忆起当年的读书之乐；在享受着读书之乐的今天，我唯愿在山中读书，在树下读书，在水上读书，带着王维的诗，带着王维一样的诗人，带着诗人一样的文人，带着文人一样的精气神。

"庄周万物外，范蠡五湖间。"（任华《寄李白》）

只愿"山影水中尽，鸟声天上来"。（戎昱《题招提寺》）

2020年7月26日 于抱朴行藏阁

# 山影水中尽，鸟声天上来
## ——闲行阡陌心儿醉

五月的第一个周末，阳光直射窗前的书桌，幸福得就像儿子小时候将那粗壮的藕节在我的肩上摩挲。那蓝天白云，好像挡不住的诱惑，那豁然并没有打算开朗，却情不自禁地开朗着，最要命的是那天天流过的小溪，今天，仿佛格外沁人心脾。

就在惬意间，接到朋友的电话，邀约行游。

今天的行游，好像特别，特别到以行走为主，到达阡陌山庄，我首先被主人的命名所叹服。

阡陌，其实就是田间小路。可是，我却隐隐约约读出了主人的言外之意。好像是安于在田间行走，在行走中生活，在生活中寻找事业。

在这里，我看到田间的小路，蜿蜒曲折，南北贯通，东西横卧。

在这里，我看到河流弯弯地向西流去，像一条黑蟒，爬过阡陌纵横的稻田，蹚过不规则的桑园。

在这里，纯种的土鸡，跑山走地；引人注目的老鸭，行游水塘，憩息稻田；硕大慢行的生态鹅，一边走着，一边下着难得一见的大鹅蛋，那暂时定格在尾部的蛋儿，直把我引入一段难忘的记忆，如果不是爱妻及时的搀扶，兴许我就掉入了溪中。

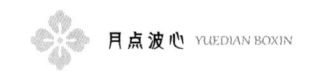

这里有果园，有有机蔬菜，有油菜花，有鱼塘，有的是更多无法想象的可能……

这里，携手的是同行；这里，共创的是更多的未来。

也许，你在山中觅食，觅食的人在山外觅你。

就在行走中，我看到了这样的特写：

那清澈的池塘，因为山上树儿的倒映，美得醉人，好像宋代朱熹笔下的诗句就是为这儿的美景，量身定做：

"半亩方塘一鉴开，天光云影共徘徊。问渠那得清如许，为有源头活水来。"

那池塘里的鸭子，尽兴地游着，好像端午的龙舟，百舸争流，争渡，争渡，执着地游向远方，有的正赶着趟儿，互不相让。

那池塘岸边的鸭子，自由地小憩着，就像春暖花开的日子，游人们肆意地享受着春天的浪漫，有的正随着徐徐吹来的风儿，一任阳光的沐浴。

那山上的鸟儿，时而飞向你的眼底，仿佛挑战你的接受极限，时而飞向天末，伴着叫声，慢慢地消失在空际，牵动你的思绪，远远地……

那山上的鸡儿，有的欢快地向你走来，仿佛知道你就是主人的朋友；有的咯咯咯地飞起，舞出千姿百态，仿佛奥运会的开幕式，好生隆重；有的低调地躲在角落，偷偷地生产着，一下起蛋来，就是一窝，要不是亲历，真无法想象达·芬奇的画蛋是那样的逼真。

就在前几天，夫人从农家那儿买来了土鸡蛋，小得颠覆了小时候在农村看到鸡蛋的记忆。

巧的是，当主人拿来一筐的时候，我执着的怀疑，顿然不攻自破。主人告诉我，原来这就是母鸡初次生下的蛋，那营养价值，简直就是母乳。

神奇的是，我头一遭知道了一个秘密：为什么人们一直钟情于购买土鸡蛋？那是因为只有散养在山上的土鸡，才可能有公鸡和母鸡的交配，才可能生出生态营养的鸡蛋。接着，主人亲自打开了一个鸡蛋，让我们识别其中的标志。

30年前，在《参考消息》上看到过识别鸡蛋公母的方法，却一直舍不得示人，生怕破坏生态平衡。却至今才知道这样一个秘密。

关于鸡蛋的新鲜事，还真是一时半会儿说不完。我只在河北白洋淀旅游的时候，见过绿皮鸡蛋，可是在这儿不光是见过绿皮鸡蛋，更见到了十几种颜色深浅不一的鸡蛋。

至于土鸡的品种那就更非局外人所能尽言。什么贵妃鸡、清远麻鸡、湘黄鸡、五黑鸡、珍珠鸡，等等。

那屋顶上袅袅的炊烟，慢慢地飘入空中，消失在天际……

那拄着拐杖一高一低地向你走来的爷爷，用手颤巍巍地将一根香烟递入你手中的热情。

那耄耋的奶奶，端着一碗盛满豌豆黄菜的飘香，笑嘻嘻地努力地露出一颗仅有的牙齿向你走来的客气。

那停驻下来的片刻，狗儿先是观望，然后"汪汪"地吠叫，惹得鸡儿也不知情地掺和着咯咯地叫来，一会儿又咯咯咯地走向远方……

我想起了陶渊明《桃花源记》中的情景："阡陌交通，鸡犬相闻。"

我陶醉于清代唐孙华的《春日病中杂咏》："却羡田间多野老，往来阡陌杖藜轻。"

现在看来，透过阡陌庄园易思平董事长的创业，终于懂得荀子《劝学》中"用心一也"的真正内涵：因为思想专一。

一个人，无论专注于哪一行，只要用心专一，必有所成。

原来，万物皆有裂缝，其实，那正是光照进来的地方。

他的衣着和容貌明显和别人不一样，就像苹果筐里突然有了一个土豆。

在回来的路上，聊天的过程中，这样的一些话，我一直在咀嚼着。

最好的心态：对过去释怀，对未来不忧，对当下珍惜。

人生，不必着急，找准自己的方向，一步一个脚印。

不要去羡慕别人，也许别人在羡慕着你。

支持你走上坡路的不是喜欢，而是信念。

听了他的一番话，我发现：梦想，其实是可以转弯的。梦想，也许不足以让我们到达远方，但是到达远方的人一定得有梦想。

跟这样的人在一起，我想起了黑格尔的一句话："最伟大的真理最简单，同样，最简单的人也最难得。"

2020年5月3日于天沐温泉谷

【心灵独语】

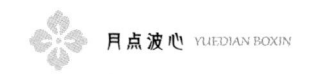

# 我只想待在地铁的一角

我曾在大卫的散文中读到过:"一个人总是喜欢乘公共汽车到达终点站。但当年我并没有明白为什么。"

我曾多次看到过有人总喜欢随意坐在城市的角落,好像每天都在思考着什么。

我曾无数次地看到穿着破旧衣服、戴着一顶毡帽的中年人坐在立交桥下,不管烈日炎炎,还是寒风刺骨。

我曾看到和我一样年龄大小的同村同学经常坐在别人办白喜事的房屋一角,别人哭,他也哭,甚至比别人哭得还伤心。

我曾不止一次发现,在超市里,无论是冬天还是夏天,总有一些非常熟悉的面孔在那里慢悠悠地行走,就像在家里一样。

直到读到王剑冰的《绝版的周庄》,我才知道,原来这才是真正的散文,我被周庄的意境俘虏了,被周庄的小巷俘虏了,被周庄小巷的一角俘虏了,被周庄小巷一角的那个歇息乘凉的惬意者俘虏了。

走进一看,原来他也是被俘虏了。

因为,小巷夏天的阴凉;

因为,慢慢路过的行人;

因为,小巷的袅袅炊烟;

因为,周庄溪流灿灿;

因为,游人笑声烂漫。

直到有一年暑假，我来到北京，在儿子家度假。

直到有一年寒假，我又一次来到北京，还是在儿子家度假。

我一次又一次看到法国知名电影学者尚·克洛德·卡里耶尔的镜头，我发现，世界上最美的风景，就是地铁的一角。

25年前，他在巴黎坐地铁的时候，总是会遇见一个坐在地铁站的长椅上好像在等车的人，这个人身边总有四五本书，天天坐在那里看书。有一天他终于忍不住好奇，过去问这个人到底在干吗，这个人说了让卡里耶尔难忘的一句话：我就是在读书。至于为什么选择在地铁站里读书，是因为那里是唯一一个不用消费就可以一直坐着的地方，而且冬暖夏凉。

重要的是，卡里耶尔很快就走开了，因为他意识到自己在浪费他的时间。

不同的是，此刻我是在北京看到了惊人相似的一幕。

于是，我一直在想：待在地铁一角，真好！

不用担心消费，不用忧虑冷暖。

"问君何能尔，心远地自偏。"

也许，你会抱怨，我又没机会待在有地铁的城市。

其实，每一个人心中都拥有一个有地铁的城市，只不过是时间有早晚而已。

快速抵达的唯一路径就是拥有健康的体魄，喜欢读书。

在那里，你可以低头，但不会弯腰。

在那里，你会读出心中之澜，更会体悟到味外之旨。

在那里，你会发现：期待的感觉，永远比当下的享受更美好。

2020年7月9日 于抱朴行藏阁

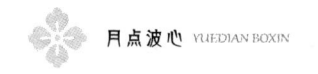

# 我曾经爱过你

小时候，总是很崇拜爷爷。

每当除夕的时候，爷爷就会在我们围着红通通的火炉旁边，背诵昔时贤文，直让我们傻呆呆地听着。

即便是读大学时，我刚刚从图书馆借来的《三国演义》，还没来得及阅读，他早就读完了。他总是在夜晚闲暇时刻，为我们讲述起其中的故事。

有一天，老人家很神秘，早早地起来，搞好了全屋的卫生，接着在他喜欢的老式摇椅上慢悠悠地摇了起来，仿佛若有所思地在等待着什么。

不久，一位与爷爷年龄相仿的长者手反背在后，缓缓地向我家走来。爷爷打过招呼之后，便打开抽屉，拿出了红纸与笔墨。

原来是请老先生写春联。

看着老先生的点、横、竖、撇、顿、提、勾、转，我们呆了。一边牵着红纸，一边屏住呼吸欣赏，一边念着对联的内容："新年纳余庆，佳节号长春。"

爷爷，并没有要求我们学写，我们却情不自禁地直接用手蘸着墨汁在剩余的红纸上比画了起来。

记得上高中的时候，我自己琢磨，在作文时写了一种字体，当时的傅正之老师竟然在作文本上写着表扬："这是一种字体——隶书。"我高兴得没办法忘记，毕竟当时没见过隶书。

后来，到老师家看到他的孩子在练苏东坡体，当时只是好奇，并不敢深问。

怪不得他的孩子这么优秀，读过南京大学的博士，又是中国社会科学院的博士后。

直到上大学，除了知道书法家有王羲之、颜真卿、柳公权之外，还有宋代的"苏黄米蔡"，其中的"苏"原来就是苏东坡，还有更多更多……

大学里，因为爱上了书法，受齐白石先生的影响，遂喜欢王羲之的秀，柳公权的骨，颜真卿的筋，张迁碑的朴，姜东舒小楷《永州八记》的正，《刘炳森隶书历代游记选》的丽，于是一直修炼着古之蝌蚪与现代新隶。

曾记得，在新华书店柜台里发现何绍基的帖，因为珍贵，不能随意翻阅。当我向柜员要求翻看时，她的目光看得出一直在怀疑，我却毫不犹豫地买了下来。

曾记得，郑板桥关于练字的故事。据说郑板桥练字入迷，晚上睡觉时，总爱在老婆肚子上比画，老婆受不了这样的瘙痒，生气地说："你有你的体。"郑板桥恍然大悟，原来自己的书法已自成一体。这就是后来大家所熟知的"柳叶体"。

曾记得，大学同学，为了节省，总是提着一桶水，拿着毛笔，到宿舍顶楼的水泥板上练字，那举动，好奇，更有触动。

曾记得，暑假在家里用棉絮蘸着墨汁在废旧报纸上探求新的书写工具致使一拨人攒动。

不能忘记，《血型性格学》的"字如其人"理论。

不能忘记，当时女朋友劝我把字写大一些的性格转变。

不能忘记，班长那圆润的字体后面所蕴含的沉稳处世之法。

今天，看到身边朋友的书法，这般具有书家风味，为他们自豪。

看到严兴河书法、绘画与篆刻的三位一体，我请他给我写了我用文言创作的《抱朴行藏阁记》；

看到蔡羽的书画同源，我请他题写了《晚唐巨擘郑鹧鸪》的书名；

看到徐欣的米芾风格，我请他书写了苏东坡的《沁园春·孤馆灯青》横轴；

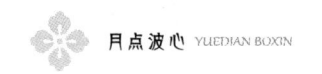

看到欧阳荷庚的黄庭坚风味，喜欢他的黄庭坚体，欣赏他独特的隶书变体。

当我在书法上囿于当时没有现在这么多优秀大师的指点，基于周围的氛围没有现在这般浓厚，一时没有找到突破，茫然，徘徊。

之后，我从走路受到了启发。

我在想：在路走完的时候，并不意味着到了路的尽头，其实在提醒我们是时候转弯了。

于是，我暂时放下了书法训练，改为最简单的消闲方式：读书。

在读书时记录，在记录时练习书写，在阅读中写作。

后来，书读多了，竟然在漫画家郑辛遥的作品中读到了与我思维角度一模一样的话，简直就是思维的"神撞"。

原来，梦想其实是可以转弯的。

看来，蔡康永在《奇葩说》中所说的"大部分的人在一味爱对方的时候，常常会忽略自己最美好的部分"，正中我怀。爱情是这样，其实人生也是这样，人生中的抉择更是这样。

正如克林顿所言：

"决定人生的并不是你选择了什么，而是选择放弃什么。"

我选择放弃，是为了更好的前行。

卓别林说过："以我的方式，过我的生活。我把这叫作幸福。"

或许，曾经爱过，本身就是一种幸福。

或许，移情别恋，也是一种明智的转弯。

我愿从此在弯道上超越。

在写作中生活，

在生活中写作。

2020年3月9日于天沐温泉谷

# 心宽无处不桃源

有的人，总是惆怅青山绿水，当然长叹何年更是来期。

有的人，醉在花间一杯促膝，自然总是烟外千里含情。

有的人豁达，闭门就是深山。

有的人陶然，读书随处净土。

有的人心宽，处处是桃源。

每个人都喜欢岁月静好，其实现实是大江奔流。

读书，是向内旅行，去往精神世界；旅行，是向外读书，探索天地苍穹。

读书，不是逃避世界，而是通过别的大门进入世界。

世界上总有一些人，就是莫名其妙地讨厌你。如果你每天把关注点放在他们身上，只会烦恼不断。

网络作家扇骨木说过："有些人，就算你没得罪他，他也会嫉妒你，诋毁你，甚至想毁灭你。"

也许，人类的本性，就是嫉妒。

男人嫉才，女人妒色。

但有的人传播的是负能量，有的人却善于转化为正能量。凡·高与高更，就是因为嫉妒而伟大。

培根说得好："人可以允许一个陌生人的发迹，却绝不能原谅一个身边人的上升。"

你必须在懂你的人群中散步。要不那些你曾经以为很要好的朋友，那些你曾以为一直陪伴走下去的人，不知道何时就在路途中走散了。

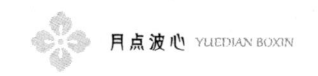

生活中，一尘不染，不是不再有尘埃，而是让尘埃飞扬。

幸福永远不取决于你拥有多少，而在于你看淡多少。我走得很慢，但我从来不会后退。

最好的心态：对过去释怀，对未来不忧，对当下珍惜。心中有事世间小，心中无事一床宽。人生就像一条河，有时候河身狭窄，夹在两岸之间，河水奔腾咆哮，流过巨石，飞下悬崖。可是，一旦渡过去，河面逐渐展宽，两岸离得越来越远，河水也流得较为平缓，最后流进大海与海水浑然一体。

汪曾祺说过："世间万物皆有情，难得最是心从容。"只要我们从容，只要我们心宽，只要我们有一个良好的心态，那时，当微风吹过，河面上波光粼粼，天蓝水碧，几乎看不到船只。天空、房屋、小桥……在河道里留下的影子，就会给人一种安静、惬意、陶然。

那时，你体会到的仿佛就是孟浩然《万山潭作》笔下的情境："垂钓坐磐石，水清心亦闲。"

那时，你或许唯愿像束皙《读书赋》那样："垂帷帐以隐几，披纨素而读书。"

在惠风嫩清的天气里，坐在窗边，看着兰叶轻飘，再煮上一壶茶，听上一曲古琴，心必旷神且怡。

再看看案台之上，那刚刚植入不久的一盆菖蒲，一簇新绿，绽于青石泥土里，如入山间。

这幸福，简直就是一塌糊涂。

其实，世间广厦千万间，只需夜卧在六尺。

只要能以净心看世界，世界处处美好；只要以欢喜心过生活，生活处处开心；只要以平常心生情味，情味处处真情；只要以柔软心除挂碍，人生处处是桃源。

只要我们不把平台当作自己的能力，我们就会明白，每一个人都是一个个体，离开了平台，剩下的，才是自己。

2020年7月18日 于抱朴行藏阁

# 我只在乎经过

好像，每一个人都在乎结果。

似乎，每一件事都看重结局。

也许，每一个人都特别想跨界。

我却只在乎经过，途经就好，途经就会有意想不到的收获。

记得我申请去复旦访学的时候，有人就问我，这么大年龄去干啥？

我说去研究元代的周德清，去把一个苹果交换另一个苹果。

有人就说："这是一个材料极度缺乏的人物，重点大学的大咖都只是从音韵学的角度有所涉猎，你不就是一个二本学校的教授，能研究出个啥？再说日本专家都到过周德清的老家了。"

我却坚信：地方的就是民族的，民族的就是世界的。

当年南京大学周维培教授写了一篇《周德清评传》，1700来字，我却从历史、文学、语言三个维度进行地毯式研究，写出了50多万字的《周德清评传》，我经过了，没有遗憾。

记得我的主业是从事教学论的研究，在撰写出《语文课程学段体式教学论》出版之后，就拐弯从事地方文化整理研究，又有人开玩笑说："就不要抢我们的饭碗了。"其实言外之意便是：你一个门外汉能超越我们？我并没有在意，我只是把地方文化整理研究当成是一种学术锻炼。在相继出版《严嵩诗集笺注》《姚勉评传》《苏辙筠州诗文系年笺注》《晚唐巨擘郑鹧鸪》《（正德）袁州府志校注》《〈揭傒斯全集〉笺注》《梁寅评传》之后，不小心，让言者失声了。我经过了，没有留下遗憾。

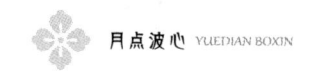

记得在做完这些地方文化整理之后，我又一次拐弯到修辞学领域，写出了修辞实践专著《超越与颠覆——史铁生文学作品的修辞化生存》，又一次让同行莫名。其实，别人只看到我弹钢琴时的快乐，却不知道我磨破了多少次手茧。如今，我算是经过了，没有留下遗憾。

　　记得在有了修辞学养之后，我又一次调动生活的积累，开始了文学创作之旅，就在去年我写了100篇散文结集为《月在波心》出版；就在今年我又写出了116篇以文化散文为中心的散文集《掬水月在手》，现在又正投入长篇小说《锦瑟》的创作。其实，花两年学会说话容易，可是学会闭嘴，那得花上一辈子的工夫。如今，我算是正在经过，努力不留遗憾。

　　我很赞赏英国莫尔的一句话："一间没有书的屋子，正如一个没有窗子的房间。"

　　一个从事教育的人，如果不努力读书，不从事研究，就像渔夫没有渔具。一个从事教育研究的人，如果只守住自己的一亩三分地，那无异于得鱼忘筌。

　　有时，分数，只能伴你走过人生路上的一小段，但兴趣可以伴你走完剩下的路。

　　米兰·昆德拉说："这是一个流行离开的世界，但我们都不擅长告别。"

　　你走得离我们远了，就会离另外一些人更近了，离成功更近了。

　　人生，就是一个不断相逢又告别的过程。路过就好，途经最美。

　　人越往上走，心应该越能往下沉，心里踏实了，脚下的路才能走得安稳。

　　成功是一个旅程。这世上没有一条捷径，踏上去就有光明的未来。

　　离开错的，才能遇见对的。

　　我们，不要因为看见一条船，而忽略了一条河。

　　我，只在乎经过。

2020年10月9日 于南国楚天阁

【心灵独语】

# 孤独的那边

每当谈起孤独,我就会想起林语堂心中那孤独的境界。

孤独这两个字拆开,有孩童,有瓜果,有小犬,有蚊蝇,足以撑起一个盛夏傍晚的巷子口,人情味儿十足。

雅儿擎瓜柳蓬下,细犬逐蝶深巷中。人间繁华多笑语,唯我空余两鬓风。

孩童、水果、猫狗、飞蝇当然热闹,可都与你无关,这就叫孤独。

每当面对书墙,我就会渴望有更多闲暇享受阅读的孤独。

最近,从当当网购得年前就预订的《朱熹文集编年评注》13册,兴奋得下暴雨了不愿挪步去关窗;天黑了,不愿意天亮;天亮了,不愿意天黑,总想有一个完整的时间段,一直陶醉于阅读。

最初,对朱熹的认识只始于《观书有感》。

之后,便阅读了束景南先生的《朱子大传》。

最遗憾的是错过了《朱熹全集》。

现在一边阅读着《朱熹文集编年评注》,一边从网上筛选着自己喜欢的有关朱熹的研究书籍。

从文学意义上购得莫砺锋先生的《朱熹文学研究》,从语言意义是淘到叶玉英女史《朱熹口语文献修辞研究》。

其实我早就有动念撰写《朱熹文本修辞美学》一书,只是苦于一直没有购得朱熹的相关文本。

现在看来,依然为时不晚。如果说,过去过早地进入,可能只是冰山一

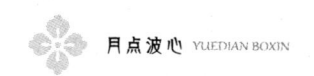

角，现在完全可以进行地毯式的阅读，充分占有语料，让每一个结论源于文本。

甚至，之前正在阅读的元、明、清《诗话》与《词话》以及王水照先生主编的《历代文话》都可能有重要的参考作用。

一旦深入，就真的不愿浅出。唯愿孤独，唯愿在孤独中享受，唯愿在孤独中享受阅读的快乐，唯愿在孤独中享受阅读《朱熹文集编年评注》的快乐。

原来，孤独是累了的时候，闲看庭前花开花落，但随天外云卷云舒。

真正拉开人生距离的，是面对孤独时的姿态。

很欣赏苏岑的一句话："宁可孤独，也不违心；宁可抱憾，也不将就。"

孤独才是我想要的生活。曾经以为，孤独就是自己与自己对话，现在看来，孤独是自己都忘记与自己对话；曾经以为，孤独是世界上只剩下自己一个人，现在幡然醒悟：孤独是自己居然能成为一个世界。

如果一个人在"山花照坞复烧溪"的春天里独自行走，如果一个人在绿萝拂过衣襟时，任青云打湿诺言，即便是山和水亦可以两两相忘，日与月亦可以毫无瓜葛，那才是一个人的清欢、一个人的细水长流。

或许，孤独正以不耀眼的存在成就着整体的耀眼。

仿佛，这时我们才理解苏格拉底的那句箴言："唯有孤独的人最强大。"

其实，每个人最终的归宿，都是自己。

我们要学会接受别人的离开，学会孤独，毕竟别人也有自己的星辰与大海。

孤独、低调的人，一辈子像喝茶，水是沸的，心是静的。茶罢，一敛裙，绝尘而去，只留下，大地上让人欣赏不尽的优雅背影。

我愿孤独，愿你在孤独的那边，偶尔看见我的背影。

2020年9月14日于南国楚天阁

【心灵独语】

# 我的幸福，其实你不理解

我有过两次新书预订的兴奋。

一次是2018年的年末，一次是2020年的麦月。

而这恰好是我幸福的起航。

今天，当我兴奋地打开快递包裹的时候，幸福得书的墨香早就超过了正午初夏的暖阳，好像一对热恋的男女，正狂吻着，忘记了路人，极度地"污染"着行人的视觉。

我被复旦大学吴礼权先生的大著《汉语名词铺排史》俘虏了。

因为书的开本；

因为书的厚度；

因为书的字数；

因为书的创见。

那是一本16开、75万字、628页，耗时21年的独具匠心的卓著。

20年前，我曾发表过有关列锦辞格的一篇文章，但这仅仅是名词铺排的一小部分。

当年，惊叹于名词在铺排之后的列锦修辞效果：经济，灵动。

最不能忘记的是马致远的《天净沙·秋思》：

"枯藤老树昏鸦，小桥流水人家，古道西风瘦马。夕阳西下，断肠人在天涯。"

最不能忘记的是有关马致远《天净沙·秋思》的故事。

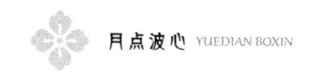

那是一次教师资格证考试，我正好担任考官，考试的内容正好是马致远的《天净沙·秋思》。考生一开讲，我就感觉到不一般。于是我让她读小令的最后一句，试图通过节奏的把握，判断其对相关知识的掌握程度。结果她回答得非常准确，我给了高分。

无独有偶，有一位语言学博士到我校应聘也讲的是这一小令，我正好也在做评委，问了同一问题，博士却没有答对。

朗读时，大部分人都在"人"字后停顿，其实应在"肠"字后停顿，实际上全句的语序应是：人在天涯断肠。之所以改变语序完全是为了押韵的需要。

今天，我收到宗亲为我的散文集《月在波心》写的序言，特别幸福。那是一个膜拜了几十年，却一直未能谋面的杂文大家。站在大家旁边才知道什么叫萤光亮于皓月之下。

今天，通过宗亲收到了书法家朱墨先生为散文集书名所题的墨宝，意外地幸福，正是"月在波心说向谁"。

2018年底，我在人民文学出版社预订了《汪曾祺全集》，当我潜心阅读汪曾祺时，其实是接受了心理暗示。说实话，真正阅读的时候，就像听课一样，时时开小差，神儿总是聚不到一块儿，我一直怀疑自己的阅读能力，那种苦心经营的随意，真是散文的最高境界，直到读了几篇之后才渐入佳境。

也正是因为汪曾祺，也正是因为汪曾祺的作品，才真正开启了我的创作之旅。

整个一年，从在杭州，在杭州西湖，在杭州西湖紫金庭园的一篇《溪声入梦》开始，从此一发不可收拾。

那是一个开启写作灵魂的地方。在我的阅读史上，我发现李商隐喜欢苏杭，我惊奇地发现吴文英也喜欢苏杭，原来文人都喜欢苏杭，这是一个诱发灵感的地方。

一辈子，不曾想过进行文学创作。

【心灵独语】

读大学时，真正读过的一部文学作品是薄伽丘的《十日谈》。

那是同寝室的同学好不容易从别人手中获得的一天阅读权，我们却请求给我们一小时。那种晚上熄灯之后备好一根蜡烛的等待，焦急并快乐着。

可是，一些无意识的阅读却有意无意地丰富着我。

读过300多本传记，不仅励志，更学会了叙事。

总在《诗经》《史记》《全唐诗》《全宋词》《全元曲》浸淫，湿透了一身衣服，总也能拧出一点儿残余的水。

总与陶渊明、李白、杜甫、韩愈、司马光、苏轼枕山际水，没有如影跟随，总也响声在耳。

总是没日没夜地咀嚼《读者》的合订本，有时哪怕获得一个新词，也抵得上婴儿的一次小吮，更何况是饥饿之后的期待。

当代作家，只浸淫了两个半。

喜欢李国文，可是他的作品太多太多，还不敢说阅读过半，但他对语言的锤炼，却让我烙下深深的印迹。

喜欢史铁生，在复旦大学访学时读完了他的全集，于是有了专著《颠覆与超越——史铁生文学作品的修辞化生存》。

喜欢汪曾祺，阅读进行时，刚刚进入森林，已发现森林地带的潺潺流水，更待采铜于山。

年轻的马尔克斯在法国第一次读到卡夫卡的《变形记》，突然惊呼：奶奶的，小说竟然能这样写！

我没有资本这么说，但在我阅读了一些所谓作家的作品后，坚定了我跻身创作的萌动。

我很认同铁凝的观点：写作，首先是语言锤炼。

海明威曾经说过："我总是试图根据冰山的原理去写作，关于显现出来的任何部分，八分之七是在水面以下的，你可以略去你所知道的任何东西，这只会使你的冰山丰厚起来。同时，要是你因为不知道才省去，则是蹩脚的、被人识破的作家。"

在我看来，写作就是步行。

一边走，一边发现；发现之后，进入思考；思考之后，就是语言的表达，或许这是能否成为作家的标志，一个作家区别于另外一个作家的标志；当然，更高一层的境界是融入哲学的思考。

写作，对自己而言，真是一种幸福的享受。但在别人看来，也许你就是疯子。我发现你要不是一个十足的疯子，你还真成不了一流的作家。

以我的经历，我发现，在别人看来，好像我总是心不在焉，其实恰恰说明我已经进入了深度思考。即便是晚上，亦常常夜不能寐，有时梦中就出现一个很好的标题，有时梦里就有一个好的素材，有时甚至是一篇已经成文的佳作。

我想起梭罗在《瓦尔登湖》的一句话：

"时间决定你会在生命中遇见谁，你的心决定你想要谁出现在你的生命里，而你的行为决定最后谁能留下。"

人是唯一能接受暗示的动物。有两个数字，好像偶然，却一直激励着我。

一是北京大学中文系古典文学专家袁行霈先生说："我的好运是从40岁开始的。"我也是，那一年我调入了大学任教，从此有了更多的时间，从此赢得了更多的发展空间。

二是著名画家齐白石56岁开始大转变，我的尝试是，这一年我开始真正意义上的文学创作，散文《我心向白石》，就是一个记录。

在40岁，我遇见了学术，有了11本专著；在56岁，我决定让写作出现在我的生命里，从此，我只愿创作留下，从散文到小说，在散文中歇息，在小说中遨游。

2020年4月7日凌晨于抱朴行藏阁

【心灵独语】

# 我住在这里的理由

也许，随着年龄的增大，不再感到孤独。

也许，孤独于我，不是一种态度，更是一种主动选择。

也许，我最服膺哲学家尼采的这样一句话：

"你今天是一个孤独的怪人，你离群索居，总有一天你会成为一个民族。"

比起市内，我更愿意住在温汤小镇。

住在温汤小镇，我每天呼吸着明月山氧离子。

住在温汤小镇，我每天倾听着温汤小溪潺潺的流水声。

住在温汤小镇，我每天享受着天沐温泉谷的富硒温泉。

就在深居简出的小屋，我一边喝茶，一边卧游，偶尔读到马尔克斯的这样一句名言，真是敲山震虎：

"你越是拥有权力，就越难知道谁在对你撒谎，而谁没有撒谎。"

而最会撒谎的人，永远只会篡改其中的20％的真相。这就是每一个人缺乏警惕性的悲哀。毕竟80％的真相迷惑了你，而真理与谬误恰在一步之遥。

回过头来看看，就会发现，你的每个经历、每次错误、每次失败，都帮助你走向了你应该成为的那个人。

康德说过："所谓自由，不是随心所欲，而是自我主宰。"

有的人柳絮体媚却无骨，有的人梅花影瘦反有神，有的人眼里有尘天下

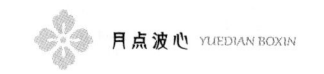

窄，有的人胸中无事一床宽。

我们真应像孟浩然那样："垂钓坐磐石，水清心亦闲。"

我们也应该像王维那样："窗外鸟声闲，阶前虎心善。"

叔本华说过："只有当一个人独处的时候，他才可以完全成为他自己。"

正如午堂登纪雄所言："独处，是我们认识自己最好的机会。你从热闹中失去的，会在孤独中找回来。"

其实，每一粒熬过冬天的种子，都有一个关于春天的梦想。

有人靠天分逆袭，有人靠身份逆袭，如果你什么都没有，也许我们只有靠格局了。

最美的风景，其实不在终点，而在脚下。

上山的人，永远不要瞧不起下山的人，因为他曾经风光过；山上的人不要瞧不起山下的人，因为他们会爬上来，所以一定要做好自己。

当然，现实生活中，或许实墨无声空墨响，或许满瓶不动半瓶摇，但那毕竟是少数。

有时一个人越是成功，他所遭受的委屈也越多。但人的高度不是看清了多少事，而是你看轻了多少事。

培根说过："有时，人可以允许一个陌生人的发迹，却绝不能原谅一个身边人的上升。"这就是人身上的劣根性。有时，你越对，得罪的人就越多。

木心就说过："我追索人心的深度，却看到了人心的浅薄。"但即便是浅薄也算不了什么。哪怕是深渊，下去，也可能是前程万里。

我特别喜欢黄永玉，喜欢黄永玉的画，喜欢黄永玉具有无龄感的有趣灵魂。在黄永玉看来：

"人生，就是一万米长跑，如果有人非议你，那你就要跑得快一点儿，这样，那些声音就会在你的身后，你就再也听不见了。"

渐行渐远，才是人生常态。

只要我们心向太阳，其实无须多问何时春暖花开。透过洒满阳光的玻璃窗，蓦然回首，你就是别人眼中的风景。

蒙田说过："确切的人生是：保持一种适宜状态的与世无争的生活。"

我每天都睡得很晚，不仅是因为阅读与写作，更因为我享受万籁俱寂的孤独。

我想即便是沙子，也要看你是什么样的沙子。沙子这东西，没有恰当的约束时，也许不可收拾，但一经约束，就有伟大的能力。

我一直相信：时间，是在空间里完成的；空间，是在山水间完成的；山水，是在品茶中完成的；品茶，是在文人心中完成的。

我好久没有小步紧跑去迎接一个人的那种快乐了。我知道：才能，需要运动。但我今天更愿意迎接的是山，是水，是山中的小屋，是小屋中的一本本等待我打开的书。

读书，才是在一切已知之外，保留一个超越自己的机会。

住在这里，我心悠然。

2020年6月29日 于天沐温泉谷

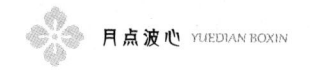

# 且行且慢

夏日的午后，刚刚睡醒，坐在窗前，慢慢地伸了一个懒腰，慢慢地望着窗外。

小溪的水慢慢地流着，慢出了波光粼粼。

对面的山，一丛丛郁郁葱葱的树木，在微风的吹拂下，慢慢地摇动着，摇出婀娜，就像款款而来的模特，舞动着挡不住的诱惑。

天空的白云，慢慢地流动着，有时白茫茫一片，美得心旷神怡；有时蓝白相间，自然得就像一对热恋中相拥的男女；有时虚幻得就像"云破月来花弄影"，有时完全就是一派陶渊明笔下的桃花源景象。

怪不得，曾经在上海奔波的"60后"，慢慢地成了天沐温泉谷的主人。

怪不得，曾经的浙江打拼者，慢慢地不约而同地又一次与上海人成为新邻居。

怪不得，曾经的湖南老邻居，慢慢地又一次选择心中的桃花源延续着老表情。

每当夜幕降临的时候，小溪的两岸，总是三五成群的，一边慢慢地散步，一边慢慢地唠嗑。

那偶尔飘到耳际的方言，虽然听不懂，却有一种不花钱乘高铁就享有国际大都市资源的快乐。

小时候，总是听老师讲龟兔赛跑的故事，记忆中，总是羡慕兔子跑得快。

长大了，才发现更喜欢龟，喜欢龟的慢，喜欢龟的执着，喜欢龟的文化象征。

读小学时，特别喜欢家里的一窝小狗，每天看着小狗们嬉戏着、奔跑着不厌其烦地钻着大门的两个小洞，真是又刺激，又快乐。但是，有一天，突然一只最小的小狗在奔跑着钻入小洞时，意外地死了。为它的死，我哭了好几天，一直纳闷了好几年。心想：同样的洞，同样的狗儿，这一条还是最小的，它却死了。

直到今天，我终于悟出来了：快慢不同，结果不一。有时，慢给了自己最好的退路，有时赢得了时间，有时却可能赢得更大的空间。

上大学了，我才穿上第一双买的鞋子。也许就是因为等这一双鞋子，等得漫长，等得不易，我才懂得格外珍惜。珍惜，因为得之不易。

还是在大学，一本薄伽丘的《十日谈》，慢慢地从图书馆流入到我们寝室，那是一次难忘的记忆。我们全寝室一共十人，而这本书只允许我们借阅一天，一个人只能阅读两个小时，我们就在抽签中依次买好了蜡烛等待，那种裹着被窝蜷缩成一团的跳跃式阅读，真是一种慢慢难耐的等待，但这种等待，已经成为一生的等待。

到现在才真正懂得了袁枚的"书非借不能读也"的言外之意。

庾信虽然平生最萧瑟，但暮年诗赋却声动江关。

现在，我终于有了一间书屋坐拥世界的慢生活。

虽然蛰伏三十多年，无人理解，难受认可，但我相信，天赋可以承认短暂的精彩，唯有慢慢的坚持，才能赋予永恒的改变。

北人看书如显处视月，我只是个南人，我只愿在牖中慢慢地窥日。

蚕在吐丝的时候，就是一步一步地慢慢地，没想到会吐出一条丝绸之路。

且行且慢，行出一个未来，慢出一片灿烂。

2020年6月22日于天沐温泉谷

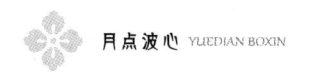

# 一个人的复旦

那是一个偶然的机会。

2011年12月,复旦大学古籍整理研究所博士生导师刘晓南先生到我校讲学,院里安排我全程陪同。当我把刘先生从车站接到宾馆时,我向先生说起平生的问学经历。先生表示愿意接受我为高级访问学者。

那兴奋的心情真是无以言表,一切只化作杯中酒一饮而尽。当即,我表达了蓄积已久的愿望,希望能对元代江西高安籍音韵学家、元曲作家周德清有所研究。刘先生立刻肯定了这一研究的国内意义与国际影响。当场给我拟定了一个研究课题:《周德清生平、语言学思想及其成就》。

带着这一课题,我从此夜以继日地不断充实自身的音韵学学养,收集有关周德清的研究资料,关注有关周德清研究的前沿动态。

第二天,聆听了刘先生的讲学,那"闽蜀同风"的高见,让我豁然开朗,从此知道什么是博学,什么才是真正的大师。

2012年9月18日,带着希望,踏着梦想,我走进了渴望已久的复旦大学访学,来到了曦园请益。

这里,没有喧嚣,只有静谧的骄傲。

这里,没有浮躁,只有理想的远航。

这里,校门敞开,没有圈地的围墙,只有接纳与开放的胸怀。

这里,猫儿惬意,没有刻意的禁锢,只有停驻与欣赏的善意。

这里,花草绽放,没有肆意的践踏,只有肆无忌惮与心旷神怡的蓬勃。

晚上，散步间，偶然发现了一家大学书城，就在不经意间，发现了搜罗已久的张月中主编的《元曲通融》，这可是我研究周德清的稀有资料，整个晚上兴奋得难以入眠。

短短的开题指导，精练而独到。不是授我以鱼，却在授我以渔。我第一次知道什么叫惜墨如金，茅塞顿开。

每天，看着一辆辆自行车飞驰而过，那是学子们追赶时间的努力。

每天，看着一群群学生背着电脑匆匆而行，那是学子们陶然图书馆的执着。

每天，我却没有选择来去匆匆，总是慢慢地从望道苑步行，一边欣赏着林荫道上的青春，一边呼吸着天空飘来的翰墨书香。

一旦进入课堂，就是痴心，就是狼吞，就是忘怀。

那循循善诱的《音韵学》开蒙，不是先授人以渔，而是重在授人以鱼。我第一次明白什么是用墨如泼，如入堂奥。

那纵横驰骋的《汉语通语语音史》讲授，不在循循善诱，意在画龙点睛，第一次体悟什么是见山是山，遇水是水，让我醍醐灌顶。

其《音韵学读本》，导读与文本浑然天成，让我于不知不觉中渐入音韵学佳境。

其《汉语音韵研究教程》，是由厚而薄的内化，却使我由于先生的介入，从此音韵功底因薄渐厚，由浅入深，深入却因此不愿意浅出。

浸润先生之《宋代四川语音研究》，让我发现什么叫原始创新。书中的两个假说：宋代蜀方言与闽方言存在亲属关系，宋代四川方言历史断层。让我振聋发聩。先生在抢救一个留存于文献而消失在现实中的"失落的方言"，厥功至伟。

正如鲁国尧先生所言："学人，首先是人，人要是个人，以正做人，以正治学，就有可能成为一个大写的人。"

刘晓南先生正是：德高而不显，望重却不骄。先生也，阅水而成川，阅韵

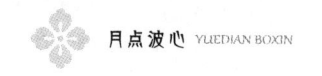

而成文，阅人而成世。

住进复旦大学北区宿舍望道苑39号501室，真是偶然。

30年前，上海之行，我来到复旦瞻仰望老，在他的塑像前留下了仰慕的记忆，从此对修辞学情有独钟，第一篇修辞学论文就发表在复旦大学主办的《修辞学习》期刊，现在已改名为《当代修辞学》。

30年后，又住进了以望老命名的宿舍。在这里，我感觉到的是一种鞭策，一种历练，一种行动。

在这里，每当正午，打开阳台门，调皮的阳光还没经过我的许可，她就趁机闪入我的空间。似乎想和我促膝谈心。我总是在她的相拥中醉读贯云石，细品虞集，吮吸欧阳玄，慢嚼周敦颐，忖思周邦彦，冥思萧存存，剔爬杨朝英，系疏钟嗣成，试图理出一个立体的周德清。

总是想：冬天，给我一片阳光，我为什么不争取灿烂。

在这里，每当夜晚，就是一种惭愧。原以为，像我这样努力的人，能每天坚持读书写作到深夜，应该是凤毛麟角。可是，有一天当我写作到深夜，正站起来伸伸腿弯弯腰，准备洗漱休息时，原本以为我是最后一个熄灯的，而往前后左右一看，却一片通明。

怪不得颜真卿有诗云：三更灯火五更鸡，正是男儿读书时。

不能忘记，当我在图书馆找到台湾昌彼得等编的《宋人传记资料索引》时的欣喜。

不能忘记，当我在图书馆意外发现李国玲编的《宋人传记资料索引补编》的庆幸。

不能忘记，当我在图书馆偶然获得台湾王德毅等编《元人传记资料索引》的稀奇。

不能忘记，当我在中文系资料室查阅徐征等主编《全元曲》（全12卷）的收获。

不能忘记，当我在中文系资料室借得《全宋诗》时，一一勾出江西诗人并

【心灵独语】

——复印的巨获。

惊叹于复旦的校训："博学而笃志，切问而近思。"
走进复旦，让我最为诧异却很少学校能做到的是崇尚学术，去官本位化。
这里，最高的楼是光华楼，楼里办公的是研究所、教授。
这里，最低的楼是行政楼，楼里办公的是党政机构。
记得访学结束时，找古籍整理研究所郑利华先生盖章时，那儿哪里是办公室，那儿简直就是一个小型图书馆。
离开时，在光华楼下照了一张照片，可是无论怎样取景，只要取全景，自己就显得格外的渺小，简直就是墙上的斑点。
或许，这就是光华楼对我最大的鞭策。

五年后，又一次回到复旦时，遂口占一诗，只押韵，不讲究平仄，以作留念：

日月光华旦复旦，最忆当居望道苑。
楼里访学师晓南，修辞私淑拜礼权。
醉读云石品虞集，慢嚼敦颐欧阳玄。
理撰立体德清传，别有颠覆与姚勉。

2020年4月15日 于抱朴行藏阁

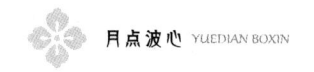

# 进德修业
## ——复旦大学曦园散步

## "绝学"之缘

那是远在1981年的事。刚考取大学，选择了汉语言文学专业，准备开始文学之旅。

中学校长的一句话改变了我的命运。一次校长甘敬皇先生到宜春开会，我去看望他。适逢参加大会的有一个姓"仚"的先生，校长问我这个字怎么读？我顿时脸红。只好求助校长。校长说："我们高安人读'mào'，意思是'人站在山上往下看'，这是方言读音，普通话读音，至今不知道。"

带着疑问，我回到学校，赶忙查阅《现代汉语词典》，压根儿就查不到。第二天大清早，又赶往图书馆查阅《说文解字》，好不容易查到这个字，满以为可以解决问题。没想到，往下一看，注明的是"呼坚切"，那时根本就不懂什么是"反切"，只好又抱侥幸心理去查《康熙字典》，没想到结果又是一样。那时刚开学不久，古代汉语课又没有上多少，仔细翻阅北京大学王力先生的《古代汉语》，也没有真正涉及音韵学问题。只好从图书馆借阅北京大学唐作藩先生的《音韵学教程》，试图通过自学解决问题。可是，虽然知道什么是"反切"，却切不出来。"h+ian"，在现代汉语中，不符合拼写规则。我想这一定是反切变例。只好又去找山东大学殷焕先生的《反切释要》，仔细琢磨。最后，找到了答案，猜想应该读"xiān"。按对应规律，古汉语中，"g、k、h"与"j、q、x"对应。一直确定是读"xiān"，甚至认为就是"仙"的异体字。可是，心中没底。

无独有偶的是，当时，高安市的市长董仚生，新闻播报中仍然读"mào"，这又让我产生了怀疑，难道我的读法是错误的？

一个偶然的机会，问题得到了解决。一次，我到广东出差，拜访了我的同事廖泽春先生，他在华南师范大学读研究生。刚坐下，他就把室友介绍给我。看样子，正打点行装，毕业了，准备回家。他告诉我，他的室友是师从×××先生，研究方向是音韵学。我顿时兴奋，心想：这下蓄疑已久的问题可以解决了。我向他请教了"仚"字的读音。可万万没想到的是，当我把问题提出时，他的脸"唰"地红了，我知道，这下给对方难堪了。我只好把我自己的猜想与理据告诉他，应该读"xiān"，就是"仙"的异体字。并请他到图书馆查阅《汉语大词典》，予以确认。回来后，他告诉我，就是我的猜测。这时，我的心情无异于"哥德巴赫猜想"。

这也是后来我毫不犹豫请罗荣华博士在上海购买《汉语大字典》的原因，甚至，《故训汇纂》也买下了。

我要说的是：感谢甘敬皇校长，让我从此踏上了"绝学"之路！

## 幸遇大师

诗人穆旦说过："再没有更近的接近，所有的偶然在我们间定型；只有阳光透过缤纷的枝叶，分在两片情愿的心上，相同。"

一个偶然的机会，复旦大学古籍整理研究所博士生导师刘晓南先生到我校讲学，院里安排我全程陪同。

当我把刘先生从车站接到宾馆时，我向先生说起平生的问学经历。用餐时，先生表示愿意接受我为高级访问学者。那兴奋的心情真是无以言表，一切只化作杯中酒一饮而尽。当场，我表达了蓄积已久的愿望，希望能对江西高安籍元代音韵学家、散曲作家周德清有所研究。刘先生拍手称快，肯定这一研究的国内意义与国际影响。当场给我出了一个研究课题：《周德清生平、语言学思想及其成就》。带着这一课题，我从此夜以继日地不断充实自身的音韵学学养，收集有关周德清的研究资料，关注有关周德清研究的前沿成果，记得当时

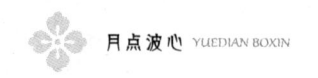

仅从文献检索所下载的论文资料就达3000多页，尽管后来研读之后几无所获。

当时，聆听刘晓南先生的讲学，那"闽蜀同风"的高见，让我豁然开朗，让我知道什么是博学，什么才是真正的大师！

我要说的是：感谢刘晓南大师，让我真正开始了我的音韵学学习之旅。

## 请益曦园

2012年9月18日，带着希望，踏着梦想，我来到了渴望已久的复旦大学。

这里，最高的楼是光华楼，大师们全都聚集在这儿；这里，最好的讲座在光华楼，学子们如饥似渴地吮吸；这里，没有喧嚣，只有静谧的骄傲。这里，没有浮躁，只有理想的远航。

刘晓南先生短短的开题指导，精练而独到，不是授我以鱼，却在授我以渔，我第一次知道什么叫惜墨如金，却让我豁然开朗；循循善诱的《音韵学》传真，不是先授人以渔，重在授人以鱼，我第一次明白什么是用墨如泼，真使我如入堂奥；纵横驰骋的《汉语通语语音史》讲授，不在循序而诱，意在画龙点睛，让我第一次体悟什么是见山是山，遇水是水，让我醍醐灌顶。

刘先生的《音韵学读本》，导读与文本浑然天成，让我于不知不觉中步入音韵学的世纪公园。

刘先生的《汉语音韵研究教程》，是由厚而薄的内化，却使我由于他的介入，从此我的音韵功底因薄渐厚。

刘先生的《宋代四川语音研究》，让我发现什么叫原始创新！令人拍案叫绝的是他的两个假说：宋代蜀方言与闽方言存在亲密关系，宋代四川方言历史断层，让我振聋发聩！他在抢救一个留存于文献而消失在现实中的"失落的方言"，真是厥功至伟。

正如太师鲁国尧先生所言："学人，首先是人，人要是个人，以正做人，以正治学，就有可能成为一个大写的人。"说是与刘晓南先生共勉，其实，知刘先生者，莫若鲁太师也。

刘晓南先生正是：德高而不显，望重却不骄。先生也，阅水而成川，阅韵而成文，阅人而成世。

## 复旦发现

在文科馆，《〈中原音韵〉新论》给了我当代学者对《中原音韵》的最新研究动态；《中华姓氏通书》《周敦颐评传》《周敦颐研究著作述要》《虞集全集》《虞集年谱》《一代文宗虞集》《欧阳玄集》《贯云石评传》《元代文学编年史》《元代文学史》给了我爬梳周德清生平、远绍、交游的可能。

在中文系资料室，因为有师母的特殊关照，我能有机会查看到台湾稀有的相关资料。古笒光先生的《周德清及其曲学》，给了我意想不到的惊喜；谭慧生编著的《历代伟人传记》给了我特殊的旁证；罗锦堂的《中国散曲史》给了我厘清元代散曲清丽与豪放风格的启发与思考；王忠林的《元代散曲论丛》给了我全方位评价周德清的切入角度。

## 书城爬寻

首次进入复旦大学旁边的大学书城，就给了我一份意想不到的惊喜。我搜寻多年的《元曲通融》竟然在不经意间买到，这给了我全面了解元曲的可能。《中国古今地名大辞典》，在我的想象中，竟然也不期而至，尽管昂贵，却丝毫没有犹豫。这给了我查考名人居所的有力证据。《元代社会阶级制度》，是一本凭直觉已经不合时宜的书，然而正是这本书给了我了解元代社会文人心态及挖掘研究周德清线索的许多可能。《南村辍耕录》，记录了元代的许多鲜活史实，给了我推想与佐证的可能。《阳春白雪》，让我有可能进一步了解周德清在《中原音韵》中对杨朝英的持论是否公允。

也许，日居月诸，意外的惊喜，常有可能。

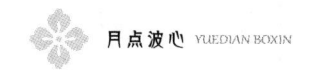

## 师门相励

《南史·王昙首》说过:"知音者希,真赏殆绝。"侧身刘门,幸识四友,相得益彰,所获颇丰。

师弟赵祎缺,硕士时有方言研究底蕴,现在又攻读汉语音韵学博士学位,两者的打通,为我阅读有关学者言及方言时碰到问题,提供了解决的方便,可引我触类旁通。

学妹陈静毅,硕博一直心向音韵,如存疑问,得天独厚,能领我解颐明理。

学弟顾雄伟,来自泰国,硕博一直从刘晓南先生问学,可导我探本穷源,详其演变。

学妹金子荣,来自韩国,随从古籍所吴金华先生,能使我手在弦上,意属听者。

有幸认识四位国内外后学,既是鼓励,更是鞭策。

## 望道之冬

住进复旦大学北区宿舍望道苑39号501室,真是幸运。

30年前,上海之行,我来到复旦瞻仰望老,在他的塑像前留下了仰慕的记忆,从此对修辞学情有独钟,第一篇修辞学论文就是发表在复旦大学主办的核心刊物《修辞学习》。

30年后的今天,又住进了以望老命名的宿舍。在这里,我感觉到的是一种鞭策、一种历练、一种行动。

每当正午,打开阳台门,那调皮的阳光还没经过我的许可,她就趁机闪入我的空间。似乎在和我促膝谈心,我没有被她俘虏。相反,我在她的相拥中,醉读贯云石、细品虞集、吮吸欧阳玄、慢嚼周敦颐、忖思周邦彦、冥思萧存存、剔爬杨朝英、系疏钟嗣成,试图理出一个立体的周德清。

美国学者莫提默·J.艾德勒在《如何阅读一本书》中说过:"如果你的

阅读目的是想变成一个更好的阅读者，你就不能摸到任何书或文章都读。"

冬天，给我一片阳光，我为什么不争取灿烂？

2020年6月6日于抱朴行藏阁

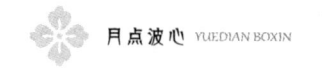

# 雨过琴草润

杨绛说:"读书就好比到世界上最杰出的人家里去串门。"

而我有时就有幸直接到达了家门,最杰出的人的家门。

杰出者,就是一滴雨水,水滴石穿;

杰出者,就是一潭瀑布,水落石出;

杰出者,就是一汪蟒流,水到渠成。

第一次认识的名人,是当年即将成为名人现在已然是名人的名人——人民教育出版社语文教材执行主编、中国教育学会中学语文教学专业委员会理事长顾之川先生。

那时,他还正跟随中国社会科学院语言研究所所长、著名近代汉语研究专家刘坚攻读博士,却提前告诉我,他毕业后即将进入人民教育出版社工作,从此,我们就成为好朋友。

我的第一部专著《身体语言与视点阅读》,就是他作的序。

记得有一次萍乡市教育局请他讲学,头一天晚上,他就打电话告诉我他要来看我,果真第二天一下榻酒店,就来宜春看我。席上,宜春市教育局教研室主任王泽芳看到顾先生将我杯中酒倒入他的杯中时,握着我的手深有感触地说:"可见你们的交情,可见他对你的关心!"

我的第一部地方乡土教材《诗词宜春》,也是他作的序。

我在《中小学教材教学》发表的《看不透的维纳斯——〈米洛斯的维纳斯〉的朦胧美》,也是他的推介,因为他,从此开创了一期两文、期期有文的历史纪录。

读着他的《顾之川语文教育论》，关于语文，关于语文教育，思想就在此开悟，理念由此生成。

当我有幸认识《语数外》杂志主编左兵先生时，首先源于他是高考语文命题专家，才有了更为密切的接触。最敬佩的是，有一次参加全国高考语文研讨会时，晚上的一次交谊舞活动。我亲眼看见一对刚刚结婚的夫妻在舞池中的默契与暧昧，这时左主编却跟我耳语："你相信吗，我一定能邀请到这位女性与我共舞。"开始打心里我是怀疑的，就人家那刚刚新婚的甜蜜、那年龄、那长相，却因为左先生绅士般的成功邀请，彻底颠覆了我的认识。

当我有幸认识雷友梧先生时，听课时的一件小事，震撼了我。

那是课间，一位参加工作的弟子，递给了他一支软式"大中华"，他没有接受，弟子脸上露出了尴尬，但几天后，我发现他是抽烟的，而且情不自禁地从烟盒里抽出一支，我正好坐在第一排，本以为是比之前师兄的更上档次，原来是非常廉价的"银象牌"。我知道什么是节俭，什么是自律。

第二次接触他是对我论文的评定，当时写的论题是《试论语文教学的两种重要手段——教学语言与意识信号》，一个班50多个学生，他说语言类论文，只有我得了优。或许，这就是我迈入语言研究的开始。

最有意思的是有一次在他家做客。与其说是吃饭，不如说就是一场语言学讨论，听着他的讲述，我的筷子一直悬在空中，等到用筷子将菜夹入嘴中，那种冰凉的感觉才知道已然是寒冬。有趣的是他竟然离开饭桌，进入了书房，很久没有出来，现在才知道不仅有废寝的人还有忘食者。有意思的是，知道我要离开时，先生还依依不舍、情不自禁地把我送下楼梯，直到过马路看到我上公交车，才转身慢悠悠地离开，仿佛依然还在思考。

当我有幸认识刘晓南先生时，源于我对撰写《周德清评传》的表达，他建议我跟随他到复旦大学古籍整理所访学。在那，我听完了他给博士生上的全部

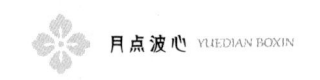

课程，尽管先生不让我听硕士生课程，但我依然没有落下。

记得课后到他办公室时，他当着新进博士生的面，把他的国家哲学社会科学成果文库专著《宋代四川语音研究》送给我，却没有送给他们，我知道：什么叫鼓励与认可。

之后，又送了《音韵学读本》，使我的音韵学知识有了进一步的深化。

在我将先生的两本大著研读之后，我写出了《苏轼诗文用韵例言——研习刘晓南先生〈宋代四川语音研究〉心得》。

在拙著《周德清评传》出版之际，先生本准备作序推介，但由于忙于家父文稿的整理，一直没法抽空。

但在我的另一本拙著《严嵩诗集笺注》出版时，写出了大序。

当我有幸认识吴礼权先生时，其实已经神交了几十年。

第一次把写的四篇论文在邮件中发给了先生，没想到先生马上就做了回复。大意是说，不用说我多么崇拜他，只要看看文章的风格以及文章的质量，就已经非常清楚。最大的欣喜是先生主动收我为私淑弟子。

最为缘分的是，我正好有机会到复旦大学访学，正好有机会请教，我在访学时全部听完了他所开设的修辞学课程。

得益先生的指导，我开始了修辞学研究，写出了拙著《颠覆与超越——史铁生文学作品的修辞化生存》，他在通读完后，给予了充分的肯定，并亲自作序予以推介。

现在，刚刚创作完的散文集《月在波心》100篇，就是我的修辞实践，先生又在这疫情严重的时刻，静下心来为我写了一篇序言。

如今，在我的书橱里，有着他送给我的36本专著，因为他对修辞的独到研究，我逐步走向了修辞研究之路，光是修辞学领域专著，我就购买了160多本。

当我有幸认识鄢烈山先生时，依然是几十年前就膜拜有加。

他是著名的杂文家、时评家、鲁迅文学奖获得者，我几乎是读着他的杂文长大。

最近他又送给我大作《江山如有待》《我们这些人的幸与不幸》《威风悲歌：狂人李贽传》，真是一次面对面班荆道故的开始。

更何况，最近宗亲又亲自阅读我的系列散文，对我进行高屋建瓴的月旦评，那豁然之后的开朗、醍醐灌顶的醒然，心常问：月在波心说向谁？

当我有幸通过鄢烈山先生认识著名书画家朱墨时，我深感相见恨晚。

如果早有这样重量级的大家指点，或许当年我就不会转行从事学术与创作了。

看着先生为我题写的"月在波心"四字，就像男人在一大群女人中发现了国色天香、沉鱼落雁的美女，痴得目不转睛。更何况先生准备画一幅竹子送给我。那种一见钟情式的相知，让我顿然想起清代金农的题画竹诗：

　　　　雨后修篁分外青，萧萧如在过溪亭。
　　　　世间都是无情物，只有秋声最好听。

当我有幸通过吴礼权先生认识著名语言学家马庆株时，我兴奋不已。

他毕竟是朱德熙的高足，南开大学博士生导师，中国语文现代化学会原会长，中国修辞学会名誉会长。

他给我的第一部评传体学术专著《周德清评传》作序，专业而独具影响力。

至今记得在序中所填《菩萨蛮》：

　　　　挺斋《音韵》钻研透，旁征博引无遗漏。《评传》印京城，世闻元曲声。
　　　　地灵人杰众，不是宜春梦。文涌似温汤，长歌歌未央。

当我和暨南大学出版社人文分社杜小陆一起去上海师范大学拜访徐时仪先生时，他平易近人地请我们进入家中叙旧。

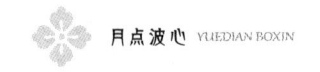

他在饭店热情地宴请我们，席上的几句寒暄，道破了人间的世故。

他说："大凡人才，必经历三个阶段：一是你无能的时候，别人百般地瞧不起你；一是你和他能力差不多时，别人对你的百般压制；一是你的能力超越别人时，别人对你的百般诋毁或亲近。你正在经历第三种情况的前半段。"

好像就是算命先生，先知先觉，到现在我才知道什么叫经历，何谓经验。

当在上海参加修辞学研讨会时，有幸认识了北京大学孙玉文教授时，知道他师从的是古代汉语界大腕儿唐作藩、郭锡良，他的博士论文《汉语变调构词研究》，荣获首届全国优秀博士学位论文奖。

心中的崇敬，油然而生。

不能忘记，当我邀请他来学校讲学的情景，那下飞机首先找打火机的眼神，那开讲时先在门外猛吸香烟的执着，我懂得：那是他灵感的线索，那是他口若悬河的源泉，好像他的讲述就是一堆等待燃烧的干柴。

当我在复旦大学访学时，偶然在大学图书城购得霍四通的《中国现代修辞学的建立：以陈望道〈修辞学发凡〉考释为中心》一书时，这个学者，早就引起了我的注意。

其实，之前在通读《中国修辞学通史》时，已经读到他与李熙宗等合著的明清卷。

意外的是2018年5月我却收到他给我寄的《汉语积极修辞的认知研究》，而我却至今没有与他谋面，没有过直接交流。

看来不一定"百闻不如一见"，"百见不如一闻"也是一种难得。

最遗憾的是，错过了与中国小说学会副会长、文艺批评家、中山大学中文系教授、博士生导师谢有顺先生的谋面机会。

那是2018年，我院请他做学术报告，我正好忙别的事儿不在场，他却送给了我一本专著《文学及其所创造的》，并在书上题写了"文运长远"四个韵味无穷的字，是祝愿，但我读到的更是鞭策，一种暗示性的鞭策。

也许,人的一生,正如钱锺书在《留别学人》中所言:"转益多师无别语,心胸万古拓须开。"

好在尤袤说得好:"饥读之以当肉,寒读之以当裘,孤寂而读之以当友朋,幽忧而读之以当金石琴瑟也。"

我恪守:阅水而成川,阅韵而成文,阅人而成世。

2020年4月8日于抱朴行藏阁

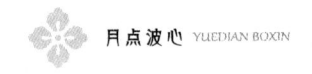

# 只剩下一条透明短裤

一切皆有可能。

那是2004年,就在我刚刚教了20年中学的时候,接到了大学古代文学老师的一个电话,说是大学里正缺少一个课程教学论的老师,我正好在重点中学教了20年,成为合适的人选,但竞争很激烈,这就要看科研成果了。

当我背着两大袋专著与论文出现在文学院时,院长惊呆了。我猜他一定在想:一个中学老师,怎么可能有这样的科研能力?最后,他却当机立断决定录用了我。好像听他自言自语:你的科研成果超过了我院所有人的总和。

一切皆有可能。

我并没有立即向我所在的中学校长报告,一直等到放暑假,才提出调动的事情。我知道他是不可能同意的。

就在这时,校长来到了我家,让我竞选办公室主任,把我留下。

就在这时,教育局局长表达了对我工作的认可。

就在这时,副市长表达了挽留的意思,好像是说准备提拔我担任副校长。

就在这时,市委书记打电话给了校长,好像在说:"这么优秀的人才,你都留不住,辞职吧!"我正好在场。

就在这时,我毅然做出了调动的决定。

一切皆有可能。

看着我去意已定,领导们因为我特意联合市委宣传部、市编办、劳动人事局、财政局、教育局,出台了一个文件。大意是:评上高级职称的老师,服务期为8年。调动时,如未完成,应扣除所差服务期全年工资。

听到这一消息,如雷炸耳。仔细一算,我得交七万六千元。

这是一个什么数字?

这是我工作8年,白干了8年,分文不入,只能买一条透明短裤的最大可能。

这是在当年可以买一套130多平方米房子,在我们看来是豪华奢侈的可能。

这是在当年可以买到一辆豪车,在我们看来连站在车前的勇气都没有的可能。

这是在当年我父母在农村干一辈子都无法实现的可能。

一切皆有可能。

听到这个数字,母亲用右手揩拭着眼泪挽留着我说:"儿子,留下吧,你这么一走,我们家的天都要塌下来。"

听到这个数字,父亲却猛吸了一口烟,干脆地说:"去吧。"简短得不能多加一个字,意味深长,仿佛一切都在行动中,越快越好。

大舅说:"大学有重点中学待遇好吗?那里是你施展才华的地方?"似乎担心着福利与能力。

朋友说:"办公室主任,校长之后,中间纽带……"好像有更多的言外之意。

妻子却最了解我。"去吧。那里才是你施展才华的地方。你的梦,就从此开始。"

一切皆有可能。

就在我雷厉风行的时候,教育局长很关心地对我说:"你真走啊!哪来这么多钱呀?"好像是有意挽留。

就在我当机立断的时候,校长问起司机:"他难道真的去意已定?这钱交

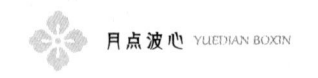

得起吗？"好像怀疑着我的支付能力。

他们，没想到，所有人在休息的时候，我在做什么。我在读书，我在写作，只有书能改变命运。

只有读书，将一切变得可能。

一切皆有可能。
当我来到大学时，我发现连介绍都不一样。
当我遇到校长时，人事处处长，首先把我介绍给校长，却不是把校长介绍给我。
记得当天正好碰上当年的同事。知道我调入大学，于是有了下面的疑问：
"你读博士了？"我摇头。
"你读硕士了？"我依然摇头。
"那你家的来头一定不小。"我的头摇得更快。
我轻轻地说："只是喜欢读点儿书而已。"

一切皆有可能。
人生最重要的是选择。
人生最重要的选择是：选择放弃什么。
选择放弃，才意味着收获。
人生，本来就是一边放弃，一边得到。
我放弃了金钱，收获了一条短裤，一条透明的短裤，一颗透明的心。

2020年7月13日 于抱朴行藏阁

【心灵独语】

# 我在越轨中生活

有时，每每看到一道风景，我就会这样想：
这个世界真美！美得总是让人措手不及。

还没来得及欣赏美丽的春天，夏天的雨就来了；还没来得及淋夏天的雨，秋天的叶就到了；还没来得及懂她，她的头发就已经开始白了；还没来得及说爱，就彼此错过了。

正如米兰·昆德拉所说："这是一个流行离开的世界，但是我们都不擅长告别。"

好像，我的一生，基本上没在正道上行走，总是在超越轨道后渐行。

上小学，足足8岁才开始。尽管8岁了，身高、体重，依然排名偏后，这倒落了个清静，并没有同学怀疑我比他们大。但不争气的是，学习算术时，学数数，老师要求每人买一盒火柴，我也买不起，尽管那时只是3分钱一盒，只能用剪刀把稻草剪成100段。

上高中，虽然在乡下就读，却考上了城里的重点高中，可是父母也只同意在乡下读。其实，学费都是舅舅寄来的，所以舅舅多了一个儿子。

1981年，那年学费只要交8元，家里却交不起，我只好辍学，去了一趟舅舅家。我只好给班主任写了一封信，表达家庭经济困难，暂时上不了学。

大概由于班主任是数学老师，大概班主任请语文老师看这封信时，语文老

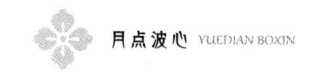

师是个小学毕业自学成才者，大概是我学着用文言写的，他们竟都理解为交不起学费，最后校长直接给我把学费免了，我才有机会参加了高考。

终于考到了重点大学的分数，以为可以上一所好的大学了。可是最后上的却是专科学校。因为，是小学老师指导填写的志愿；因为，小学老师知道我家很穷，交不起学费；因为，只有师范专业是免费的。

大学毕业后，本可以从事行政工作的，却因为母校需要语文老师，却因为母校有领导在教育局工作，却因为母校有领导在主管教育局工作，大学班主任只好直接把我分配到了厂矿企业学校，从此开始了毕生的教学生涯。

十几年后，由于自己的努力，好不容易调入了重点中学，有了施展才华的机会。

之后，不到十年，又有了调入大学任教的机会。这才真正开始有了自己足够的学习时间，有了进一步提升的机会。

几十年来，一直坚持着学习，以超越正常轨道的方式。
也许，别人正在休息的时候，我却在挑灯夜读。
也许，别人抽一支烟的时间，我刚好看完了一页想看的书。
也许，别人喝完一顿酒的工夫，我正好撰写完了一篇文章。
也许，我更相信成才的定律：
坚持三年，当小成；用心五年，必中成；奋力十年，定大成。

有人说，我的一生曾经经历过这样的轨迹：
读的是普通高中，教的却是重点高中；
念的是专科学校，教的却是本科大学；
专心的是一件事，成就的却是一个行业领域；
从来没看见你从事文学创作，一不小心却成了一个高产的散文作家。

可是，有谁知道，我早已经把寂寞熬成了一锅粥。

我的孤独不是在山上，而是在街头，不在一个人里面，总在许多人中间。

其实，生活，不一定要天天直行，有时弯道才是最好的超越。

很喜欢邓晓芒的一段话：

"我们面前终于出现了一位作家，一位真正的创造者，一位颠覆者，他不再从眼前的现实中、从传说中、从过去中寻找某种现成的语言或理想，而是从自己的灵魂中本原地创造出一种语言、一种思想，并用它来衡量或'说'我们这个千古一贯的现实。"

我们，为什么不可以，在超越的轨道中渐行。

很坚信博尔赫斯的一句真理：

"世上所有的事，都是一件事的不同侧面。"

有些时候，看上去似乎越轨的行动，可能正是规范的通途。

或许，正是因为越轨而颠覆，正是因为敢于颠覆而不断超越。

The Best Time is Now.

2020年8月3日 于天沐温泉谷

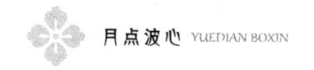

# 子非鱼，安知鱼之乐？

我喜欢，"静闻鱼读月，笑对鸟谈天"的处世境界。
我警策，"水至清则无鱼，人至察则无徒"的古训。
我受用，"授人以鱼，更应授人以渔"的教育方法。
我懂得，孟浩然"坐观垂钓者，徒有羡鱼情"的言外之意。
我参悟，柳宗元"孤舟蓑笠翁，独钓寒江雪"的无奈等待。

有50年没钓鱼了。

有一天，朋友邀约到山庄钓鱼，我一口就拒绝了。万般劝说之下，答应陪他们去观察观察，一饱眼福，毕竟钓胜于鱼。

看着他们带上的现代装备，一路上更加坚定了之前的想法。

下车后，看着池塘，清澈澄明，碧波荡漾，我醉在诗意里；

巡游间，不经意时，突然一条草鱼从水中跃起，画出一道弧线，随即又窜入水里。

好像是模特走台，互不相让，一展风姿。

有的成群地游向你的眼底，让你一享从容之乐；有的突然在草丛里用尾巴拍打出水声，溅起的水儿从空中参差落下，那种没有准备的袭击，爽然却来不及拍摄；有的悠然地吐着水泡儿，就像娃儿春天里踏青时忘我地吹着水泡儿；有的娴熟地拉钩，好像在逗你玩儿似的，那简直就是一场智慧的较量，快乐时只愿"俯首甘为孺子牛"，唯愿一塌糊涂。

一小时倏忽而过，并没有一条鱼儿上钩。

这时，只见庄主拿着一根小竹竿，朝我而来。

看着这根竹竿，我仿佛回到了童年，回到了快乐的童年，回到了快乐的童年钓鱼时代。

原来，主人这鱼竿，就是特意为我准备的，落后，原生态，简直就是当年我的那一根鱼竿，不知什么时候流落到他的手中。我快乐地接上，当即进入儿童时代的记忆与体验。

奇怪的是，刚一下钩，就有鱼吞钩了。我以为现在的鱼儿太精明了，是不是也在跟我斗智，竟将浮标一拉到底，我并没太在意，只是随手拉了拉鱼竿。可是意想不到的事儿竟然意外地发生了。竿儿竟然拉不动，我想鱼儿还真是上钩了。瞬间，我开始有意识地准备"请君入瓮"，就在慢慢拉向池塘边的刹那，鱼儿"啪"的一翻肚皮，还真是一条不小的鱼儿。可是，就在高兴的片刻，一溜儿，鱼儿又借势逃入了水底。毕竟童年时有过经验，我让鱼儿自然地行游，顺势拉出水面，拉向池塘旁边，疲倦正在小憩的鱼儿没有丝毫准备地让我拉向了岸边。就在靠岸的刹那，我眼看可能掉入池塘，说时迟那时快，我用双手掐住了。可是，出乎我预料的是鱼儿一个用力的动作竟然把我拍倒了，之后便滚倒在水泥马路上。

等我反应过来的时候，我发现膝盖上已经划破了一个大窟窿，鲜血直流。

我想起了著名作家海明威《老人与海》中老渔夫圣地亚哥的一句名言："一个人可以被毁灭，但不能被打败。"

原来，潜能的力量，不可思议，不可预测，可以在超越中颠覆，可以在颠覆中超越。

仿佛，村上春树的一句话警醒了我：

"不是所有的鱼，都生活在同一片海洋。"

似乎，玛丽莲·梦露的一句名言让我醍醐灌顶：

"你可以拥有一切，但不能同时。"

2020年9月25日于南国楚天阁

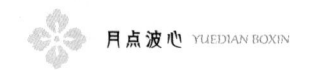

## 五十八岁，闪电后的阳光

不要再相信夫人对你的赞美："老公，我更愿意看你抽烟的样子。"那是因为她在有意转移你喝酒的嗜好。

不要再相信朋友对你的称赞："哥，我发现你的酒量越来越好。"那是因为他在有意提醒你别再多喝了。

不要再相信儿子对你的提议："爸，我们一起喝点儿'贝克'吧。"那是因为他已经把白酒替换成了啤酒。

我知道，我已不再年轻。

怪不得，白居易五十八岁的时候，离开杭州，从此定居洛阳。

那是唐代的第二大政治、文化中心，武则天就在这儿度过了晚年。

白居易在这儿享受着竹木池馆，林泉之致。

这个年龄，最喜小儿无赖——天真，活泼，可爱。

看着小孙女磕磕碰碰地行走，那种担心，那种期待，那种拥抱，就是一种幸福。

听着小孙女一边玩积木，一边熟练地背诵《三字经》，那种模糊中的清晰，那种清晰里的模糊，才真正理解："清水出芙蓉，天然去雕饰。"

欣赏着小孙女左手将饭菜娴熟地送入嘴中，那种执着，那种饭粒偶尔掉下，却又马上用自己那藕节般可爱的小手拾取，然后再放入嘴中，之后又不忘舔舔小手的天真，烂漫得一塌糊涂。

这个年龄，最喜观山看水。

不敢说坐看云起。不知道是天意还是人为，早在2008年就买好的天沐温泉谷谷溪居，去年年底正式启用。

每每推窗而立，清晨看着太阳冉冉升起，那种温暖，那种阳光，那种欣喜，还没等来得及用手机拍下，她就躲入了山际，简直就是激情相拥后的失落。

每每坐拥书台，小憩片刻，伫立而望，窗底下的小溪流水，总是奔腾不息，好像总是朝着一个方向，锲而不舍。

每每环溪而行，听着上海话、杭州语、广东腔、湖南言，我就想起当年上海的皮钦语。原来，语言的融合，就是思想的碰撞。


这个年龄，最喜读书写作。

我喜欢读书，就像喜欢筷子一样。我发现，活到现在，拿得起放得下的也只有筷子。

郑板桥说得好："多读古书开眼界，少管闲事养精神。"

今年，好像是天意，朱熹闯入了我的世界。

年前，就在孔夫子旧书网发现了《朱熹文集编年评注》，花了800元预订。

年后，一直没有收到，原来是出版社因疫情涨价了，价格简直是翻了近一倍，好不容易花了1380元才从当当网买到。

读了朱子，才知道什么叫废寝忘食，什么叫欲罢不能，说是陶醉一点儿也不是自作多情。

当我发现在读者视野中仅仅把朱熹理解为一个理学家时，那完全是一个历史性的误读。因为囿于个人识见，因为历史的遮蔽。

一个历史人物，如果其某一方面的成就太突出，那么其他方面的成就就往往会被那一方面的光芒掩盖起来。

其实，前几年，在我读了《司马温公全集》时就有这种想法：司马光，不

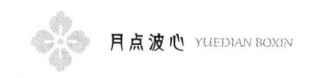

仅仅是一个政治家、思想家、历史学家，其实他还应该是一位出色的文学家，纳入唐宋八大家之一毫不逊色。

在宋人中，这样的人大有人在。范仲淹的文学为其政名所掩，欧阳修的经学为其文名所盖。即使在一种学问内部，也是一样。陆游的词就为其诗所掩，姜夔的诗又为其词所盖。

当然，朱熹的文学业绩就是被他作为理学家的赫赫声名完全遮盖住了。

今年，真是出乎意料，没想到方回以另一种方式进入了我的视野。

阅读，往往是一种意外的发现。之前，我熟悉方回，是因为《四库全书总目提要》说他："学问议论，一尊朱子。"正好在阅读朱熹时，想起了方回，正好想起方回时，在当当网发现最新出版了方回的《瀛奎律髓》。于是就在阅读朱子的同时交互着阅读起《瀛奎律髓》。原来，方回著《瀛奎律髓》的目的就是为了重振"江西"旗鼓，纠正其阙失，维护发扬其创作主张和美学准则。他提出的"一祖三宗"，至今仍然极具研究价值。读着，想着，于是在读完这五卷本之后遂有了《江西诗派诗歌创作修辞策略辩证研究》的写作动念。

今年，没想到张潮的一句话，我又顺藤摸瓜阅读起他的《幽梦影》。

当我著得11部书时，当我注得4部古书时，我找到了幸福的支点。

张潮在《幽梦影》中说："著得一部新书，便是千秋大业；注得一部古书，允为万世弘功。"

也许，比起大家，我仅仅是萤光亮于皓月之下。

但我不会忘记他关于读书的真知灼见：

"少年读书如隙中窥月，中年读书如庭中望月，老年读书如台上玩月。"

这个年龄，应该相信：行到水穷路自横，坐看云起天亦高。

这个年龄，应该选择孤独。苏格拉底说："唯有孤独的人最强大。"

这个年龄，应该接受别人的离开，他们也有自己的星辰与大海。

这个年龄，闪电之后，阳光灿烂。

2020年9月28日于南国楚天阁

【参悟人生】

# 人生，就是一双筷子

最近，反思生活，正好一边吃饭一边思考。

当筷子悬在空中时，我在想：真正拿得起放得下的只有筷子。

其实，人生，就是一双筷子。

一双筷子，成双成对，那是中华民族的传统文化。

我想起了当年考南开大学汉语史专业的时候，就有这么一道试题："你认为最能体现中华民族特色的一种修辞是什么？"

没见过。倒是有一次写春联的时候，一位高中生一句无意的问话引起我的注意："不知道用英文写对联是什么效果？"

于是，我认定：对偶，就是最能体现中华民族特色的一种修辞。

说起来，"从偶"还真是中华民族的一种文化心理，生活中随处可见，好像一旦没有成对的东西，就有失衡感。

一双筷子，粗中有细，那是中华民族的生活哲学。

你看，一头小，一头大，正提醒我们生活应粗中有细、粗中见细。往往一个人的成功总是从注重细节开始，细节决定成败。从细节开始往往成就伟大。

一双筷子，拿捏到位，那是中华民族的运筹帷幄。

有的人，总是将手握在筷子的偏低处，筷子的顶端形成一个大开叉，夹起菜来总是干着急，要么只能夹起一小块，要么看着一大块艳羡、遗憾，这只能说明心细，却无力把控，不懂得回旋，也无力回旋。

有的人，总是把手握在筷子的偏高处，筷子的底端却也形成一个大开叉，好像有了夹大块菜的可能，可是屡夹屡败，这只能说明心大，却无能把控，徒有一颗贪婪的心，能力不到，何以成就大事。

有的人，总是善于琢磨，一琢磨就发现：只有将筷子握在大约三分之一的位置，夹起菜来才得心应手。因为把握了黄金分割的定律，看上去握姿优美，实际上拿捏精准，这样的人，才能真正地运筹帷幄、处事不惊。

一双筷子，心定乾坤，那是中华民族的博大胸怀。

一个沉着的人，总是像筷子一样，四两拨千斤，面对困境，总是心定乾坤阔，指挥若定。

你肯定见过，当一盘飘香的仔鸡鹌鹑端上桌的时候，大多数人都急于去夹鹌鹑蛋，结果却总是看见夹了又掉，掉了又夹。实在看不下去了，我不慌不忙地做了一个示范，不快不慢，不轻不重，用力均匀，将一个个鹌鹑蛋夹入小朋友碗中。

其实，生活就是这样，淡定，坦然，不急不躁，在平衡中琢磨，在琢磨中平衡，一切皆有可能。

我也见过溺爱的家长，看上去爱得一塌糊涂，实际上毁得迅雷不及掩耳。

记得有一个好友，他将自己的女儿转到我所在的学校读书，有一天在我家用餐，我清楚地记得他跟女儿说过这样一句话："女儿啊，以后做客，桌子上你喜欢吃什么就在什么地方坐下来，用筷子夹起来方便。"结果，我真目睹这闺女就在一盆清炖鸡旁坐下了，看着她夹上一个鸡腿后，随即就用手拿着啃上了，我在揣度：将来一定很难嫁出去。

后来，看见她胖得惊人的样子，应验了我的揣测。

我也见过难看的吃相，我有一位同事，有一次见他吃饭时，筷子总是在盘子里拨来拨去，夹了又放下，好像是沙里淘金，一直就没有间断。

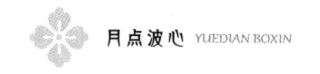

后来的每一次，他都是这样。

我在思考：这样的生活习惯，这样的为人处世，这样的贪婪、自私，总是在占有中放弃，在放弃中持有，可能就是失败的开始。

其实，筷子的哲学，早就告诉我们：

一个人，应该拿得起，放得下。人生，本来就是一个一边拥有、一边失去的过程。只有在失去的过程中，才能不断地拥有；而一味地无休止地拥有必然失去。

我们为什么不愿意丢弃生活中那些不重要的90%，去积极地拥有那剩下的10%呢？那样或许会让我们收获更多。

正如马德所言："生活总会给你答案，但不会马上把一切都告诉你。"

余华在《活着》里就这么说过："生活是属于每个人自己的感受，不属于任何别人的看法。"

愿我们在生活中握好自己的筷子，拿得起，更应放得下。

2020年10月7日于南国楚天阁

【参悟人生】

# 人生，就是一辆自行车

活了大半辈子，你会发现：有些东西是可以舍弃的；留下的，就是最重要的。在我，就是一辆车，一辆自由可行的自行车。

有时想，人生，就是一辆自行车。

当年参加工作的时候，一个月才38元的工资。心中只有一个愿景：一台黑白电视机，一台收录机，一辆自行车。

可是，直到结婚时，才拥有了一台飞跃牌黑白电视机，一台收录两用的录音机，自行车只能成为婚后的一种共同追求。

好不容易，花了几年的积攒才拥有了一辆自行车，大概是为了纪念，没有买凤凰牌，没有购飞鸽牌，却买了一辆"飞跃"。

好像心中只有一个念想：让生活的每一步有一个质的飞跃。

那时，拥有了一辆飞跃牌自行车，好像就拥有了一切。

载着爱人，春天在油菜花地里踏青，仿佛所有的油菜花香一直缠绕着我们。

载着朋友，夏天去遥远的水库游泳，从东面游向西头，似乎那就是友谊的全部。

载着娃儿，秋天里裹着棉袄，闻着飘香的烙饼，儿子承诺上幼儿园一定听老师的话，便成了一种思、想，既思且想。

载着思想，冬天里雪花飘过，骑着自行车在雪地里绕圈儿，鲁迅笔下的鸟儿，俨然有意选择在冬天鸣叫。

人生，仿佛拥有了一辆自行车，就像李乐薇心中拥有了我的空中楼阁。

记得，儿子第一次学自行车时，我并没有答应，只是带他出来一起共同地体验。

我先是在没有行人的时候，在操场上娴熟地慢悠悠地骑着，之后便把两条腿水到渠成地架在了车把上，手慢慢地离开了车把，自行车在操场上自由地游荡，就在游荡的得意间我吹起了口哨，仿佛成了一趟音乐的旅游。

我发现，儿子分明看得发痴了。就在儿子发痴的刹那，我将自行车停在了他的身边，我知道他已经对学自行车有了浓厚的兴趣。我并有劈头就给他来一大套理论。只是一边走，一边将自行车推到了一条稍有坡度的小路。

我开始示范了起来。先是左脚踩在踏板上，然后侧身，接着将右脚慢慢踏起不断往前推，反复多次，儿子一直盯着，竟有想试试的想法，我并没有马上同意，而是建议他仔细观察。之后，我便在前面的基础上加大难度，就在一边推，一边踏起脚跟时，寻找平衡点，趁势将右腿慢慢地悬在空中，慢慢地将臀部坐在了后垫儿上。儿子发现这一细节，再也按捺不住了，学习的兴趣与欲望高涨。

就在反复推着前行与踏脚的体验中，儿子慢慢地找到了平衡感，在反复地体验平衡感中，竟然也敢于尝试着将臀部坐在了后垫儿上。

就在反复尝试与体验中，儿子尝到了乐趣，发现了规律，兴趣自然高涨。我便趁机给他布置了一道作文《学习，就像骑自行车》，他知道：原来，学习就像骑自行车一样，只要找到了方法，一切就迎刃而解。

记得，有一次去大舅家吃晚饭，回来时为了抄近路，就准备跳过坑儿，一跃而过。就在准备跳跃时，发现对面正有一个人艰难地将一辆自行车推过来。黑暗中，我努力地接过自行车的前轮，顺势拉了上来。对方在谢过之后，便一溜烟地骑走了。回到家时，爱人正要我出去接一个朋友，当我拿出钥匙，正要骑自行车时，才发现自行车不见了。仔细一思索，才发现刚才帮忙推过的那辆自行车就是自己的。这个世界太小了，小到正义支持了邪恶。原来，有时真理与谬误就在一瞬间。

记得当我买上第一辆小车的时候，那兴奋的劲儿，就像一个女人突然发现自己怀孕了，兴奋，自豪，幸福，终于有了存在感。

可是，每每上超市时，总是困惑，找不到停车的位儿，当然不是现在这么方便，有停车位。

一想，还是自行车方便。方便得不受时空的限制，方便得思想从来就自由飞翔。当年，上海育才中学一位特级教师就说，他的每一篇作文题目就是在骑自行车的路上思考完成的。

有时想，人类的健康，亦恰如一辆自行车，人总是在老着，有些部件，随着年龄的增大，自然会有些老化，可是，老化是规律。而我们在对待健康时，总是出现一种概念的混同，以为老就是病，一病就紧张，一紧张就加速病情恶化，一恶化就缩短寿命。

其实，人生就是一辆自行车。老是规律，只要主体不出大问题，就像自行车一样，只要有两个轮子，有支撑人体的杠杆，有足够的气力，就可以前行。有人甚至担心，没有了刹车怎么办？脚不就是刹车嘛，自己就是最好的刹车，自己就是最好的掌控者。

作家亦舒说过："每个人最终的归宿，都是自己。"

其实，每个人最终最方便的出行，就是自行。就像作家刘同所言："曾经我认为：孤独就是自己与自己的对话。现在我认为：孤独就是自己都忘记了与自己对话。曾经我认为：孤独是世界上只剩自己一个人。现在我认为：孤独是自己居然就能成一个世界。"

这一生，决定我们能走多远的，不是能力而是选择。

有时，一旦舒适过了头，人就废了。而选择自行，以自行车承载人生，或许，走得更远，行得更为舒坦。

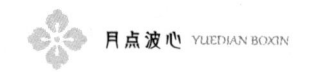

失去指望，才有希望；放下面子，活成里子；戒掉情绪，掌握人生。

真正的自由是在所有的时候都能控制自己，即便是一辆自行车，最终靠的是自己，路径，方向，速度，停靠。

2020年10月14日 于南国楚天阁

【参悟人生】

# 把自己活成原创

我喜欢写作。

我在写作里获得了人生真谛。

记得福斯特说过:"我非常确信自己不是一个伟大的小说家,因为我只写三种类型的人:一种是我眼中的自己,一种是激怒我的人,还有一种是我想成为的人。"

人生,就是写作,就是努力活成原创,活成真实的自己。

在我的心中,我一直喜欢陶渊明与苏轼,就像苏轼喜欢陶渊明一样。

但最近一段时间,在批读《朱熹文集编年评注》时,却发现苏轼差点儿被朱熹毁得一塌糊涂,好在读完之后,并不是一塌糊涂,却是北京大学的未名湖,美得一塌糊涂。

苏轼,无疑是北宋成就最高的文学家,他的影响不但没有随着时代变迁而消减,反而在南宋文坛上越来越大。

苏轼,同时又是一位思想家,可是他与"二程"的关系却成为宋代思想史上的重要公案。

于是,当朱熹以理学宗师的身份对历代文学家进行评点时,苏轼就必然成为无法回避的一个对象,一个最为典型的对象。

甚至,对苏轼的人品也有过严厉的批评,这里,显然有重修"洛蜀之争"的旧怨倾向。

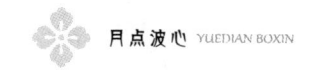

其实，纵观苏轼的生活史，傲视苦难正是他人格精神中最为耀眼的一幕。

或许，朱熹对苏轼人品的讥评，大多出于理学家的偏见。

但后来的朱熹，似乎对苏轼的气节、操守，赞叹再三，字里行间总是洋溢着仰慕之情。

尽管言出二口，但随着时间的变化，正说明时间就是历史，时间就是人格，时间就是魅力。不管是苏轼，还是朱熹，原来，生活就是原创。

朱熹说苏轼："英风逸韵，高视古人。"毕竟，苏轼才学过人，长于议论；毕竟人品过人，毕竟在文学创作上的杰出成就，让性喜文学的朱熹心折，心慕手追。

渐渐地，朱熹开始追和苏诗；渐渐地，仰慕之情溢于言表。

有趣的是，清代纪昀对朱熹追和《十一月二十六日松风亭下梅花盛开》诗一事的评价，正是最好的评价。

朱熹非常讨厌苏轼，唯独这一首诗屡和不已，这就是晋代人所说的"我见犹怜"。

这使我想起了《世说新语·贤媛》刘孝标注引《妒记》的故事：

桓温平蜀后，纳李势女为妾，其妻妒恨，欲往斫之，见李貌美，乃曰："我见汝犹怜，何况老奴！"

朱熹本来是憎恶苏轼的，但面对着优美绝伦的苏诗，不觉去憎生爱。

在朱熹看来，一个作家的人品与文品应该是一致的。

他讥讽过扬雄、孙觌；

他评骘过王维、储光羲；

他极口称赞过王十朋的光明正大。

这就是朱熹，本真的朱熹，原创的朱熹，不以一眚掩大德的朱熹。

生活中，最好的友谊，"不在身边，却在心间"。有一种现实，叫真的没几个人希望你好。但正是这种生活的真实，触动着自省，自觉，自励，自行。

有时，舒适过了头，人就废了。正如蔡康永所说："人生最可悲的就是在奋斗的年纪选择安逸。"

很多人成不了大气候,不是因为能力不行、机会不够,而是因为在生活的苦难里,停止了奔跑。

每个人出生都是原创,可悲的是很多人渐渐地成了盗版。

我们,为什么不可以坚持站着?也许,站着就是一幅价值连城的国画。

我们应该相信白岩松所说:"不管多大的风,都刮不了一夜。"

我们应该坚信聂鲁达的话:"当华美的叶片落尽,生命的脉络才历历可见。"

我们应该力行亨利·柏格森的警言:"要像行动者那样思考,要像思考者那样行动。"

我们应该把村上春树的一句话当作生活的最好指南:"不必太纠结于当下,也不必太忧虑未来。"

把生活活成原创。

2020年10月28日 于南国楚天阁

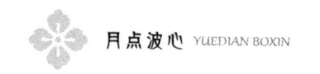

# 幸福，就是一双鞋

奥尼尔：幸福就是一双鞋，合不合适只有自己一个人知道。

——题记

小时候，幸福是什么？

幸福，在我看来就是一种满足。

是农村上梁时，一群小孩在地上对木工师傅扔下糖果的巴望与等待。

是春节时，从除夕晚上就红烧好了的整条鲤鱼一直到元宵节的嗅觉等待。

是乡下物资交流时，紧揣着一元钱逛遍了整个市场饱了眼福之后依然揣着一元钱回家的梦呓。

长大了，幸福是什么？

是上大学时，穿惯了母亲亲手缝制的布鞋之后，第一次穿上回力鞋的快慰。

是读歌德《绿蒂与维特》时，读到"青年男子谁个不善钟情？妙龄女人谁个不善怀春"经典的青春释悟。

是在开车的时候听到司机的感叹：幸福就是开惯大车后开小车的感觉；是在母女对话中听到小女孩儿的娇嗔：妈妈，我只想长时间地待在你的怀里。

中年了，一次观看电视，让我大彻大悟。

那是小尼主持的《开门大吉》。有一次，我看见一中年男性一直闯到了第三关，自己高兴得合不拢嘴，正向小尼提出想和观众说几句话时，我发现站在一边的妻子并没有高兴的笑容，而是紧锁着眉头。我顿时感到蹊跷，陷入思考。

我正认真地听着男主人的发言，大意是这样的：

朋友们！当你们有一双旧鞋子穿的时候，请你不要嫌弃，因为有的人连旧的也没有；当你能穿上一只鞋的时候，请你不要嫌弃，因为有的人连一只也穿不上。

幸福，就是拥有；拥有，就是满足。

说着，他高兴地跳了起来。原来，他两个脚都没有了，连穿一只鞋子的机会都没有。

妻子的忧郁，原来如此。可是，我们看到：中年男子的幸福就在于残而不废。

现在，我似乎在不断走向成熟。在成熟的年龄，我越发思考：幸福，到底是什么？

我想，幸福就是：

在每个危机里看到了机会。

在一无所有时，坚信自己能获得一切。

当你把谎言撕碎，在碎片中看到了真理。

在生而破碎中，用活着努力地修修补补。

正如聂鲁达所言："当华美的叶片落尽，生命的脉络才历历可见。"

福克纳告诉我们："不要伤脑筋去超越你的同辈或是前任，努力超越你自己。"

其实，每个人的幸福，就是一双鞋子。只有自己，才知道什么是真正的幸福。

幸福，是久别之后的意外重逢；

幸福，是一场大病之后的初愈；

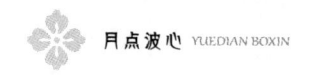

幸福，是丢失自我后的回归，失而复得；

幸福，是已经失望之后的一场颠覆性虚惊；

幸福，就是不期而遇，如约而至，未来之可期……

2020年10月17日 于南国楚天阁

# 蜗居哲学

每一个人都经历着群居与独处,那内心的矛盾,就像钱锺书所言:"围在城里的人想逃出来,城外的人想冲进去。"

在大学里群居,总想着毕业有一个单独居住的机会。

毕业了,单位分给了一间20平方米的单间,那种跳起来终于摘到桃子的感觉,真是幸福得一塌糊涂。于是,梦想在这里诞生。

没有干扰,没有约束,完全属于自己的空间。在这里,我做了一件在自己看是惊天动地的事。我把《辞海》通读了一遍,那种自律,那种坚持,那种收获,自己都佩服自己。最后做出的笔记,早已超越了《辞海》本身的厚度,这才懂得了书越读越厚的道理。

于是,又开始了《词源》的阅读。不知是《词源》的词条艰深,还是因为开始了恋爱。

因为恋爱,蜗居由一楼搬到了二楼;因为恋爱成功,蜗居由一间变成了两间。在这里,收获了爱情,有了心爱的宝宝。

什么叫时光的不知不觉,不在恋爱的状态,那只能是"子非鱼,安知鱼之乐"?

在这里,我尝试了胎教原理。坚持每天都给胎中的宝宝讲述《中国通史》,让爱妻坚持阅读名著。

怪不得,孩子长大后,非常认真地问我:"爸爸,这些东西好像在哪里听

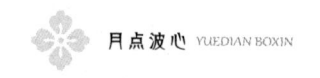

过？"开始，我也感到纳闷儿：一个学理科的孩子，这么喜欢历史，对名著这么熟悉，甚至《水浒传》中的一百单八将，倒背如流。仔细一回忆，原来是胎教的功效。

一段时间后，终于分到了一套房子，35平方米，竟然获得了官方设计奖。竟然把自己乐得开怀，毕竟在使用功能上有相对的分工。

在这里，真正懂得了邻居的可贵。直到现在我们还保持联系，相互走动，那真是心相邻、惬意居。

在这里，真正培养了孩子独立的能力，毕竟一岁半，我们就让他一个人单独住一间，就开始上幼儿园了。怪不得，孩子后来总是说："爸爸妈妈，即便把我放到沙漠地带，我也能独自生存。"

又一段时间后，进城了。我被安排在一间地下室暂时居住，那才是真正意义上的蜗居。

房子面积小了，只有十来平方米；房子，居住环境恶劣了，电视机上，生出了至今都不知道的名字的虫儿，抹了又长，长了又抹；甚至连老鼠也跟你开起了玩笑，每天正要做饭的时候，它早已咬断了电子打火脉冲线，灶台下面总是一堆从别地儿搬来的骨头，恶心得只想吐，奇怪的是连养在水桶的鱼儿也不见了，原来这地下室还有着天然的地洞。

就是在搬走的时候，也有了永远不会忘记的记忆。在我苦心购买的一套《芥子园画谱》中，竟然躺着五个红通通的小老鼠。

真是"屋小乾坤大"啊。

终于，有机会集资建房了。由于过去不曾有买房的先例，生活总是过得无忧无虑，孩子尚小，不曾有积蓄的计划，只好求助于亲朋好友，购买了一套128平方米的房子。

搬进去的那天，才知道什么叫宽敞，什么叫心旷神怡。每每坐在客厅中，那种因为宽敞带来的快乐，好像之前不曾拥有；每每坐在真正第一次拥有的独立书房，仿佛看见北京大学袁行霈在书房里开始写作的状态，在这里，我生产出了很多很多改变高考考生命运的产品，从此有了交手机费的零花钱，从此，再也没有打手机时因为时间长而有意挂断的借口。

或许，因为装修时，有意购买的一幅画暗示了我：只有打破旧有格局，才能改变自己。

后来，调到大学工作，因为作为人才引进，享受了一套分配的工作用房。

那面积突然变成138平方米，还有一个柴棚间。

心里突然有一种感觉：只有读书才能改变自己，读书才是看世界的路。

在这里，我开始了真正意义上的论文写作；在这里，我尝试着专注地撰写；在这里，我曾一次性购买书籍176本；在这里，我已经开始了全集的全面阅读与爬梳。

在这里，我懂得母亲年迈，上楼的不易。

我得为母亲晚年的舒适考虑了。于是选择购买了碧桂园，选择了碧桂园的电梯房，选择了碧桂园的低楼楼层。

这里，除了满足母亲的需要，更有无限可能的空间。

在这里，我第一次设计了家庭图书馆，这完全是一次不可复制的尝试，在客厅里随时可以卧游。

在这里，我第一次设计了专用书房，所有近期可能用到的参考书都有序地进入到书房，搁置在书桌上。

在这里，第一次设计了专门的茶台，每每开始进入写作状态的时候，就预先准备好了茶水，每每写作疲劳的时候，就放下手中的活儿，用心地在阳台的茶座坐下，一边品茶，一边欣赏风景。

随着年龄的增大，随着对安静的追求，我最后把早已购置的天沐温泉谷有意做了精致的装修。

房子面积虽小，又一次真正回到蜗居的概念。但那是新生活的开始。

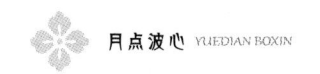

我不再渴望生活的豪奢，我只追求晚年的穆静。

所有的装修走的都是极简路线，只有整体书柜，选择了博洛尼著名品牌，那是改变我人生的至爱，我终生不能愧待。

我想在这里看山看水，坐看云起，闲思王维。

我想在这里闲听"寒江近户漫流声"。

我想在这里坐享"竹影临窗乱月明"。

我想在这里"临觞不及醉，分散秋风里"。

我想在这里一睹"山影水中尽，鸟声天上来"。

2020年6月24日 于抱朴行藏阁

【参悟人生】

# 有时，人就是一只螃蟹

第一次，知道有曹植这么一个人，是因为成语"才高八斗"。

然而，就是第一次，我对曹植的命运，就有一种不祥的预兆，那时还是读高中。

谢灵运曾经说，天下才总共一石，曹植独得八斗，他得一斗，而自古及今只用一斗。

这样看来，似乎有些夸张，但也足以说明曹植的才能，真是英才盖世，也说明曹植在谢灵运心中的位置。这样的人，能不遭人嫉妒吗？这样的人能不遭人陷害吗？

第二次，进一步了解他，是因为七步为诗的典故。文帝曹丕曾经想陷害曹植，因为曹植没有罪，于是想方设法加害于曹植。于是让曹植七步之内作诗，一旦在七步之时限内没有作成诗，就治罪于他。可是，曹植不愧是诗才，应声即为诗一首。其诗的内容是：

　　煮豆持作羹，漉菽以为汁。
　　萁在釜下燃，豆在釜中泣。
　　本自同根生，相煎何太急。

当然，也有另外一个版本。从表情达意上看，我更愿意相信这样一个版本：

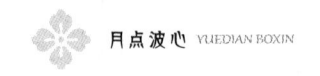

煮豆燃豆萁，豆在釜中泣。

　　本是同根生，相煎何太急。

据说，曹丕听到这首诗后深有愧色。

很显然，曹植的高妙在于托物言志，极尽讽刺之能事。

大意是我就好比是豆子，你就是豆梗。我现在在锅中被煮，备受煎熬，你却得意扬扬地化作熊熊烈火，焚烧着我。我们本是同母亲生兄弟，你为什么煎熬我，陷害我，这么急切。

你看，兄弟之间，如此嫉妒，如此残忍。

嫉妒，就是一堆干柴，时刻寻找着燃烧的机会。

过去，读此诗，只读出这样的一种言外之意。

今天，我似乎从诗中又读出一种深层的结构意义：

一个人越有才，越时刻遭受着残忍的毁灭。有时甚至是大义灭亲，有过之而无不及。

第三次，进一步同情他，是因为意外地读到明代蒋一葵的《尧山堂外纪》。

那是一套在我心中早已心仪的典籍，搜罗了几十年，终于在今年买到了。

当我读到有关曹植的第一段文字时，我发现曹丕真狠，原来他对曹植的构陷蓄谋已久，只是我们阅读面狭窄，知之甚少，读后，对曹植的命运，真是悲恨从中而生。

原来，曹丕在设陷七步为诗之前，早已动念。

有一次，曹丕与曹植一同出游，看见两只牛在墙间斗，一只牛坠井而死。曹丕以此诏曹植赋诗，且要求曹植在诗中做到"四不"：不得言牛，不得言斗，不得言井，不得言死。不仅如此，还有更加苛刻的要求：走马百步，要成四十言，不成，即加罪。

没想到，曹植策马而驰，应口即成。其诗云：

【参悟人生】

> 两肉齐道行，头上戴横骨。
> 行至凼土头，峛起相唐突。
> 二敌不俱刚，一肉卧土窟。
> 非是力不如，盛意不得泄。

曹丕万万没想到曹植还没走马到一百步，诗就写完了。

真是不着一字，尽得风流。所有的言下之意尽在：非是力不如，盛气不得泄。

关于曹植，一偶读《尧山堂外纪》，真是长知识，长见识了。

在其《谯楼画角之曲》中，我读到了"三弄"：

> 为君难，为臣亦难。难又难。
> 创业难，守成亦难。难又难。
> 起家难，保家亦难。难又难。

好像是一生的总结，就这样，毫无保留地送给了我们，那是人生中的处世与生存的真货。

从曹植的一生中，我们发现：人们眼中的天才，之所以卓越非凡，并非天资超人一等，而是付出了持续不断的努力。

可是，有时，人就是一只螃蟹。

如果，把螃蟹放进水桶里，任何一只螃蟹都会凭自己的本事爬出来。

但如果放上很多螃蟹，就一只也爬不上来。

越是在下面的，就越会拼命地往上挤，最终谁也出不去。

这就是挤。

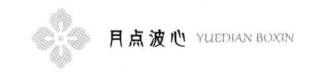

这就是压。

这就是挤压。

这就是嫉妒式的挤压。

世界上，总有一些人，就是莫名其妙地讨厌你。如果你每天把关注点放在他们身上，只会烦恼不断。

网络作家扇骨木说："有些人，就算你没得罪他，他也会嫉妒你，诋毁你，甚至想毁灭你。"

鲁迅早就说过："很多人都见不得别人过好日子，自己没的，若别人有自己就会心生恨，若别人正极力追求一个自己没有却也十分想要的东西便会极力撺掇说：此物不好。"

卡耐基说，没有人会去踢一只死狗。所有的言下之意，言外之意，胸中块垒，全蓄积在这10个字里头，谁体会得深，谁的收获就更大。

嫉妒，可能是所有天性当中最不幸的一个事，由于嫉妒，人不去从自己所拥有的事物中去汲取快乐，却不断地从他人所拥有的事物中汲取痛苦。

我特别欣赏几米的一句话："我掉进井中，最深的绝望时，却低头看到了满满的星光。"

只有活成一个小太阳，才能把阳光投射给身边的人。

面对嫉妒，我们应多想想苏轼与苏辙的兄弟情谊。

面对嫉妒，我们应多了解凡·高与高更相处的细节。

如果每一个人都能像凡·高与高更那样相互嫉妒，那整个人类就会因为嫉妒而伟大。

2020年6月10日 于天沐温泉谷

【参悟人生】

# 我们努力奔跑，只为留在原地

有一个人，21年了，我一直无法忘记。

他是我教过的高中学生。他的名字叫王义元。

他是农村的孩子，黑得一见到他，就再也无法忘记；那眼睛好像一不小心掉进了窟窿，但却一直在努力地向上爬。

他每做一件事，都会让你无法忘记。

那是一次作文课，题目是《假如……》，他的题目是《假如我有一个馒头》，我一看题目被震撼了，再看内容，其中的几句，至今记忆深刻："假如我有一个馒头，我在饥饿的时候，吃上半个，四分之一留到饥饿难耐的时候再吃，剩下的四分之一永远不吃，等它晒干了留作永远的记忆。"

透过这样的几句，我看到了他的可贵：懂得珍惜，懂得分配，懂得留有余地，懂得饮水思源……

但令我终生难忘的是一次田径赛的活动。

因为来自农村，他有着特别好的体力与耐力，因此在每一次的1500米比赛中总是稳拿第一。

但是，在以往比赛稳拿第一的基础上，我建议他报3000米。他依然以过去的经验与速度开始了第一圈，但他发现在跑了第一圈之后，依然有很多人尾随其后，他慌了，于是在跑第二圈时，加快了速度。可是，在第二圈之后，依然有很多人跟随在后面，甚至有超越的趋势，于是，他改变主意，第四圈改为快

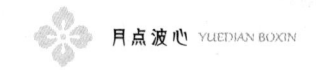

跑，结果，快要坚持不住了。甚至，想停下来，我却告诉他，坚持走完，就是胜利。结果，在第五圈时，大部分跑不动了，少数已经停下，放弃了。

从这样一次活动，我们看到：大部分人都因为跑得更快，失败在坚持；却不懂得即便再慢，只要坚持就是胜利。

今天，我在《爱丽丝梦游仙境》里读到红桃皇后的一句话是：我发现，哲理就在生活中，我们却绕着弯在书本里努力寻找。

这样的话，我看到太晚，但是，我感谢生活，让我早就有了这样的经历。

今天，我愿意把人生中的唯一送给你：

我们努力奔跑，只为留在原地。

也许，开始，你会和我一样不觉得震撼，但随着生活慢慢地回味，越体会越觉得意味无穷。

人们一直以为没日没夜地奔跑，才是积极的人生。可是，越急越心儿失措。其实，木心曾说过，人要慢下来，慢下来才叫生活，慢下来生活才有质量。每一个人都在奔跑，你却能留在原地，那是一种稳，那是一种平静，那是一种水不争流。

停止对生活的抱怨，修一张富贵嘴，养一颗富贵心，你会越来越富有。尤其是人到中年，你跑得赢别人吗？你总是走在孤独的路上，每天，你一睁开眼睛，周围的人都要依靠你，你却没有可以依靠的人。

有时，天然的迟钝与暂停，是为了自己更好地前行。真正厉害的人，从来不着急。人生也不必着急，只要找准了自己的方向，一步一个脚印，哪怕是暂时的停留。只要你的脚还在地面上，就别把自己看得太轻；只要你还生活在地球上，就别把自己看得太大。

停下来，读读书；停下来，来一次说走就走的旅行；停下来，养养身体。

【参悟人生】

身体和灵魂，总有一个在路上。

退步，原来就是向前。

2020年6月12日 于抱朴行藏阁

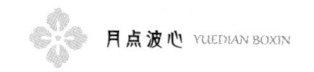

# 爱，就是分离

也许，你最原始的记忆是饥饿时抱着母亲的乳房吮吸之后的满足；

也许，你急不可耐的等待是母亲慢慢吹着刚刚蒸好的水煮蛋从空中送进你嘴唇的那一刻；

也许，你焦急的巴望是幼儿园放学的时候一拨一拨的孩子都被父母接走的瞬间；

也许，你最幸福的时刻是考上大学第一次回家时在车站万千人群中寻找父母的快慰；

也许，更多的爱，一直在路上，在回家的路上，在人生的旅途……

也许，你不知道：世界上，所有的爱都是为了相聚，但有一种爱是为了分离。

这就是父母对孩子的爱。

心理学家克莱尔说："父母真正的成功的爱，就是让孩子尽早作为一个独立的个体从你的生命中分离出去，这种分离越早，你就越成功。"

事实上，父母最成功的爱，就是让孩子学会分离。

有时，父母的唠叨，你总觉得不适应，其实这才是对你毫无保留的爱。

你永远不会乖乖听大人的话，但你一定在不知不觉地模仿大人。

全部的影响，或者说千分之九百九十九的潜移默化，都是榜样的力量，都是父母的端正与自律。

一旦你在自然中潜移默化，你就会用新的生命去放大，发出光芒。

【参悟人生】

父母是什么人，你就是什么人。

我们终其一生，也许不会积累太多的财产，也没有什么名望，但每一个父母都通过生活积累了一些好的经验和品行。

每个孩子生下来都是一张白纸，父母就是作画人，白纸变成什么样子，关键在父母。

我们不可轻视小孩子的情感。哪怕他给我们一块糖吃，那是有汽车大王捐助一万元的慷慨；他想我们抱他一会儿，而我们偏去抱别人的孩子，那真是一个爱人被夺去一般的伤心。

我们不要从特殊的行动中去估量一个人的美德，我们应从日常的生活行为中去观察。

每个人只能陪你走一段路，迟早是要分开的。

当你和别人在一起，你就只是和别人在一起；当你独处的时候，整个世界都在你的手里。

孤独是生命圆满的开始。真正能控制好情绪的人，比能拿得下一座城池的将军更伟大。

慢慢地，你就会明白：
有远见的父母，多半有点儿绝情。
父母，才是这个世界上最孤独的人类。
真正的母爱，是一场适时得体的退出。
严厉的父爱。只对一部分温柔，剩下的看心情。

有些温柔，途经就好。
分离，就是最好的开始。

2020年5月22日 于抱朴行藏阁

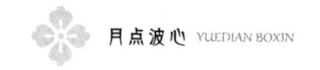

# 如果，你再百依百顺……

这是一个真实的故事。

我和爱人在北京儿子家度暑假回来的时候，在北京到南昌的高铁上，碰上了回宜丰老家的老乡。

一路上，看得出老两口的失落与遗憾。慢慢地交流，便打开了话匣。

原来，在北京安家的儿子，生了一对双胞胎，把老两口乐得只恨不得把家里的一切搬到北京，在那里忙上忙下，一切听从儿媳妇的安排，唯恐照顾不周，每天都是等儿子儿媳吃完，才肯动筷子吃剩下的残羹冷炙。有时看着一对双胞胎的淘气，只想看着发痴，那种幸福的满足，常常是筷子将菜送入嘴中，却生怕孩子们的快乐一不留神地给溜走了，直到甜蜜一直送到嘴边，才恍然大悟。

可是时长日久，儿媳妇发现家公家婆这么听从她的安排，这么陶醉于孙子孙女的天伦之乐，这么百依百顺，竟然每天下班后不回家，在学校办公室里玩着电脑，再也不回家看孩子，帮着料理家务了。

还是儿子发现这一规律，直接在办公室逮了个正着，才知道儿媳妇竟然有恃无恐地走到了这一步。

老两口，一气之下便回到老家。

见老太婆在车上两手一摊，念念有词地说："都是我百依百顺惹的。"那百般无奈的样子，直唤醒我的思考。

我在想：

这个世界，你是谁，只能决定你的起点；跟谁在一起，怎样在一起，才决定着你的终点。

就像一个要长途跋涉的人，所带的，一定都是必需品，不能打包带进行李的，都不是最重要的。重要的是：

你待人是百依百顺，还是适可而止。

还是很早的时候，就看到卢梭的一句名言：

"你知道用什么办法，一定可以使你的孩子成为不幸的人吗？那就是对他百依百顺。"

那时，还没有为人父母，并没有深刻体会。现在看来，一味地对一个人太好，你就输了，你就意味着失败。

现在才知道：

这个世界上，一百万人里才有一个主角，而这个主角必定是把事情做到极致的人。再温柔、平和、宁静的雨，也得有把人浸透的威力。

你心虽然善良，却应从不改变；你灵魂柔顺，却应永不妥协。

如果你不是准备将生活归零，一个人的善良，应略带一点儿锋芒。

不是所有的鱼，都生活在同一片海里。每一个人都有，只属于自己的不为人知的生活。你以为你百依，他们就会百顺？那是你在拿你的认知，去丈量他们的所作所为。

真正有远见的父母，都应下得了狠心，舍得苦孩子，而不是百依百顺，一味迁就。

教育家马卡连柯说过："一切都给孩子，牺牲一切，甚至牺牲自己的幸福，这是父母给孩子的最可怕的礼物。"

事实上，儿童卫生心理专家就有研究发现：有十分幸福童年的人，常有不幸的成年。

不要担心孩子受苦，被磨的石头才亮。

撒谎，就是埋雷。

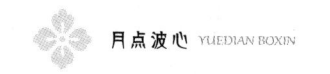

你和头等舱的距离，差的不是钱，是观念。

教育的本质，是一棵树摇动另一棵树，一朵云推动另一朵云，一个灵魂召唤另一个灵魂。

如果富养没有底线，如果爱没有限制……

最后的结果是：他们总是把自己当成钻石，而在别人看来，却只不过是钻石的同素异形体：碳。

比起无微不至的关心，放手才是父母最该做的事。父母的唠叨，是对孩子毫无保留的爱。

当你一开始就给孩子很高的期待时，以后他们期待落空，就会成为一种责怪。

有时，一旦给了孩子期待的习惯，可能就会变成一种依赖。

真正的生活，不是一个人优秀了才有好的习惯，而养成了很多好习惯，才让人变得越来越优秀。

有时，我们最大的悲哀是，明明心里延续着梅雨，脸上却还堆垛着虚伪的晴朗。害了自己，却误了别人。

没有边界的心软，只会让对方得寸进尺；毫无原则的仁慈，只会让对方为所欲为。

一个人，到了一定时候，就该耕耘并整理自己的精神家园了。

一个人，不能永远百依百顺，最美的境界是锦上添花，最可贵的付出是雪中送炭。

一个人，要敢于用愤怒守住自己的边界，如果没有愤怒，就像一个国家没有武装。

一个人，最迷人的样子，是有了更好的生活，也不忘努力，不失话语权。

一个人，也许会吃一阵子苦，但千万不能因为教育方式的失误，吃一辈子的苦。

我也同样想对孩子们说：

当我们努力去踏遍千山万水的时候，千万别忘记了回头看一看那个随时等你回家的人。

我们的世界很大，

常忽略了他们；

父母的世界很小，

只装满了你们。

他们经常忘了，

我们已经长大。

就像我们经常忘了，

他们已经渐渐白发。

2020年5月28日 于抱朴行藏阁

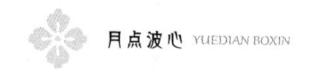

# 墙上的斑点

也许，人生就是经历时间的变化。

以前，一直渴望天快快地黑下来，好美美地睡上一觉。那里，有美梦中的唾液横流；那里，有进入梦乡的鼾声大作。真不希望光明还没经过我的同意，就早早地挤入我的窗帘。

今天，一直期待光明早早地到来，无须商量，越快越好。那守着窗儿等天亮的心情，就是我循着些许光亮，不断盯着墙上斑点的发现。

有时看到的是一个点，有时却联想成一条线，有时竟然想象成一个面，有时却神奇地幻化成一个个立体画面。

我终于明白了哲学家黑格尔哲学里的深邃：

一个年轻人可以说出与老年人相同的话，但老年人说这句话的时候，有他的一生的经验在里面。

小时候，因为淘气，不小心把热腾腾的水豆腐撞倒在头顶，留下一块大疤痕。

性格从此变得格外内向。总是留着长长的头发，生怕刮风，生怕因为刮风被别人看到了头上的伤疤。

上大学最怕的就是上体育课，那种害怕别人发现伤疤的感觉，就是阿Q，原来阿Q就是自己。

读中学的时候，我完全把斑点理解成了黑点，生怕有什么闪失，就记录到了档案，从此留下一个历史的污点。从此，避免黑点的出现，成了我人生的追求。

参加工作后,有一次我出少年班作文试题时,为了充分培养学生的求异思维能力,我让学生发挥想象:你在一张白纸上看到了一个黑点,想到了什么?

有的说:当你因为一小点被人关注时,意味着成功已经开始;

有的说:人生,最应避免的是不小心犯下的每一个错误;

有的说:人的一生,难免犯错误,重要的是避免;

有的说:人生,偶尔的一次错误,正是警醒;

有的说:一张白纸好写最新最美的文字;

有的说:因为小,反而更大;

有的说:防微杜渐;

有的说:……

现在,偶尔回到家乡做客,有时嗑着瓜子突然发现蜘蛛在阳台上努力的样子,总是自叹不如。

那种努力的攀爬,也许开始并没有注意,先是一个点,接着就织成一根线,之后就变成越来越多的一个圈儿。

看着这由点而面的执着,看着这努力的攀爬,看着这运动变化的轨迹,我在想:这不就是人生?怪不得人们常说:徒临川以羡鱼,不如退而结网。

现在,一想起马蜂窝都后怕。

有时,割柴草,突然割到蜂窝,那简直是风起云涌,脸上突然被马蜂叮咬的遭遇,不仅仅是疼痛,更重要的是肿得连眼睛也看不到。

有时,看到屋檐下的一个蜂窝,总是小心翼翼地走过,生怕惹怒了它们。

有时,看到鲜花盛开的时候,蜜蜂执着地专注在花心上,有心碎的感觉,但仔细一想,正是蜜蜂的自私,成就了花儿的美丽。

现在,等着天亮的时候,我已经由墙上的斑点,转移注意力,看到了墙上的书法。

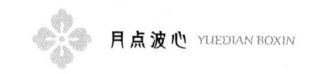

那是安徽书法家汤都书人给我的题字：

有书真富贵，无事小神仙。

不懂书法的人说：布局不均匀。

我却从由密而疏的布局里读出了言外之意：

一个人只要坚持读书，没事的时候，喝上一杯小酒，那心境就会越来越宽阔，心儿不断地坦荡。

那是同郡书画家严兴河先生节录我的《姚勉评传》跋语中的语句，给我的书房题字：

修真之益处与日俱进。

那是严兴河先生将我用文言文写成的《抱朴行藏阁记》书写成的长轴。

那是严兴河先生送给我的《昌黎书院》木刻。

更何况，最近老邻居梁国富先生大量版画的闯入，让我进一步加深了对黑与白色彩的认知。

与其说墙上的是斑点，不如说是点亮人生的亮点。

是励志，是鞭策，是晒了的时候，一棵乘凉的大树。

如今，我对黑与白，有了颠覆性的认识：

黑，不一定只是贬义，当你做到极致的时候，有时就是褒义，有时就是力量，有时就是正能量。

斑点，就是亮点。没有斑点，哪来亮点。

没有坑，就得先让自己成为萝卜。

梦想不足以让我到达远方，但是到达远方的人一定有梦想。

你可以发自己的光，但千万不要吹灭别人的灯。

事实上，只有那些疯狂到以为自己能够改变世界的人，不断地从点滴开始，才真正地开始改变着世界。

2020年5月27日 于抱朴行藏阁

【参悟人生】

# 当癖好成为人生

小时候,喜欢骑在牛身上,只是自在地享受一览山野之趣。

长大了,没想到《牧牛图》竟是北朝的一幅佚名壁画。

再进一步参悟禅宗牧牛图时,具有"人性"的耕牛就成了禅学者们"禅思"的对象。

再后来,偶尔一次欣赏到齐白石的牧牛图,只画一只牛、一株柳,好像那空格都是春意,余味无穷。看着画作钤印:白石,吾年八十八,人长寿,牵牛不饮洗耳水,恍觉其深意。

读中学时,因为写作文,偶然无意间写出一种字体,傅正之先生竟表扬这是一种字体——隶书。考入大学后,从此,把书法当成一种爱好。一临摹起张迁碑,那朴厚劲绣、方正多变的古意,直扑心扉。从此,了解张旭、王羲之、颜真卿、柳公权、赵孟頫、姜东舒,最后却爱上了刘炳森。

后来发现,所有的爱好都不如读书,不如把读书当成人生最大的癖好。

有时,阅读着独创性作家的笔头,就像叹服那阿米达的魔杖,他们能够从荒漠中唤出灿烂的春天。

卡斯特罗常常在深夜到马尔克斯的住处与他会面。有一次,马尔克斯问他在这个世界上最想做的事是什么,他立刻回答:"就待在某一条街道的拐角上。"

我也一样,只想待在一座深山,深山里的一间房屋,在那里读书,在那里

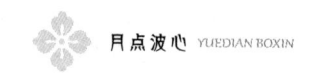

写作，在那里听鸟的鸣叫，在那里看溪流，在那里闻花儿香……

即使是一座山丘、一条小溪，一样有其无尽的情趣，一样令人流连，一样令人忘返。

《汉书·叙传》载班嗣书简云："鱼钓于一壑，则万物不奸其志；栖迟于一丘，则天下不易其乐。"

有时，读一整架书，为的就是写一篇文章，花好几个月时间写作，在那篇文章写完时已经在电脑里游走了十圈、百圈，乃至……

现在，我已从庭中赏月逐步进入到台上望月。那半床明月半床书的快慰，不是亲历，真是没法儿理解。有时甚至把期待的感觉看得比当下的享受更美好。

我只能在书的世界找到慰藉，在别人的著述，别人的诗中。每一次沉潜的阅读，愉悦得就像谈一场恋爱。

当我读到清代张岱的"人无癖，不可与交，以其无深情也；人无疵，不可与交，以其无真气也"时，那种早就在心中的体验，却被他当作一碗莲子木耳枸杞汤，端到了你的眼前。

正如同时代的张潮所言："花不可无蝶，山不可无泉，石不可无苔，水不可无藻，乔木不可无藤萝，人不可无癖。"

顿然间，对张岱心生敬仰。

他，懂音乐，能弹琴制曲；
他，善品茗，茶道功夫颇深；
他，好收藏，具备非凡的鉴赏水平；
他，喜好游山水，深谙园林布置之法。
他，精于小品文，工于诗词，最擅散文；
他，精通史学、经学、理学、文学、小学和舆地学；
他，是晚明文学家、史学家，还是一位精于茶艺鉴赏的行家；

他,崇尚老庄之道,喜好清雅幽静,不事科举,不求仕进,著述终老。

他,散文清新活泼、形象生动,《西湖七月半》《湖心亭看雪》就是代表。

他,著有《陶庵梦忆》《西湖梦寻》《夜航船》《琅嬛文集》等绝代文学名著。

他的史学名著《石匮书》亦为其代表作,时人李长祥以为"当今史学,无逾陶庵"。

翻开他的《秦淮河房》,那穿梭游弋的画船、灯船,那盈耳动听的箫鼓、弦管,那徐风飘来的茉莉香味,那悦目的娇媚女士,简直让人"耳目不能自主"。

欣赏着《明圣二湖》,你会惊叹他的匠心:

把湘湖比作未嫁之时,腼腆羞涩、天生丽质的处女;把鉴湖比作端庄正色、以"礼"自持、可饮而不可狎的名门闺秀;把西湖比作声色俱丽、冶艳无比,然而却是倚门献笑、人人皆可亵玩的曲中名妓。

回味着《明圣二湖》,你会叹服他的独造:

对西湖看似刻意的贬低。他认为这位冶艳无比的名妓自有其为粗鄙的狎客们所不能领略的天然真色和真情。在西湖被人轻慢的冬季,雪巘古梅凌寒开放,风姿绰约,暗香浮动,令人心醉;在游人不至的深夜,皓洁的明月与湖光山色相辉映,质本纯洁的西湖敞开她的胸怀拥抱月光,呈现她的天然丽质;在游人敛迹的烟雨中,湖上雨色空蒙,如轻纱掩映在风雨中一洗俗态的西湖显得略带羞涩而格外娇柔。

深情领略,是在解人。

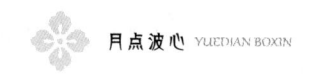

这种深情，或许只有梅妻鹤子的林逋，只有感觉敏锐的苏东坡，才能领略。其真意，其哲理，从世态炎凉，人情冷暖，跃然而出。

《二十四桥风月》，虽只写"风月"一景，却已得传神之妙。冷眼看诸妓杂陈，当街卖笑，却在一片"娇声"之后，听出了隐隐的"凄楚"。

最难忘的是《湖心亭看雪》：

崇祯五年十二月，余住西湖。大雪三日，湖中人鸟声俱绝。是日更定矣，余挐一小舟，拥毳衣炉火，独往湖心亭看雪。雾凇沆砀，天与云与山与水，上下一白。湖上影子，惟长堤一痕，湖心亭一点，与余舟一芥，舟中人两三粒而已。

到亭上，有两人铺毡对坐，一童子烧酒炉正沸。见余，大喜曰："湖中焉得更有此人！"拉余同饮。余强饮三大白而别。问其姓氏，是金陵人，客此。及下船，舟子喃喃曰："莫说相公痴，更有痴似相公者！"

大雪三天，掩去了西湖五光十色的景物，也掩去了大地上的污浊与琐细。他在这天寒地冻、孤寂无人的夜半时分，去湖心亭看雪，这一情景，正是柳宗元笔下的《江雪》之境。

这里无独有偶，有两人在张岱到达湖心亭之前，早在那里对坐饮酒。

难怪舟子说："莫说相公痴，更有痴似相公者。"

这几位壮游者，素不相识，却一见而喜，共饮三大杯，方才告辞。人与人的相遇与相知，为这幅画增添了柳宗元诗中所没有的暖色，所没有的情趣。

从张岱的人生，我们发现：才华的拥有者，在通常情况下，是以巨大的忽略为代价的。

人活着，择一事成癖，择一好终老，足矣。

有时候，洗一个澡，看一朵花，吃一顿饭，假使你觉得酣畅淋漓，并非全因澡洗得干净，花开得陶醉，或者菜合你口味，那是因为你心上没有挂碍。

雨果说："我宁愿靠自己的力量打开我的前途，而不愿求有力者的垂青。"

很欣赏毕淑敏的一句话："我不是为了当什么作家才写作的，我是心里有话要说。一个人有话要说的时候，别的就都是次要的了。"

湖北大学刘川鄂教授说得好："犯不着在赶路的时候，弯腰捡拾石头，扔那些朝你狂吠的狗。"

人生，如果喜欢，倘若爱好，甚至有自己的癖好，我们就在摆脱他人的期待，找到真正的自己。

如果我们能尽挹西江；

倘若我们愿细斟北斗；

只要留得五湖明月在；

定是掬水月儿偏在手。

那时，你心儿开出的花儿，朵朵灿烂。你就会哈哈得脸上的红晕像朝霞一般艳丽，像小溪一样波光粼粼。

2020年3月21日 于抱朴行藏阁

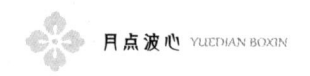

# 如果，一个人没有暗示

有一次，我参加一次县级干部面试，发现在进入考场之前，几乎每一个人都上过卫生间。奇怪的是，一次之后，有更多的参加面试者，开始了第二次、第三次，或更多的次数，简直成了一处令人难以理解的风景。

后来，我从一个熟悉的朋友的行为，得到了解释。

那是一个冬天，我应邀到朋友家做客，因为谈得非常投入，朋友盛情邀请同宿。结果因为天冷，睡觉前他先上了一次洗手间，上床了，聊着聊着，他又乘躺下之前上了一次洗手间。本以为这是最后一趟，可以呼呼大睡了，没想到，他在躺下没睡着之前又去上了一次洗手间，结果一个晚上，每隔一小段时间就去上一次洗手间。

我一直为这事纳闷儿。

后来，在报纸上读到一位台湾医生的一篇文章，终于得到了解释。原来，从医学角度解释，一个人的膀胱储存尿液，在经历三次以上之后，就完全处在通畅状态，只要有尿意，每一次都会有。更何况，从心理学上说，自己已经产生了心理暗示，就导致了恶性循环。

科学家研究认为："人是唯一能接受暗示的动物。"

一个人在接受不同暗示时，自然产生不同的后果。

积极的暗示，会对情绪和生理状态产生良好的影响，激发人的内在潜能，发挥人的超常水平，使人进取，催人奋进。

消极的暗示，有时导致的后果不堪设想。大多数人有时因为睡不着，就躺在床上胡思乱想，越想越睡不着，越睡不着，越想睡，越想睡，越睡不着，结果因为精力不济，精神恍惚，一恍惚，体能就下降。长此以往，由精神的恍惚，导致身体的不适。

这样看来，我们要学会积极的暗示，抬头时，便看云；低头时，便看路。淡泊宁静，自然从容。

《喜剧之王》中就有这么一句对白："看，前面一片漆黑，什么也看不到"，"也不是，天亮后会很美的"。

一个看到的是一片漆黑，一个相信的是天亮后会很美。

如果，你像后者一样，你就是对自己产生了积极的暗示。

我们常常应该这样给自己以积极的暗示：一棵参天古树，本可以用来做家具，但人们并没有伐倒；一只珍稀的野生动物，可能被投进汤锅，但人们保住了；一片平静的湖水，人们没有让推土机隆隆碾过；一座圣洁的高山，人们放弃登顶，而停下来欣赏她神秘且宁静的美丽，并把她的圣洁与神秘代代相传。这，就是力量。

台湾著名漫画家蔡志忠说，有一种人吃了甜的橘子，总是嫌它太小；吃了大的橘子，总是嫌它太酸。

我们，为什么不可以反过来想：虽然小，但很甜呀；虽然酸，但很大呀。

当一个人把所有的情趣都带在身上的时候，贫困也不能剥夺他的快乐。

有缝隙，正好给了阳光射进来的空间。

2020年6月30日 于天沐温泉谷

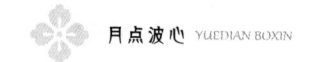

# 一种思想的流行，总是要以被误解作为代价

生命中，无论是男人还是女人，我们都接到不同的剧本。

有的平淡，有的浓烈，有的是笑，有的是泪。不管怎样，我们总要演好，直到落幕。

女人亦不例外。更何况女性的地位，经历了不同的变化阶段，由过去的男尊女卑，过渡到不断走向独立。

女性的思想，经历了三个过程：先是寻求独立，接着是主动偏离男性的约束，最后不断实现自我。

更何况，女性一旦得到独立，更多的男性，由于受封建思想的影响，害怕女性强势。我们从《非诚勿扰》的男性内心表达，亦可见一斑。

这样的思想较量，女性出于对自己的保护，可能选择主动放弃婚姻，特别是在女人有了钱之后，已经具备经济独立自主权，就想单身。

当然，无论在任何情况下，每一个人都有最后一种自由——选择态度的自由。

但是，一种思想的流行，总是要以被误解为代价。或许，女性在有了钱之后，就想主动选择单身，除了主动退出婚姻世界之外，更多的是一种被迫与无奈。

比尔·盖茨说："这个世界并不会在意你的自尊，而是要求你在自我感觉良好之前先有所成就。"或许，这就是一部分女人选择事业、选择打拼、选择金钱的初衷。

事实上，一个人的成功，一半在于接受了诱惑，一半在于拒绝了诱惑。一部分女人，或许就理智地选择了放弃婚姻。

正如王尔德所说："我不想谋生。我想生活。"一部分女性，认可的是王尔德的思想，相信王尔德的人生哲学："爱自己是终身浪漫的开始。"

记得以色列阿摩司·奥兹在《爱与黑暗的故事》说过："女人与男人之间的友谊比爱情更为宝贵珍奇。"

也许，一部分女人更看重异性之间的友谊，她们在事业成功之后、追索人心的深度时，或许看到了人性的浅薄。

她们不再为肉体而安身，她们选择的更是为灵魂而立命。

有的人总以为自由，就是随心所欲，而她们却实现了自我主宰。

她们或许已经活成了一杯咖啡，是哲学，是一个大的世界，一个生命的世界。

在我们看来，单身好像是一种黑暗，其实，黑暗也是一种真理。

她们舍弃了内心的欲望，正像雪中的一树寒梅，剪雪裁冰，芬芳暗盈，却有清气满怀。

人生，就是一万米长跑，如果有人非议你，那你就要跑得快一点儿，这样，那些声音就会在你的身后，你就再也听不见了。

人生的许多魅力不在于完美，而在于对缺憾的回味。

亦舒说过："一个人终究可以信赖的，不过是她自己，能够为她扬眉吐气的，也是她自己。"

2020年6月1日 于天沐温泉谷

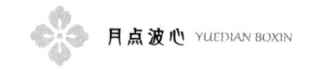

# 人生12345

人的一生常常面临选择与放弃，人的一生一定要有一种追求，人的一生必须具备两种能力，人的一生必须有三种坚持，人的一生应该努力活好四个关键词，人的一生在奋斗时必须牢记五个字。

如果你的一生，经历了赤橙黄绿青蓝紫，你的生活一定会五彩缤纷，五彩斑斓，绽放异彩。

克林顿说："决定人生的并不是你选择了什么，而是选择放弃什么。"

放弃，有时比争取更有意义。当然，有时人生最遗憾的，也莫过于放弃了不该放弃的，坚持了不该坚持的。

麦舍尔夫有这么一句话："整理是人的一种必备技能。"人生未尝不是一次整理。

人生，不是杰出者才做梦，而是善梦者才杰出。

倪梁康《枕头下的书》说过："把期待的感觉看得比当下的享受更美好。"

看来，拥有是一种局限，憧憬才是无限。

1.人的一生一定要有一种追求：读书，改变命运

读书是一种境界，正像结婚的是多数人，但能永远保存一份初恋般的爱情，却是少数人拥有的奢侈了。

意大利学者艾柯说，一个爱书狂如果得到一本珍本书，会在深夜把书拿出来细细抚摸，那滋味如同"唐老鸭在满是美元的浴缸里泡澡"。

书的诱惑全在于少,就像在沙漠之中,身边只有一壶水,你会珍惜每一滴水。(李零《读书让我安静》)

一个人内心的宽度,是他读过的书一本一本摊开来的;一个人内心的高度,是他读过的书一本一本码起来的。(凸凹《成功与成人》)

2. 人的一生必须具备两种能力:言语交际能力与写作能力

其实文凭不过是一张火车票,研究生的软卧,本科生的硬卧,专科生的硬座,民办的站票,成教的在厕所挤着。

但火车到站,都下车找工作,才发现老板并不是太关心你是怎么来的,只关心你会干什么。你的能力决定一切。

本·琼生就说过:"语言最能表现一个人。一张口,我就能了解你。"

我永远不会忘记法国象征主义诗人马拉美的警句:"直说即破坏,暗示才是创造。"

福楼拜曾教导莫泊桑:"你所表达的,只有一个词是最恰当的,一个动词或者形容词……"

林语堂看到天上的云,就能写出这样的名句:看到天上的云彩,原来生命别太拥挤,得空点。

3. 人的一生必须有三种坚持:3年小成,5年中成,10年大成

你知道大人物是什么吗?就是一直不断努力的小人物。(亚莉珊卓·史达德尔《不自在限:5小时》)

从著名历史学家张舜徽先生身上,我们得出这样一个结论:重复的事情在不停地做,你就是专家;做重复的事情特别专注,你就是大家。

其实,一件事倘若反复尝试,它的成功率竟然由1%奇迹般地上升到不可思议的63%。

世界上90%的人是普通人,9%的人有小成,只有1%的人能大成。

我们现在就是世界上90%之一,我们为什么不努力成为9%,我们为什么不可以不断努力,努力不断,也许,不小心,我们就成为不可能的1%。

4. 人的一生应该努力活好四个关键词:心态,孤独,沉潜,运动

心态,决定一切。有好的心态,行到水穷路自横,坐看云起天亦高。

孤独不是一种状态，而是一种选择。选择孤独，意味着成功。

尼采说："你今天是一个孤独的怪人，你离群索居，总有一天你会成为一个民族。"

在选择孤独之后一定要善于沉潜。沉，就是要有厚重的积淀，真正沉到最底层；潜，就是要深藏不露，安心在不为人知的底层中发展。

有人说过，文科成才，一是坚持，一是沉潜，一是积累，一是思考。

而要做到这些，必须有健康的体魄；要有健康的体魄，就必须坚持运动。

5. 人的一生，在奋斗时必须牢记五个字：深入不浅出

才华的拥有者，在通常情况下是以巨大的忽略为代价的。

一旦有了选择，就要坚持，有了坚持方可深入；一旦深入，就不再浅出。

格拉德尔在《异类》中说："人们眼中的天才之所以卓越非凡，并非他们天资超人一等，而是付出了持续不断的努力。1万小时的锤炼是任何人从平凡走向超凡的必要条件。"

马克思说："人的价值蕴藏在人的才能之中。"

我们今天努力奔跑，只为留在原地。有时退步，其实就是向前。

面朝大海，春暖花开。春暖，花开。待到山花烂漫时，你在丛中笑。

2020年6月12日 于抱朴行藏阁

【参悟人生】

# 人生，其实是380度

前两天，我收到多年前《故事宜春》的合作伙伴龙燕女史的微信，让我谈谈对浙江省高考满分作文《生活在树上》的看法。大概她知道我曾经是江西省连续多年的高考命题人，可能会有自己的想法；大概她知道我一直热衷于写作。

看完考生的文章后，我就有一种预感，一定是炮轰的居多，尽管文章本身很出色，尽管考生本人很优秀，但事情一经放大，一经引起注意，再优秀的东西，看到的也更多是缺点，更何况加入了移植与利用的因素。

这使我想起了若干年前，我参加的一次作文阅卷。当我看到一考生作文中出现"梭罗"二字，凭直觉肯定是一篇不错的作文。我的判断是：一个参加高考的考生，能在作文中出现"梭罗"二字，肯定认真阅读过梭罗的文章，肯定是个作文爱好者，肯定对作文有着浓厚的兴趣。果然，在文中出现了很多原话。于是，我开玩笑说，我准备打满分。真正阅读完了，我并没有打满分，出于保护，我打了59分。因为，我知道：从心理学上看，一个东西，一旦引起众多的有意注意，会导致受众看到，甚至有意挖掘更多的不足，从而放大缺点，抹杀更多的优点。而考生是无辜的，考生没有必要因为众人的争夺、比拼，却活生生地毁了自己。

我一直欣赏这样的为人处世准则：

45度做人，将鞠躬时身体倾斜的角度谦虚到极致。

90度做事，奉行公正、无私、光明磊落，一身正气。

117

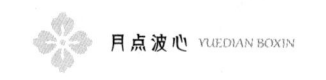

180度处世，有原则，敞开心扉，守底线，桃李不言，下自成蹊。

远离360度，始终站在380度的边缘，圆满是一种损害。"满招损，谦受益。"我愿意在360度的基础上，再留出20度的空间，在堆满石头的地方，可以渗入更多的沙子，即便是成堆的沙子，也可能挤入相应的石头。

或许，多了20度，就多了断舍离。

在生活中，我们就有更大的余地断绝不需要的东西，舍弃不需要的物品，脱离对物品的执着。

或许，多了20度，就多了时间与空间。

在有限的时间里慢下来，赢得更多的空间，享受生活。以时间的长度、空间的宽度，获得生命的最大面积。

或许，多了20度，就多了理解与宽容。

唯宽可以容人，唯厚可以载物。每个冬日的句号，都是春暖花开。

或许，多了20度，就多了美以外的东西。

很多人，一味地追求美，却忘了美的孪生姐妹——真与善。

人生，如果愿意再多出20度，或许你就会明白：当一个人的爱好转化为毕生的抱负时，激发出的能量是惊人的。

人生，如果愿意再多出20度，或许你就会理解凡·高所言："每个人的心里都有一团火，路过的人只看到烟。"

人生，如果愿意再多出20度，或许你就会发现：你弱的时候，坏人最多。

人生，如果愿意再多出20度，或许你就会恍然：以前，我总以为自己拼的是努力和坚持，可最后往往拼的是心态。

人生，如果愿意再多出20度，或许你就会顿悟：天然的迟钝，是为了更好的前行。

梭罗在《瓦尔登湖》中说："时间决定你会在生命中遇见谁，你的心决定你想要谁出现在你的生命里，而你的行为决定最后谁能留下。"

看来，时间、心、行为，没有顺序的错误，只有执行力的先后。

人生，最好的境界是：痛而不言，笑而不语，迷而不失，惊而不乱。

我们终此一生，就是要摆脱他人的期待，找到真正的自己。

人生，其实就是380度，给自己留有余地。

2020年8月17日 于抱朴行藏阁

# 人生，就是一种权衡

小时候，每逢除夕，爷爷就会将昔时贤文，从头到尾慢悠悠地吟诵一遍。

很喜欢那句"自恨枝无叶，莫怨太阳偏"。

长大了，爷爷问我们："你们知道为什么作者会被治罪吗？"

我们只有摇摇头，一问三不知。

后来爷爷告诉我们，就是因为那句"虎落平阳被犬欺"。

原来这句话产生了隐喻，言者无心，听者却有意。

原来，人生就是一种较量，一种权衡，一种范围，一种状态。

权，是一种秤锤；横，是一种秤杆。

权衡，是一种权力，一种标准，一种事物在动态中维持平衡的状态。

怪不得，人一到了蛇岛就束手无策。

怪不得，人与人的较量，谁先闯入1米内的私人空间，谁就赢得制胜心态。

怪不得，据说有一个领导为了保护某稀有动物，下令上山驱赶其他动物下山，之后，稀有动物却不明原因地加快了死亡。原来是因为动物之间失去了竞争，没有了生存危机，死于安逸。

怪不得，我的同学，因为个头小，总是被人欺负。据说，有一次，他的夫人开了一个麻将馆，总是有一些当地不三不四的闲人来玩，他却从来没有收到过他们的钱。最终，还是他志在一搏，对他们穷追不舍，直到这些人跪下求饶，从此，再也不敢不交钱，反而总是帮着收别人的钱。

原来，人生就是权衡；原来，人类就是物竞天择。

怪不得，要给猴一棵树；怪不得，要给虎一座山。
其实，人的强大，亦来自坚守的孤独。
每一个生命都有裂缝，如此才会有光线射进来。

有的人，在工作中手握控制全局的权力，总会忘记责任带来的压力。
马尔克斯说过："你越是拥有权力，就越难以知道谁在对你撒谎，而谁没有撒谎。"权力，掩盖着事实的真相。很多人，总是误把平台当能力，最后，丢失在过度自我之中。
寓言作家桂剑雄说："当你伸出食指去批评指责别人时，你的另外三个指头却是对着你自己的。"
生活中，我最喜欢木心的一句话，其实就是海明威说的"有的作家的一生，就是为后来的另一个作家的某个句子做准备的"。可是，拓开了说，很少人有这样的思想，总是不愿意为别人付出。
冯晓虎曾经谈到康德，说康德请客比动词还规则。他就是这样一个讲究原则、推崇标准、永远处于思考状态的人。

我们，不必过度约束自己，却始终应拥有一颗权衡的心。
山有时试图阻挡你，但是没关系，这不有隧道吗；水有时偶尔阻挡了你，但是这不有桥梁吗；悬崖边什么都不会阻挡你，但是为什么你却不敢越雷池半步？

人生，本来就是一个硬币的两面。"一树春风有两般，南枝向暖北枝寒。现前一段西来意，一片西飞一片东。"
我们为什么不这样权衡自己？当太阳升起时我们与同事共事，日落时我们与自己的爱人相拥。
人生，即便有时错了方向，停下来就是进步。有时撒谎，就是埋雷。

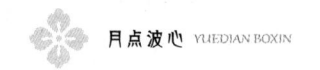

纵使黑暗吞噬了一切，太阳还可以重新回来。冬雪终会慢慢消融，春雷定将滚滚而来。

越过山丘，才发现无人等候。越过高山，原来风景只有自己。

最美的也许不是下雨天，是曾经和你躲过雨的屋檐。

但屋檐下，"枕上诗书闲处好，门前风景雨来佳"。

闪电，虽然短暂，催出的却是整个春天。

2020年7月15日 于天沐温泉谷

【参悟人生】

# 人生，遇上一个泡茶的男人

每天，从碧桂园散步到渔人码头，总有一缕尚普茶香飘入我的鼻际。

每每经不起诱惑，总想一探究竟。可在想象中总觉得茶座里泡茶的，一定是女性，一定是挡不住诱惑的女性。我们这个年龄总是不合时宜。
可能是由于在这一带散步的时间长了；
可能是泡茶的人发现我总是在茶楼的门口徘徊。

有一天，出来一个男人，客气地邀请我进去喝茶。
进去一看，正好就是他本人。
乍一看，那帅呆的劲儿，那充满酒靥的真诚，那娴熟的茶艺，我完全怀疑走错了地儿。

他经营的是百年尚普。
在我的印象中有三款品牌，深深地留下了记忆。
那2003款黄大益的霸气，江湖中的最爱。原来就是百年尚普创始人邓国先生的自主创导。
那2015款金尚的典范，黄大益的复刻。原来就是黄大益一个轮回的过往，12年的陈化。
那2019款金尚的质感，金尚的茶二代。原来就是适逢百年尚普十周年之际，在历经岁月后的转化。

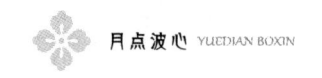

无论哪一款，都来自中国普洱第一县——勐海；

无论哪一款，都来自世界茶王之乡；

无论哪一款，都来自百年尚普的扎根之地。

汤色，绝对红浓透亮；

香气，绝对木香浓郁；

味道，绝对绵甜醇厚。

你会在沉香渐显中陶醉；

你只想在质感油滑徜徉。

他是一个极致的男人，温柔到极点，极致的温柔。

每一天，他都在泡茶；每一天，他都在戒烟。他相信：坚持，或许可以改变周遭的世界。

他感谢上天的给予；

他渴望，每天都有新的开始；

他笃信：幸福，藏在糊涂里。

他的名字就叫作谢新福。

2020年6月12日 于抱朴行藏阁

【参悟人生】

# 厨房里的奔驰

第一次对车的概念，来自《新概念英语》，就像第一次对蔬菜的分类，也是来自《新概念英语》一样。

随着生活积累的增加，发现：原来越是发达，概念的分类才越来越细；原来越是需求，认识的深化才越来越深刻。

当年，连站在车旁边的勇气都没有，好像牛郎想见织女，总是可望而不可即。

甚至，当年3万元就可以买一套130平方米的房子，而且就在温汤的景区，可是，就是因为没有车，交通不便，放弃了动念。如今这样一套的房价，已经涨到了十倍。

但写作改变了我，改变了我的思维，提供了我的可能。

20年前，当我在中学生学习报社发言的时候，我的一句话震动了在座的听众。我说："感谢报社，给了我第一个别克车钥匙。"在场的听众一时炸开了。

在心中一直喜欢奥迪，喜欢奥迪的标志，喜欢奥迪标志的寓意。就像儿子结婚时用到保时捷一样，但偶然的一次乘车，改变了我的价值取向。

那是朋友的妹妹开车来接我，她开的是奔驰。一路上，听着她的创业史，看着她开着奔驰的惬意，体悟着她在工作中的奔驰，我发现我喜欢上奔驰了。

喜欢奔驰的标志造型，四平八稳，闪亮耀眼；

喜欢奔驰命名的寓意，奔向世界，驰行未来。

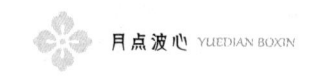

命运，有时好像就是偶然，偶然得可能就是一种积极的暗示。而我总是相信：人是唯一能接受暗示的动物。一个人一旦接受了积极的暗示，心动，就可能变成行动；一旦行动，就可能产生积极的影响。

就在我又一次把家搬到碧桂园的时候，好友提出要我请客，必须在家里。于是，我亲自上街买菜，亲自下厨。亲自做出了这样一些菜，自取名为：

三星在户、鲍游世界、雄鸡报晓、番鸭媲鸿、五福临门、太极神清、国泰民安、鱼跃龙门、花团锦簇、绿缀玉盘、五彩缤纷、鳗姿绰约、横行天下。

朋友们第一次看到我做的这一席菜肴，有的说："我以为教授只会治学"；有的说："我以为教授的特长是写作"；有的说："教授要不当场给我吟一副对联"。

刹那间，我随即口占一联：

"宜春月里猴入水帘清梅宇；碧桂园中鸡鸣曙色回琴韵。"

联中有意嵌入了家人的名字。

觥筹交错之际，偶尔的逗乐，似乎将兴致推向了高峰。

天下没有不散的宴席。当我把所有的碗筷洗好之后，正把池中的盖儿揭开时，我惊奇地发现：原来盖子下面通往水管的连接处，竟有一个惊人的标志，与奔驰的标志一模一样，别无二致。

从此，我总是在洗完碗之后，在这儿凝视片刻，仿佛冥冥之中，这就是一种暗示：生活，就是不断地奔，不停地驰。只有不断地奔驰，才能奔向世界，驰向未来。

此时此刻，我想起了为一家洞藏酒公司写的《藏一坛酒》广告语：

"人生，不必着急，藏一坛酒，沉淀出芳香，坐下来品上一杯，找准自己的方向，一步一个脚印。"

懂得放下，才能腾出手拥抱现在，才有可能体验每一个淡然喜悦的当下。

幸福，有时就藏在糊涂里。

【参悟人生】

藏起来，为了走得更远；蹲下来，为了跳得更高。

纯正是沉淀下来的，伟大是熬出来的。

只有那些疯狂到以为自己能够改变世界的人，才能真正改变世界。

If not now, when? If not me , who?

此时此刻，非我莫属。

什么都可以错，别再错过我。

我的世界很小，装下你刚刚好。

奔驰，没有备胎。

2020年8月30日于天沐温泉谷

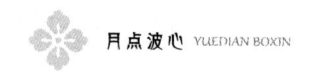

# 父母的今天，就是我们的明天

当我赶回家时，握着母亲冰冷的手，我所有的支撑顿时失控；

当我在殡仪馆为母亲擦着最后一滴眼泪时，我知道这是母亲最后的等待与不舍；

当我目送着老人家离开我们时，这燃烧，是在燃烧着我一颗不舍的心、疼痛的心；

当我抱着母亲的骨灰盒回老家时，我在感叹：

人生天地间，还没来得及尽全部的孝心，从此就阴阳两隔，这真是一种残冷，残了人心，心灰意冷。

我的感慨顿时进入昨天的回忆：

每天清早，还刚刚五点，就听见母亲淘米的声音。

每天清早，还不到五点，就听见父亲开门的脚步。

刚刚装修好的房子，父亲就在客厅里抽得烟雾缭绕，那是一份在家的自得。

刚刚买来的电饭煲，母亲就在反复琢磨着蒸煮模式，那是一份在家的陶醉。

每天下班回家的时候，母亲总是孤零零地坐在阳台两眼直勾勾地盯着窗外。

每天上班之前，我总是小心翼翼地把开水烧好，生怕电源出现故障。

上班的时候，最怕接到邻居的电话，那可能又是母亲忘记了钥匙。

上班的时候，最担心接到菜摊老板的电话，那可能又是母亲忘了回家的归路。

每每在吃饭的时候，看到母亲那右手抖颤的样子，总是撕心裂肺的疼痛；

每每在吃饭的时候，明明炖好了排骨汤，母亲却只能在持续不断的咳嗽中缓缓地喝着温白开，总是百般地无奈；

每每看着父亲吃红烧猪脚的那份满足，总在想，父亲已经老了，别的已经咬不动了；

每每想起父亲最后一次吃甲鱼的眼神，每看见一次，就疼痛一次，我心知，老人家去日不多了，无限的愧疚，愧疚无限。

现在，懂了。

原来，年轻，一直渴望天晚一点儿天亮，只愿睡个足够。

今年，已经步入老年，却一直在黑夜中巴望地守着等到天亮。

过去，看着别人家房间，一张床上两床被子，一直为他们的感情纳闷儿，我在想：为什么不干脆分间而睡呢？

原来，在看似早已不爱的假象中却融入了深深的爱。

那是一种相互的不适应短距离的分开，那是一种相互的随时可能的关爱。

有时，在《非诚勿扰》节目中，听到男孩儿说介不介意与公婆在一起居住，我就为他的孝心打call；而有些女孩儿却赤裸裸地表达介意，我就为中华民族的传统美德的丢失感到遗憾。

其实，父母的今天就是我们的明天。

当夏天来临的时候，我们谁都想穿得少一些，方便一些；

当冬天已近的时候，我们谁都想穿得暖和一些，有个温暖的地儿；

当吃不动的时候，总想米饭软一些，菜炖烂一些，能勉强把胃填饱一些；

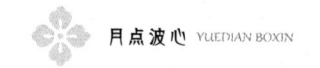

当看到孙儿淘气可爱时，总想抱抱，哪怕是跌跌撞撞；

当看到孩子们急急忙忙上班去了，撂下的碗还没来得及洗刷时，总想洗洗，哪怕是碗边还留着些许痕迹；

当父母不忍心看到下一代当着面儿吵架时，总是心疼。

这时，其实，只需要一碗汤的距离。

这时，父母，只想得体的退出。

这时，父母，及时的离开，就是一种爱。

一种只有到了父母这个年龄才能理解的爱。

爱，就是分离。

2020年6月14日 于抱朴行藏阁

【天伦之乐】

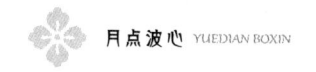

# 奶奶的心

元月9号，妻子从杭州回来了。

当我众里寻她千百度的时候，满以为见到她一定是心情灿烂，笑容可掬，可是，当我大声叫她的时候，她却在若有所思，半天才缓过神来，仿佛……

晚上，夜深人静，人们早已进入梦乡的时候，她却专注地欣赏着小孙女的视频，时而哈哈大笑，时而安静端详，时而……

没有丝毫的睡意。

就在疲倦后短暂的睡眠中，听见妻子发出快乐笑声："心心，叫奶奶，叫爷爷……"

第二天，我告诉她，昨天你做梦了。

她告诉我："老公，你知道，每每宝宝叫我奶奶的时候，那语调，那稚嫩，那可爱，有多幸福，有多陶醉……"

我是研究语言的，一直在思考：为什么同样一个称呼，出自不同的人就有不同的感受？

我在想：语言一旦注入情感，就意味着亲情，就意味着亲情的震撼。

每当我在视频中听到小孙女清晰地叫爷爷的时候，那心中的酥软，那酥软的幸福，就像微醉的酣眠，就像夏日饥渴之后小时候在乡下看到卖冰棍的小女孩儿，就像窗前奔腾的小溪不舍昼夜地流向远方，直到流向心扉……

想起小孙女呱呱坠地的时候,夫人一去照料,就再也没有回来。

为了宝宝成长,为了儿媳妇起居,为了儿子正常的工作。

夫人提前退休,但却一直退而不休,退而未休。

从对宝宝的呵护;

从对儿媳妇的照顾;

从对日常生活的打理。

目光,憔悴了;

脸色,苍白了;

身体,瘦削了。

当我伤心地看着她的时候,她语重心长地跟我说:"带孙女不容易啊!每每听到小宝贝侧转身子的时候我就醒了。恨不得时时手到;即便手不到,眼必到;尽管眼不到,心里也时时刻刻惦记。"

奶奶的心,手不到,眼到;眼不到,心到,24小时到。

我想起田纳西·威廉斯《欲望号街车》的一句话:"我总是依靠陌生人的善意。"

看着妻子伫立窗前凝视小溪流水的专注与沉思,我知道:

这里,流着的是一颗心。

这里,流着的是一颗守口如瓶的心。

这里,流着的是一颗奶奶守口如瓶的疼爱之心。

2020年1月25日 于天沐温泉谷

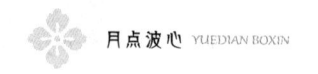

# 将就的午餐

一盘清蒸鲈鱼，一碗苦瓜松花皮蛋汤，一绺两吃红薯叶儿，一小碗荞麦颗粒和米饭。

这就是今天的午餐；

这就是今天老伴准备的将就的午餐；

这就是今天老伴苦心经营的随意的午餐。

看着老伴从菜市场买来的一绺红薯叶儿，我怀疑她在夏天里买回了春天，那绿得快要滴下来的绿意，只想跑过去一把掬住，原来，这就是掬水月在手。

看着老伴从老表手中买来的白色苦瓜，我担心她不是买的苦涩，买的是苦尽甘来，那白得像玉镯似的亮度，一经她的刀法躺入碗中遇到半月的松花之后，简直就是月在波心，月朦胧，鸟朦胧，鱼儿娇羞入草丛。

看着老伴从渔民手中买来的鲈鱼，那在姜片、蒜子、红椒与一品鲜游离之后瞬间躺下歇息的沉迷，我想起了范仲淹的《江上渔者》："江上往来人，但爱鲈鱼美。"想起了辛弃疾，想起了辛弃疾的"休说鲈鱼堪脍"，只是"尽西风"，独憾孩儿归未。

记得，李渔好美食，对食物特别讲究。他特别讨厌韭菜；他尤其厌恶大蒜，他甚至连香葱也很介意。在他看来，他越痛恨什么，人们却越嗜好什么。

今天，他不喜欢的葱，不喜欢的韭菜，不喜欢的大蒜，却成了时下人们不可缺少的辅料。

不仅如此，那姜，那蒜子，那辣椒，好像无辣不欢。看来，人们还真是唯一能接受暗示的高级动物。

其实，饮食也是辩证的，充满着哲理。

有的人，喜欢吃芹菜，那是因为它可以降血压；有的人，忌讳吃芹菜，那是因为会降低夫妻生活的质量。

有的人说，菠菜不能与豆腐一起吃；可是前两年，我却在成都机场的餐馆，赫然看到一道菜名：菠菜红烧豆腐。

看来，生活就像菜的组合与经营。

我们不能只看到萤火虫身上闪烁着光芒，更应看到身后拼命扇动的翅膀。

有的时候，与其说喜欢这菜，毋宁说喜欢吃菜时感受到的一片用心。

看着老伴儿对饮食这样执着，这般的用心，有时真想醉倒在河床，管他多晚，醒来时酒杯里装着日出。

当年，因为你的秀色可餐，我在梦中看见你，你转向我，一根手指贴在嘴唇上，扬起眉毛，微笑，然后你继续轻盈漫步，穿过那被忽视了的月照的房间，那就是我们的生活。

今天，因为你的可餐秀色，我在生活中拥有你，我转向你，一脸的感激，深情相望。有时，狼吞虎咽；有时，筷悬空中；有时忘我地陶醉。我的筷子夹向你的碗中、你的筷子……

生活，原来就是这样相濡以沫。

仿佛，总是听见你说："我做，你吃；希望从我心里流淌出来的东西，也能住进你的内心。"

有人说：被爱，是最近的遥远。你却将遥远搬到了最近。

张爱玲说："人生最大的幸福，是发现自己爱的人正好也爱着自己。"

原来，你的将就，并非将就，而是日就月将。

2020年7月21日 于抱朴行藏阁

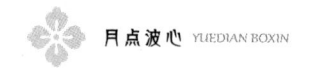

# 只想一碗水豆腐

有一天,妻子在杭州带娃,半年后回来。

我们并没有进入豪华餐厅。只是先绕天沐温泉谷周边转了一圈,沿着小溪,听了听溪水的奔腾,看了看天沐湖面的波光粼粼,摸了摸依依的杨柳,之后便来到了古井泉街。

我们在五汸井一家豆腐作坊前坐了下来。点了一份印度甩饼,一人一碗水豆腐,便是傍晚休闲的晚餐。

听着新温汤人讲述水豆腐的制作过程,看着她娴熟地将水豆腐慢悠悠地一层一层地装入碗中,那份惬意,那份自得,好像是母亲怀胎十月的顺产。还没来得及享受,仿佛已经被她的讲述与投入,动容,陶醉,那胃内的蠕动,那心中独有的神怡,好像梅艳芳歌声的甜蜜,犹如郎朗的钢琴演奏……

我们就这样,开始了味觉之旅。那碗儿的造型,不愧是非遗文化的标本,豆腐脑儿躺在碗中,就像回到了外婆的澎湖湾;那源自自然的本味,如果不是亲历小孙女的体味,好像久违的视觉,不足以让你感觉什么是藕节的芳香,更不足以陶醉一声"爷爷""奶奶"的酥软。

突然,一声印度甩饼的叫喊打断了我们的享受与陶醉……

妻子微笑着说:"看来,这里的水豆腐,从此可以满足你的愿望了。"说着,会意地开始了简餐之旅。

如果不是意外的疫情,如果不是因为疫情的暂时中断,适时的豆类营养补充，真是一种生活的惬意。

遂想起小时候在家乡的幸福。

每一个周末，从学校回来，母亲亲自磨制了新鲜的水豆腐，先是痛快地吃上一碗，然后就变着花样儿，一饱口福。

有时加点儿糖，有时原味，有时稍微加点儿盐，有时烧好开水将葱姜一起放入，有时压制成一块一块红烧，有时煎成半熟，有时煎成豆腐泡儿。

过去只听说过全牛宴，我却深深地体味着豆腐宴，体味着母亲颤巍巍的爱。

自然也难忘生活中的另外一面，至今不可理喻。

我曾经在一座城市生活过，依旧离不开豆腐，更离不开水豆腐。在那个城市没有买到过一次真正的豆腐，更没有吃到过一次满意的豆腐。

那里的水磨豆腐制造者，水平高到叹为观止。买来的豆腐，刚好可以拿在手上，放入篮中，回家也正好可以拿在手中，可正要将刀破开时，它就自觉地趴开了，放入锅中，就像煎蛋一样，无法红烧。

后来，我问朋友，都说是加了大米，原来是为了赚取更大的利润，才普遍昧着良心。

有一段时间，就这样绝望地断绝了吃豆腐的欲望，更不用说吃上可口的水豆腐。

其实，凡人必常常生活于趣味之中，生活才有价值。

当你遍尝人生百味，过尽千帆，便会懂得，最理想的生活状态是：简单，随意，适度，一碗水豆腐的欲望与满足。

没有人可以回到过去重新开始，但每个人都可以从现在开始创造全新的未来。

现在社会在强调竞争，往往忽略了、忘记了独处的美德，更没有重拾自己的愿景。

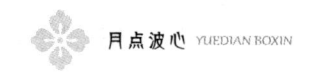

我也一样普通，普通得就像路边的一株小苗，但有可能在你不留意的时候，突然长成了参天大树。

或许，有一天可能像张抗抗的丈夫，虽然学的是经济学，却写出了连张抗抗一辈子也难以企及的长篇小说《狼图腾》。他从不露面，低调得就像张抗抗的影子。记得当时出版时，连张抗抗与编辑在内不超过五个人知道，可他今天还是阳光灿烂，第二天清早起来就裹满雪域的世界的——姜戎。

成功，是一个旅程而非目的，做的过程远比结果更重要。成功，不一定是惊天动地，成功只要找到自己慢慢可以生长的地方，慢慢生活，慢慢成长。想吃豆腐，想吃水豆腐，散步时，已经在田埂上、地头儿看到了长出的豆儿。

生活的理想境界，有时"百花丛里过"，却能"片叶不沾身"。

只有学会拒绝，人们才知道你的底线，才明白，哪里是可以欺负你的，哪里是不可以的。否则，没有边界的心软，只会让对方得寸进尺；毫无原则的仁慈，只会让对方为所欲为。甚至，连吃到称心如意的豆腐，都没有可能，更毋想令人心宽体胖的水豆腐了。

愿我们的生活，像吃一碗水豆腐那样方便，那样舒畅。

愿我们的每一份关系：不见，不遗憾；再见，如初见。

愿我们不要太在乎别人，懂你的，不用解释；不懂你的，不需要解释。

水一样的人生，豆一般的营养，就算生活给你的全是腐朽与垃圾，你同样能把腐朽与垃圾踩在脚下，登上世界，成就人生。

2020年3月24日 于抱朴行藏阁

【天伦之乐】

# 一片树叶,喝出乾坤

威廉·詹姆斯说:"我们的一生,不过是无数习惯的总和。"

在中国,就因为一片树叶,缔造了中华茶文化的神奇。

这一片神奇的东方树叶所引领的潮流,在1000年前的华夏大地上早已蔚然成风。

说起茶,我一直忘不了这样一幅画面。

那是我记忆中南宋刘松年的一幅《撵茶图》:

就在右侧,一人跨坐于一方条矮几上,右手以茶磨磨茶,石磨旁横放着茶帚,随时用来打扫碾碎的茶末。另一人伫立在黑色方桌边,左手持盏,右手提汤瓶点茶。

那左手边是煮水的风炉,右手边是一个贮水瓮;方桌上是筛茶的茶罗、贮茶的茶盒、白色茶盏、红色茶托、茶匙、茶笕。

右侧,一僧人正创作书法,神情是那样专注;一羽客与僧人相对而坐,用意全在观览;一儒士端坐其旁,似在欣赏,在欣赏中陶醉,在陶醉里享受。

这就是宋代文人的茶会。

这就是催发我茶趣的原始动力。

每每在阳台上的茶台上享受起泡茶的过程,体验着饮茶的滋味,我便意趣盎然,想入非非。

看着茶叶不断婀娜地伸展,就想起:人生的成长本来就是一个过程。

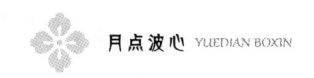

体验着茶壶拿起与放下的刹那，就想着：人生的态度何尝不应拿得起放得下。

欣赏着茶叶那上下沉浮的过程，就浮想联翩：人生谁不是沉浮一瞬间，关键是看自己的把控。

专注于茶叶不断执着地向下沉，就又进入一种体悟：人生其实更应沉潜，只有不断地沉淀，才能有所成就。

我也观察过很多喝茶的人，有的心不在焉；有的狼吞似虎；有的一边喝着茶，一边吐出缭绕的烟圈儿；有的一边玩着手机，一边有意无意地和别人唠着嗑儿……

也许，有的人对茶一见钟情，一见倾心；也许有的人对茶日久生情，从此痴淫。

但我在想：人生，其实，就是一杯茶。无论对待爱情、事业与家庭，要有一见钟情的热情，但更需日久生情，执着地坚守一颗初心。始于初心，方得始终。

进一步深入，品茶，就是品人生。

你看，那烹茶的水，以山水为上，江水次之，井水为下。当然，在茶圣陆羽心中，最好的水要数庐山康王谷水帘水。

看来，选择永远比努力更为重要。

要不，苏轼怎么会特意趁着月色跑到大老远的江边，站在一块石头之上，去取那深江之清水？

最推崇苏轼《汲江煎茶》诗的当是杨万里，在他看来，"活水还须活火烹"，"自临钓石取深清"。

苏轼之所以"自临钓石取深清"，全在于：水清，深处取清，石下之水没有泥土，石是钓石，不是寻常的石头，东坡自汲，非遣卒奴。妙在，"大瓢贮月归春瓮，小杓分江入夜瓶"。

好像北宋吴则礼的"吾人老怀丘壑情，洗君石铫盱眙城"，让苏轼正中下怀。

在我的阅读记忆中，好像苏轼无时不在饮茶。

春天，"且将新火试新茶"；

夏天，"日高人渴漫思茶"；

加夜班，"煮茗烧栗宜宵征"；

纵运书法时，"子瞻书困点新茶"；

鉴赏名画时，"唤人扫壁开吴画，留客临轩试越茶"；

梦里依稀，"梦人以雪水烹小团茶，使美人歌以饮"；

雅兴吟诗，"皓色生瓯面，堪称雪见羞。东坡调诗腹，今夜睡应休"。

简直是，"尝尽溪茶与山茗"。

天下茗茶，尽收轼腹。

在杭州，"白云峰下两旗新，腻绿长鲜谷雨春"，那是杭州白云茶；

在宜兴，"雪芽为我求阳羡，乳君水应饷惠泉"，那是宜兴雪芽；

在湖州与绍兴，"千金买断顾渚春，似与越人降日注"，那是顾渚紫笋茶与日铸雪芽。

…………

怪不得苏轼在历尽茶里乾坤之后叹言："何须魏帝一丸药，且尽卢仝七碗茶。"

是啊，当我们开始煮茶时，总能看到：那沸水，如鱼目，微微有声，进而缘边涌泉连珠，之后便腾波鼓浪。初沸之时，水泡微细，小如蟹眼，之后沸声渐大，水面起泡神如鱼眼，那沸腾的声音恰如松风阵阵。

一路走来，饮酒，总可以让人忘却眼前的烦恼，在虚幻的温柔之乡获得短暂的逃离。而茶却是通往精神世界的幽径。

酒也许是我们忠贞不贰的朋友，而茶则是我们滚滚红尘里的红颜知音。

或许，我们从茶里体验到的是一种清淡、虚无，"不交半谈共细啜，山河日月俱清凉"。

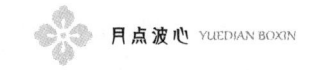

一个懂茶的人，一个懂得从茶里参悟人生的人，你会发现：

这世界，没有人永远年轻，但永远有人年轻，永远因为品茶而年轻。

天空暗到一定程度，星辰就会熠熠生辉，那是你在喝茶时偶然的发现；人生何尝不是一股奔流，只有暗礁，才能激起美丽的浪花，那是你开车时路过茶屋子，小溪中奔腾的泉流，送给你的一份惊喜。

其实，一个人的成功，只要做好三件事：

写一本书，成就一番事业；

盖一间房，温暖一个家庭；

养一棵树，收获一生健康。

这样，你便在一片树叶里喝出了人生，喝出了乾坤。

2020年10月16日于南国楚天阁

【 天伦之乐 】

# 月到天心处，正食鱼头时

我不喜欢吃鱼，但现在喜欢。

不仅喜欢吃鱼，更爱吃鱼头。

记得在北京时，我的学生请我吃饭，满满的一桌菜，看得我眼花缭乱。

正在琢磨之际，学生的老公开始发言了："到了咱北京，我就按北京的规矩，老师来了，我们这儿最高的礼节就是吃鱼。"我心想：这不到处都一样吗？说着，他的筷子就开始夹鱼了。我以为是夹最大的一块刺儿少的鱼肉，可是并不是我的原始想法。他先把一块靠近鱼嘴边的鱼腹肉夹给了我，接着说："这个部位的肉最嫩、最尊贵、最好吃。"

原来，还真是最好吃，怪不得后来有了一道专门的菜名：红烧鱼腹。

可是，看到剩下的鲢鱼头，我心里一直犯嘀咕：真是可惜。

这使我想起儿子还是很小的时候，夫人总是把最好的鱼肉给孩子吃，生怕有鱼刺，总是先把鱼头留给自己。

时间长了，孩子长大了，终于有一天，孩子很认真地问："妈妈，你怎么这么喜欢吃鱼头呀？"

我觉得这是一个误会。我得趁机对孩子进行教育了。

我说："儿子啊，爸爸为你高兴，说明你不仅善于观察问题，还善于思考问题。"

儿子听完我的表扬，乐开了花。

我有意顿了顿嗓子，接着说："可是，你想过没有？鱼头是刺儿最多

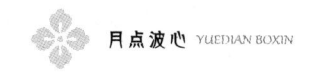

的，妈妈却每次先留下，那是担心你吃了会刺鲠在喉。这可是妈妈对你的一片爱。"说着，孩子一边点头，一边若有所思，好像顿然间懂得了爱的道理。

我想起了1980年的一道高考作文副题，就是要求考生仔细观察一幅漫画，漫画画的就是一位母亲在吃鱼头，儿子发问。其实，就是通过一幅漫画，唤起考生的思考，传达一种母爱。

后来，我受儿子发问以及高考副题的影响，慢慢尝试着吃鱼头。除了吃出来爱心，更吃出了丰富的哲理。

鱼头里，吃出的是一种细心。如果，我们不小心翼翼，很可能就会刺鲠在喉。

鱼头里，吃出的是一种耐心。如果，我们没有足够的耐心，很可能就会自动放弃。

鱼头里，吃出的是一种滋味。如果，我们不用心体会，很可能就尝不出其中滋味。

一个不细心的人，对待生活总是粗心大意，很可能捡了芝麻，丢了西瓜；一个没有耐心的人，就意味着没有坚持，没有坚持，就很难成就事业；一个不食人间滋味的人，很难有生活的乐趣。

当我偶尔读到邵雍的一首诗《清夜吟》时，我想到了吃鱼头的哲学，于是马上将其第二句做了改动，就是想借以表达生活的哲学。

其诗云：

"月到天心处，风来水面时。一般清意味，料得少人知。"

愿我们在吃鱼头的细节里读出一言一行之微，在生活的每一个节点读懂一沙一石之细。

2020年6月26日 于抱朴行藏阁

【天伦之乐】

# 原来，父亲就是最深刻的记忆

今天，起得特别早，因为昨天开始的长篇小说《伤隐之恸》的创作。

正在专心码字的时候，爱人喊用早餐。

一个煮鸡蛋，一碗燕麦片，一瓶早餐奶，两个粽子，幸福得超越了夏日的暖阳。

原来，幸福一直在继续。

打开手机，发现夫人送上了一个红包520，这幸福含蓄成最近的遥远。

接下来的一段话，比一条项链，还昂贵；比一条香烟，还逼人；比一瓶白酒，还醉人。

那是一种努力了三十多年才拥有的肯定：

你是儿子心里永远的太阳！你对事业的热爱，对学生的热情，对家庭的无私付出，都深深地影响着儿子，尤其是咬定青山不放松的那份刚毅，让我们佩服。

正陶醉于夫人的祝福，儿子又从杭州发来微信：

@鄢文龙 亲爱的老爸，父亲节快乐！礼物已在路上，敬请查收！

难忘坐在老爸自行车横杠去幼儿园的画面；

难忘坐在老爸脖子上回王田老家的场景；

难忘坐在高安中学地下室里老爸一边炒菜时鱼儿溜走的样子；

难忘老爸带着我吃1块5腌粉的开心；

难忘考少年班成功时，老爸逢人骄傲的表情；

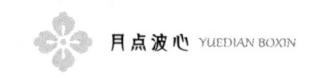

难忘儿子高考时老爸的支持；

难忘老爸送我上大学给予的"孩子，要去竞争班委锻炼自己"的叮嘱；

难忘转身送别时要孩儿不哭自己却强忍转身离开的那一幕；

难忘儿子南京大学研究生录取时看到成绩的相拥而泣；

难忘儿子成家时老爸的文书致辞；

难忘心仪出生后老爸带着孙女学唐诗的画面。

如今儿子也初为人父，逐渐在感知父亲的角色，很遗憾自己没有平衡好工作生活，对老爸的关心不够，但是我还是那个内心以老爸为榜样的崽崽，后面好好关心爸爸妈妈，唯愿爸爸少喝酒、多散心、开心快乐、身体保重！

父亲节快乐！

我一边看，一边眼泪夺眶而出。

原来，我一直以为：儿子，只是个沉稳少不更事的小子。虽然自己总是在心里嚷嚷，却从不愿意别人对他有半点儿懈怠。

毕竟，能在马云的蚂蚁金服那儿工作，不是我教育的成功，至少也是他努力的结果。

原来，他知道我每天伏案写作，生怕我颈椎疲劳，给我买了一个畅销巴黎、纽约、首尔的SKG按摩仪。

读着儿子对我的每一个细节的回忆，我感到震惊、骄傲，但之后更多的是惭愧。

原来，影响真的是如影随形，响声在耳。

原来，爱已成为记忆。

原来，成为记忆的就是一种爱。

我曾在我的一篇散文中说过：我的父母是普通的老百姓，给不了我雨伞，我得自己努力奔跑。

如今，我作为一个大学教授，即便给不了孩子阳光，也要努力给孩子一把雨伞。

　　王小波曾经说过："人在年轻的时候，觉得到处都是人，别人的事就是你的事，到了中年以后，才觉得世界上除了家人已经一无所有了。"

　　我常常试图用行动告诉孩子：我们也许会吃一阵子苦，但不能吃一辈子苦。

　　甚至有时看到孩子努力的样子，我就暗自高兴，毕竟在孩子努力的样子里，藏着父母晚年的幸福。

　　所有的父母都知道：父母的家永远是子女的家，但现实有时却是：很多子女的家，永远不是父母的家。

　　这样看来，当我们努力去踏遍千山万水的时候，千万别忘记了回头看一看那个随时等你回家的人。

　　你终会发现，你心中最美的风景，不是霓虹闪烁，也不是高楼大厦，而是有个父母等你回去，无论贫穷或富有的家。

　　即使一无所有，只要看到你笑了的瞬间，我们就像拥有了整个世界。

　　我想起了我的父亲。

　　他没有机会读书，宁愿抽着八分钱一包的经济牌香烟，也努力把我们一个个送上大学。

　　他从来没有一句多余的话，只要我在他身边看着他将牛鞭重重地甩在牛身上，我就知道他对我的鞭策。

　　他连自己的名字都不会写，却用自己的艰辛，一步步把我培养成一个靠阅读起家、以写作为生的大学教授。

　　如今，老人家没有牵挂，说走就走了。

　　看着别人的父亲总是唠唠叨叨，我发现：

　　唠叨，原来就是一种久违的幸福。

2020年6月21日父亲节于抱朴行藏阁

【刻骨铭心】

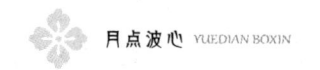

# 至暗时分

就在4月3号,我在电视台刚刚做完节目,就赶紧开车回家,看看自己年迈体弱的母亲。

一到家,我被母亲反复的唠叨,紧张起来了,据了解,这是老年痴呆的前兆,我的心顿然疼痛,正是享受的时候,老人家却老了,老得心疼,老得心碎。

说了老半天,还是像祥林嫂一样,反复嘀咕着。

当年,读祥林嫂,都觉得好笑。今天,我再也笑不起来了,看着老母亲这个样子,我的眼泪情不自禁地夺眶而出。

11点了,老人家突然说好饿,其实我已经问过好几遍了,老人家反复说吃过了。

这样,我就更进一步确认老人家真的已经是脑梗状态了。

我挽着母亲的手,一步一步往前走,母亲却选择性地记住了吃馄饨的地方。

老板会意地做了一大碗。看着母亲一边吃、一边满意的样子,我打心眼儿里乐了。

吃完,母亲告诉我是4元一碗,老板却收了6元。我诧异地看着老板。

老板告诉我,平时老人家吃的都是4元一碗,我看你是她儿子,我有意多给了老人家一些。

原来,是老人家舍不得。

听了，我更加心疼。

突然，有一天晚上，我正在外应酬，接到弟弟的电话，告诉我母亲要住院了，我立马买了第二天早上的高铁票。

可是，还没等到天亮。老母亲，凌晨三点就走了。

我的心，顿时丢了，丢给了不可能的突发，丢给了时间，丢给了空间。

当我赶到时，母亲的手已经冰冷，任凭声嘶力竭的哭喊，再也看不到平时笑着的酒窝了。

就在打理时，大妈发现了老人家放在枕头底下的钱。那一沓一沓的钱整整齐齐，有五千一沓的，有三千一沓的，有六百一沓的，看着这一沓沓的人民币，我的心更加碎了。老人家连打都没有打开过，母亲的节俭，令我自责，再多的钱，有什么用？

老人家，需要的是在身边的陪伴，是饿了的时候的一碗汤、一顿饭。可是，需要的时候我们却因为工作，没有及时地来到身边。

更令人诧异的是，难得老人家自己感到去日不多，要不平时都把钱藏得严严实实呀。

甚至，更让人诧异的是，难道老人家去世前就有选择吗？怎么正好是五一假期？还是老人家前世修行，正好是假日，所有的亲人，都赶来为老人家送行。

可是，再完美，我也不愿意老人家匆匆离去。

我还没来得及，为您把那长长的指甲修整；我还没来得及，为您剥您最喜欢吃的香蕉；我还没来得及，为您灌上冬天里您最需要的暖壶里的热水；我还没来得及，为您做上您最喜欢的上汤肉；我还没来得及，为您尽更多更多的孝行。

幸运的是，每当我睡在您睡过的床上时，我能听到您的呼吸，在梦里看到您的微笑，仿佛，您本来就未曾离开。

2020年6月14日 于抱朴行藏阁

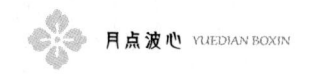

# 母亲的片刻

母亲的片刻，就像一把刀，一片一片地刻入我的大脑，刻入我的灵魂，刻入我的记忆……

其实，就是小溪里的流水，有时径直奔流，有时潺潺细语，有时绕着巨石往左，有时却背着细石向右，有时却在浑浊中倾诉，有时却躲入草丛中哭泣……

我见过母亲最灿烂的片刻，是刚刚磨制完水豆腐的那一刹那。

一碗雪白的水豆腐，一勺粗盐，两粒红辣椒，三撮小葱段，四五滴小麻油，带着微笑，端给了我，原来，我脸上的酒窝，就是得了母亲的真传。夏日里，看着这一碗豆腐，仿佛有浸泡在水中的凉爽，好像树下突然到来一阵凉风，更像是傍晚疲劳之后倒在母亲刚刚铺好的塑料薄膜上贪婪的小憩，整个鼻子，像醉在春风里，躺在油缸旁。

我见过母亲最揪心的时刻，是母亲在诊所找到父亲的那一瞬间。

父亲正从地上捡着一个个病人扔下的烟头儿，母亲消瘦的右手仿佛在将两个手指捻碎。她并没有惊动父亲，却偷偷地回到家，将刚刚借来的一斗米的一半去换了一包八分钱的经济牌香烟，递给了父亲。

我见过母亲最痛苦的时刻，是母亲因为替父亲讨回公道而遭罪的几个小时。

那是"文革"的时候，因为成分不好，父亲遭遇不公，母亲说了句良心话，却被年轻人抓去批斗，他们让母亲跪在尖尖的石头上。

那时我才六岁，先是看着他们把母亲按在了石头上，接着，看着母亲的膝盖露出两个大大的窟窿，接着，看到母亲冒出大汗，接着，看到母亲鲜血淋漓，接着，晕倒在地……

我见过母亲最难看的时刻，是母亲一边烧火一边做菜的一顿饭工夫。

那时，家里穷得连干柴都没有，我每天放学之后，都要到山上去挖树蔸，而母亲只能借着一点儿引火柴烧着刚刚从山上挖来的青树蔸，做饭做菜，做每一顿的时候，总是看着母亲一边咳嗽，一边在脸上抹着青烟，一边揩拭着眼泪。

我见过母亲最悠闲的时刻，是母亲在我们不懂事的时候，端着一碗面汤坐在门槛的当儿。

那是在我们五姊妹在贪婪地抢过稀稀拉拉的一碗面条之后，除了没有能力捞起的部分，甚至连锅壁上的一根根面条也没有放过。母亲，就这样喝着一碗面汤，偶尔发现一两根面条，也并没有急于吃了，好像有意在空中膨胀，画饼充饥。

我见过母亲最惬意的时刻，是母亲在床头的小憩，安然、淡定。

如果不是接到电话，永远也不会相信，这就是母亲留给我们的慈祥。

当大妈将她在枕头下面发现的现金，一一放在我们眼前时，我的最后一道防线崩溃了。

什么是泪水？那是闸门打开后的激流。

看着一沓沓的人民币，6000元，5000元，3000元……

那从未打开的一沓沓，那散发着霉味的一沓沓……

我们崩溃得就像一盘散沙……

钱是什么？情又是什么？

仿佛在字典里已经无法找到答案。

我见过母亲最不愿意的时刻，是母亲即将躺进冰棺的那一刻。

老人家好像在盘算着生命的每分每秒，即便是最后的离开也不愿轻易打扰，连时间也不愿意浪费子女的分分秒秒。

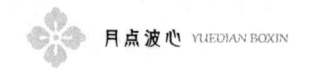

就在4月28日，老人家安然地离去，因为她知道，只有五一，我们才有时间。看着母亲右眼角最后一滴流干的眼泪，我们知道，老人家已经等我们很久，很久；我们知道，老人家已经挣扎很久，很久。

当我轻轻地为母亲揩拭着最后一滴眼泪的时候，我哽咽，哽咽得几乎难以呼吸……

剩下的，我只有就着灯光，将母亲的点点滴滴一片一片地刻入大脑，刻入灵魂，刻入永久的记忆……

2020年8月22日凌晨6点于抱朴行藏阁

## 咸菜里洗出人生
——清明溪前且洗耳

昨天晚上，我梦见了微笑。

爷爷期待地笑着说："现在你知道曹雪芹为什么要写贾宝玉既爱林黛玉，有时又喜欢薛宝钗吗？"

奶奶努力地挪动上下唇说："你从小体弱，要坚持多走走。"

爸爸言辞简洁中透着七分后悔地叮嘱："千万少喝酒，更不要抽烟！"

妈妈坐在火炉边露出两个甜甜的酒窝提醒我："别忘了关煤气。"

我明白：这是我的至亲在提醒我，世界上最便宜的逆袭方式，除了阅读，就是运动。不着急，最好的总会在不经意间出现，我要做的，就是怀揣着希望去努力，静待美好。

写作，也许是我最好的目光停靠；健康，才是当下前行的唯一。

不能忘记，我端着您的灵牌一脚一脚稳步送行的悲恸。

曾记得，小时候，从懂事开始，每每除夕的晚上，您总是为我们诵读讲解昔时贤文，到如今，那"自恨枝无叶，莫怨太阳偏"的哲理，一直萦绕在我的耳际。是您告诉我：天下没有永远阴霾的天空，只要让生命的太阳自内心升起。阳光，总是不需要吩咐便洒下一大把。

曾记得，大学时，同学送给我的一部《三国演义》，我还没来得及阅读，您却先阅读完毕，不厌其烦地给我们姊妹讲起三国，讲起"天下大势，分久必合，合久必分"的历史规律，讲起刘备的弘毅宽厚、曹操的雄豪、诸葛亮的忠

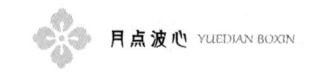

贞智慧与关羽的勇武尚义。

曾记得，工作了，您告诉我，一个人有三种可能：有的，总是心存报复；有的则选择原谅；很少能忽略，不计较。后来，我才知道，其实您的话里已经具备了爱因斯坦的思想："弱者报复，强者原谅，智者忽略。"

每当我在思想踌躇的时候，您就会说，一个人要敢想，只要敢于想象，曾经的异想天开，都将变成未来的异常。

当我读到"人是能唯一接受暗示的动物"这样振聋发聩的名言时，我自豪有您这么一个知书达理的爷爷，是您给了我走到今天的正能量暗示。

不能忘记，我来到您的墓前声嘶力竭扒着坟土的冲动。

曾记得，您去世时，我回到家的时候，我在安葬的第三天才从学校赶到，我没能看到您最后一眼，没能为您送行。

曾记得，您告诉我，我一直到八岁时还吮吸着您干瘪的奶头，我不是您的孙子，我简直就是您的儿子，一直到您去世后，母亲才嫉妒地告诉我您有多么爱我，爱到天翻地覆。

曾记得，我考取大学，您亲自用针线活儿为我深一针浅一线、横一点竖一针歪歪扭扭码成的鞋底垫儿。您缝制给我的是时空的记忆，是心的熨帖。

也许，您的行动，您的深爱，在告诉我：

我们只是落向广袤大地的众多雨滴中那无名的一滴。应看到小的力量，相信小的伟大，更要欣赏小的美好。

有时，您看着我狼吞虎咽地吃着您大一块小一块的红烧肉，嘴里流着油的时候，那种满足，现在想来您有多么幸福。您那时一个微笑的参与，一直让我努力地改变着周身的世界。

您似乎没有太多的话说，但透过您专注的眼神，现在我读懂了您的内心：

太多的为什么，没有答案。太多的答案，没有为什么。

等到今天读懂了您，您却去看守着另一个世界了。

遗憾是什么？是您身上的一颗小小的痣，只有自己才知道位置及浮现的过程。

不能忘记，我来到您的坟前忠孝难全枯荷听雨的遗憾。

曾记得，参加高考命题前，征求您的意见，您说："去吧，国家的事是大事，我能挺住。"没想到，这一去就阴阳两隔，再也见不到您了，只有留得枯荷听雨声。

曾记得，有一次闹肚子，百医难治，为了我，您跪地磕头向仇人中医求救，真难为您了。您却说："对待仇人，应把他看成是来督促自己成功的人。"这样的格局，时刻鞭策着我，真是"一丘藏曲折，缓步有跻攀"。

曾记得，过去总是一见到您严肃我们就全身发抖。直到有一次，妈妈不再管家了，我们姊妹绝望地说："这一下完蛋了，我们不可能在爸爸那儿要到读书的零花钱了。"可是，当我们向您要钱的时候，您却完全出乎我们的意料，如数地满足我们的要求，宁可自己不抽烟，也要优先考虑我们的需求。

长大后，才发现：原来严肃、批评，是您潜意识里对爱的表达。比起无微不至的关心，放手才是您最独特的教诲。您的无怨无悔似乎在告诉我们：我们也许会吃一阵子苦，但不能吃一辈子苦。重要的不是别人的掌声，而是成为更好的自己。做人最大的无知，是错把平台当本事。

不能忘记，我还没来得及赶回陪您最后一程，您却永远地睡着之后的安然。

曾记得，去年的今天，我陪您吃馄饨的时候，您清楚地告诉我四元钱一碗，我去买单时却付了六元。当我用疑惑的目光看着对方时，对方的解释让我心疼了好半天："平时你妈妈舍不得多吃，今天我猜你是他儿子，所以多下了一些。"没想到，这竟然是最后一碗馄饨。

曾记得，上中学的时候，我从来没有在食堂买过一份新鲜菜，每次都是一罐霉豆腐、一罐咸萝卜干。那味儿咸得没办法下饭，即便是过年煎炸的油豆腐也没办法入口。开始，心里总是埋怨母亲的做菜水平太差，长大了，才痛心地发现，原来母亲为了节省，才多放了盐。

看着母亲晚年做的菜，几乎没有咸味，即便做客，只要一吃到偏咸的菜，

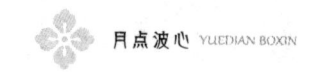

就要我倒上一碗开水，将菜放在开水中冲洗。特别是看到母亲晚年吃饭时总是将开水倒在米饭中，才恍然大悟，原来这是家里穷时养成的习惯，可见，当时穷得没有菜下饭时，母亲是用开水下饭的。联想到小时候没菜时用酱油拌饭，总是怨声载道，真是惭愧。

今天，才真正明白母亲晚年吃的菜几乎没有盐味儿却患上高血压的原因。从母亲用咸菜放在水中冲洗，我悟出来作减法的生活哲理。

曾记得，第一次带小孩儿回家过年时，母亲总是在我们睡着之后偷偷地把电灯关掉。之前，总是埋怨母亲过于小气。直到有一次，我和南京大学著名语言学家鲁国尧先生一起共进晚餐时，看到鲁先生要求在场的年轻女学生将剩下的一块藕片放入打包盒中，我们稀奇地盯着鲁先生时，老先生的一句话"以后，你们到了我们这个年纪，就会知道节约的可贵"，点醒了我。

现在，父母已经离去了。伫立家中的空房，看着父母的照片，路过父母耕种的田地，那筷子仿佛无力夹持，那脚步无法行稳，那心儿一如开车时下坡的失重……

现在，再也听不到父母的唠叨了。即便是梦中的期遇，也成为一种奢望，一种久违的幸福。

好像你们从来就不愿让别人的错误落在我们身上。

你们总是对我说：

读书，不是逃避世界，而是通过别的大门进入世界。

善良，是唯一永远不会失败的投资。你为别人着想，也是给自己的未来铺条路。

人生，不必着急，找准自己的方向，一步一个脚印。

懂得放下，才能腾出手拥抱现在，才有心思体验每一个淡然喜悦的当下。

爷爷奶奶，爸爸妈妈：

过去的今天，我已早在你们门前，看望你们，为你们祈祷！

【刻骨铭心】

今天,特殊的疫情,我只能站在溪前,洗耳,恭听。

即便一无所有,但看到你们笑了的瞬间,我就像拥有了整个世界。

2020年4月2日于天沐温泉谷

【梦幻之旅】

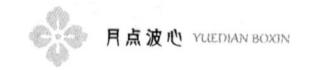

# 人生何不"半"风流

我这个年龄，不应该浮躁。

我这个年龄，有的是时间。

今天，在朋友圈里读到师兄推荐的文章《书房之美，在于治学》，浏览时看到了浙江大学汪维辉教授、苏宏斌教授、真大成副教授的书架，无比的快慰。

看着他们的书架，心里顿生敬意，原来他们才是真正的学者。

我把图片转发给妻子一起分享，妻子却自豪地说："你也不少呀，至少是他们的三倍。"

春山花渐开，夜雨一卷书。满藏墨香的书房，在虚实交汇之中，陶养心性，不曾远游，可窥世界。

看着这样的文字，好像他们知道我口拙，替我说出来了：

哲学系陈村富教授说："我一生的积累就是一间书房，两间书库，上万册中外文图书。"

中文系汪维辉教授说："沉浸在书中，真觉得自己是世界上最幸福的人。"

中文系苏宏斌教授说："每天置身于书的环绕之中，仿佛新旧朋友陪伴在侧，感到分外充实。"

当我知道，吴承恩50岁开始写《西游记》，齐白石56岁开始突破自己，转变画风后声名大振。

我认识到"你以为晚了，其实是你没有开始"的深刻内涵。

原来，人到了我们自以为尴尬的过半年龄，自己就是那个屋檐，再也无法另找地方躲雨了。生活，从来不亏待每一个努力向上的人。

于是在56岁时，我写出了《我心向白石》的散文，在一年内写出了100篇的散文集《月在波心》。

当我在开始阅读全集时，第一个阅读的是《鲁迅全集》，之后便走进了《汪曾祺全集》《史铁生全集》《苏轼全集校注》《芥川龙之介全集》《朱光潜全集》《冯友兰全集》《吕叔湘全集》……

在文学中熏陶，在古籍中遨游，在美学中陶醉，在哲学中理性，在语言学中体会表层结构与深层结构。

当我在阅读全集时，我发现了一个让我无限敬仰的人物——丰子恺。

发现他，是在阅读《鲁迅全集》时的联想。原以为，在众多文豪中，鲁迅应该就是写得最多的，多到十八卷的容量。

听说他，是因为一种绘画技巧，丰子恺绘画"不要脸"。因为这句话，我记住了他，记住了"不要脸"的歧义表达背后所蕴藏的深刻性。

关注他，是在阅读研究专家陈星的《丰子恺漫画研究》与《新月如水——丰子恺师友交往实录》。

了解他，是在研读张斌的《丰子恺诗画》。

真正想走进他，是因为2018年在当当网逛了一圈之后，购买到他的《丰子恺全集》，文学的、艺术理论的、美术的和书信日记的，那数字，那容量，惊人，多达50卷。原以为，没有人能超过语言学家赵元任先生的著述，现在看来，以我所见，很可能前不见古人，后也未必有来者。

今天，当我读到他的《纳凉闲话》时，除了我读到的季羡林外，又一次体会到什么是"行云流水"，什么是"用墨如泼"，什么是"惜墨如金"。

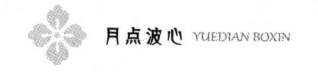

你看：

我说现在的香烟，支头太长。其实普通人吸烟，吸了半支已够。后半支，大都是浪费的。你看他们丢下来的香烟蒂头，都是长长的。有的吸了三分之二，丢了三分之一。这不是浪费吗？我看，香烟应该改短一半……

读到这里，我停下来了。我对"半"的哲学，有了自己的理解。

正好家里有两个矿泉水瓶，其中，最喜欢小的那一个，当时只因为美，留了下来。今天，发现了真与善。

仔细一看，大瓶的容量是550毫升，小瓶的容量是350毫升。

小瓶，不仅仅拿在手中美，有愉悦感，也方便携带，也不浪费，正好是常人随意的需求量。要不我们就会常常在地上看到被扔弃的小半瓶或大半瓶。

饥饿，适度，或许就是人生哲学。

2020年3月6日 于天沐温泉谷

【梦幻之旅】

# 当我开始爱自己

小时候，除夕的傍晚，当母亲端着热腾腾的墨鱼排骨汤上桌的时候，我们姊妹五个，再也耐不住了。一个个争先恐后地用筷子夹着，调羹捞着，甚至忘记温度，情不自禁地用手搅动着……

父亲自言自语地嘀咕着："看样子，剩下的肥肉，你们是不会吃了。"

长大了，父母离去了。每每想起父亲的这一句话，就汗颜……

仿佛这就是人性的自私。甚至，都常常与自己画上等号，从此压根儿就不敢直言爱自己，仿佛就是赤裸裸地自私。

而事实上，每一个人出生的时候，总以为这天地都是为自己一个人而存在。

直到八岁才开始读小学一年级，过年最穷时只有一副猪肠子，中秋时五姊妹只分一个月饼，上大学才穿上第一双买的鞋子，我知道我的父母是地道的普通老百姓。我在想，既然父母给不了我雨伞，我得自己努力奔跑。

从此，我发誓要做自己，爱自己。

皮之不存，毛将焉附。没有强大的自己，怎么生存？不能生存，何以回报父母，何以报效祖国。

记得萧伯纳说过："自我控制是最强者的本能。"

一个人活着，重要的不是别人的掌声，而是成为更好的自己。

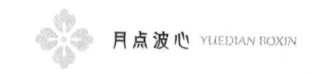

只有异想,才能天开。一旦异想天开,所有的都将变成日常。

这个世界上,谁都不容易,每一个人都要学会用左手温暖自己,疼爱自己,让自己开心,让自己开怀。

乔布斯说:"只有那些疯狂到以为自己能够改变世界的人,才能真正改变世界。"梦想的绝配不是才华,而是持久的激情。

有时,天然迟钝,是为了让自己更好地前行。

人生,不必着急,找准自己的方向,一步一个脚印。只要找到自己所热爱的东西,就可以超越自己的性格限制,从而完成令自己都感到惊叹的事情。

也许你是二十岁,活的是青春;也许你正处三十岁,活的是韵味;也许你已是四十岁,活的是智慧;也许你五十岁了,活的是坦然;而我正年届六十,活的应该是轻松了。

优于别人,已并不高贵,这时真正的高贵应该是优于自己,优于过去的自己。

天下没有永远阴霾的天空,只要让生命的太阳自内心升起。

我需要的,也就是一杯茶,一个书柜,一个笔记本。

有时沏一杯茶。

刚打开的西湖龙井,就像寒冬蜷缩的少女,一经开水的冲泡,就像炎热的夏天还没经过含苞待放的时光,早就自然绽放。

人生如茶,只想捧着一把茶壶,把人生煎熬到最本质的精髓。

有时读一本书。

读书虽然很苦,却是看世界的路。读书,就是到世界上最杰出的人家里去串门;读书,就是回家。最好的家风,就是阅读。

有时著一本书。

其实,独处,写书,就是一种幸福。我发现,写作的状态,就像美女,美到极致,越是慵懒,越是思绪万千。有时发现,一旦进入写作状态,书桌上的书，东倒西歪，简直就是高铁站外夏日里的旅客，因为疲倦，不知耻地躺在地上，千姿百态。

正如路遥所说："在这个世界上，不是所有合理的和美好的都能按照自己的愿望存在或实现。"

有时，我们总是在仰望和羡慕别人，其实，一回头，你却发现自己正在被别人仰望和羡慕。

真正地爱自己，就应适度地断舍离。

断绝不需要的物欲，舍弃不必的追求，脱离该脱离的执着。

一个人，一旦真正抛开了自己年龄的约束，跟随自己的心意，让自己保持并拥有一份与年龄无关的青春式追求的生活方式，你会发现你已经真正地开始爱着自己。

当你真正开始爱自己，你的心中永远是烂漫的春天。

你会怡然：夜卧六尺，心中无事一床宽。

你会了然：活着，不要违背自己的本心。

你会惕然：开始远离一切不健康的东西。

你会昭然：改变一个人，一句话就够了。

你会淡然：幸福，其实始终充满着缺陷。

你会豁然：谦逊基于力量，高傲源于无能。

你会省然：一生必须走在认识自己的路上。

你会坦然：不再把平台当作自己的能力，离开平台剩下的，才是自己的本事。

你会释然：遇事不再只是埋怨，万物皆有裂缝，其实那正是光照进来的地方。

你会慨然：人生最美丽的补偿之一，就是真诚地帮助别人后，也帮助了自己。

你将洞然：不是因为成功了，才有财富、有健康，而是因为有了健康才能

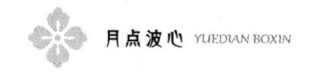

获得成功。

你会幡然：人生最高的享受是寂寞。在缺少一切的时节，就会发现，原来还有自己。

爱自己，就应该为别人着想，替自己的未来铺路。

爱自己，就应该相信：不管别人怎么说，自己的感受才是正确的。

爱自己，就应该在自己的世界孤芳自赏，在别人的世界随遇而安。

爱自己，就应该不再汲汲于声名，不再汲汲于富贵，更从容、更充实地享受人生。

爱自己，就应该到了现在这个年龄，谁也不取悦了，跟谁在一起舒服就和谁在一起。

我愿悠闲地坐在磐石上垂钓。

我愿看着潺潺的流水，波光灵动。

我愿临川羡鱼，一得濠上之游乐。

我愿：雨槛卧花丛，风床展书卷。

吟诵：江山如有待，花柳更无私。

2020年3月8日于天沐温泉谷

【梦幻之旅】

# 梦想，足以到达的地方

每一个人，都有自己的想法。一旦想法欲成为行动，必先经历梦忆，在梦中呈现。有想才梦，有梦方想，只要有梦想，就有诗和远方。

近日，一直在研读明代蒋一葵的《尧山堂外纪》，连续读到几则与梦有关的轶事，遂感梦的远方，就是足以到达的地方。

一个人，不是因为杰出而做梦，恰恰是因为善做梦才杰出。

我们知道，"文章西汉两司马"，除了司马迁，就是司马相如。鲁迅说过："武帝时文人，赋莫若司马相如，文莫若司马迁。"

司马相如，字长卿，小字犬子，因为羡慕蔺相如，所以叫司马相如。

当初前往蜀郡，经过升仙桥，司马相如在桥柱子上题字说："大丈夫不乘驷马车，不复过此桥。"后来果真乘驷马衣锦还乡，荣归故里。正准备献赋，突然梦见一位身着黄衣的老翁对他说："可作《大人赋》。"司马相如于是作《大人赋》以献。皇上于是赐给他四匹锦。

据说，长安有个叫庆虬之的人，也擅长写赋，曾经写过《清思赋》，可是时人并不欣赏，后来假托是司马相如所作，于是被世人所看重。

梦，成就了司马相如的赋名；梦，造就了他在西汉乃至后世的影响。

我们知道，扬雄是继司马相如之后，最著名的辞赋家，所以有人说："歇马独来寻故事，文章两汉愧扬雄。"

扬雄，字子云，西汉蜀郡成都人，是有名的哲学家、文学家、语言学家。

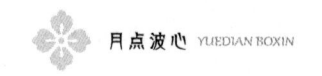

他的父亲住巫山，生下了扬雄。有人把他称作钟十二峰之秀。扬氏从季到雄五代才传一子。扬雄的儿子扬乌，时人称其为神童，遗憾的是九岁就夭折了，所以成都再也没有别的扬氏了。扬雄作《甘泉赋》，刚刚写好，就梦见吐出五脏六腑在地上；写完《太玄经》，梦见凤凰站在他的头顶。

此外，还著有《方言》。今天，我们在刘禹锡的《陋室铭》中读到的"西蜀子云亭"的西蜀子云就是扬雄。

梦，释放了他的负重；梦，使他跨越了古今。

我们知道，郑玄是汉代的思想家、经学家。他创立了郑学，是汉代经学的集大成者、中国古代杰出的教育家。

郑玄，字康成，拜扶风马融为师。马融勤于学习，梦见一片树林，花如绣锦，梦中摘花而食，等到醒来之后，见到天下的文辞没有不知道的，时人称他为"绣囊"。郑玄三年没有成就一项事业，马融把他遣送回家。郑玄路过树荫下假寐，梦见一个老父用刀挖开他的心，把墨汁倒在郑玄的心内，郑玄于是马上返回到马融那儿去，从此精通典籍，人们都把他当作"经神"。以后常常居住在不其成南山中，以教授为业，黄巾之乱，只好暗中遣送弟子，诸贤只好在这里挥泪而散。他所居住的山下有一种像薤叶一样的草，大概有一尺来长，人们把它叫作康成书带。袁绍曾经为郑玄设宴，想把郑玄灌醉，参与聚会的人有三百多人，一个个下位举杯，估计郑玄喝下三百余杯，但是并不如袁绍所愿，结果郑玄虽醉却能蕴藉自持，整天没有怠意。孔融特别敬重郑玄，拖着还没有穿好的鞋就去登门拜访。

梦，促成了他的成功；梦，提升了他的品格。

我们也知道，曹操是东汉末年著名的政治家、军事家、文学家和诗人。可是，他却是一个多疑的人。

司马懿，如果不是因为与他的儿子曹丕友善，也许就酿出大祸。

司马懿，字仲达。曹操辟为文学掾，迁太子中庶子。与陈群、吴质、朱铄，并称"四友"。曹操梦见三马同食一槽，对曹丕说："司马懿不是人臣。"曹丕向来与司马懿友善，因此得免。

从某个意义上说，有些梦也得慎思谨断。

不是所有的梦都能成就人生，也许有些梦就让人毁于一旦。

梦想，足以到达的地方，可能洞然天开，可能柳暗花明，可能坠入悬崖。

2020年7月6日 于抱朴行藏阁

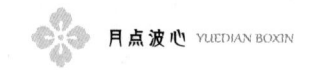

# 让我们相约一场说走就走的旅行
## ——醉在高安腐竹盛宴里的记忆

在高安工作20年，留给我记忆最深的是石脑的青椒、灰埠的辣椒酱与太极图，更多的是城里的腐竹，腐竹里的盛宴。

青椒，小时候就是碗里的常菜。可是，真正引起我注意的是石脑的青椒。

看着刚从蔬菜地里摘下的青椒，那种辣椒上还留着些许的泥迹，这个年龄才知道那是久违的地道土味；那种稚嫩的绿，幼稚得就像刚刚牙牙学语的小孩儿；那种纯青的绿，仿佛时刻要滴下来似的，你见了，没法不想起妙龄的少女；那种成熟的绿，极富挑逗性。等到真正入口时，仿佛经历着每一个幸福年龄的陶醉。

当在外出差时，偶尔到饭店用餐，总能欣喜地看到高安辣椒炒肉已经成为一道名菜，心中自然漾起一种自豪。

说起灰埠的辣椒酱，还真是记忆深刻。看着还没有打开的瓶儿，早已唾液横流，一旦真正打开，那种真正地道的辣椒原味，早已急不可耐。原来，品尝之后，才是真正的唾液横流，流得舌头伸出后，好像再努力就伸缩格外困难。过去只是听说过男儿有泪不轻弹，只因未到伤心处。现在品尝了灰埠辣椒酱之后，才知道：男儿有泪不轻弹，只因未品酱滋味。什么怕不辣，什么不怕辣，什么辣不怕，不再是四川、湖南、江西的区别了，辣味，在江西宜春的高安灰埠，简直是应有尽有。

说到太极图，第一次到达灰埠朋友那儿，见到一盘刚刚炒好的鳝鱼，一整条一整条地卷在盘中，我压根儿就不知道怎么吃，也不敢吃，只是眼睁睁地盯着其他人吃。

朋友说，在他们那儿这道菜名叫钢圈儿，看起来还确实很像，吃法也挺讲究的。

后来，到城里也见到这样的菜，不过再没听到别人叫钢圈儿了。好像乡下的姑娘嫁到了城里，摇身一变就变了一个名字——太极图，雅得只想把它当成一道欣赏的菜。

不过，在高安，我还是更喜欢吃"腐竹"这一道传统菜。

到底是民以食为天，对吃格外讲究，没想到过去印象中腐竹只是用肉炒，今天的腐竹，在厨师们的手下，却成了一件一件的艺术品，简直就是一场视觉盛宴，美在嘴里，甜在心中，醉在梦里。

子闻韶乐，"三月不知肉味"，如今我见了这形状酷似竹条的腐竹，发现它就是"素中之荤"，富贵得风月无边。

据说，唐代有一位高安八景礼港的豆腐师傅，在长年加工实践中逐步发现豆浆上面的油皮，并取之做出了雏形腐竹。后来传到高安县城，因唐代崇佛，斋食盛行，使得腐竹等豆制品风行整个高安，现在制作工艺，日臻成熟。

2010年6月，高安腐竹制作技艺，已被列为江西省第三批省级非物质文化遗产名录，正申报国家级非遗项目。

高安市，被国家批准为祖国唯一的腐竹原产地。

走进高安的腐竹盛宴，你就会感受到一种幸福："福满乾坤""福至人间""洪福天下"。

先让我们一起端上一盅"九州同庆"汤品，打开早已期待的味蕾，感受什么叫作沁人心脾。

这是一道以鸡汤为底、煨入腐竹丝、上面覆盖着用蛋清打发佐以青豆蒸制而成的莲蓬的上等佳品，颜色清亮，清香鲜美，一沁心脾。

看着"洪福齐天"这道菜肴，我早已被那三色彩椒雕刻的容器所吸引，更何况里面盛放着高安特色的口味小菜辣椒酱、凉拌腐竹、柚子细片，就在刚刚随意夹入嘴中的片刻，一股彰显高安城市的家乡口味，心儿早就飞到了母亲的身边。

当筷子走向"金鸡报福"的时候，那走地鸡飞奔的样子，那鲜豆皮的可口，那蔬菜和沙姜酱汁的美味，鲜香，脆嫩，早已把我混沌成一团，原来这是不是就可以叫作烂醉。

最耐不住的是那道"红红火火"，虽然只是以腐竹和料理方法制作而成，可是关键的是佐以了鲜红的辣椒，从色彩，从味觉，从寓意都只想一口吞了。因为色彩，有一种"山花照坞复烧溪"的感觉；因为味觉，那是一种久违的慰问；因为寓意，那是人人都想的生活，红红火火。好像汉语的美妙全集中在这四个字，四个字中都有一个"H"，象征着高升，象征着事事如意。

如果你是家中的长辈，你一定会抢先品尝"福满乾坤"，当你以发现的眼光，从竹荪包里尝到了腐竹，品到了高汤的美味，醉在菜品鲜香爽滑里，即便是兴奋时刻从唇齿间漏出的芳香，也让你每吃一口都唯愿把满满的福气吃进嘴里，留在心扉。

更不要说男男女女们最喜欢的"青梅竹马"，简单得只是用腐竹切碎与肉馅等食材制作而成，可是这样的丸子，一旦裹上优质的大米，蒸制调汁，再以胡萝卜、莴笋切片造型装盘，原来那就是青春的舞动，那就是男子的钟情，那就是少女的怀春，那般晶莹，那般剔透，只剩下回味，只剩下回味无穷。

高安又名瑞州，瑞雪兆丰年。好像高安人都喜欢"丰年兆胜"这一道菜，每一个人都期盼着来年丰收。这道菜肴，纯以豆渣为主料，配上橘子皮、辣椒末等材料调味炒制，却风味咸鲜、香醇。

"百禄百福"，大概源于高安的塑料普通话。"肉"往往读成"禄"，正好谐音，是最好的寓意与祝福。直到今天我一直怀疑，不是读不好，而是有意读不好。

这道菜肴以优质黑猪五花肉腌制后，切片卷上腐竹摆盘蒸制，淋上特调酱汁，倒扣摆盘。菜品口味咸鲜，口感饱满不腻。腐竹，"福竹"的谐音，寓意

"有福"，猪肉寓意"有禄"，寓意生活百禄百福。

说到"金牛献瑞"，在今天，那可不是一道简单的菜，价格不菲。采用的是高安特产黄牛肉，将黄牛肉打成肉馅儿，加入爽口马蹄，用鲜豆皮包裹成卷，炸制出锅，外表香脆，内里咸鲜，佐以特质青梅酱和水果条，食之香而不腻，味之口齿留香，让人赞不绝口。

至于"翡翠水晶"，在高安也许算是个创意舶来品，毕竟是高安现在厨艺大师的精耕细作。以鲜豆皮炸制成盒，里面放入手剥虾仁、哈密瓜丁、三色藜麦和苦菊菜，用沙拉酱提味儿，整体菜品清爽低脂，符合当代低脂、轻食、健康的饮食概念，深受年轻人喜爱。

"富足有余"，倒是土生土长，土的原材料就是高安上游湖野生雄鱼头，配上双味剁椒，腐竹吸饱了鲜美鱼汤，菜品鲜嫩爽口，滋味无穷，不富足哪来有余。腐竹与"富足"一音之谐，寓意富足有余、创意无限。

"福星高照"，从祝福的角度看，妇孺皆知，可是，旧瓶里装的是新酒。看起来是高安人传统宴席中一定要有的一道高安烧卖，可是，再不是一般意义上的"烧卖"。如今，高安腐竹宴中的烧卖馅儿，在传统馅料中加入了腐竹碎，薄皮包馅，装饰芝麻，烧卖小口大肚，状如石榴，油亮诱人，那真是一种别具匠心的配料，那真是一款满口留香的烧卖。

关于高安，关于高安的美食，关于高安美食中的腐竹盛宴，我的记忆，就像一只钱夹，装得太多，怕合不上，总是担心里面的东西太多，会一不小心掉出来。只愿刚刚好，只能遗憾地介绍记忆中最美的刹那。

好在不远，好在早已进入高铁时代，早已是数字时代。

如果你愿意，如果你真喜欢上高安的腐竹，心动不如行动。我可以和你一起，来一次说走就走的旅行。

2020年10月1日 于南国楚天阁

# 老鼠，钻进了我的喉咙

就在我张开嘴鼾声大作的时候，一只老鼠钻进了我的喉咙。

说时迟，那时快，我猛一翻身，右手迅速抓住了老鼠尾巴。可是，越是用力拉，老鼠越使劲蹬着两只脚往里爬。老鼠，越是用力，我的喉咙越无比疼痛；越疼痛，我就越加努力，我越加努力，老鼠越使劲儿往里钻；最终，老鼠的尾巴被我过于用力给拽断了；我慌了，紧忙用手往里抓，好不容易，抓住了剥了皮的尾部。可是，最终还只是拔出了一根血淋淋的筋条，一切的努力前功尽弃。

就在痛苦至极、极端无助的刹那，我从梦中惊醒。

原来这是一场梦，一场醒来之后大汗淋漓的梦，一场大汗淋漓之后无比解脱的噩梦。

这使我想起了一次在教育局招待所发生的一件趣事。

那是一次到市教育局开会，晚上安排在教育局招待所一楼住宿。大概是凌晨三点，最犯迷糊的时刻，我进入了梦乡。

梦见晚上住在乡下老家，突然有一小偷窜入了我家偷东西，那在楼上蹑手蹑脚翻着家里的东西的样子，非常可怕，被我发现了，我马上找了一根长长的竹竿，直向小偷身上捅去，一边捅一边大叫"抓小偷"，就在这时我似乎听见了小偷的惨叫声，大概是捅到了小偷的胸部。

就在我发出"抓小偷"声音的当儿，大概是过于投入，同房间的几个，一个箭步纵身而起，连鞋也顾不上穿，径直往外跑，抓小偷去了。大概是跑了几百米，四下寻找却没有发现任何踪迹，一个个败兴而归。回来之后，却发现我正在翻动着身子，这才发现我是在做梦。

这使我想起了在读大学时所发生的一件痛苦的事儿。

一天晚上，整个宿舍兴奋不已，好不容易从学校图书馆借到了一本薄伽丘的《十日谈》，大家争相传阅，轮到我时，由于看书太晚，过于疲劳，很快就入睡了。

可是，做了一个痛苦万分的噩梦。梦见自己在掉牙齿，先是上唇中间的两个。好不容易，母亲给我们做了一次红烧猪脚，可能是由于文火火候不到，在啃完整个一大块猪脚后，还剩下一根唾液横流的筋，一直想拿下，可正是由于贪婪，由于用力过猛，原本就有所松动的两颗门牙，悬在了空中，总是掉不下来，却又异常疼痛。

好像在脚筋的美味与掉牙之间就是一道选择题，我毫不犹豫地做出了选择，其实，还是抱侥幸心理，万一满足了食欲却没掉呢。可是，就怕万一，这万分之一，还就真把两个摇摇欲坠的门牙给毁了。问题是牙齿并不罢休，一个接着一个，痛苦地掉落着，那种掉牙的苦痛，至今没有找到合适的词儿来形容。也许，有人马上想起女性生小孩儿的苦痛，可是，无论如何，那是一次呀，而这牙齿的掉落，却是一个，一个，一个，又一个，没完没了。

好在刚刚掉完了，痛苦至极，醒了。

原来又是一场噩梦。

这使我想起了一次开车时的惊魂甫定的事儿。

那是一次出门旅游。当驾着自己的爱车匀速而行时，突然发现刹车失灵，怎么踩住刹车都不管用，怎么拉紧手刹也不管用，吓得直冒冷汗，只好慌忙转动着方向盘，极力避开人群，最后终于撞在了一棵大树上，避免了一场风险。

等到修好刹车后，继续前行，依然魂不附体。

就在极力稳住情绪、不断克服心理障碍，上山顶的时候，真没想到，山顶的那一边就是大海，慌忙刹车的时候，却踩上了油门儿，那从高空坠落的感

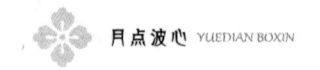

觉，只有今生，没有来世。

就在心坠的片刻，我醒了。

原来，还是一场噩梦。

现在想来，我明白村上春树在《挪威的森林》里，为什么会有这样一句话：

"如果你掉进了黑暗里，你能做的，不过是静心的等待，直到你的双眼适应黑暗。"

我不害怕，因为：梦想，其实是可以转弯的。

所有的失去，都会以另一种方式回归。更何况，人生，本来就是一边失去，一边拥有。

2020年5月15日晨于天沐温泉谷

【穿越时空】

# 空间记忆

初四的正午,冬日里温暖的阳光善解人意地照进阳台的书桌。

我站在书桌前,伸了伸懒腰。视线移到楼下的马路,没有见到一个行人,看来在新型冠状病毒肺炎流行的今天已经是奢望了。

正在感叹之际,循着小溪的潺潺流水声,往远处看去,那儿,三五成群的人儿,有的正蹲下,好像在寻找黄蜡石;有的正摆弄着姿势,摄下青春,留下美丽,收藏幸福;有的正在投入地摆弄婚纱,寻找最佳拍摄角度:男士,就像眼下流行的肖战,那优秀的身高、元气的笑容,言谈间散发出一种邻家学长的柔和;姑娘,恰似刚刚出道的春晚主持人张舒越,眉眼含笑,大气温婉,一透大家闺秀的书卷气儿。

怪不得,小溪的流水见了,一股劲儿地奔跑……

沏上一杯西湖龙井御前十八棵茶,那汤色碧绿,芽芽亭亭玉立、栩栩如生。啜饮之下,只觉清香阵阵、回味甘甜、齿颊留芳……

右边,电视里播放着电视剧《父母爱情》。

我开始打开电脑,正创作昨天准备好的素材《声色之间》,却被爱人端来的一碗馄饨吸引了。

那色儿,晶莹剔透,仿佛王维笔下的《山居秋暝》:"明月松间照,清泉石上流。"

那味儿,鲜嫩可口,恰似幼儿的藕节,可爱,只想咬一口,却一直只是嘴淫。

当真正品尝一口之后，那香味带给你千年古樟的韵味，永远无法忘记；

当香味进入喉道，停留的不只是香味儿，更是鲜味儿，仿佛春天已经来临，清新扑鼻。

我说："太好吃了！"

爱人却谦虚地说："那是你的盐放得好！"

半斤肉、两个蛋、六个基围虾、鲜菇、木耳、葱、姜。

每一个人在做馄饨的时候，大致都是这样的料理。

原来味道的不同，尽在盐的把握。

我在放盐的时候用的却是空间记忆法。

空间记忆，在我的生活运用中可算是独到的"诺贝尔"。

我想起了茼蒿菜的典故：

茼蒿，一共有七个名字。

李白在《南陵别儿童入京》中写过："仰天大笑出门去，我辈岂是蓬蒿人。""蓬蒿"，这里还只是杂草、野草的意思。茼蒿菜一开始，也被当作杂草看待，直到后来被人们端上桌，才成为一种蔬菜。后来，又有人叫蒿子秆，其实就是小叶茼蒿。也有人叫菊花菜，其实茼蒿也开花，很像菊花。

我很想重点说说茼蒿的一个关键名字"打某菜"，因为与放盐的多少息息相关。

"某"可不是某人的意思。这里的"某"，指的是"妻子""老婆"。由于古代生活条件艰苦，老百姓总是采茼蒿充饥，有一次，一个男人好不容易采了些茼蒿回家，让老婆赶紧下锅就着窝窝头吃。可当老婆把茼蒿都端上来时，男人却发现茼蒿少了一半儿，便怀疑可能是自己老婆偷吃了，随后越想越气，挥起拳头就揍了老婆一顿。

原来茼蒿看起来粗壮厚实，可下锅后马上会蔫儿巴得不成样子，其实就是缩水。

听了这个故事，我从中受到的启发是：炒蔬菜时，根据其缩水性，从不将

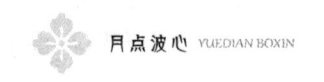

蔬菜与盐同时入锅,而是待缩水后,再根据其空间与体积,放入适当的盐。

其实,茼蒿还叫杜甫菜、皇帝菜,蔬菜中所蕴含的文化就可想而知了。

以我的生活体验而言,根据荤菜与蔬菜的不同,抓住"咸鱼淡肉"的特性,了解南北的地域差异……炒一碗菜,我就记住了它的空间,我就知道下次该放多少盐了。

所以,每当我放盐的时候,爱人看到我拿筷子翻动时,总是认真地看着我,尤其是卤牛肉的时候。

其实,生活中空间记忆非常重要。

我曾因为买一条草鱼,正好一斤,记住了它的空间,以后只要看一眼就知道了。如果是多买的时候,也是以此类推,做叠加法,最多再用手掂量一下。

我曾因为买一个西瓜,正好10斤,记住了它的空间,让卖瓜的人惊叹,甚至不相信,又让我掂量了另一个,结果丝毫不差,12斤。

我曾听到一种时空互赢理论,那真是醍醐灌顶:

你看,我们的门口,老有人惦记那一块地,我们可不可以在那儿种上一丛银杏,通过空间赢得时间,让空间产生价值;空间产生价值之后,我们是不是赢得了时间,我们又可以抓住机遇,在时间里产生价值?

就在这刹那,更让我想起了《菩提树下的微笑》中著名漫画家蔡志忠的《针与盐》:

众生面对当下时,像一根针在水桶里,桶中有水,有针。

开悟者像一粒盐溶入一桶水,在水中找不到盐,盐看不到,拿不着,但整桶水都充满了咸味儿。

其实,我们为什么不可以在把自我融入时空时,不在意自己?而整个情境却没有哪一部分不是自己。

2020年1月28日正月初四于天沐温泉谷

【穿越时空】

# 绝代美人的聚会

每每读到川端康成《花未眠》中的句子："凌晨四点醒来，发现海棠花未眠"，我就震撼，原来，海棠美得竟让人难以入眠。

无独有偶，我在撰写《晚唐巨擘郑鹧鸪》时，每每读到郑谷《海棠》中的"秾丽最宜新著雨，娇娆全在欲开时"，就完全进入一种拍案叫绝的状态。

后来，读到汪曾祺的全集时，发现汪老笔下的猫也未眠。

面对动物的可爱，欣赏着植物的花开，好像更惹起我对苏轼那句"只恐夜深花睡去"的思念。

原来，花儿就是美人，一丛丛的花儿，一群群的结对的花儿，就是绝代佳人的聚会。

花是美人的象征，美人就是一朵朵盛开的鲜花。

你看那梅花，总是在寒冬腊月绽放。看着她，就瞅见了贞洁的女人。

你看那梨花，在千树梨花次第开的时候，简直就是颇具才情的女性，引无数英雄竞折腰。

你看那菊花，好像就是才女中最喜爱文章的一枚少妇；那水仙，简直就是才女中最善诗词的一朵；那荼蘼，却成了才女中最善谈禅的一檀。

怪不得苏轼在《杜沂游武昌以酴醾花菩萨泉见饷》赞叹："酴醾不争春，寂寞开最晚。"

牡丹，就像大户人家的主妇；芍药，俨然名士的妻子；莲花，就是名士的女儿；海棠，却是妖艳的女子。

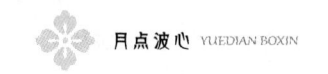

苏轼在《和述古冬时牡丹》对牡丹的赞叹至今难忘："一朵妖红翠欲流，春光回照雪霜羞。"

最可惜，秋海棠，却受到凶狠主妇的欺凌，沦落为美丽的小妾；而茉莉，却是男人心中初解风情的少女；即便木芙蓉，在男人心中毕竟是会写诗的中年婢女。

这么多花之中，兰花才是真正的绝代美人，她出身名门，迷恋填词作画，志向清幽高远。音乐，就是她表达感情的丘比特，她似乎特别矜持，一直在闺房中等待。

有人说，庭中的花儿才扭转乾坤，我却认为室中的花儿也能附益造化。

因为蝴蝶，她特别俊逸；因了蜜蜂，她凸显风雅；得益露水，她格外妖娆，月色下，她温馨如浴，这就是庭中之花，一享天庭之美。

她让名士一见钟情，她让美女倏添妩媚，她让炉碗斗增奇光，她让书画异趣横生，这就是室中之花，一托内蕴之魅。

或许，我们颓废于怜花惜玉。但如果没有风雨摧残落花，或许就不会有人珍惜花的生命，其实，风雨才是真正地爱花；如果不是患难发现才华，就不会珍惜才华的价值，患难才是真正的爱才。

风雨不会因为惜花而停，患难不会因为惜才而止。

你不见，虬曲的梅枝萦绕着平远石台的执着？你不见，娇媚的海棠依偎着玲珑台阁的婀娜？你不见，富丽的牡丹凝视着宁谧书斋的惬意？你不见，绯红的桃花映照着湛蓝池水的倩影？你不见，洁白的百合仰视着拳曲石头的痴情？你不见，娇艳的蔷薇窥探着薄薄帘幕的羞涩？你不见，合欢窥临着锦绣床帏的等待？你不见，婀娜的河柳点缀着美丽窗格的流连？

据说，花可以医肝。其实，她像琴、香、石、泉一样，可以疗心、治脾、愈肾、理肺。

有人说，水仙花，是花中极品。

你看那晶莹般的玛瑙根茎，那绿色般的翡翠叶片，那冰洁般的白玉花瓣，那玲珑般的琥珀花心。

她的颜色就是绝世的西施，她的香气就是醉人的飞燕之妹，她的体态就是轻盈的飞燕，她的名字就是传说中的洛水女神。

有人说，低低的花丛，最适宜蝴蝶翩翩。其实，不染的莲花才溢满佛禅妙趣。

花儿好，花儿美，最是心中道不尽。

清癯，说不尽梅花；淡宕，说不尽梨花；风韵，道不尽水仙；娇艳，道不尽海棠；幽字道不尽雅兰；逸字道不尽秋菊。

如果不是偶尔散步在园池，看见刚刚褪红的几根莲花茎儿，或许不可能欣喜地发现莲的癯、澹、韵、艳、幽、逸。或许，百鸟宣泄情感，鲜花却体现着一情一态。

什么是潇洒出尘？关门静心就是；什么是享受清福？读书养心就是。读着唐诗，你会发现：唐代的诗，大多像名花。

杜甫诗似春兰，幽芳独秀；

王维诗似秋菊，冷艳孤高；

韩偓的诗似垂丝，铁梗海棠；

贾岛的诗似檀香，磬口蜡梅；

李太白诗似绿萼梅花，仙风荡漾；

李商隐诗似红萼梅花，绮艳婀娜；

韩昌黎诗似月中丹桂，花瓣撒落；

白居易诗似洁净莲花，慧相清奇；

李长吉诗似优昙钵花，彩云环绕；

温庭筠诗似曼陀罗花，月色玲珑；

韦应物、柳宗元诗似红山茶，气骨古媚；

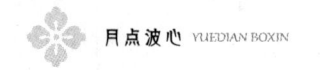

沈佺期、宋之问诗似紫薇花，矜贵有情。

这么说来，汉魏诗就像生机勃勃的春天；唐代诗就像繁盛茂密的夏天；宋元诗就像清爽萧疏的秋天；明代诗就像风度凝远的冬天。

欣赏着花儿，我们就看见了美丽；看见了美丽，我们就发现真善美。

原来，真爱是一生的遗憾；真爱，却是一世的美丽。一生只够爱一朵花，一个人。

也许，幸福就是依然不改的热情。

2020年10月30日 于南国楚天阁

【穿越时空】

# 指间乡情　竹子花开

一个偶然的时间段，打开了手机。

一个偶然的随意浏览，关注了鄢氏文化创作交流群。

一个偶然的猜测性微信添加，意外地收获了一枚宗族乡愁情。

就在弹指间，我发现，我们竟是老表情，你在湖南，我在江西。

就在弹指间，你发现，我们曾经就在一个城市，我在宜春，你在高安。

就在弹指间，我发现，我和你父母其实曾经就在一个单位：英岗岭矿务局。

就在弹指间，你发现，我们其实就是真正的老乡，老家都在丰城，都源自丰城泉港。

就在弹指间，我发现，我们就是同族同宗。于是，我给你讲起爷爷告诉我的一个故事。我们的祖宗，当年发奋读书，全神贯注到了忘我的地步，一边读书，一边蘸着墨水，一边不知不觉地送入嘴中。

今天，我们却都从丰城走出，背井离乡；

今天，我们却都从高安走出，走出美好；

今天，我们却都从美好中走出，走向未来。

一想起我们共饮的赣江水，看着赣江不舍昼夜，原来才知道法国思想家帕斯卡尔所言："河流就是前进着的道路，它把人带到他们想要去的地方。"

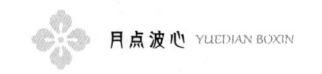

一想起我们共同见证的煤矿，看着煤炭运往祖国的各地，原来才知道：人就应该像煤炭，燃烧自己，温暖别人；更懂得：是金子总会发光的。

一想起我们共同体验的馒头，看着今天的馒头，好像已经成为历史，那里不再是煤矿，那里再听不到火车的鸣笛，那里早已是贺知章笔下的《回乡偶书》。

怪不得莎士比亚说："青春是不耐久藏的东西。"好在我已经老了，你正年轻。

看到你，就想起这么一句话："没有人永远年轻，但永远有人年轻。"

你就是，你就是正勃发的青春，你就是乡情的传承。

你不用担心，世界上没有陌生人，只是有还不曾了解的朋友，一旦了解，一旦融入血液深情，我们就是榕树，同根，共枝，一同茂盛。

村上春树说："你要做一个不动声色的大人了，不准情绪化，不准偷偷想念，不准回头看，去过自己另外的生活。"

努力，就像是汇成浩瀚大海中的无数小水滴，它会以不耀眼的存在，成就整体的耀眼。

很想念春天骑在牛身上，吹着笛子的日子。

很想念夏天酷热难耐时，纵身跳入小河的浸泡。

很想念秋天落日余晖时，鸡儿牛群入圈的闲适憩息。

很想念冬天扣不拢扣时，热气腾腾的馒头温暖心灵的时光。

还记得吗？我家的竹子长势正节节攀高的时候，你爬了又掉，掉了又爬，总是不服气的样子。

还记得吗？你家的桃树长满了鲜红桃子的时候，你昂起头那巴望的样子，你那踮起脚跟的样子。

还记得吗？有一年，春暖花开的时候，那一夜刮着大风，第二天你跑来我家玩儿的时候,发现我家的竹子开满了鲜花,你活蹦乱跳地说:"竹子花开了!"

那高兴的劲儿,就好像我看到千年的铁树开花了。

2020年10月23日于南国楚天阁

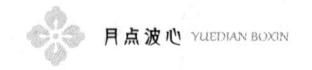

# 加减乘除丘壑来

丘壑，就像一位娇羞的少女，人见人爱；

丘壑，就是一枚美丽的少妇，挡不住的诱惑；

丘壑，就如一个挑逗的情妇，情人眼里出西施。

丘壑，最原始的意义，就是山和溪谷，就是山水美丽的地方，就是乡村，就是家乡，就是作家笔下的构思与布局。

"胸中元自有丘壑，故作老木蟠风霜。"

那是黄庭坚《题子瞻枯木》笔下的深远意境。

"山川在理有崩竭，丘壑自古相虚盈。"

那是王安石笔端的山陵与溪谷。

"时时过江来，庐山访丘壑。"

那是方文《庐山诗·白鹤观》诗中的优美山水。

"不养望于丘壑，不待价于城市。"

那是魏收的幽僻之地。

"昔余游京华，未尝废丘壑。"

那是谢灵运《斋中读书》中的隐逸情怀。

诗人常常以数字的依次递增，推进诗域，如临其境。

就在中国七千多首茶诗文库中，卢仝的《走笔谢孟谏议寄新茶》，让人坠入茶境，那《七碗茶歌》，因为数字形象的叠递，留下不可磨灭的印象：

日高丈五睡正浓，军将打门惊周公。口云谏议送书信，白绢斜封三道印。开缄宛见谏议面，手阅月团三百片。闻道新年入山里，蛰虫惊动春风起。天子须尝阳羡茶，百草不敢先开花。仁风暗结珠琲瓃，先春抽出黄金芽。摘鲜焙芳旋封裹，至精至好且不奢。至尊之余合王公，何事便到山人家？柴门反关无俗客，纱帽笼头自煎吃。碧云引风吹不断，白花浮光凝碗面。一碗喉吻润，二碗破孤闷。三碗搜枯肠，唯有文字五千卷。四碗发轻汗，平生不平事，尽向毛孔散。五碗肌骨清，六碗通仙灵。七碗吃不得也，唯觉两腋习习清风生。蓬莱山，在何处？玉川子，乘此清风欲归去。山中群仙司下土，地位清高隔风雨。安得知百万亿苍生命，堕在巅崖受辛苦。便为谏议问苍生，到头还得苏息否？

那是饮茶时的熨帖，一碗又一碗，直饮到第七碗，方顿觉两腋生风，飘飘欲仙。

作品就是这样于数字的依次递加之中，自然而巧妙地创造了一种风趣而诙谐的情调。

你不曾理解，李白《山中与幽人对酌》："两人对酌山花开，一杯一杯复一杯。"

你一样感叹，李白《上三峡》："三朝上黄牛，三暮行太迟。三朝又三暮，不觉鬓成丝。"

你可知李白的《月下独酌》："举杯邀明月，对影成三人。"

这里，我们发现的是"诗人"+"影子"+"月亮"，这就是"三人"！这里，我们在李白借助数字的析合中，看到了他的放荡不羁，既反常合道，又是那般妙趣横生。

你会陶醉于白居易《暮江吟》中"半"的生命哲学："一道残阳铺水中，半江春色半江红。"

"半江+半江"，就是一江，诗人这么一明一暗的叠加，诗中境界，立体而至。这"半江"，暗幽幽如碧色宝石，那"半江"红彤彤似灿烂锦霞，应接不暇。

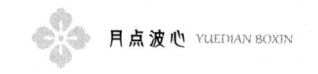

其实，对联中的析数，亦不相让，那儿有"三光日月星；四诗风雅颂"；那儿是海门云台山："世外凭借，一面峰峦三面海；云中结构，二分人力八分天"。

明代杜庠的《岳阳楼》更是妙趣横生："茫茫雪浪带烟芜，天与西湖作画图。楼外十分风景好，一分山色九分湖。"

这里，是"一分"山色，这里是"九分"湖光，岳阳楼下临烟波浩渺的洞庭湖，遥对着青螺滴翠的君山，呼之欲出。

你不曾领略清代魏源《三湘棹歌·沅湘》的笔调"一更二更三更雨，如听《离骚》二十五"，那真是令人拍案，只能叫绝。

诗人常常以数字的析减陈述，字字珠玑，数数连心。

远古的《诗经》就是最好的标榜。你看看，这种表达，多么绝妙！

《摽有梅》："摽有梅，其实七兮！求我庶士，迨其吉兮！摽有梅，其实三兮！求我庶士，迨其今兮！"

诗中把树上的梅子看作十分，借以比喻女子的美妙青春，先说还有七分在树，喻青春所余尚多。后讲树上只剩三分，比青春将逝，所以盼望求婚的男子及时而来，切勿贻误佳期。

一个青年女子的渴求婚姻幸福的急切心情，灼然可见。

而乐府诗《懊侬歌》更见朴素："江陵去扬州，三千三百里。已行一千三，所有二千在。"

旅人一边乘船行进，一边屈指计程，一边喃喃自语。

那神情况味，跃然纸上。

那透过准确的数字计算而蹦跳着的赶路者的急切心情，你只有共鸣。

杜甫的《石壕吏》，却让我们怆然："听妇前致词：三男邺城戍。一男附书至，二男新战死。"

这里，没有比兴夸张，这里，没有议论抒情，这里，用的是数字析减，字字是血，声声含泪。

即便是明清两代这种手法亦依然可见。

尤侗《散米谣》曰："死亡十去五，壮者走四方。"

魏源《洞庭吟》云："八百里湖十去四，江面百里无十二。"

阅读苏轼，那《水龙吟》中递减，你会叹为观止："春色三分，二分尘土，一分流水。"

这里，诗人把春色的化身杨花拟括为三分，二分弃之路旁，一分碎落清池，付诸流水，三分春色，就这样荡然无存。

正在偶遇的雪季，卢梅坡《雪梅》："梅须逊雪三分白，雪却输梅一段香。"或许涌动你生活的感悟：梅花虽白，终究逊雪三分；雪花虽白，却缺少梅花的一种清香。

这里巧用减法析数，哲理蕴藉，情趣盎然。

诗人常常以数字的乘积方式，畅和音节，艺术夸张。

君不见，古诗《孟冬寒气至》："三五明月满，四五蟾兔缺。"

君不见，屈原《招魂》："二八侍宿，射递代些。"

君当见，李白《江夏行》："正见当垆女，红妆二八年。"

君且看，苏轼《木兰花令》："草头秋露流珠滑，三五盈盈还二八。"

那李清照《永遇乐》里的："闺门多暇，记得偏重三五。"

那杨慎《塞垣鹧鸪词》里的："莺闺燕阁年三五，马邑龙堆路十千。"

这里，为的是音节和畅，简约凝练。

你且看，王建《短歌行》："百年三万六千朝，夜里分将强半日。"

你且吟，苏轼《满庭芳》："百年里，浑教是醉，三万六千场。"

这里，是艺术意境的夸张；这里，是夸张的艺术意境。

即便是清代杜文澜的《古谣谚》，我们也看到有一首《夏至九九歌》，这里生动地描绘了夏日气候的变化过程：

一九至二九，扇子不离手。三九二十七，吃茶如蜜汁。四九三十六，争向街头宿。五九四十五，树顶秋叶舞。六九五十四，乘凉不入寺。七九六十三，夜眠寻被单。八九七十二，被单添夹被。九九八十一，家家打炭壑。

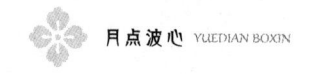

诗人偶尔以数字的除法表达，适度夸张，形象生动。

我们最熟悉的李白，《蜀道难》中："青泥何盘盘，百步九折萦岩峦。"

那里，写的是青泥岭上道路曲折回旋，每走一百步，就要拐九道弯十步一弯，蜀道实艰。

你最叹服的苏轼，《满江红》中："问向前，犹有几多春？三之一。"

甚至欧阳修《青玉案》中的："一年春事都来几？早过了、三之二。"

这里，表达的都是春天的气息逐渐消失，气息逐渐消失的春天。

最难忘的是杜甫的《负薪行》："十犹八九负薪归，卖薪得钱应供给。"

那里，说的是十分之八九的妇女靠劳动供养家人生活，缴纳苛捐杂税。

就这样，文学，文学中的诗歌，

因为析数；因为加减；因为乘除；因为加减乘除；

或许，多一份曲折；多一份含蓄；多一份幽默；多一份情趣。

加减乘除，一经诗人匠心运筹，就被感情所照亮；就被赋予有血有肉的生命。

那丘壑；那诗人心中的丘壑；那诗人心中苦心经营的丘壑；

就跃然纸上，中流击水，浪遏飞舟，奔腾而来。

2020年2月19日 于抱朴行藏阁

【飞鸿踏雪】

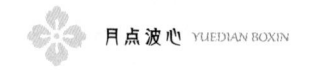

# 打开一坛尘封的记忆

这是一段耗时两个月的原始邻居邀约。

周六,抽空和爱人一起自驾来到工作过的第一站英岗岭矿务局。本以为随着矿务局的改制与消失,会带来一阵伤感。

可是,一到高安市内接到梁国富夫妇,笑声就开始由车外钻进车内,之后又不断地由车内飘向车外。如果不是因为自己亲自开车,早就躺在了笑声里。

记得梁国富先生早年在工会工作,一头总是钻在版画里,三十几年前,因为他,我对版画有了深刻的认识。

今儿一上车,就获赠《老北京》钟鼓楼外、内城角楼、永定门城楼和护城河木刻四幅珍品。那高兴的劲儿,就是曾经的仰望,今日已变成走近,其实从一开始我就有一种预感,可能短暂的几天就会走进他的版画艺术世界。

原来,他已经是深圳市观澜国际版画村的长驻艺术家了。

他的作品,早已多次走进中国美术馆,早已走出国门,在日本,在波兰,都收藏着他的作品。

他的作品,早就刊登在《版画世界》《工人日报》等报纸杂志。

他的作品,彩拓版画《阳光下》,早已载入《中国现代版画史》。

他的作品,已有上千幅被中外单位与个人收藏。

就在笑声中,不知不觉,到达了英岗岭矿务局。

第一个拜访的是长辈式邻居江昆把夫妇。

看到他们精神矍铄的样子，我们格外高兴；

看到他们思维依然敏捷地谈笑，我们格外自豪；

看到他们屋前遍地的蔬菜互不相让的长势，我们仿佛看到的是蓬勃的生命；

看到他们院内满地的鸡鸭，时而咯咯咯地走近，时而嘎嘎嘎地远去，那完全是陶渊明笔下的意境。

生命在亲身经历中体验，那才是一种幸福，那才是一种陶醉，那才是一种唾液横流的回味。

随着觥筹交错的热闹，就在点起一支香烟的刹那，就在烟圈不断在空中缭绕的片刻，我的思绪骤然回到了36年前。

那种一碗水豆腐从楼下热腾腾端到楼上的感觉；

那种一碗水酒从嘴里慢慢渗入心间的心旷神怡；

那种一碗鸡汤甜到心底可遇不可求的天然回味；

那种对儿子掏心窝儿的关爱；

那种对妻子无微不至的关心；

那种对我人生倾囊推心置腹的点醒。

就在酒酣未醒的时刻，不知不觉就到了晚餐时刻。

接待我们的是对面的邻居张志轰夫妇。

那种意外见到月下老人的欣喜；

那种下一辈吐露儿时记忆的幸福；

那种一碗又一碗的看家炒粉在喉咙里的停靠；

那种不愿意坐下，只希望一边走动一边把菜夹入碗里一边唠嗑儿的急切；

那种不讲究技法只希望快速拍下每一个快乐瞬间的捕捉，没有矫情，没有摆酷。

就在心里装满了一片深情，似乎什么也容不下的当儿，胡少军夫妇又发出邀请，小酌一杯。那哪是小酌啊，每一顿都是土鸡炖汤，现在依然。饭桌上没有一处空隙，那简直就是一道智力试题。在一个瓶子里，有的人先装沙子，后装石头，于是只能装下有限的石头；而有的人却先装石头，后装沙子。于是，同样的空间，装下的东西多少，却迥然不一。

只可惜，因为打算返程，不能饮酒，只好留下中国传统文化中的一大遗憾。好在，相识一旦有了起点，就永远没有终点。

就在准备返程的时刻，江昆把先生的女儿江美蓉又提出请我们吃晚饭。

本意确实打算返程，可是看着80多岁的江老师，紧紧握着我的手的真诚；看着江师母眼光中满满的期待；看着他们女儿的迫切与执着，第一次感到拒绝的无助。原来人与人之间的真情一旦到了真切，没有什么不可以被俘虏。

就这样，又一次被盛情留下了。

留下来，感受到了邻居情在下一代的延伸；

留下来，感受到了下一代全新的现代生活方式；

留下来，感受到了父母的爱在下一代的潜移默化。

返程后回到高安市，梁国富夫人再次邀请我们到她家，欣赏了她丈夫的版画杰作。

在油墨的飘香中，我们得到了浸染；

在画作的浸染中，我们找到了成功的缘由；

在成功的缘由中，我们发现了之所以成就的秘密。

我们简直在夺人之爱。

在不忍心中，在不情愿中，在贪婪中，我们选择了《共和国脊梁钟南山》《巾帼英雄李兰娟院士》《巾帼英雄陈薇院士》木刻画作为收藏。

收藏作者的成就；

收藏邻居的深情；

收藏共和国脊梁的大爱；

收藏巾帼英雄的骄傲与贡献。

【飞鸿踏雪】

我们之所以相互爱得这么深沉，我们从不妄自揣测别人，我们腾出了空间，我们给出了时间和机会，我们私交用的是一颗纯洁和善良的心。

我们悟出一个道理：心小了，所有的小事就大了；心大了，所有的大事都小了。

生活，只能只对一部分温柔，剩下的看心情。

邻居，以心相邻，自然可居。

2020年5月 于抱朴行藏阁

# 一双失散的回力鞋

也许,你不会相信,我真正穿的第一双鞋子是二十岁那年。

那年,高中毕业,终于有了人生以来第一次大脑长时间的歇息。脑力的活儿,刚刚停止,又被奶奶安排到远方亲戚那儿放鸭子去了。好奇的我,第一次出了一趟远门,第一次真正吃到了香喷喷的红烧肉的滋味,第一次近距离接触到成群的鸭子,第一次听到鸭子在一起的热闹,第一次感受到拿起竹竿吃力的劲儿,第一次觉得像冬天戴惯帽子突然不戴的失落与轻松……

一个暑假,几近尾声,回家的时候,叔叔送给了我一双从商店买来的雪白的新回力鞋,那种渴望二十年后的获得,就像每逢春节,闻到从邻居家飘来的墨鱼炖排骨的香味儿,每每闻到,我就情不自禁地坐在门槛偷偷地享受……

由于家里贫穷,我的每一双布鞋,都是母亲亲自用多余的闲布一针一针缝制的,虽然简朴,却格外舒适。

最难忘的是,奶奶给我添置的鞋垫儿。那是奶奶用感觉在鞋垫上一针一线、坑坑洼洼、疏疏密密缝出的一颗颗心啊。

每每,看着奶奶那歪歪扭扭的针线痕迹,我就仿佛看到一个刚刚学步的小孩儿,跌跌撞撞、磕磕碰碰;就像书法中老人与儿童的笔迹,返老还童,天真烂漫。

每每,穿上一双鞋,就穿上了两代人的爱,舒适而温暖。

遗憾的是,那双新鞋,并没有穿上一个月,就只剩下一只了。吃过晚饭,我把鞋子洗好后，晾在窗台，第二天一起来，发现只剩下一只。原来，晚上下了一阵暴雨，一只鞋子早被狂风、雨水吹下，冲走了。

心底的遗憾，一直藏在记忆的深处。

有一天，突然在小尼主持的《开门大吉》节目中，看到了这样一个镜头。

那是一位中年男人，已经顺利闯到了第三关，他的妻子就站在他的左边，按理应该非常高兴。可是，我却发现，妻子的面部表情异常抑郁。我一直在琢磨个中缘由。

当中年男人正陶醉于自己的成功雀跃时，他向小尼提出要说几句话，我看到他跳起来时，竟然没有两条腿。一切的疑问，就在瞬间破解。但我更感动于他的发言。大意是这样：

生活中，我们很多人总是喜欢穿新鞋，不愿意穿旧鞋。有的人在穿旧鞋的时候，你可曾想过别人连穿旧鞋的机会都没有；有的人在穿一双旧鞋的时候，你可曾想过别人连穿一双旧鞋的机会都没有，他只有一个脚；有的人在穿一只鞋子的时候，遗憾自己只能穿一只鞋子，可是，你可曾想过别人连穿一只鞋子的机会都没有，他双腿残废。

我从这个故事里读出的是坚强，是满足，是励志，是精神——一种残而不废的精神。

有一天，我从《读者》上读到这样一个故事，说的是：

家里的灯泡儿突然坏了。妻子忙吆喝着丈夫换灯泡儿，丈夫迅速脱下母亲缝制的平跟布鞋，站在了凳子上，可任凭怎么踮起脚跟，就是够不着。

妻子埋怨地说："谁叫你娘生得你这么矮，还脱鞋呢！"

母亲却在一旁安慰说："儿呀，甭着急，是凳子矮了一点儿。"

我被这对话，感动了。顿时，陷入沉思，我发现：爱，经不起比较，真正的爱是原味。

从这个故事，我总是会想起：

我让儿子骑在我肩上，一骑就是十公里，没有劳累，骑的就是爱，骑的就是一颗星、一颗心。

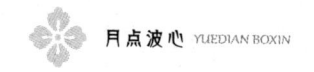

当年儿子坐在自行车前，穿着一双拖鞋，总是不规矩地踢着，到家时才发现，只剩下一只拖鞋，那种洋溢着幸福的丢失，至今回味无穷。

事实上，人的一生，就是一边失去，一边获得。

2020年8月28日凌晨于天沐温泉谷

# 裂 瓜
## ——酷夏里的一颗良心

酷夏的正午，端上一杯西湖龙井，品着禅味，我被"境由心造"噎住了。

茶有道，心无界。最是："寒夜客来茶当酒，竹炉汤沸火初红。"

可这正当烈日炎炎的正午，我，看着的是一棵棵岿然偶动的翠绿，听着的是一脉脉奔流的执着。那远方的云儿仿佛深谙行人的窒息，当即洒下一片乌云，试图努力地遮掩着；那一簇簇高山犹如小品中绝情的护士，把长长的针头儿狠狠地扎向大腿，一动不动。

就在这时，我想起了一次亲历的目睹。

有一天，当我下车的时候，我看到了这样的一幕。

远处，一个中年男人，左手拄着拐杖，正艰难地一颠一簸地前行，右手却拿着一把扫把，努力地扫着地上的垃圾，有时也偶尔用右手拾掇着地上扫不动的障碍物。

随着我步履的渐近，原来，不仅仅是汗流浃背，他分明在用右手背面努力揩拭着从头部掉落在眼睛里的汗水。

就在歇息的片刻，他的眼睛停在了不远处的一个西瓜摊儿。不早不迟，就在小姑娘刚刚帮助妈妈收好顾客的钱的那一刻，他们的眼睛相遇了。

那是一个才七八岁的小女孩儿，却由于过早地跟着妈妈出外买瓜，提前懂得了生活的艰辛。

小女孩儿好像在她与中年男人目光相遇的刹那，读懂了叔叔的心事。就在这一刻，说时迟那时快，小姑娘趁妈妈没注意，有意地将一个西瓜迅速抱在大腿上，用力一撞，让西瓜开出了一道裂痕，然而眼巴巴地看着妈妈歉意地说："妈妈，不小心撞着，滚下来了。"然后，目光循着远去的叔叔望去。

好像从妈妈的眼睛里，她读出了示意。

于是，抱着西瓜迅速地朝叔叔跑去。

"叔叔，天这么热，你也够渴的，您看，我正好不小心撞裂了一个西瓜，不嫌弃的话，我妈妈说让您吃了，正好也解解渴。"

叔叔听着小娃这样的客气与关心，感激地停下了脚步。看着叔叔吃着西瓜的满足，简直是夏天遇到了及时雨，小孩儿饿过头后突然遇到了母亲的乳头，老司机开惯了大车后有了一个小车。

当小女孩儿回到母亲身边时，小女孩儿低下了愧疚的头，小声对妈妈说："妈妈，对不起，这是我第一次给您说了谎。我看着叔叔目光盯在我们的西瓜摊儿上，一动不动很久了。特别是他那舌头情不自禁卷动的样子，我想他一定渴得不行。于是，我只好偷偷地有意把西瓜用力弄裂开。"

其实，妈妈早就看在眼里。面对女儿的这一举动，她鼓励女儿："孩子，你做得对。一个人一辈子不要说谎话，但如果是善意的，妈妈支持。"说着，母亲用手摸了摸女儿的头，仿佛已经领到了良心的通行证。

这孩子，真甜，甜得就像一个有意裂开的西瓜，一片片甜入嘴中，甜到心里。

她裂开的不是破绽，是酷夏里的一颗良心。

被爱，是一种最近的遥远，她却搬到了我们的心里，搬进了我们的灵魂。

2020年7月29日 于天沐温泉谷

【飞鸿踏雪】

# 挂在门上的心灵

从电梯出来，左拐就是自己的家。

正要开门，却发现门上挂了一个小南瓜，一直纳闷，不会是别人挂错了吧？保留好几天还是没见人来问询。

一个月后，正从超市买了一大堆蔬菜拿回家，门上又挂着一个塑料袋，里面是两颗小白菜，依然以为又是哪位挂错了，只好放在门角的一边。

两个月后，当我扛着一箱腐竹回家时，我终于看见了一个背影，正在把东西往门上挂。

看着背影，我感到十分意外。

那衣着格外的得体时尚；那身材是只有在电视里才有过的记忆；那头发意外的短，短到留下的记忆却如此久远悠长。

多想尽快知道这究竟是谁？却因为对方执着地悬挂，不好轻易地打扰，生怕惊扰了对方。

直到她转过身来才发现，这竟是如此陌生的熟悉。

原来，我一直假想：这一定是一个邻居，一个老奶奶，一个家在乡下的老奶奶。可是，一见到她，完全颠覆了我对事件的假设。

这不是一个年轻姑娘能做出的举动，钱不多，数量也不多，关键是拿不下这个面子。

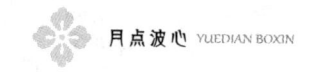

原来，她竟是我的同事。

不在一个楼里办公，不在一个点儿进出。

生活，大概呈现这样一个定律：一个不认识的人，哪怕是天天相逢，也仅仅是路人，见了好像没见一样；可是一旦相识，好像就是天意安排，似乎见面的机会就多了起来。或许，这就是心理学上的有意注意吧。

毕竟是年轻姑娘，原来只听说她漂亮，全校三大美女之一。

现在，见了她，我觉得应该先去掉"之一"，就是三大。甚至有一种感觉，随着时间的渐近，她的美，将逐渐成为唯一。

先是，众人称赞的"唯一"；之后，便是大家心中的"唯一"。

如果是在电梯里相遇，你会感到心跳的加快、呼吸的急促。

如果是在路上发现，你会收起手机，放慢脚步，一路只愿贪婪地欣赏。

如果是在偶然地随风而过，你会发现，美不需要开着豪车，不需要开着豪车时摇下玻璃，不需要开着豪车摇下玻璃时戴着暴龙眼镜，不需要开着豪车摇下玻璃时戴着暴龙眼镜下车时刹那的微笑。

最难忘，这样一个特写镜头：

突然，从身边倏然回眸而过，飘过冰希黎幻彩流沙金，那是张柏芝的韵味；那微笑，是林徽因的人间四月天；那诱人的时尚帽儿，是苏杭女子的朦胧记忆。

渐行渐远，渐清晰。

从此，我对女性的美，不再定义为"漂亮"，因为"美丽"才是诺贝尔的唯一。

2020年7月29日 于天沐温泉谷

# 心　邻

第一次有"邻居"这个概念是24岁。

那时，刚刚结婚，住进一套设计获奖的两室一厅。

对面的邻居，成熟得就像我是一个刚刚懂事的小孩儿，总是拉着她的手眼巴巴地看世界，好奇地听着她所讲的每一个故事。

她家的房门，除了晚上睡觉，仿佛随时都是打开的。

只要一站在门口，她就随时把你引进门，最先看到的一定是餐桌上、茶几上、那玻璃底下放着的一张张人民币，仿佛进入了博物馆。

接着，正在你琢磨为什么把人民币放在玻璃底下时，她已经向你介绍着各式家电的名称：康佳彩电、小金鱼洗衣机、双鹿冰箱、美的空调……

甚至连一箱箱肥皂、一支支牙膏，也介绍得津津有味，仿佛一直在例行着公平、公正、公开。

最有意思的是，每当夏天来临的时候，她就是但开先例冰棒代言人，站在门口，那自然、放松、吸引的状态，简直浑似今天的主持人谢娜。

不过，当我们也陆陆续续将海信电视、海尔洗衣机、美的冰箱、格力空调搬进家门的时候，她的家门再也不打开了。

当我们家小子啼哭的时候，仿佛碍着了他们，总是把门甩得重重的、响响的，仿佛在宣布又一次努力造人的开始……

当努力了几年之后，一直生产的是沉鱼落雁时，不知哪一天竟然掂量起搬

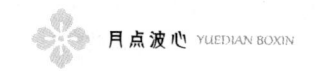

家的事儿了。

  20年后，我们调动了，到了一所大学，以为再也不会有这样的邻居了，确实也再没有碰上了，印象中只见过两次。

  一次是刚刚搬来几天时，邻居被小偷盯上了，结果偷走了五千元。因为探求原因，第二天在门口议论着，原来他们家每一个窗口都放满了尖口的啤酒瓶，可能是不打自招，其实，那天晚上我们家也有不少钱，可能是因为我们老忘记关门，反而让小偷误会了。

  第二次见到，是因为家里炒菜，突然没盐，有意敲门才遇见的。

  在大学里，真是《老子》所言："鸡犬之声相闻。"

  来到大学教书，每天在家坐拥书城，推窗写作，窗外的桂花，飘然而至，香气逼人，真是沁人心脾，鸟儿总是叽叽喳喳地飞来飞去，先是在你的眼前晃来晃去，慢慢地时而飞入书房，时而顿失空中，有一天竟然停留在桌上，甚至试探着飞上你的肩膀。那种阅读的快乐，那种写作的状态，令人心旷神怡。

  怪不得归有光在《项脊轩志》中会有这样的神来之笔：

  借书满架，偃仰啸歌，冥然兀坐，万籁有声；而庭阶寂寂，小鸟时来啄食，人至不去。三五之夜，明月半墙，桂影斑驳，风移影动，珊珊可爱。

  之后，我们又迁居到碧桂园。看到这里的绿化环境，体验着这里的五星级服务，听着这里的蛙声，偶尔接受着蚊子的叮咬，原来才知道什么叫原生态，原来才真正体验着家的感觉。

  有时，走在楼前的荷塘边，静静地观察着池中的金鱼；有时，行走在春天里，陶醉地听着鸟儿的啼叫，才知道为什么诗人笔下会有这样的神妙意境：静闻鱼读月，笑对鸟谈天。

  看着窗外枯萎的树梢儿，我曾有过误会；历经窗外枯树的两次绽放，才知道自己的浅薄。长期的观察，便有了像模像样的散文：《窗外有棵白玉兰》。

  从来没有过这样的感受：进入家园的沉醉，出门之后的流连，写作的构思往往就在出门与回家的刹那。

就在去年下半年，我又将购置十来年的天沐温泉谷进行了简单装修，在那儿设计了第三窟。

在那儿只有简单，只有简单后的书柜繁华，只有书柜繁华之后山水的奢侈撒哈拉。

在这儿，我开始了《全唐诗》的阅读；

在这儿，我开始了《外国文学史话》的浏览；

在这儿，我开始了小说的非情节化探索的创作；

在这儿，我开始了学术随笔的试验化的苦心经营。

因为，又一现场的到来，我在这里又有了50多篇新作品的诞生：

启动了《空间记忆》；

开始了《开门听潺湲》；

似乎《加减乘除丘壑来》；

感叹《人生何不"半"风流》；

甚至《有时，见了溪流怪羞愧》；

有时，《起坐鱼鸟间　动摇山水影》；

有时，《行到水穷处，坐看云起时》；

有时，相约《深山采药　饮泉坐山》；

冲动得《这个春天，我愿以身相许》；

体验到了那《温泉，地球深处的温柔》。

这样的与心为邻，
　只恨王维不在场；
　只怨李白未抽身；
　只当康乐正醉游。

2020年4月9日于天沐温泉谷

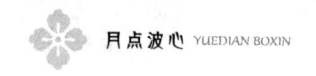

# 上　梁

这几天，首次沉下心来阅读小说。

手里正读着著名作家格非的《江南三部曲》，先是浸淫在他的开卷之作《人面桃花》，被他的优雅与从容所折服，他将一个女子的命运与近代中国的厚重历史交织在一起，在简单里写出了复杂，于清晰中描述了混乱，又在写实中达到了寓言的高度。

不愧是大家！即便是一个普通的词也能读出文化意义。

当小说中的人物张季元问起主人公秀米喜欢什么花时，秀米不假思索，脱口而出说道："芍药。"张季元却听出了言外之意："你这分明是在赶我走啊。"这分明是作者赋予了其文化意义。如果不是在小说中略加交代没有人能读懂。作者的绝妙在于借张季元之口道出了其所蕴含的言外之意："顾文房《问答释义》中说，芍药，又名可离，可离可离，故赠之以送别。不过，我还真的要走了。"

从作者对历史的叙述或交代中，往往能让我产生联想。

此刻，我想到了小时候看得最多的上梁。

一想到上梁，阅读的兴趣已不能自控，思绪情不自禁地回到了小时候的那些神往的日子，毕竟受穷的日子，总希望天下能掉下馅饼。

在农村里，我最神往的就是上梁时对天空中扔糖果的等待。毕竟是公平的，毕竟可以努力，毕竟有收获的可能。

听说富叔叔家在盖新房，就好像是自己家在盖房似的，每天至少去瞅一次，为的是知道哪一天开始上梁，因为只有那一天才有机会吃到糖果。

一天晚上，进入梦乡，直说梦话，大呼："我的！我的！"竟在梦中哭了起来。母亲将我敲醒，看着我流出了眼泪，她知道我太想吃糖了。

终于等来了这一天。早上八点时光，我就在那儿等着，为的是占一个中间的位子。时间越来越近，没有办法知道具体时间，只能看木工与主人准备的程序，只能看太阳的移动，只能感受饥饿的程度。

听到一声敲锣声，紧张得就像田径赛的发令，老是犯规。就在木工开始扔糖果的瞬间，看着那么多糖果从空中掉落，仿佛全是在我头顶，确实大量的糖果都落在我的头上，当我使劲儿往头上抱时，原来手比糖多，我不顾一切地争抢，突然感觉脚趾一阵疼痛，撕裂般难受，鲜血直流，这才知道为了跑得更快选择打赤脚付出的惨重代价。

好不容易抢到了两颗。顾不得脚下的疼痛，先将一颗糖小心翼翼地剥开，慢慢地送入嘴中，含在嘴中慢慢地体会着，仿佛喝水一般，能体会到先是嘴中，逐步进入喉部，再是胃里，不断散向全身，直甜到心里。剩下的一颗，回到家里，把它偷偷地夹入了语文课本里。十天后，当我从课本里小心翼翼拿出后，发现糖与纸已经融在一起了。顾不得撕开，也无法撕开，生怕浪费纸上粘着的部分，只好连糖带纸一起送入了嘴中。

又一次吝叔叔家开始盖新房了，我一边等待，一边总结经验。就在那一天，我依然是早早地起来，依然站在中间，但没有把上衣的扣子扣上，尽管天气寒冷，我在想：等着一开始，我就把上衣脱了，摊开，这样，就能收获更多。我耐心地等待，我焦急地跑着，看着叔叔攥在手中的糖果，看着叔叔手在不断地掂量，唾液横流，心想这次肯定可以得到更多。第一次扔下来，离我太远，等我跑过去，颗粒无收。第二次，我就在原地不动，可是一开始，叔叔又扔在了另一个方向，依然迅雷不及掩耳。只有等待第三次，可是，再也没有第三次了。

长大了，在撰写《姚勉评传》时，读到他在为营造房屋、选择吉日上梁所作的庆贺之辞——上梁文，才真正对上梁所蕴含的文化有所了解。

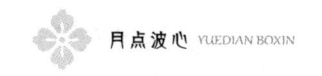

上梁本来有如人之加冠之意。上梁本是建房最主要的一环，古人常选择"月圆""涨潮"时辰进行，寓意合家团圆、钱财如潮水般涌来。

　　古人往往将鱼、鹅、豆腐、蛋、盐与酱油五色或七色，用木制红漆祭盘，置于供桌上端，贴"上梁欣逢黄道日，立柱巧遇紫微星"之类的对联，梁之两端挂红绸，红绸下垂清顺治铜钿一枚，取"平安和顺"之意。

　　在上中梁时所举行的隆重仪式，意在期盼中梁支撑永保建筑物之坚实，民宅合境平安，并能香火旺盛、泽被苍生。

　　至今有些地方仍存有"上梁"、抢麻糍之风，只是现在已移风易俗，逐步简化，代之以糖果。

　　在乡下，有时还能看到这样一些上梁祝词：吉星高照，福地呈祥；旭日悬顶，紫微绕梁；人和大梁正，世盛家业兴；大梁鼎起下临福地上承日，鸿基奠成前有德邻后靠山。


　　现在，才恍然大悟。知道为什么当时抢不到糖果。原来道高一尺魔高一丈。仔细一想，后来为什么一颗都没有，想了想那些抢到多的，都是他的亲戚。有的是他的外甥，有的是他的外甥女，有的是他的侄子，有的是他的侄女，有的是他的远房亲戚，有的至少是他的朋友的小孩。你纵然一手遮天，他却逍遥天外。

　　怪不得有一句古话：上梁不正下梁歪。

　　你在上的人行为不正，下面的人也就跟着干坏事。

　　其实，类似这样的格言远在晋代就一语破的。

　　杨泉在《物理论》中说："上不正，下参差。"


　　有时癣疥之疾，却往往成为心腹的大患。

　　真正的善良，是风光霁月、暗室不欺。

　　一言一行，一沙一石，就是一世界。


2020年3月26日 于抱朴行藏阁

【飞鸿踏雪】

# 活　手

　　一个寒冬的上午，我正懒洋洋地打着哈欠一边穿着衣服一边走近爸爸早就准备好了的炭火炉，享受着冬日里的温暖，那煤块儿的火焰旺得令人想起"山花照坞复烧溪"的场景，外面却执着地飘着鹅毛大雪。

　　看着父亲难得有空坐下来将双手伸向火炉，一享天赐的闲暇，心里总算透了一口气。正在扣上纽扣的瞬间，我发现父亲龟裂的手指缝隙不时看见<u>一丝丝血迹</u>、<u>一丝丝黑痕</u>，呼出的喘气随着外面的寒风形成一圈一圈不断地散向天空。

　　就在这时，商店的老板，撑着雨伞，一脚高一脚低地跟跟跄跄向我们家走来。

　　原来是要我父亲冒着鹅毛大雪去公社补进一些紧缺货物，看着父亲准备推车时不时流出的鼻涕，心都碎了。

　　经过来去三个多小时的跋涉，终于在中午1点多到了商店。

　　可是我正在旁边玩耍的时候，发现商店里人声鼎沸，嘈杂的声音直奔耳际，原来是在吵架。

　　我看着一双"咆哮"的手正抖颤颤地朝我父亲冲来。就在右手正要伸向我父亲的时候，旁边的大伯推开了对方。说时迟那时快，对方顺势把右手伸向了大伯，看着对方的右手从空中落向了大伯的肩膀，我知道发生了什么……

　　晚上，父亲告诉我事情的原委。

　　那是一个正逢放学的下午，父亲正在耕种。一群学生将我家地里的红薯纷纷拔起，父亲看着孩子们这样的糟蹋，走进地旁逮着一个孩子进行教育。可

213

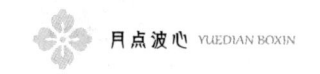

是，这孩子回家却撒谎告诉家里说父亲打了他，于是就有了这一次报复性的吵架。

半年后，大伯去世了。

这事一直很蹊跷，壮实的身体，才40来岁，说没就没了。

一天下午，我从田里干活回家，看见妹夫使劲儿地跑向我家，口里大声地叫着我母亲，我知道他犯病了。

直听到他大声求救："有人要打我了！"仔细看看周围并没有别人。

原来他告诉了我这样一件事：有一次在将煤铲上车时，有人插队，他多嘴了，旁边的司机用手拍了拍他的肩膀，他感觉疼痛，从此总是感觉身体不适。

从此产生各种不测的幻想，终于有一天走向了绝路。

这事依然一直很蹊跷，年纪轻轻，不到40岁，说没就没了。

有一天，闲暇时在办公室听同事讲了一个这样的故事：他的一个邻居，个子矮小，骨瘦如柴，隔壁老王经常欺负他的邻居，路人见了皆打抱不平。终于有一天，老王又将他的邻居打得死去活来，正好一人路过，实在看不下去，只用右手抖了下老王，老王就左手托着右手，一边抖，一边躺在了地下，老王躺在地上眼睛直勾勾地看着这个路人，恍然大悟，原来就是隔壁的邻居。老王心中有数了，从此，再也没有欺负他的邻居了。

这事后来更加蹊跷，身体弱小，40岁开外，说不欺负就再没欺负了。

后来，在一次去省城的路上，听到一个故事：有一个青年人因与中年人发生口角，导致打架，年轻人无视中年人，拳脚相加，中年人忍无可忍，于是在青年人身上拍了一拍，双手作揖之后便走了。当时，年轻人还自鸣得意。没想到，半年后，总是口吐鲜血，常常像患了一场大病似的，全身无力。

后来有高人指点，这是年轻人过于趾高气扬，触犯了中年人的底线，让中年人不得不放了大招儿，动用了活手。

可惜，这个中年人已经无法找到，年轻人只能眼睁睁地看着死去。因为解铃还须系铃人。

现在想来，之前的疑惑，便恍然大悟。

一可能因点穴而死，一可能惧怕致疯，一或狐假虎威，一或咎由自取。

原来，活手一旦动用，不是本人，便无法释解，无法救治。

"钱"是字门拳一种摸拿穴位的点穴功法，又称短手或小手。江西民间又叫"摸"。

"五百钱"，又称"活手"，多是以大指或中指从事。如与人争斗，多以握手、拍衣等方式摸拿对方穴位。如排解纠纷，则以拉扯对方摸拿对方穴位。摸拿穴位如系普通小穴，不过麻痛无力而已。大穴轻则受伤，重则死亡。点后人尚不知，是"五百钱"的上乘境界。

怪不得，高人不轻易与别人握手；怪不得，常常看到智者总是匆匆忙忙用左手与别人握手。

原来，是在有意回避可能不测的活手。

必要时，也要狐假虎威。

当别人心软时，千万不要得寸进尺。

世间万物皆有情，难得最是心从容。

世界上的一切，都必须按照一定的规矩秩序各就各位。

2020年3月31日于天沐温泉谷

【开卷有益】

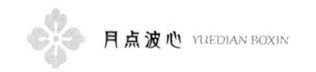

## 走过四季，只有你
——写在第二十五个读书节前夕

最喜欢读书。

最喜欢读《读者》。

最喜欢读《读者》中的卷首语。

最喜欢《读者》卷首语中爱因斯坦的一句话：

"我多么希望世界上有个小岛，上面居住的全是智慧又善良的人们。"

我喜欢《读者》，就像男人成年后，心中喜欢上一个女人。

我爱《读者》，就是一个男人喜欢上一个女人之后的一场轰轰烈烈的恋爱。

事实上，当我打开书的时候，就在仔细地端详第二种生活，就像是看到一面镜子的深处，寻找着自己心目中的人物，寻找着自己的思想，不由自主地以别人的命运、别人的品格去衡量着自己的性格。

在惋惜中怀疑，在怀疑中懊恼；在笑中哭，在哭中笑；在同情中感叹，在感叹中深思……不断地参与主人公的活动。

书的影响力就在这里产生了。

正如三毛在《送你一匹马》中所说："读书多了，容颜自然改变，许多时候，自己可能以为许多看过的书籍都成为过眼云烟，不复记忆。其实它们仍是潜在的。在气质里、在谈吐上、在胸襟的无涯，当然也可能显露在生活和文字中。"

一本书，就像一轮月亮。

【开卷有益】

有时，站在窗户的后面，只能从缝隙里看见月亮的一部分。

年少时读书，如同管中窥豹，一知半解。

人到中年，走出房门，站在庭中，抬头仰望，明月当空，一览无余。

人生一旦行之暮年，一切都变得通透。能以释怀的心态把玩书本，以我观书，以书观我，尽得书中三昧。

正如清代文学家张潮在《幽梦影》中所言："少年读书，如隙中窥月。中年读书，如庭中望月。老年读书，如台上玩月。"

人总是走着走着，突然就读懂了某个句子：

我永远不会忘记法国象征主义诗人马拉美的警句："直说是破坏，暗示才是创造。"

我永远羞于在纳兰性德面前大谈辛苦，他会直戳你的心扉："辛苦最怜天上月。"

我们永远应该像法国缪塞那样，有自己的个性与坚持："我的杯很小，但我用我的杯喝水。"

人总是在悠闲中，突然就有了阅读的感悟：

求而不得，才更显得那位女子在梦中，美好而不真实，得到固然幸运，而不得，才是留在记忆中最美好的过往。

相遇没有对错，只有早晚；也没有偶然，只有刚好。

越是美艳如花，越是禁不住似水年华。

爱情对于男子只是生活的一段插曲，而对于女人则是生命的全部。

人总是在不断的历练中，突然就有了大彻大悟：

当你读到《红楼梦》时，你会惊叹：曹雪芹是一个伟大的心理学家。他没有将女性所有的美集聚在一个人身上。他把性感的美安排给了薛宝钗；他把精神的美支配给了林黛玉。他深知贾宝玉是贪婪的。其实，他的用意在于：揭示男性的贪婪与执着的追求。

当你读到《罗伯特·弗罗斯特校园谈话录》"我对打破任何具体规则毫无兴趣，我只对我拥有自由感兴趣"时，你会感叹：原来每个人都在追寻着

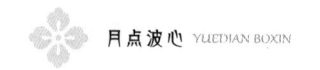

自由。

当你看到法国社会学家古斯塔夫·勒庞《乌合之众》"人一到群体中，智商就严重降低，为了获得认同，个体愿意抛弃是非，用智商去换取那份让人备感安全的归属感"时，你会懂得：一个人的归属感有多么重要。

当你偶然从《读者》上读到尼采的"一个人知道自己为什么而活，就可以忍受任何一种生活"时，你会知道：其实，"垂下的头颅只是为了让思想扬起，你若有一个不屈的灵魂，脚下就会有一片坚实的土地"。

有时就怕你读得不留意。前年暑假，在朋友圈里读到我的学生张乃惠的一句话：握不住的沙，干脆扬了它。

我马上回复：很有哲理。她马上给了我一句英语回复：

Grasps the sand, simply lift it!

今天，我依然只想像吴趼人那样：

无事一樽酒，心闻万虑清。古书随意读，佳句触机成。幽鸟寂不语，落花如有声。此中饶雅趣，何必问浮生。

我只愿：

在春天里，躺在春暖花开的草地，进入《诗经》的世界；

在夏天里，两腿伸入水中，半个身儿依靠在横过池塘的枝条上品味陶渊明；

在秋天里，沏着一杯西湖龙井，在紫金庭园，一边欣赏着西溪湿地公园那曼妙的风景，一边打开汪曾祺的散文，在他苦心经营的小说世界里散步；

在冬天里，浸泡在天沐温泉里之后，一边贪婪地享受着冬日里的暖阳，一边回味着妻子那一碗芽白清汤里漂游着的银鱼，闪绿的豌豆，不时晃动的挑逗。

什么是苏轼笔下的"人间有味是清欢"？

走过四季，或许，真正只有你。

2020年4月20日 于抱朴行藏阁

【开卷有益】

# 江清唯独看，心外更谁知
## ——写在第二十五个读书日

如果有人问我：人生最喜欢什么？

也许，不同时期，我会做出不同的回答。

但今天，我只会不假思索地告诉你：

看山，听水，读诗书。

最早，读到列夫·托尔斯泰的书信录，羡慕他还没写稿就有勇气向编辑部提前索要稿费。

期间，读到陶渊明，开始欣赏他的品格，后来发现即便苏轼这样的旷世文豪，都在心中挪出一大片，与之促膝，与之班荆，遂最爱他的"自然"。

最近，读到《全唐诗》，浸淫其中，一直陶醉于钱起《江行无题》中的一句诗："江清唯独看，心外更谁知。"

好像他就是我的知心朋友，只有他才了解我，他知道我是个书痴，甚至，似乎猜中了我的喜好。

在《全唐诗》中，我完全沉溺于王维的世界。

他的诗完全不自觉地嵌入了我的灵魂：

行到水穷处，坐看云起时；

泉声咽危石，日色冷青松；

江流天地外，山色有无中；

大漠孤烟直，长河落日圆；

万壑树参天，千山响杜鹃；

山中一夜雨，树杪百重泉。

我甚至有这样的感慨：

平生最悔识王维，惹得彻夜难入眠。

在我的阅读里，我总是试图读出作者潜在的表达。

我最喜欢莫扎特的一句话："我每天花8小时练琴，人们却用天才两字埋没我的努力。"

好像他就是我的代言人，这一句话，真说到了我的心坎儿上。

只有艰苦的努力，才有今日灿烂的容颜。

我特别认同杨绛先生的一句话："读书的意义大概就是用生活所感去读书，用读书所得去生活。"

有时读着杨绛的文字，更像是聆听一位哲人讲述那些烟尘往事，在平静、平淡、平凡中有一种卓越的人生追求。她的每一句话里都蕴含着人生的睿智。

有一次，听到孟非说："有人请你帮忙，原指望你帮十分，结果你只帮了七分，对方便觉得你不仗义，非但不感谢你，反而觉得你欠他三分。"

真是拍案叫绝，我顿悟：读书，不能仅仅满足于纸质的书本，生活就是一部永远读不完的书。

我们有时为了追求更高的境界，一直快步向前，却忘了欣赏沿途的风景，思考人生的深邃。

蔡康永说："读书，就是在一切已知之外，保留一个超越自己的机会。"

也许，你曾有过失望，为困顿，为低微，但如果有奥普拉的鼓励，你就知道："一个人可以非常清贫、困顿、低微，但是不可以没有梦想。"

哈佛大学教授哈恩曼告诉你："即使你再羸弱、再贫穷、再普通，你仍然拥有别人羡慕的优势。"

其实，世界上大多数人是平凡的，但这并不妨碍我们去成就自己。

正如梭罗在《瓦尔登湖》中所说："一个人越是有许多事能放得下，他就越富有。"

更何况，一个人只要能坚持一万小时，一万小时的锤炼，就是任何人从平凡变成世界级大师的必要条件。坚持一万小时，你一定能成为专家、大家。

人们眼中的天才之所以卓越非凡，并非天资超人一等，而是付出了持续不断的努力。

巴菲特甚至说出了励志你一生的名言："你所付出的只是价格，你所得到的才是价值。"

左拉用自己的生活经历告诉我们："生命的全部的意义，在于无穷地探索尚未知道的东西。"

也许，半山腰的风景，不一定好看，我们该到山顶去看看。

记住乔布斯所说："在你生命的最初30年中，你养成习惯；在你生命的最后30年中，你的习惯决定了你。"

其实，人，不需要那么多过人之处，能扛事就是才华横溢。

在阅读中，我就像一个三岁的孩子，来到洒满阳光的海滩，面对小珊瑚、贝壳、珍珠，甚至泥土，我一直贪婪地拾取着。

我特别欣赏任华《寄李白》的名句："庄周万物外，范蠡五湖间。"

我享受韩翃《送陈明府赴淮南》的心境："花间一杯促膝，烟外千里含情。"

我特别认同《礼记》中的格言："傲不可长，欲不可纵。"

在我的生活中，我努力践行着每一个人生哲理：

"成熟的麦子会弯腰。"

"淡化个人，方成大家。"

"暗透了，更能看得见星光。"

"蜜蜂盗花，结果却使花开茂盛。"

"上天让谁灭亡，总是先让他膨胀。"

"时间是筛子，最终会淘去一切沉渣。"

"每一个冬日里的句号，都是春暖花开。"

"雪崩之前，每一片雪花，都在勇闯天涯。"

"你必须非常努力，才能看起来毫不费力。"

"每一个微笑的背后，都有一个咬紧牙关的灵魂。"

遍阅人情，始识疏狂之足贵；备尝世味，方知淡泊之为真。

莫言说："只要我们心向太阳，其实无须多问何时春暖花开。因为，透过洒满阳光的玻璃窗，蓦然回首，你何尝不是别人眼中的风景呢？"

读到这样的句子，已经没有必要采访莫言的成功靠的是什么。

面朝大海，春暖花开。

当年，面对着空白的稿纸，我没有勇气知道读者会在何方；如今，有一部分人已经开始对我的文字如饥似渴，我知道：我已经走在同行的路上，如沐春风。

我最享受阅读的快乐，最享受路途的风景，最享受微风吹过：

微风吹过，小溪上，波光粼粼，天蓝水碧，即便是看不到船只。但我喜欢那天空、民宿、小桥……在溪流中留下的影子，安静而惬意。

我明白：浅水是喧哗的，深水才是沉默的。

我用华为，因为我买得起苹果。

2020年4月23日凌晨于天沐温泉谷

【开卷有益】

# 一本芭蕉寄秋思
## ——写在第36个教师节

> 不是每一个人都能看见真相，但是每一个人都能成为真相。
> ——《破冰行动》

我很欣赏这样一句名言。

我就是这样一个成为真相的人。

我与第一个教师节同时破土而出。

我教了36年才知道自己根本没有教书的天分，但我无法放弃，因为这时已经太有名了，已经成为一个教育界有真实名分的人。

我最怕在街上买菜的时候遇见家长。

因为家长竟然可以将我在课堂上的一节课内容如数家珍、惟妙惟肖地传达出来，甚至可以把孩子的话直接拷贝给我：

鄢老师的阅历，时常体现在课堂上。

他非常认同日本的一句名言："组合就是创造。"

他特别喜爱犹太人的一句至理："即使你是穷人也应站在富人堆里。"

他深谙西方的一个道理："God helps those who help themselves."

他向往《论语》中那种高雅宁静的境界："莫春者，春服既成，冠者五六人，童子六七人，浴乎沂，风乎舞雩，咏而归。"

他总是陶醉王维那《山居秋暝》中的田园风景画卷："竹喧归浣女，莲动下渔舟。"

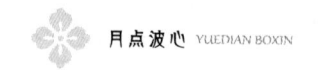

他曾与我们分享他那抱朴行藏阁的由来。《论语》中说过："用之则行，舍之则藏，唯我与尔有是夫！"苏轼在《沁园春·孤馆灯青》中更进一步提升了境界："用舍由时，行藏在我，袖手何妨闲处看。"

他真的陶醉在这样的境界，就是那幅悬挂在抱朴行藏阁书墙上的书法，亦龙飞凤舞、意韵绵长："有书真富贵，无事小神仙。"

我最惭愧学生对我的教育评价。

有一次，一位在班上从未发过言的学生，在回家时竟然一路哼着歌儿陶醉地哼到了家门口。

父亲听着孩子的歌儿高兴地把门打开，并顺便问孩子："今天怎么这么高兴？"

孩子告诉父亲："我今天破天荒地在语文课堂上回答出了老师提出的问题，并得到了老师的表扬。"

家长格外高兴，好像第一次找到了自尊，第一次发现了孩子的兴趣，第一次感到：原来教育因人而异，可以因材施教。

其实，我是向孔子学习，向特级教师霍懋征学习。

通常，我总是把问题设置在最难、中度与容易三个梯度，让60%的同学能回答中度问题，让30%的同学能回答容易的问题，让10%的同学能回答最难的问题。

问题常常以中度问题为基础，对待30%的同学，想办法在中度问题上逐步分解变容易些；对待10%的同学，则想办法在中度问题基础上加大难度，引发基础较好的同学跳起来摘桃子，进入探究性思考。

我最反对班主任的教育不公。

记得我在第一堂语文课上说过这样一句话："学习语文，只要愿意花时间，有恒心，能坚持，就一定能成功。"

结果，有一位全班倒数第一的学生，将他的广播稿交给我修改，我在阅读之后，发现没有一句话是通顺的，甚至连一个词都没有用准确。我算是开了眼界，从未遇到过这样的情况，但我并没有放弃。

我有意将评价标准拔高一个等级，遵循卡耐基的教育方法："欣赏一个人从赞美开始。"

我并没有说这篇广播稿一无是处，而是尝试以表扬的方式说："这篇文章写得不错，但你认为哪一个词用得最好？"

就这样，由肯定一个词，到肯定一个句子、一个段落，慢慢过渡到篇。我总是尝试着用征询的语气自己先换用一个词，先造一个句子，先说一段话，暗示性地让他做出选择与模仿。结果，进步得非常快。

当班主任建议我不要把更多的时间浪费在他身上时，我却很严肃地说："假如这是你的孩子，你会怎样？我们应公平地对待每一个孩子。"

虽然，这个孩子最后并没有考上大学，但因为我的公平与专注，他却成了一个真正的农民诗人，最后，带动了一批身边人写作。

有一次，一个学生在我办公室聊天的时候说道："好多学长告诉我，如果你主动接近鄢老师，你一定会成为优秀的人；如果我们同学中，有谁被老师发现，他就将成为一个比我们更优秀的人。"

这样的话，好像听过不止一次，听起来惭愧，但仔细一想，好像还真是这么回事。

记得去年年底，一位大三的学生廖阳琦在《莲绽千瓣，香泽众人——恩师鄢文龙先生》写道：

纪伯伦在《先知》中写道："灵魂像一朵千瓣的莲花，自己开放着。"而有一人，他如云、如松柏、如莲，从容绽放，却把每一瓣都绽放得极致精彩，芬芳四溢。

他一言一行一笔，诉写着为师者、为长者、为文者的襟度、风度与广度。

他正是以他独树一帜的授课方式，言传身教，为我们带来一次又一次教学艺术的审美体验，并在教学中融入他的生活阅历，给我们带来专业知识以外的另一种学习内容——传道，授业，解惑。

课堂之上，鄢教授传道授业，尽展名师风采，以其专业而独特的涵养吸引

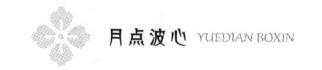

着学生；课堂之下的交流中，鄢教授展现的是一种相同却不相似的人格魅力，一言一行的交流，尽显长者风范，不断让我们体会到生活的哲理。

鄢老师的文字以最美的样式阐述平凡万物所蕴含的哲理，以美先行，万物入文，叙述着一本芭蕉的奥妙。

师者之风，文人之采，他写荷咏柳，行走生活，聆听万物，为师者之襟度，为长者之风度，为文者之广度，恰千瓣莲花，片片盛绽，香泽众人。

有时，我在想：做一个老师，只要坚守一份娴静，沉心静气，胸有丘壑，矢志教学，你就会像李益在《逢归信偶寄》那样：

"无事将心寄柳条，等闲书字满芭蕉。"

更何况窗外芭蕉一本。

2020年9月8日于南国楚天阁

【卧读鲁迅】

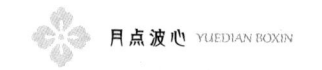

# "鲁迅"的言外之意

我发现，真正的名人，其实，大部分人已经只记得他的字、号、别号，或笔名，而我们，却成了一个名副其实的"名人"——一个有名字的人。

"鲁迅"的出名，源于发表作品，源于钱玄同的催促与怂恿，源于其《呐喊》中发表的第一篇《狂人日记》。

这是鲁迅生活上的一个大发展，这是中国文学史上应该大书特写的一章。

"鲁迅"的命名，其寓意有三：

母亲姓鲁，足见母亲在他心中的位置；周、鲁是同姓之国，足见姓氏之渊源；取愚鲁而迅速之意，足见谦虚与自励。

其实，他还有一个笔名是唐俟。那渊源，若不是他自己亲口说出，一般的读者，可能要费尽心思，才可能捕捉一二。

因为陈师曾那时送给鲁迅一方石章，并问刻作何字，鲁迅知道陈师曾叫作槐堂，他就叫作俟堂。原来，那时部里的长官某颇想挤掉鲁迅，鲁迅就安静地等着，所谓"君子居易以俟命"也。于是，把"俟堂"二字颠倒过来，而堂与唐两个字同声可以互易，于是成名叫作"唐俟"。

周、鲁、唐，又都是同姓之国。可见，鲁迅的心中无论何时没有忘记破坏偶像的意思。

之后，用母姓的事，以后就逐渐多了起来。蔡子民先生晚年就署名曰"周子余"。

当然，之后也用过种种化名，或"索士"，或"树"，或"迅"，或"飞"，那完全是为免除收信者横受嫌疑考虑。

谈起鲁迅的笔名，据说还有这么一个小故事，依然与钱玄同相关。民国十八年夏，鲁迅到北平省亲回来，同许寿裳说过，为了看旧小说，到孔德学校访隅卿。钱玄同忽然进来，唠叨如故，看见桌子上放着一张鲁迅的名片，于是高声说："你的名字还是三个字吗？"鲁迅便简洁地回答："我的名片从来不用两个字，或四个字的。"钱玄同觉得话不投机，便出去了。

其实，所谓用两个字或四个字，目的是微微刺着钱玄同的名片，时而作"钱夏"，时而作"玄同"，时而作"疑古玄同"。

看来，无论是名字、姓，或笔名，一深究起来，还真是有趣味，有寓意，有更深的言外之意。

有一次，我在复旦大学访学时，因为研究周德清，翻阅了很多姓氏文化研究资料，发现原来我的鄢姓竟然源自周姓，再一深究原来我爱人的吴姓也源于周姓。于是，后来回家与爱人开玩笑，原来我们在一起本就是缘分。甚至打趣地说，我们的组合就是：负负得正。今后，我们的生活应该富有，即使不富，也还有。

有时，笔名的特殊意义，在某种程度上，具有一定的积极的暗示意义。于是我的笔名是行藏，"行藏"二字，源于《论语》："用之则行，舍之则藏。"但我更喜欢苏轼在《沁园春·孤馆灯青》的那句："用舍由时，行藏在我。"

科学家研究认为："人是唯一能接受暗示的动物。"透过鲁迅的笔名，体会"愚鲁之人当迅行"的励志之语，我感到了暗示的力量。

积极的暗示，会对人的情绪和生理状态产生良好的影响，激发人的内在潜能，发挥人的超常水平，催人奋进。

2020年5月18日于天沐温泉谷

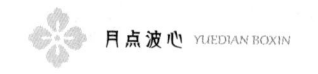

# 鲁迅：冰与火的世界

我们应该读读《死火》，在这里我们看到：在最冰冷外，"有火焰在"。即使死了，也依然是"火"。

我们应该看看《铸剑》，在这里我们看到了惊心动魄：

那冰也似的剑，恰恰是几千摄氏度高温烈火锻炼而成。由"通红"，经过冷水的浇淋，才转成"纯青，透明"；触着，尽管"指尖一冷，有如触着冰雪"，却又分明感受着灼人的热力。

"冰"与"火"，统一在鲁迅的笔下；"冷"与"热"，交织于鲁迅一身。

曾经有人说鲁迅"第一个，冷静，第二个，还是冷静，第三个，还是冷静"，鲁迅并不以为然；他说："我自己觉得并无如此'冷静'。"

"地火在地下运行，奔突；熔岩一旦喷出，将烧尽一切野草，以及乔木，于是并且无可朽腐。"

这就是鲁迅内心的情感世界。

他时刻感到一种内在激情喷发的冲动。

他的内心深处时时升腾起克制感情喷发的强烈欲求。

他不愿意在仇敌面前显露痛苦，使他们感到快意；

他更不乐意在庸人面前表现愤怒，徒然地提供饭后闲谈的谈资；

他也羞于在亲者面前流露热情，暴露内心深处的柔弱，给他们增添烦恼；

他尤其不能原谅自己借着情感的宣泄来取得内心的平衡，在"可以哭，可以歌,也如醒,也如醉,若有知,若无知,也欲死,也欲生"的状态中偷生,不能容忍人所难免的平庸与怯弱。

他控制着自己奔放的情感,保持着异乎寻常的冷静和自制力,他只愿独饮人生之酒,无论酸、甜、苦、辣,自己一人承受,他渴望着摆脱一切情感的"债务","拒绝一切为他的哭泣和灭亡"。

那激情喷发的冲动与克制、冷化、超越情感的欲求,在他内心深处,撞击,激荡,制约,补充。

这就是他内心情感的辩证运动:外冷而内热。

《记念刘和珍君》,就是他的抒情独白;

《为了忘却的记念》,就是他的感情自白。


他的内心深处,不仅有火,更有冰。

他说:"我的心至今还没有热","我自己也要疑心自己的心里真藏着可怕的冰块"。

在他的小说里几乎"冷"出了一个世界:

《孤独者》里的魏连殳,说话神色是"冷冷的","那词气的冷峭,实在又使我悚然",笑声也是"冷冷的",直到"合了眼,闭着嘴",口角间也"仿佛含着冰冷的微笑,冷笑着这可笑的死尸"。

《铸剑》里的宴之敖者,眼睛发出有如"磷火一般"的冷光,声音鸱鸮似的"严冷","冷冷地尖厉的笑"。

《伤逝》里的涓生,对生活的感受,"天气的冷和神情的冷,逼迫我不能在家庭中安身。但是,往那里去呢?大道上,公园里,虽然没有冰冷的神情,冷风究竟也刺得皮肤欲裂"。

这"冷漠",这"冷嘲",这"冷眼",直"冰的针刺着"鲁迅的灵魂。

在鲁迅的笔下,即便是月亮也透着一股寒气:

月亮对着陈士成注下寒冷的光波来……

潮湿的路极其分明,仰看太空,浓云已经散去,挂着一轮圆月,散出冷静的光辉。

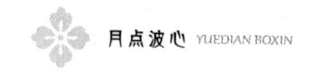

那一边，却是一个生铁一般的冷而且白的月亮。

在《野草》里，
在被称为"鲁迅的哲学"的《野草》里，
处处显现着"冷"的哲学。

2020年5月15日 于天沐温泉谷

【卧读鲁迅】

# 鲁迅的衣着色彩美学

当我读完《鲁迅全集》十八卷之后,当我浏览完孙郁、黄乔生主编的《回望鲁迅丛书》之后,我对鲁迅已不是敬仰,完全成了一种不自觉的行动。

只要一有时间,我就愿意在他的文字里浸淫。

他的语言,极富于创造,即便是最贬义的词语,一经他的驾驭,就完全产生意想不到的褒义效果。

他的睿智,总是让你防不胜防,从他理发的故事,就可见一斑。在厦门的时候,有一次一理发师见其其貌不扬,很随意地给他理发,他也就随意多给了钱。理发师暗自高兴,心想随意给他理发,他都随意给他这么多钱,于是后来一次理发时,就非常认真,没想到他却很认真地给了理发师钱。理发师,百思不得其解。其实,言下之意就是:你认真,我就认真;你随意,我更随意。

他的博学,简直让人难以置信。我都不愿意细数,总怕伤了自己的自尊。仅仅看看他从一个医生转行从事文学创作,你就可以想见,他的弹性有多么可怕。怪不得,著名鲁迅研究专家张梦阳,因为鲁迅写出了一本专著《鲁迅的科学思维》。看着这样一个书名,我都兴奋了好几天,终于花530元买到了一个台湾版,要在大陆最多也不过390元。

他的思想,更是丰富得让人不敢靠近。我只好先读读鲁迅研究专家的解读,第一个接触的是李何林,第二个是钱理群,第三个是他的弟子王富仁。但我更喜欢钱理群先生的《心灵的探寻》。

读着萧红的《回忆鲁迅先生》，我更惊叹于他对衣着色彩美学的造诣。

鲁迅先生的笑声，估计也是一个难解的谜。要不也不会留给萧红如此深刻的记忆，尤其是当萧红问及有关自己的衣裳漂不漂亮的时候。

鲁迅先生的笑声是明朗的，是从心里的欢喜，假如有人说了可笑的话，他会笑得连烟卷儿都拿不住，甚至会笑得不断地咳嗽。

其实，他不大注意别人的穿着。

但有一天，先生刚生病好一点儿，他正好打开窗子，坐在躺椅上，慢慢地抽着烟。萧红穿着新奇的火红的上衣，宽宽的袖子，从旁边经过。萧红问先生她的衣裳漂不漂亮。

先生从上往下认真地看了一眼，直截了当地说："不大漂亮。"

过了一会儿，就开始认真地评论起来。

"你的裙子配的颜色不对，并不是红上衣不好看，各种颜色都是好看的，红上衣要配红裙子，不然就是黑裙子，咖啡色的就不行了；这两种颜色放在一起很浑浊……你没有看到外国人在街上走的吗？绝没有下边穿一件绿裙子，上边穿一件紫上衣，也没有穿一件红裙子而后穿一件白上衣的……"

鲁迅的意思是：单独看，每一种颜色都好看。但多种颜色搭配在一起，就要注意了，要么保持一致，要么注意对比度，千万不能不讲究对比度。

鲁迅在躺椅上看着萧红继续指出萧红在色彩上搭配的不足。"你这裙子是咖啡色的，还带格子，颜色是浑浊得很，所以把红衣裳也弄得不漂亮了。"

接着，进一步阐述了关于衣着的美学，特别是关于衣着的色彩搭配美学。

在他看来："人瘦不要穿黑衣裳，人胖不要穿白衣裳；脚长的女人一定要穿黑鞋子，脚短的女人一定要穿白鞋子；方格子的衣裳胖人不能穿，但比横格子的还好；横格子的胖人穿上，就把胖子更往两边裂着，更横宽了，胖子要穿竖条子的，竖的把人显得长，横的把人显得宽。"

关于胖瘦，关于长短，关于横竖，关于长宽，关于色彩，关于搭配，以前，我只在心理学书上看过，后来喜欢美学，从美学著作中亦略知一二，没想到，在鲁迅的笔下，却见到了更为详细、更为直观的表述。

过去，我很佩服丰子恺，佩服他绘画的技巧，佩服他在每一个领域的造诣，佩服他的著述之丰。

他是我购买的文集中卷数最多的作者，竟然多达五十卷。原以为我购买的《苏轼全集校注》是最多的了，也不过是二十卷。

但是，在我通读完《鲁迅全集》之后，发现绘画不要脸，这一技法原来源于日本画家竹久梦二。

读了鲁迅的这一介绍，真是佩服得五体投地。

看来，苏辙的《墨竹赋》之言："庖丁，解牛者也，而养生者取之；轮扁，斫轮者也，而读书者与之。"真是绝妙！不同的人，从不同的角度，总会有自己独到的发现，重要的是运用到了生活。

苏辙的哥哥苏轼在《怀西湖寄晁美叔》所言更是一语破的："西湖天下景，游者无愚贤。深浅随所得，谁能识其全。"

英国文艺理论家克莱夫·贝尔说："艺术即有意味的形式。"

衣着，是一门艺术。

衣着，是一门色彩的艺术。

衣着，是一门色彩搭配的美学艺术。

衣着，更是一门借助色彩搭配形成有味的一种美学形式。

2020年7月2日 于天沐温泉谷

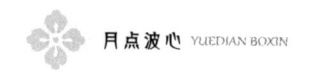

# 鲁迅心中的屈原

他在弘文学院时,藏在书桌抽屉里的书,有拜伦的诗、尼采的传、希腊神话、罗马神话。

这些书中间,夹着一本线装的日本印行的《离骚》。

在他心中,"《离骚》是一篇自叙和托讽的杰作,《天问》是中国神话和传说的渊薮"。

在他的《汉文学史纲要》上,关于《离骚》,有着这样的评价:"其辞述己之始生,以至壮大,迄于将终,虽怀内美,重以修能,正道直行,而罹谗贼。"

在他的《中国小说史略》上,关于《天问》,有着这样的月旦评:"若求之诗歌,则屈原所赋,尤在《天问》中,多见神话与传说……"

他谙熟屈原,其中有全首用骚词:

一枝清采妥湘灵,九畹贞风慰独醒。
无奈终输萧艾密,却成迁客播芳馨。

他的很多词句源自屈原,一如:扶桑,浩荡,荃不察,芳草变,洞庭落木,春兰秋菊,美人不可见,无女耀高丘。

他将诗句采作《彷徨》的题词:

> 朝发轫于苍梧兮，夕余至乎县圃。
> 欲少留此灵琐兮，日忽忽其将暮。
> 吾令羲和弭节兮，望崦嵫而勿迫。
> 路漫漫其修远兮，吾将上下而求索。

好像在告诉我们：升天入地，处处受阻，不胜寂寞彷徨。

他将集骚句挂在北京阜成门内，西三条胡同寓屋书室。其文为：
"望崦嵫而勿迫；恐鹈鴂之先鸣！"
好像在告诉我们：用以自励，及时努力。

他最爱诵《离骚》中的这样四句：

> 朝吾将济于白水兮，登阆风而绁马。
> 忽反顾以流涕兮，哀高丘之无女！

好像在告诉我们：求不到理想的人誓不罢休。

2020年5月17日 于天沐温泉谷

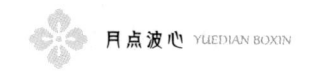

## 有一部翻译，让鲁迅头昏眼花

鲁迅的杂文，小时候没见过匕首，原来这才是匕首。

鲁迅的小说，最不能忘记《祝福》，都说祥林嫂死于礼教，我却认为更直接的杀手是鲁四老爷的言外之意。

鲁迅的《阿Q正传》，那阿Q精神，仿佛人人皆有，却又未必全有，但总是敲山震虎，敲醒人性，震动人类。

过去，却未曾真正领教鲁迅翻译的动机与水平。

这样看来，每一次走进鲁迅的世界，总会有不同的意外收获。

自从办杂志《新生》的计划失败后，鲁迅在不得已的情况下，开始努力译书，开始与弟弟周作人一起介绍欧洲新文艺，刊行《域外小说集》。

他翻译的安特莱夫的《默》与《谩》、迦尔洵的《四月》，字字忠实，毫无任意增删之弊，为译界开辟了一个新时代的纪念碑。

他翻译的厨川白村的《苦闷的象征》，虽为直译，却仍然极其条畅，真非大手笔不能。

他翻译的荷兰望·霭覃的《小约翰》，在留学时代，就想译成中文，而译成却在二十年以后，真是孜孜不倦、夜以继日。

他翻译的果戈理的《死魂灵》，更是一件艰苦的奇功、不朽的绝笔。

他受果戈理的影响最深，他的第一篇创作《狂人日记》，不是就和八十多年前果戈理所写的篇名完全相同吗？

但"后起的《狂人日记》意在暴露家族制度和礼教的弊害,却比果戈理的忧愤深广"。

当鲁迅卧病时,许寿裳曾去访问,谈到这部译本,鲁迅告诉许寿裳:"这番真弄得头昏眼花,筋疲力尽了。我一向以为译书比创作容易,至少可以无须构想,哪里知道难关重重!……"

据说当时说完竟一脸苦味。

他在《"题未定"草(一)》说:

于是"苦"字上头。仔细一读,不错,写法的确不过平铺直叙,但到处是刺,有的明白,有的却隐藏,要感得到;虽然重译,也得竭力保存它的锋头。里面确没有电灯和汽车,然而十九世纪上半期的菜单,赌具,服装,也都是陌生家伙。这就势必至于字典不离手,冷汗不离身,一面也自然只好怪自己语学程度的不够格。

同样在《"题未定"草(二)》,也可以看到类似的表达:

动笔之前,就先得解决一个问题:竭力使它归化,还是尽量保存洋气呢?日本文的译者上田进君,是主张用前一法的。他以为讽刺作品的翻译,第一当求其易懂,愈易懂,效力也愈广大。……我的意见却两样的。只求易懂,不如创作,或者改作,将事改为中国事,人也化为中国人。……我是不主张削鼻剜眼的,所以有些地方,仍然宁可译得不顺口。

木心说:生活的最佳状态是,冷冷清清的风风火火。

仿佛说的就是鲁迅。

2020年5月20日于抱朴行藏阁

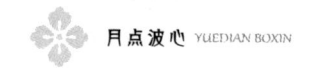

# 阿Q，你怎么了？

为什么你在和别人吵架的时候，要去炫耀自己的祖宗呢？
"我们先前——比你阔的多啦！你算是什么东西！"

你也太独尊了吧？
你的儿子会阔得多？进了几回城，你就更自负？还鄙视起城里人？
那三尺三宽的木板凳，未庄人叫"长凳"，你也叫长凳，怎么城里人叫"条凳"，就错了呢？怎么就可笑呢？
那油煎大头鱼，未庄人都加上半寸长的葱叶，城里人加的是切细的葱丝，这也错了？这也可笑？

其实，先前你也阔过，你见识也不错，也真能做，本来几乎是一个完人，只可惜体质上有一些不足。
那头皮上几个癞疮疤，用得着这么自卑吗？怎么一听到与"癞"字音相同的声音，你就不自在？甚至连"光""亮""灯""烛"也忌讳。不管有心还是无意，你总是疤儿通红，甚至生气。
有时看看对方，人家比你口讷，你就骂；比你力气小，你就打。可是，还是你吃亏的时候多，你却总是不服输，不管怎样，一遇到输了，总是怒目而视。即使怒目而视不成，你还要晃头晃脑、自鸣得意地说："你还不配呢！"好像这时的癞头疮，非比平常，俨然成为一种高尚的光荣。

【卧读鲁迅】

　　当闲人总是撩你的时候，揪住你的黄辫子，在壁上碰了四五个响头，这才心满意足地走了。你却这么想："我总算被儿子打了，现在的世界真不像样……"最后，竟然也心满意足地走了。

　　当闲人对你说："阿Q，这不是儿子打老子，是人打畜生。自己说：人打畜生！"

　　你竟然双手捏住自己的辫根，歪着头老老实实地说："打虫豸，好不好？我是虫豸——还不放么？"

　　即便说自己是虫豸，闲人还是不饶过你，又在就近的地方给你碰了五六个响头，才又心满意足地走了。

　　不到十秒钟，你也竟然又心满意足地走了，好像你就是天底下第一个能自轻自贱的人。甚至还充满自足地自我安慰：状元不也是天下第一么？

　　一想到这儿，你又擎起右手，用力地在自己脸上连打了两个嘴巴，尽管热辣辣的有些疼痛，可是，在打完之后，又心平气和。似乎打的是自己，被打的又是另外一个自己，好像是自己打了别人一般。尽管热辣辣的有些疼痛，却也能心满意足地得意地躺下。

　　甚至，在死刑判决书上画圆而画不圆的时候，你都以为人生天地之间，大约本来有时要抓进抓出，有时要在纸上画圆圈的，唯有圈而不圆，却是你"行状"上的一个污点。

　　但不久你就释然。心想：孙子才画得很圆的圆圈呢。不久，就呼呼地睡着了。

　　有一次，你脱下破夹袄，不知道是刚刚洗过还是粗心，翻捡了老半天，才捉到三四个虱子。眼看着王胡一个、两个、三个，放在嘴里毕毕剥剥地发出声响，开始非常失望，总觉得在王胡面前有失体统，恨不得逮上一两个大的，老半天竟然没有逮着，好不容易捉到一个不大不小的，于是恨恨地塞在了自己厚厚的嘴里，用力一咬，劈的一声，还是没有王胡的响亮。

　　有时，你还真是欺软怕硬，竟然对尼姑撒气。竟然向尼姑大声地吐了一

243

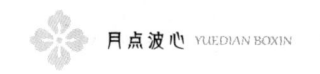

口唾沫。没想到尼姑却并不理睬，只是低头走了。你并不罢休，突然走近伸出手去摸着人家刚刚理的头皮，调戏人家："小光头，快回去，和尚在那儿等着你。"

接着，用力一拧，才肯放手。

弄得尼姑直哭："这断子绝孙的阿Q！"

之后的日子，有一天，你自以为经历了革命之后，飘飘然地飞了一通，回到土谷祠，酒已经醒透了。就在这一天晚上，管祠的老头意外的和气，请你去喝茶，你却向人家要了两个饼，吃完之后，又要了人家一支点过的四两烛和一个树烛台，点了起来，独自躺在自己的小屋里，格外高兴，开始了幻想：

"第一个该死的是小D和赵太爷，还有秀才，还有假洋鬼子……留几条么？王胡本来还可留，但也不要了。"

"东西，……直走进去打开箱子来：元宝，洋钱，洋纱衫……秀才娘子的一张宁式床先搬到土谷祠，此外便摆了钱家的桌椅，——或者也就用赵家的罢。自己是不动手的了，叫小D来搬，要搬得快，搬得不快打嘴巴。……"

"赵司晨的妹子真丑。邹七嫂的女儿过几年再说。假洋鬼子的老婆会和没有辫子的男人睡觉，嚇，不是好东西！秀才的老婆是眼胞上有疤的。……吴妈长久不见了，不知道在那里，——可惜脚太大。"

你都有这么多想法了，怎么不会满足？

怪不得，我们早就听到了你呼噜噜的鼾声了，那四两烛只点了小半寸，红焰焰的光照下，你那张开的大嘴，贪婪，满足，得意。

2020年5月14日 于天沐温泉谷

【卧读鲁迅】

# 鲁迅的遗憾

在我的记忆中，总是有人苛求鲁迅。

有的出于正面期待，希望鲁迅除了杂文、短篇小说之外，能写出更多的长篇小说，这是我听得最多的；

有的也不免求全责备，好像故意伤害鲁迅似的，大有有本事你写出来看看的意思，这也是我偶尔听到的。

这使我想起了我在阅读《三苏全书》时，有一种这样的感觉：苏轼于诗词文，无所不写，无所不能；而苏辙却在宋代大行其词的朝代，竟然没有看到他的词作。我却从来不敢往歪处想，会认为苏辙能力低下，压根儿写不了词。

我只相信：写作，是一种个人爱好。写什么，用哪一种文体，完全是一种自觉。

我们只能说，以鲁迅的才能，他是能写的，而且写得很好。只是因为自己的选择取向有所不同，更多的是时间有限、精力难济。

谈到著作，鲁迅确实有自己的遗憾。

据许寿裳所知，鲁迅的著作有好多篇是没有完成的。

他曾经想做一部《中国字体发展史》，可是，在开始说明字的起源时，就感觉到资料不足。

甲骨文所见的象形，"都已经很进步了，几乎找不出一个原始形态。只在

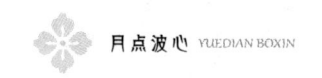

铜器上，有时还可以看见一点写实的图形，如鹿，如象，而从这图形上，又能发见和文字相关的线索：中国文字的基础是'象形'"。这部字体发展史，终于没有写出，最后只在《门外文谈》中略见端倪。

我们从鲁迅以"门外"为题，虽然表达的是由于门外乘凉的漫谈，但其实我们更多地看出其所含着的自谦。

他曾经想做一部《中国文学史》，甚至已经分好了章节。细到：从文字到文章；思无邪；诸子；从《离骚》到《反离骚》；酒，药，女，佛；廊庙和山林。

他对魏晋人的吃药与嗜酒，有独到的研究，认为他们表面上是破坏礼教，其实是拥护礼教。

我们还记得的那篇《魏晋风度及文章与药及酒之关系》，便是这部文学史的一部分。即便是全集所载的《汉文学史纲要》，也只是讲义，极简。

有人说鲁迅没有做长篇小说是件憾事，其实他是有三篇腹稿的，其中一篇就是《杨贵妃》。

他对唐明皇和杨贵妃的性格，对于盛唐的时代背景、地理、人体、宫室、服饰、饮食、乐器……了如指掌，至于坊间出版的《长恨歌画意》所出现的错误，都能原原本本地一一指出。

他的知人论世，总是比别人更为深刻。

他在编《莽原》杂志和《国民新报副刊》时，行文灵活，可是有好多篇腹稿和未成稿，终于没有写出，赍志以殁了。

究其原因，一是没有余暇。环境艰困，社会政治不良，除了为生活奔波，还得为别人帮忙，整天编稿、改稿、荐稿、校稿，只好发明一种短评，没工夫写长篇。二是没有助手。他全集二十大册，约六百万言，原稿均用毛笔手写。

鲁迅的著作，国际上早已遐迩闻名。

瑞典人S托人征询鲁迅的作品，要送给诺贝尔文学奖评选委员会，鲁迅却辞谢了。

这是何等谦光、何等远见。

罗曼·罗兰读到敬隐渔的法译《阿Q正传》，说："这部讽刺的写实作品是世界的，法国大革命时也有过阿Q，我永远忘记不了阿Q那副苦恼的面孔。"

浸淫在鲁迅的文字里，我发现，如果说他自己有遗憾，那是可以理解的。但我要说，正是他的遗憾，为我们打开了没有遗憾的一面。因为他出色的杂文，是匕首；因为他的小说，是剖析；因为他的《阿Q正传》，戳中人类的灵魂。

现在看来，柏拉图的话："人生最遗憾的，莫过于放弃了不该放弃的，坚持了不该坚持的。"在鲁迅身上，该对下半句做出进一步的修正了。

其实，每一个人，生活在这个世界上，都在一边失去一边拥有。

在鲁迅身边，我似乎听到他的真实告白：

我们终此一生，就是要摆脱他人的期待，找到真正的自己。

2020年5月19日 于天沐温泉谷

【唐人雅韵】

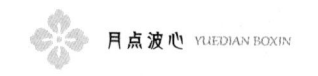

# 日昃夜艾　卓越千古
## ——唐太宗李世民的文学造诣

大年初四，趁着阳光正好，微风不燥，我打开了中华书局点校的《全唐诗》，第一卷就是太宗皇帝的诗。

我就从唐太宗的诗，开始了《全唐诗》的阅读之旅。

他是神尧次子，聪明英武；
他曾锐情经术，功德兼隆；
他在听朝之间，讨论典籍；
他常日昃夜艾，未尝少怠；
他于天文秀发，沉丽高朗；
他于诗笔草隶，卓越前古。
他就是太宗皇帝——李世民。
有唐三百年风雅之盛，帝实有以启之。
他以万几之暇，游息艺文，有诗一卷，69首。

他于修辞，游刃有余。

打开《全唐诗》第一册，吟诵其《帝京篇十首（并序）》，我被其一气呵成的双齐与排偶结构所震撼：

故沟洫可悦，何必江海之滨乎？麟阁可玩，何必两陵之间乎？忠良可接，何必海上神仙乎？丰镐可游，何必瑶池之上乎？

循序往下诵读,爱不释手。

那语意递减的层递表达,令人瞩目:

六五诚难继,四三非易仰。

那成语拆词的独到用法,引人注目:

衣宵寝二难,食旰餐三惧。

那成语序换的大胆尝试,叹为观止:

未展六奇术,先亏一篑功。

那新奇对喻的巧夺天工,拍案叫绝:

遥山丽如绮,长流萦似带。

那句内顶真的对称运用,令人难忘:

辞枝枝暂起,停树树还低。


他于秋吟,情有独钟。

有的命诸题内:

其题或抬首云《秋日即景》《秋暮言志》《秋日斅庾信体》《秋日翠微宫》《秋日二首》;

其题或居尾曰《度秋》《仪鸾殿早秋》《山阁晚秋》《辽东山夜临秋》;

其题或位中说《初秋夜坐》《赋得弱柳鸣秋蝉》。

有的形诸句内,一如:

夏律昨留灰,秋箭今移晷。

寒惊蓟门叶,秋发小山枝。

爽气浮丹阙,秋光澹紫宫。

山亭秋色满,岩牖凉风度。

秋日凝翠岭,凉吹肃离宫。

将秋数行雁,离夏几林蝉。

爽气澄兰沼,秋风动桂林。

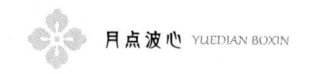

有的不着一字，尽得风流，一如：

《秋暮言志》《秋日斅庾信体》《初秋夜坐》《赋得弱柳鸣秋蝉》《辽东山夜临秋》。

他于色彩，驾轻就熟。

在色彩的选择中，以"红""翠"最多，尤"红"字意义的近义表达，或"红"，或"丹"，一展变化之美。

一如：

> 出红扶岭日，入翠贮岩烟。
> 桂白发幽岩，菊黄开灞涘。
> 约岭烟深翠，分旗霞散红。
> 碧昏朝合雾，丹卷暝韬霞。
> 黄莺弄渐变，翠林花落馀。
> 促节萦红袖，清音满翠帏。
> 绮峰含翠雾，照日蕊红林。
> 镂丹霞锦岫，残素雪斑岑。

他于"半"字，独领风骚。

一如：

> 叶铺荒草蔓，流竭半池空。
> 荷疏一盖缺，树冷半帷空。
> 云凝愁半岭，霞碎缬高天。
> 兰气已熏宫，新蕊半妆丛。
> 疏黄一鸟弄，半翠几眉开。
> 半月无双影，全花有四时。
> 上弦明月半，激箭流星远。

烟生遥岸隐,月落半崖阴。

他于炼字,匠心独运。
一如:

纽落藤披架,花残菊破丛。
晚烟含树色,栖鸟杂流声。
船移分细浪,风散动浮香。
莺啼密叶外,蝶戏脆花心。
笑树花分色,啼枝鸟合声。
露结林疏叶,寒轻菊吐滋。
色含轻重雾,香引去来风。
珠光摇素月,竹影乱清风。

他于炼句,妙趣横生。
一如:

草秀故春色,梅艳昔年妆。
泛柳飞飞絮,妆梅片片花。
岸菊初含蕊,园梨始带红。
露凝千片玉,菊散一丛金。
柳影冰无叶,梅心冻有花。
寒野凝朝雾,霜天散夕霞。
带岫凝全碧,障霞隐半红。
向日分千笑,迎风共一香。
散影玉阶柳,含翠隐鸣蝉。
烟生遥岸隐,月落半崖阴。

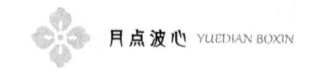

贾平凹说："一个人在写作的时候是最充实的时候，也是最快乐的时候。"

其实，在写作的时候，偶尔读读别人的东西，更是一种发现，一种惬意的发现。

我就是在打开《全唐诗》第一卷时，因为阅读唐太宗的诗，读出发现，读出惬意，读出了作者潜在的表达。

在惬意的发现之后，进一步行诸文字，更加充实，特别快乐，格外惬意。

原来，最美的风景，其实不在终点，就在脚下，就在开始。

2020年1月29日大年初五正午于天沐温泉谷

【唐人雅韵】

# 就着《全唐诗》下酒

昨天，开卷阅读《全唐诗》第一卷，首先被唐太宗的诗所吸引，于是写下了《日昃夜艾 卓越千古——唐太宗李世民的文学造诣》一文。

今天，继续捧读《全唐诗》，又被卢照邻所陶醉。

开始，叹服于其对对喻的妙用，精妙绝伦：

或以动喻静：

雪似胡沙暗，冰如汉月明。

飞泉如散玉，落日似悬金。

或视听相通：

汉畴光如月，秦祠听似雷。

或移时相喻：

红颜如昨日，衰鬓似秋天。

接着，观止于其对结构的传承，推陈出新：

一个"疑……似……"的对喻结构，在卢照邻的笔下，就像流动的瀑布，飞流直下。

或继承：

接汉疑星落，依楼似月悬。

云疑作赋客，月似听琴人。

冶服看疑画，妆楼望似春。

255

水疑通织室，舟似泛仙潢。
或倒用：
石似支机罢，槎疑犯宿来。
或近用：
客散同秋叶，人亡似夜川。

末了，服膺于其对动词的锤炼，拍案叫绝：
或伴随比拟：
游丝横惹树，戏蝶乱依丛。
山水弹琴尽，风花酌酒频。
草色迷三径，风光动四邻。
川光摇水箭，山气上云梯。
水鸟翻荷叶，山虫咬桂枝。
草碍人行缓，花繁鸟度迟。
横琴答山水，披卷阅公卿。
春色缘岩上，寒光入溜平。
绝顶横临日，孤峰半倚天。

或感觉相通：
高情临爽月，急响送秋风。
迸水惊愁鹭，腾沙起狎鸥。
残花落古树，度鸟入澄湾。
长虹掩钓浦，落雁下星洲。
浮香绕曲岸，圆影覆华池。

就在陶醉的时刻，夫人喊我吃中饭了。
一盅清炖土鸡汤，一杯五味扇贝；
一碟冬笋烧牛肉，一盘红烧鲈鱼；

一碗清炒胡萝卜，一樽茅台原浆；

一觥旧舍糯香酒，一本《全唐诗》。

我们俩开始了中餐。

我们开始了生日中餐。

我们开始了我的生日中餐。

我们开始了我的没有蛋糕的生日中餐。

我们开始了因疫情所未料的无法购置生日蛋糕的中餐。

不断的碰杯中，我仿佛开始懂得：

团圆，才是之前打拼的意义。

人生的下半场，最贵的是健康。

家，虽是一只小小的船儿，却载着我们穿过了幸福的岁月。

我们这一生大约会遇到2920万人，两个人相爱的概率只有0.000049，而我们却因为缘分走到了一起。

我们正如今日的正午：凝重，深邃，空旷。

我们稀罕遇到了了解，我们也许并没有拥有最好的一切，但一直期待把一切变得更好。

爱，就是Love。

我们，宽容；

我们，真诚待人；

我们，将不断地感恩，付出更多；

我们，努力地微笑着善意地面对每一个人。

我们，愿意带上《全唐诗》卧游；

我们，期待在春暖花开的时候，拈花惹草。

2020年1月30日正月初六于天沐温泉谷

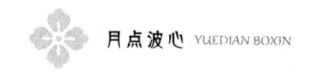

# 开门听潺湲
## ——李峤笔下的自然世界

打开《全唐诗》第二卷，
我被李峤的诗所吸引；
我被李峤的《早发苦竹馆》所吸引；
我被李峤的《早发苦竹馆》中的动词锤炼所吸引；
我被李峤的《早发苦竹馆》中的自然美景及其构建的意境所吸引。

他与王勃、杨炯接踵；
他与崔融、苏味道齐名；
他与杜审言、崔融、苏味道并称"文章四友"；
他的诗风格近似苏味道而词却有过之而无不及；
他的咏物诗，风云月露，飞动植矿，无所不包。

那日，"云间五色满，霞际九光披"；
那月，"清辉飞鹊鉴，新影学蛾眉"；
那风，"带花疑凤舞，向竹似龙吟"。

那云，"碧落从龙起，青山触石来"；
那烟，"瑞气凌青阁，空蒙上翠微"；
那露，"玉垂丹棘上，珠湛绿荷中"。

那雨,"斜影风前合,圆文水上开";
那雾,"类烟飞稍重,方雨散还轻";
那雪,"地疑明月夜,山似白云朝"。

那山,"泉飞一道带,峰出半天云";
那石,"岩花鉴里发,云叶锦中飞"。

那原,"带川遥绮错,分隰迥阡眠";
那野,"苍梧云影去,涿鹿雾光通"。

那江,"霞津锦浪动,月浦练花开";
那河,"桃花来马颊,竹箭入龙宫"。

那海,"三山巨鳌涌,万里大鹏飞";
那洛,"花明丹凤浦,日映玉鸡津"。

他的诗,五彩斑斓:

    缀绿奇能似,裁红巧逼真。
    月宇临丹地,云窗网碧纱。
    明月青山夜,高天白露秋。
    长歌白水曲,空对绿池华。
    绿树炎氛满,朱楼夏景长。
    紫微三千里,青楼十二重。

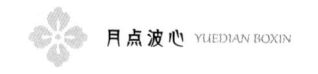

他的诗具象横生：

> 烟气笼青阁，流文荡画桥。
> 光含班女扇，韵入楚王弦。
> 野色开烟后，山光澹月馀。
> 池含冻雨气，山映火云光。
> 兰心未动色，梅馆欲含芳。
> 皎洁临疏牖，玲珑鉴薄帏。
> 逐舞花光动，临歌扇影飘。
> 杏花开凤轸，菖叶布龙鳞。

他的诗对喻入心：

> 势疑虹始见，形似雁初飞。
> 月镜如开匣，云缨似缀冠。
> 玉关尘似雪，金穴马如龙。
> 带环疑写月，引鉴似含泉。
> 金迸疑星落，珠沉似月光。
> 向楼疑吹击，震谷似雷惊。

此刻，我正好翻阅着国家图书馆的《爱上阅读效率笔记2020》，里面的一幅油画《在树林中休息的托尔斯泰》，深深地感动着我：

他哪里是在休息，

他分明是半躺着倚靠在树下，

他分明是半躺着倚靠在树下，左手却翻阅着一本书，

他分明是半躺着倚靠在树下，左手却兴致盎然地翻阅着一本书，

他分明是半躺着倚靠在树下，左手却兴致盎然地翻阅着一本书，一本让他难以入眠的书。

【唐人雅韵】

我也一样，

在这正月的休息时段，

在这正月开门听潺湲的休息时段，

在这正月开窗捧读《全唐诗》静听潺湲的休息时段：

听出山的沉稳；

听出水的执着；

听出孤独的绝响。

有人说，倘若没有李银河，便没有王小波的《黄金时代》。

今天，我特别认可午堂登纪雄的一句话：

独处，是我们认识自己最好的机会。你从热闹中失去的，会在孤独中找回来。

2020年1月31日 于天沐温泉谷

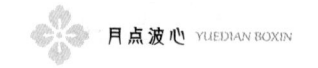

# 行到水穷处，坐看云起时
## ——王维山水诗的禅静之美

他是诗人；

他是画家；

他是音乐家。

他就是"诗中有画，画中有诗"的诗人——王维。

他，诗格高妙，得气之清，若清风朗月，出水莲荷；

他，无论五言七言古风、律体、绝句，无不臻于上乘；

他，对于水墨书画，更是独具慧心，秀丽清淡，空灵幽绝。

他，灵秀敏睿杰构多；

他，命运坎坷修道早；

他，边塞英风傲千古；

他，敦煌壁画传至今；

他，《辋川集》图最有名。

他毕生作诗数目最多的是90首自然诗，而以辋川山水为表现对象的诗篇又为山水诗之首位。

他最熟悉的山水就是蓝田辋川，辋川是西北黄土高原上得天独厚风景优美的地方。

辋川是关中江南。

宋之问云："辋川朝伐木，蓝水暮浇田"，"悠然紫芝曲，昼掩白云扉"。

他在半官半隐于辋川时期，有《辋川集》五言绝句二十首。或浓艳，或明丽，或清淡，或冷寂，胸中丘壑，气象万千。

他，只言片语，清幽绝俗。

"木末芙蓉花，山中发红萼。涧户寂无人，纷纷开且落。"（《辛夷坞》）

一个"寂"字，便涵盖一切空寂之相，只是"入禅"之作的绝佳代表。

表面看，描绘的是精妙绝伦的辋川胜景，细细品味，诗人实际采用的是象征技巧，以辛夷喻人：

人的生命力与智慧正值巅峰时期，却随着岁月流逝，那山中的红萼辛夷在生命力自然而然的催动之下，璀璨绽开神秘的蓓蕾，云蒸霞蔚点缀着寂寞的涧户，随着时间推移，纷纷扬扬走完一年灿烂花期，向人间撒下片片缤纷落英。

人，何尝不像辛夷花，默默开放，默默凋零。

面对花开花落，他既不乐其怒放亦不伤其凋零，仿佛忘掉自身荣辱悲喜，非空非有，与自开自落的辛夷，物我融一，天衣无缝，和谐空灵。

他，身世两忘，万念皆寂。

"人闲桂花落，夜静春山空。月出惊山鸟，时鸣春涧中。"（《鸟鸣涧》）

在他的诗中，"空""寂""静"，俯仰即拾。

"夜坐空林寂，松风直似秋。"

"荒城自萧索，万里山河空。"

"薄暮空潭曲，安禅制毒龙。"

"深巷斜晖静，闲门高柳疏。"

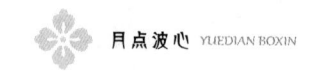

"林中空寂舍,阶下终南山。"

"落花寂寂啼山鸟,杨柳青青渡水人。"

"仙家未必能胜此,何事吹笙向碧空。"

这空无的"空山",有着大、深、静、净、虚多重含意的"寂""静";

这里包含着无限的可能性;

这是别有洞天的静观。

这里,空山无人,水流花开。

"飒飒秋雨中,浅浅石溜泻。跳波自相溅,白鹭惊复下。"

在秋雨中栾家濑瞬间发生的动人景色动态,秋雨飒飒,水流奔泻,白鹭跳波自溅,空中飞旋。

这虚空寂静的境界,含蕴着"无常""无我"。

这静谧空灵,前无古人。

这里,诗进禅出;

这里,禅进诗出。

这里,禅成了动中的极静;

这里,禅更是静中的极动。

这里,寂而常照;

这里,照而常寂。

他,就是这样,在动静纷繁的音响世界里,以动衬静,以静显动,喧中求寂,寂中带喧。

有时,在诗中,全不带任何佛典经语。虽"不着一字",却"尽得风流"。

"彩翠时分明,夕岚无处所。"(《木兰柴》)

刹那中写出永恒,一展色空世界的无尽妙藏。

真是"见山是山，见水是水"。

无怪乎禅僧最爱其"行到水穷处，坐看云起时"（《终南别业》）。

或许，因为王维；

或许，因为王维的《辋川集》；

或许，因为王维《辋川集》中的禅静。

你将进入宋代禅修的三个境界：

"落叶满空山，何处寻行迹"（韦应物《寄全椒山中道士》）；

"空山无人，水流花开"（苏轼《十八大阿罗汉颂》）；

"万古长空，一朝风月"（天柱崇慧禅师诗偈）。

2020年2月1日于天沐温泉谷

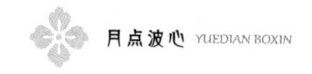

# 最忆是江南
## ——白居易的平生闲境界

白居易，

祖籍太原；

出生于河南新郑；

成长在荥阳河南；

七十五年的生命之中，却有十多年在江南度过。

在回归北方的晚年岁月里，

他一再抒写其对江南的回忆。

在长安，他写下了《和微之春日投简阳明洞天五十韵》。

那越州，"涧远松如画，洲平水似铺"，他的脑际浮现的不再是居高俯瞰的城市格局。

尽是"人类浸润"于此的风土景象：舟桥，穿着，饮食，浣纱，捣练。

这是一个"被生活了的地方"；

一个吾人身体"泊锚"于其中的地方；

一个有着亲密性与身体习惯之间的熟稔联系的地方；

一个身体与地方之间的缠绕，因为"暖蹋泥中藕，香寻石上蒲"有了触感的地方。

在长安同年，他写下了《想东游五十韵》。

那是怀念江南州郡生活的长篇。

那里，"坐有湖山趣，行无风浪忧"，真是"一物已上，想皆在目"。

他在这里细细咀嚼着其江南身体经验中的色彩、光泽与滋味。

这里，没有城乡的分际，这里，连接着形形色色的水：

"平河""湖山""兰泽""蘋洲"；

"解缆""乘流""渔户""稻田""投竿"；

"菡萏""菰蒲""玄泉""莲心""藕孔""潮信"。

这是一个触摸的空间，一个以触觉和手的活动接触触到的空间。

江南给予他印象最深的，莫过于杭州与苏州，但"最忆是杭州"。

他最爱这里的晴与雨、昼与夜、寒与暖，

他最陶醉这里湖山之间、湖天之间、江岸之间与上下不同空间的色彩与喧静：

"不厌东南望，江楼对海门"；

"海天东望夕茫茫，山势川形阔复长"；

"半醉闲行湖岸东，马鞭敲镫镕珑璁"；

"乱花渐欲迷人眼，浅草才能没马蹄"；

"草浅马翩翩，新晴薄暮天。柳条春拂面，衫袖醉垂鞭"；

"排比管弦行翠袖，指麾船舫点红旌。慢牵好向湖心去，恰似菱花镜上行"。

他最喜欢这里光与影的迷离，

他最醉心于夕阳、月光、灯火在水波上的闪烁与摇曳：

"卢橘子低山雨重，栟榈叶战水风凉"；

"烟波淡荡摇空碧，楼殿参差倚夕阳"；

"到岸请君回首望，蓬莱宫在海中央"；

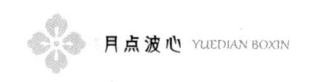

"澹烟疏雨间斜阳，江色鲜明海气凉"；

"蜃散云收破楼阁，虹残水照断桥梁"；

"风翻白浪花千片，雁点青天字一行"。

他最流连这里坐拥湖山、江海之美的闾阎万井风景，

这里，简直就是一座浮在水网上的城市：

"灯火万家城四畔，星河一道水中央"；

"春风来海上，明月在江头。灯火家家市，笙歌处处楼"；

"远近高低寺间出，东西南北桥相望。水道脉分棹鳞次，里闾棋布城册方"。

水和舟，连接了城市与山水。

浸淫乐天的诗中，我们似乎看到他五宿澄波皓月的经历。

他破晓即在管弦声中从阊门出发：

阊门曙色欲苍苍，星月高低宿水光。棹举影摇灯烛动，舟移声拽管弦长。渐看海树红生日，遥见包山白带霜。出郭已行十五里，唯消一曲慢霓裳。（《早发赴洞庭舟中作》）

继而舟船深入太湖烟波：

烟渚云帆处处通，飘然舟似入虚空。玉杯浅酌巡初匝，金管徐吹曲未终。黄夹缬林寒有叶，碧琉璃水净无风。避旗飞鹭翩翩白，惊鼓跳鱼拨剌红。涧雪压多松偃蹇，岩泉滴久石玲珑。书为故事留湖上，吟作新诗寄浙东。军府威容从道盛，江山气色定知同。报君一事君应羡，五宿澄波皓月中。（《泛太湖书事寄微之》）

自曙色乍现至日沉湖山，乐天意犹未尽，明月之夜又泛舟明月湾：

湖山处处好淹留，最爱东湾北坞头。掩映橘林千点火，泓澄潭水一盆油。龙头画舸衔明月，鹊脚红旗蘸碧流。为报茶山崔太守，与君各是一家游。（《夜泛阳坞入明月湾即事寄崔湖州》）

最后，竟日游赏以夜宿湖心画船作为终曲：

水天向晚碧沉沉，树影霞光重叠深。浸月冷波千顷练，苞霜新橘万株金。幸无案牍何妨醉，纵有笙歌不废吟。十只画船何处宿，洞庭山脚太湖心。（《宿湖中》）

如果不是乐天对江南水乡城市美的发现；

如果不是乐天突破了以往对水国的抒写模式；

如果不是乐天让身体真正参与，牵绕于江南美景；

如果不是乐天用心捕捉江南的色彩、光泽、声响与生命；

或许江南的风景就被遮蔽；

或许华夏山河中的江南风景久被遮蔽；

或许华夏山河中水国如园景色一般绮丽的江南风景永远被遮蔽。

2020年2月2日于天沐温泉谷

## 深山采药　饮泉坐山
——韦苏州的闲居"吏隐"境界

二十多年前,我在著名作家柯云路《东方的故事》里读到"春潮带雨晚来急,野渡无人舟自横"的诗句,深深地感叹作家笔下诗句的妙用。

有时,古诗名句,一经作家在自己的语境中经营,我才明白汪曾祺所说的苦心经营后的"随便"是什么。

直到今天,重新吟诵《滁州西涧》:

独怜幽草涧边生,上有黄鹂深树鸣。春潮带雨晚来急,野渡无人舟自横。

我又一次被那独处后所感悟到的意境所感染:

最爱涧边幽谷里勃勃生长的野草,还有那树丛深处婉转啼鸣的黄鹂。傍晚时分,春潮上涨,春雨淅沥,西涧水势顿见湍急,荒野渡口无人,只有一只小船悠闲地横在水面。

那意境……

他的作者是谁?

他,是唐代最重要的"山水诗人"之一;

他,是苏轼将之与"山水诗人"柳宗元并举者;

他,是司空图最早将之与盛唐书写山水诗人王维合称者;

他的诗,朱熹以为高于盛唐"山水诗人"王维和孟浩然;

他的诗,刘辰翁以为与孟浩然"意趣相似,然入处不同";

他的诗，与孟浩然相媲，"如深山采药，饮泉坐石"，孟浩然诗"如访梅问柳，偏入幽寺"。

他就是著名诗人——韦应物。

是他建立起了一个基本主题——吏隐；
是他开创了一种诗歌类型——"郡斋诗"；
是他给我们提供了一片休闲的"闲居"园林。

我们不妨进入闲居园林，姑且小憩：

> 栖息绝尘侣，孱钝得自怡。腰悬竹使符，心与庐山缁。永日一酣寝，起坐兀无思。长廊独看雨，众药发幽姿。……
> ——《郡内闲居》

> 补吏多下迁，罢归聊自度。园庐既芜没，烟景空澹泊。闲居养痾瘵，守素甘葵藿。颜鬓日衰耗，冠带亦寥落。青苔已生路，绿筿始分箨。夕气下遥阴，微风动疏箔。草玄良见诮，杜门无请托。非君好事者，谁来顾寂寞。
> ——《闲居赠友》

> 山明野寺曙钟微，雪满幽林人迹稀。闲居寥落生高兴，无事风尘独不归。
> ——《闲居寄端及重阳》

> 贵贱虽异等，出门皆有营。独无外物牵，遂此幽居情。微雨夜来过，不知春草生。青山忽已曙，鸟雀绕舍鸣。时与道人偶，或随樵者行。自当安蹇劣，谁谓薄世荣。
> ——《幽居》

幽居捐世事，佳雨散园芳。入门霭已绿，水禽鸣春塘。重云始成夕，忽霁尚残阳。轻舟因风泛，郡阁望苍苍。私燕阻外好，临欢一停觞。……
　　　　　　　　　　　　　——《池上怀王卿》

园中小憩，总有这样一种感觉：

韦应物从初仕到归休，其实一直在仕隐中徘徊。

有时，规避社群，追求幽独：

"方耽静中趣，自与尘事违。"——《神静师院》
"愚者世所遗，沮溺共耕犁。"——《答库部韩郎中》
"濩落人皆笑，幽独岁逾赊。"——《郡斋赠王卿》
"即与人群远，岂谓是非婴。"——《寓居永定精舍》

有时，回归本真，养拙抱素：

"我以养愚地，生君道者心。"——《酬令狐司录善福精舍见赠》
"闲居养痾瘵，守素甘葵藿。"——《闲居赠友》
"隐拙在冲默，经世昧古今。无为率尔言，可以致华簪。"
　　　　　　　　　　　　——《沣上精舍答赵氏外生伉》

"人生不自省，营欲无终已。孰能同一酌，陶然冥斯理。"
　　　　　　　　——《九日沣上作，寄崔主簿倬二李端系》

有时，孤独内返，不避自轻：

"息机非傲世，于时乏嘉闻。"——《秋夕西斋与僧神静游》

"贫寒自成退，岂为高人踪。"——《答畅校书当》

"自当安塞劣，谁谓薄世荣。"——《幽居》

"简略非世器，委身同草木。"——《始除尚书郎，别善福精舍》

在韦应物看来，即除即处，即喧即静，即吏即隐：

"山僧一相访，吏案正盈前。出处似殊致，喧静两皆禅。暮春华池宴，清夜高斋眠。此道本无得，宁复有忘筌。"

——《赠琮公》

在他心中，出与处或吏与隐根本不在行迹，更在经灵修而企至的内心之"澹泊"：

"心当同所尚，迹岂辞缠牵。"——《春月观省属城，始憩东西林精舍》

"犹希心异迹，眷眷存终始。"——《城中卧疾，知阎、薛二子屡从邑令饮，因以赠之》

"所愿酌贪泉，心不为磷缁。"——《送冯著受李广州署为录事》

"腰悬竹使符，心如庐山缁。"——《郡内闲居》

"名虽列仙爵，心已遣尘机。"——《和吴舍人早春归沐西亭言志》

我们似乎从韦应物身上看到了他的散淡。

这是中国文化中平淡的一种极致；

这是嵇康、陶潜和王维难以企及的境界。

因为韦苏州；

因为韦苏州的闲居；

因为韦苏州的闲居"吏隐"；

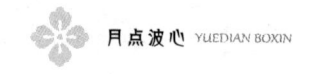

因为韦苏州的闲居"吏隐"境界。

我又一次开启了《韦应物诗全集》的心灵探寻之旅。

2020年2月23日 于天沐温泉谷

## 起坐鱼鸟间　动摇山水影
——李白山水的美感世界

第一次读李白，是午休时在办公室读清代王琦注的《李太白全集》，深深地被其出人意外的设问所吸引，从此阅读代替了午休。

第二次品李白，是偶然在当当网购买人民文学出版社管士光社长注《李白诗集新注》之后，沉溺于诗中的语言运用，以当下素养识别出23种积极修辞。

第三次慢吟李白，是在北京王府井书店偶获台湾三民书局版郁贤皓先生的《新译李白诗全集》，那简明的注释，那地道的语译，那独特的研析，那感觉真是：心闲游天云。

第四次精读李白，是在购置郁贤皓先生的皇皇巨著《李太白全集校注》八大卷之后，全面展开的关注。在细读《仰止集——王运熙先生逝世周年纪念集》时，偶然发现吕美生对李白《杨叛儿》"博山炉中沉香火，双烟一气凌紫霞"写法的理解。吕美生认为是性行为的象征写法，王运熙先生亦赞叹其解释。从此，特别好奇。

原来，春夏秋冬，都走在自己的路上。

他的足迹与诗句，遍及华夏广袤的大地。
他汲汲于建功立业，却不屑或许亦不能走科举进身之路。
他希图不拘常调，逢时而起，风云感会，"一飞冲天，一鸣惊人"。
他曾先后小隐于蜀中匡山、安陆寿山、山东徂徕山和浔阳庐山。

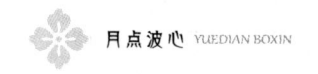

他的隐是蓄势待发，为"谋帝王之术，奋其智能，愿为辅弼，使寰区大定，海县清一"。

他曾自比垂钓磻溪的吕望，躬耕南阳的诸葛亮，隐居东山的谢安。

他不仅仅是山水诗人，他终其一生纠缠于功业情结之中，他的诗更充满对历史上安黎元、济苍生的政治英雄和奇侠的钦慕及对自身不遇的忧愤。

他在人生失意和对天下时局忧心如焚之际，不忘书写山水，不忘书写寓意化或隐喻化的山水，不忘以山水的凶险与狂野托喻其所面对的人生与时局险恶。

他有时书写人境之侧的青山丽水。

诗中不仅是一个旅行诗人的咏唱，诗中更是这片土地自身的声音。

他惊艳于山水与吴姬越女的妩媚，其羞涩与怨艾，成了他笔下江南的一道风景，那江南水乡中的荷花与采莲少女的身体，相映成趣：

"耶溪采莲女，见客棹歌回。笑入荷花去，伴羞不出来。"

——《越女词》

"若耶溪旁采莲女，笑隔荷花共人语。日照新妆水底明，风飘香袂空中举。"

——《采莲曲》

这吴越少女与荷花共在的风土图景，传达出的是江南风土无限娇媚的风姿与风韵。

即便是吴姬越女身体的白足，也是那般颇具性感意味：

"屐上足如霜，不著鸦头袜。"

——《越女词》

"一双金齿屐,两足白如霜。"

——《浣纱石上女》

最突出的要数猿啼了:

"秋浦猿夜愁,黄山堪白头。清溪非陇水,翻作断肠流。"

——《秋浦歌》其二

"两鬓入秋浦,一朝飒已衰。猿声催白发,长短尽成丝。"

——《秋浦歌》其四

"秋浦多白猿,超腾若飞雪。牵引条上儿,饮弄水中月。"

——《秋浦歌》其五

"山山白鹭满,涧涧白猿吟。君莫向秋浦,猿声碎客心。"

——《秋浦歌》其十

他有时描摹云山之间的奇幻山水。

当仕途失意,或对世事失望时,他不只是凭舟楫在山下水上行游,也会登上名山,在云山之际行走,那是一片全然不同的天地。

蹉跎十年之后,他漫游齐鲁的《游泰山六首》,就是典范。

他笔下山水的动感首先在范水,而更具雷霆之势的是他笔下的庐山瀑布:

西登香炉峰,南见瀑布水。挂流三百丈,喷壑数十里。欻如飞电来,隐若白虹起。初惊河汉落,半洒云天里。仰观势转雄,壮哉造化功。海风吹不断,江月照还空。空中乱潈射,左右洗青壁。飞珠散轻霞,流沫沸穹石。而我乐名山,对之心益闲。无论漱琼液,还得洗尘颜。且谐宿所好,永愿辞人间。

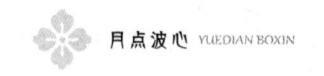

这里，奔泻的是无穷的宇宙动力。

不仅仅是水，其山亦极具动势：

"钟山抱金陵，霸气昔腾发。……群峰如逐鹿，奔走相驰突。"
——《登梅冈望金陵赠族侄高座寺僧中孚》

他有时倾诉愤激之际的狰狞山水。

他在为个人穷通或国事极度忧愤之际，也模拟蛮荒、凶险甚至对人类充满敌意的大自然。

其《鸣皋歌送岑征君》最为典型：

若有人兮思鸣皋，阻积雪兮心烦劳。洪河凌兢不可以径度，冰龙鳞兮难容舠。 邈仙山之峻极兮，闻天籁之嘈嘈。 霜崖缟皓以合沓兮，若长风扇海涌沧溟之波涛。玄猿绿罴，舔䑛崟岌。危柯振石，骇胆栗魄，群呼而相号。峰峥嵘以路绝，挂星辰于岩嶅。送君之归兮，动鸣皋之新作。交鼓吹兮弹丝，觞清泠之池阁。君不行兮何待？若反顾之黄鹤。扫梁园之群英，振大雅于东洛。巾征轩兮历阻折，寻幽居兮越巘崿。盘白石兮坐素月，琴松风兮寂万壑。望不见兮心氛氲，萝冥冥兮霰纷纷。水横洞以下渌，波小声而上闻。虎啸谷而生风，龙藏溪而吐云。冥鹤清唳，饥鼯嚬呻。块独处此幽默兮，愀空山而愁人。

他为什么故意将山林描述得如此险？

他为什么这般将山林描述得极其恶？

原来是在自表心迹：

将步岑之后尘，"弃天地而遗身"。

以进一层的写法彰显庙堂之上鱼目混珠、贤奸不辨，其险恶于山林，有过之而无不及。

这里，心具敌意的山林，其实就是世道凶险的陪衬。

这一类的寓意诗作，最具盛名的，是《蜀道难》，是"蜀道难，难于上青天"的千古名篇《蜀道难》。

浸淫李白诗歌，

我们看到了一个世界；

我们看到了这样一个美学世界；

一个跃动着相互睽异的美学世界；

一个跃动着相互睽异的山水美学世界：

妩媚与狰狞；人间与仙幻；画意与音乐；清宁与奔腾；优美与崇高。

2020年3月1日于天沐温泉谷

【宋代风流】

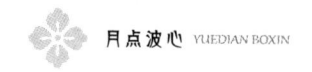

# 安知风雨夜，复此对床眠
## ——苏轼晚年"和陶诗"中与苏辙的骨肉之情

喜欢苏轼；
喜欢苏轼的词；
喜欢苏轼词的豪放。

读过刘小川的《苏东坡》；
读过林语堂的《苏东坡传》；
读过龙吟的《万古风流苏东坡》；
读过王水照与崔铭合著的《苏轼传》。

研究过《苏轼全集校注》二十册；
研究过清代冯应榴辑注的《苏轼诗集合注》；
研究过王水照先生著的《王水照苏轼研究四种》。

因为喜欢苏轼；
喜欢上他的父亲苏洵；
更喜欢的是他的弟弟苏辙。

遂阅读起曾枣庄的《三苏评传》；
遂检读起孔凡礼的大著《三苏年谱》；

遂通读起曾枣庄与舒大刚主编的《三苏全书》。

遂用力广搜蒐讨笺注起《苏辙筠州诗文系年笺注》。

我几乎成了"三苏"迷。

在所有的兄弟关系中，我最好奇：

为什么他们如此促膝？如此班荆？如此渴望对床？如此期待夜雨？

走进苏轼的"和陶诗"，便豁然开朗，一知究竟。

你听，苏轼在《书文与可墨竹（并叙）》中说："世无知我者，惟子瞻一见，识吾妙处。"

你看，在苏辙的心中，苏轼是怎样一个哥哥："我初从公，赖以有知。抚我则兄，诲我则师。"（《墓志铭》）

苏轼，是一位性情中人。

也许，我们只熟知《水调歌头·明月几时有》中那兄弟之间的敦厚情谊。

也许，我们只知道苏轼倔强任性，却不知道苏辙"恬静冷淡，稳健而实际"。

苏轼，正欣赏弟弟的这种性格。

你看，他们如埙如篪：

我少知子由，天资和而清。好学老益坚，表里渐融明。岂独为吾弟，要是贤友生。

你听，"与君今世为兄弟，又结来生未了因"。

他欣赏弟弟的"醇至"天性，他希望兄弟俩及早"乞身"而"归休相依"：

我家小冯君，天性颇醇至。清坐不饮酒，而能容我醉。归休要相依，谢病当以次。岂知山林士，肮脏乃尔贵。乞身当念早，过此恐少味。

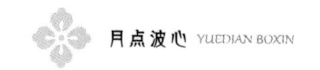

其实，他们早在嘉祐六年（1061年）读韦应物《示全真元常》时，读到"安知风雨夜，复此对床眠"二句，就开始有感慨离合之意，就相约早退。

但是，兄弟俩始终无法实现这种心愿，只能在诗词中多次提到"对床""夜雨"。

当时的政治现实并没有给他们归休相依的机会，两年后，反倒遭贬，先后被贬至儋州与雷州。

他们在滕州相遇，同行到了雷州。

在这里，苏轼写下了《和陶止酒》：

时来与物逝，路穷非我止。与子各意行，同落百蛮里。萧然两别加，各携一樨子。子室有孟光，我室惟法喜。相逢山谷间，一月同卧起。茫茫海南北，粗亦足生理。劝我师渊明，力薄且为己。微馏坐杯酌，止酒则瘳矣。望道虽未济，隐约见津涘。从今东坡室，不立杜康祀。

到海南后，苏轼对弟弟的怀念，日益浓厚。到儋州后不久，苏轼写下了《和陶连雨独饮二首》，其一云：

平生我与尔，举意辄相然。岂止磁石针，虽合犹有间。此外一子由，出处同偏仙。晚景最可惜，分飞海南天。纠缠不吾欺，宁此忧患先。顾引一杯酒，谁谓无往还。寄语海北人，今日为何年。醉里有独觉，梦中无杂言。

苏轼对弟弟的思念，在因气候变化、海道断绝，收不到弟弟寄给他的书信时，更加深刻：

停云在空，黯其将雨。嗟我怀人，道修且阻。眷此区区，俯仰再抚。良辰过鸟，逝不我伫。

飓作海浑，天水溟蒙。云屯九河，雪立三江。我不出门，瘖寐北窗。

念彼海康，神驰往从。

凌然清癯，落其骄荣。馈奠化之，廓兮忘情。万里迟子，晨与宵征。远虎在侧，以宁先生。

对弈未终，摧然斧柯。再游兰亭，默数永和。梦幻去来，谁少谁多。弹指太息，浮云几何。

这里，有的尽是对弟弟的思念之情；

这里，表达的是骨肉之情永不能忘；

这里，诉说的是无法相聚令人叹息。

现在看来，世间最珍贵的不是"得不到"和"已失去"，而是人间情，人间的兄弟情，人世间渴盼的兄弟对床夜语情，现在能把握的幸福。

2020年5月1日于天沐温泉谷

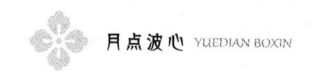

# 苏轼：曾经亵渎过的一段爱情

他刚正不阿，放任不羁。

他令人万分倾倒，让人望尘莫及。

他是人间不可无一、难得有二的奇才。

他有着迷人的魅力，犹如魅力之于女人、美丽芬芳之于花朵。

他具有一个多才多艺的天才的深厚、广博，身怀高度的智力，独具天真烂漫的赤子之心。

他的诗词文章，自然流露，顺乎天性，尽是"春鸟秋虫之声"。

从他的笔端，我们能听到人类情感之弦的振动，有喜悦、有愉快、有梦幻的觉醒，有顺从的忍受。

也许，你从《和子由渑池怀旧》中，读出了感慨：

> 人生到处知何似，应似飞鸿踏雪泥。
> 泥上偶然留指爪，鸿飞那复计东西。

也许，你从《饮湖上初晴后雨二首》（其二）中，读到了随遇而安：

> 水光潋滟晴方好，山色空蒙雨亦奇。
> 欲把西湖比西子，淡妆浓抹总相宜。

也许，你从《沁园春·孤馆灯青》中，悟出了儒家的出世与道家的出世：

有笔头千字，胸中万卷，致君尧舜，此事何难。用舍由时，行藏在我，袖手何妨闲处看。……

也许，你从《水调歌头·明月几时有》中，看到了明月缓解生离的相思：

不应有恨，何事长向别时圆？人有悲欢离合，月有阴晴圆缺，此事古难全。但愿人长久，千里共婵娟。

也许，你却不曾读过这样一首用英文写成的词：

From a sparse plane tree hangs the waning moon,
The waterclock is still and hushed is man.
Who sees a hermit pacing up and down alone?
Is it the shadow of a swan?

Startled, he turns his head
With a grief none behold.
Looking all over, he won't perch on branches dead
But on the lonely sandbank cold.
——Song of Divination Written at Dinghui Abbey in Huangzhou

其实，他根本就不是外国人的创作。他是北京大学著名翻译家许渊冲将苏轼《卜算子·黄州定惠院寓居作》进行的二次创作：

缺月挂疏桐，漏断人初静。谁见幽人独往来，缥缈孤鸿影。
惊起却回头，有恨无人省。拣尽寒枝不肯栖，寂寞沙洲冷。

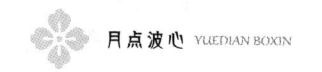

这首词，大学读过，参加工作以后也读过，但今天读起来，仿佛更多的是读出了他的言外之意。

仿佛全词的言外之意尽掷地有声地寄寓在"拣尽寒枝不肯栖，寂寞沙洲冷"之中。

这里，传达出一种爱、一种情、一种爱情，仿佛是一段被亵渎的爱情。

据说，苏轼被贬谪黄州，一直过着有职无权、形同软禁的日子。好在苏轼是个天性乐观豁达的人。即便是在节衣缩食、"闭门思过"之余，每日一有闲暇，总是以读书自娱。

或许，青春少女倾听男子的朗读声，就是少女怀春的开始。当年，苏轼的琅琅读书声就曾日复一日地越过院墙落入邻家少女的心底。她越发陷入，越发迷狂，越发迷狂，越发难以自拔。

那时及笄之年的少女，情窦初开，正是让父母操心的时候。但是，她除了院墙外那边读书声琅琅的主人，心里已再也容不下任何一个男子。

世间最可恨的爱情就是因崇拜而起，因崇拜而生。因崇拜而生的爱情，总是激动人心，心潮澎湃。她疯狂地崇拜着，痴爱着，他已成了她的全部，他就是她的唯一。

但这也注定是一场没有结局的爱情，即便是在苏轼后半生的宦海浮沉的岁月里，那雪泥鸿爪般的邻家少女日日思念着苏轼那迷人的读书声，于是在郁郁中独身，在寡欢中终老。好像金岳霖爱上了林徽因，苏轼面对这样一份痴情，好像唯一的回报就是这一阕，这一阕《卜算子》，这一阕《卜算子》中掷地有声的拒绝："拣尽寒枝不肯栖，寂寞沙洲冷。"

我们仿佛看到：弯弯的钩月悬挂在疏落的梧桐树上；就在夜阑人静的时候，漏壶的水早已滴光了。他在感叹：有谁见到幽居的人独自往来，仿佛天边孤雁般缥缈的身影。她突然惊起又回过头来，心有怨恨却无人知情。她最后对自己放出了狠话：挑遍了寒枝也不肯栖息，甘愿在沙洲忍受寂寞凄冷。

就在这一派清冷的夜里，苏轼幽独徘徊，仿佛自言自语，却也似吟诵独白。他仿佛听见邻家少女，在院墙的那边缥缈，那般难见。那恨，是他幽独的恨，更是她思念的恨。他们孤独，他们遗弃了世界也被世界遗弃，他们隔绝了彼此也被彼此隔绝。

苏轼的高妙在于：把思念进行了时空错位。他们的爱情分明发生在家乡眉州，却有意把地点穿凿附会在黄州。

他是无辜的，当年勤学中的苏轼，常常读书读到深夜，那充满魅惑的读书声一经飘越，一到院墙，就落到了邻家一名富家少女的心底。她却偏偏被这琅琅的读书声所俘虏，爱得不可救药。我们仿佛看到她即便是半夜时分也按捺不住悄悄地溜出家门，敲响了苏轼那扇原本只为寂寞预备的房门。

少年的苏轼在这深夜的急促敲门声中，于错愕中感动，在感动中却并没有忘乎所以，他发乎情却理智地克制着。他就在被爱中享受着爱也深情地爱着对方。她有过海誓，他也发过山盟，他们浪漫地相约在冬季，在功名得中之后，衣锦还乡，明媒正娶。

他们爱得甜蜜，他们思念得痛苦。甜蜜，往往是实现之前那永远漫长的一段段忐忑的期待。

遗憾的是，苏轼在中举之后，却忘记了曾经的誓言、曾经的海誓山盟。

多年之后，当他忆起当年的初恋，想起邻家的这位女子，想到的却是意外的残酷、纠结的揪心。

她因他不嫁，她因他终老。

每每"缺月挂疏桐，漏断人初静"，苏轼总是感觉到一种东西——一种愧疚在咬啮着他那颗流血不止的心。

2020年7月31日于天沐温泉谷

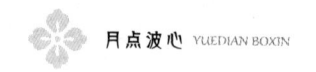

## 无一诗中不说山
### ——欧阳修笔下的江西山水

他,字永叔,号醉翁。

他,又号六一居士,谥号文忠。

他,是北宋卓越的文学家、史学家。

他,一代儒宗,风流自命。辞章窈眇,世所矜式。

他,六一婉丽,实妙于苏。三过平山堂下,半生弹指声中。

他,就是唐宋八大家之一——欧阳修。

他,性爱山水。

他曾在《留题南楼二绝》中声明:"须知我是爱山者,无一诗中不说山。"

江西是他的故里,因此喜爱江西风物,总是引以为傲,他曾在《寄题沙溪宝锡院》中向北方人夸耀:"为爱江西物物佳,作诗尝向北人夸。"

庆历元年(1041年),作《送昙颖归庐山》诗:

吾闻庐山久,欲往世俗拘。昔岁贬夷陵,扁舟下江湖。八月到湓口,停帆望香炉。香炉云雾间,杳霭疑有无。忽值秋日明,彩翠浮空虚。信哉奇且秀,不与灏霍俱。偶病不时往,中流但踟蹰。今思尚仿佛,恨不传画图。昙颖十年旧,风尘客京都。一旦不辞诀,飘然卷衣裾。山林往不返,古亦有吾儒。西北苦兵战，江南仍旱枯。新秦又攻宼，京陕募兵夫。圣君念苍生，贤相思良谟。嗟我无一说，朝绅拖舒舒。未能膏鼎镬，又不老菰蒲。羡子识所止，双林归结庐。

这里，写的是庐山。这一年，欧阳修在京城开封，回忆贬夷陵令途中，泊溢浦，眺望庐山，他思念着庐山的一景一物。

皇祐三年（1051年），作《庐山高赠同年刘中允归南康》：

庐山高哉几千仞兮，根盘几百里，巘然屹立乎长江。长江西来走其下，是为扬澜左里兮，洪涛巨浪日夕相舂撞。云消风止水镜净，泊舟登岸而远望兮，上摩青苍以晻霭，下压后土之鸿厖。试往造乎其间兮，攀缘石磴窥空谾。千岩万壑响松桧，悬崖巨石飞流淙。水声聒聒乱人耳，六月飞雪洒石矼。仙翁释子亦往往而逢兮，吾尝恶其学幻而言哤。但见丹霞翠壁远近映楼阁，晨钟暮鼓杳霭罗幡幢。幽花野草不知其名兮，风吹露湿香涧谷，时有白鹤飞来双。幽寻远去不可极，便欲绝世遗纷哤。羡君买田筑室老其下，插秧盈畴兮酿酒盈缸。欲令浮岚暖翠千万状，坐卧常对乎轩窗。君怀磊砢有至宝，世俗不辨珉与玒。策名为吏二十载，青衫白首困一邦。宠荣声利不可以苟屈兮，自非青云白石有深趣，其气兀硉何由降。丈夫壮节似君少，嗟我欲说安得巨笔如长杠。

这里，依然以庐山为写作的起点。这一年，江西高安人刘凝之辞官归隐，当时引起一番震动。兵部尚书李常在《尚书屯田员外郎致仕刘凝之府君墓志铭》记述了当时的情景："方是时，学士大夫争取为咏叹以饯之，非所以宠其行，以预送凝之为荣耳。欧阳文忠公之诗，道其为人与夫去，最详且工，人能诵之，谓之实录。"

刘涣，字凝之，与欧阳修同为天圣八年（1030年）进士，曾任屯田员外郎，后又任颍上县令。因刚直不善逢迎上司，年四十即弃官归隐庐山之南落星

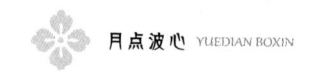

湾畔。

刘凝之子刘恕，助司马光修《资治通鉴》。父子并有学问与气节，苏子由曾见凝之，出而叹曰："凛乎，非今世之士也，凝之之为父，与道原之为子，廉洁而不挠，冰清而玉刚。"

刘涣之节实与陶渊明相媲。

欧阳修一曲声情并茂的送行诗，大壮其行色，传其声名。正如杨万里在《寄题刘凝之坟山壮节亭，用辘轳体》所言："见了庐山想此贤，此贤见了失庐山。"

百年之后，朱熹知南康军时，在刘凝之墓地建壮节亭。"壮节"二字，即取自欧阳修此诗；其《白鹿讲会次卜丈韵》之诗句"青云白石聊同趣"即化自欧阳修诗之"自非青云白石有深趣"。朱熹甚至在《祭屯田刘居士墓文》中坦言："熹旧读欧阳子《庐山高高》之诗而仰公之名。"

明代王守仁于正德间来庐山，在天池手书《庐山高》一诗。

明成化间，大画家沈周作《庐山高图》，为传世珍品。

清代翁方纲认为："庐山诗欧阳子最著。"

嘉祐四年（1059年），作《盆池》诗：

西江之水何悠哉，经历濑石险且回。余波拗怒犹涵澹，奔涛击浪常喧豗。有时夜上滕王阁，月照净练无纤埃。杨阑左里在其北，无风浪起传古来。老蛟深处厌窟穴，蛇身微行见者猜。呼龙沥酒未及祝，五色粲烂高崔嵬。忽然远引千丈去，百里水面中分开。收踪灭迹莫知处，但有雨雹随风雷。千奇万变聊一戏，岂顾溺死为可哀。轻人之命若蜉蚁，不止山岳将倾颓。此外鱼虾何足道，厌饫但觉腥盘杯。壮哉岂不快耳目，胡为守此空墙隈。陶盆斗水仍下漏，四岸久雨生莓苔。游鱼拨拨不盈寸，泥潜日炙愁暴鳃。鱼诚不幸此局促，我能决去反徘徊。

这里，依然不离山。诗中足见诗人的怜悯之心，作者以湖之壮阔与眼前盆池之狭，老蛟蛇行与池鱼之"局促"相对比，取得了奇特的艺术效果。

嘉祐六年（1061年），作《双井茶》诗：

> 西江水清江石老，石上生茶如凤爪。穷腊不寒春气早，双井芽生先百草。白毛囊以红碧纱，十斤茶养一两芽。长安富贵五侯家，一啜犹须三月夸。宝云日注非不精，争新弃旧世人情。岂知君子有常德，至宝不随时变易。君不见建溪龙凤团，不改旧时香味色。

这里，山虽不着一字，却尽得风流。双井茶是修水县所产。欧阳修认为江西水清，江边山石老苍，石上生茶，行如凤爪。初春发芽，十斤才养得一两芽。

我们从诗中似乎窥探出其所寓哲理：君子有常德，不应轻易朝三暮四。

如果，我们能"坐对当窗木，看移三面阴"；
如果，我们能春有百花秋有月，夏有凉风冬有雪；
如果，我们能像欧阳修一样，心中有山，怀里有水。
我们常常带着朦胧的冀望与情意，用手，用手中的笔，就可以调出与自然媲美的景象。

2020年2月8日元宵节于抱朴行藏阁

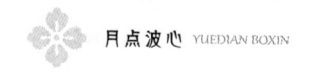

# 人生无苦乐　适意即为美
## ——司马光的独乐园之乐

三月，桃花盛开。

伫立天沐温泉谷的野外溪旁，有卵石闲卧，有泉水匆流，有曲水流觞，有雨滴清心，纵览花枝锦绣，一听鸟语弄笙簧……

子在川上曰，荏苒越九春。

我想起了九年前的一次应聘，一次副县级干部应聘，一道副县级干部应聘考题。

考官说："你现在正在读什么书？为什么？"

我不假思索地回答："《司马温公集编年笺注》。"

因为人们只记得赵丽蓉小品中的一句台词：司马光砸缸；

因为人们知道他是一位历史学家，主编了让毛泽东一读17遍的《资治通鉴》；

因为人们知道他是一位政治家，而正当大有作为之年，却被刚愎偏执的王安石无情地排挤出朝廷，继而又被王安石一手栽培起来的投机者们长期压抑达15年之久；

其实，更多的人不知道他的文学造诣。在众多的宋代文豪中，不但应该占有一席之地，而且应该居于相当重要的地位。他的诗文，尤其是散文，当与《资治通鉴》并驾齐驱，甚至可以多彩争辉。他的文章气象，"包括诸家，凌跨一代"，只可惜四库馆臣们很少有人去认真地思考，却日复一日甘心遵循着并不公允的"唐宋八大家"之说。事实上，宋人的散文，绝非所谓"八大家"所能赅。

从他身上，我们能体会到无尽的做人道理：

他真实。

他是个崇尚真实的人，不管是在政坛还是在琐细的生活中，从来不掩饰自己的见解。

他和范镇是很好的朋友，但在乐律方面，两个人的认识却存在很大分歧。

最能体现他性格率真的，莫过于对待沧州名士刘蒙的态度。

从现存的文集中，我们很少能见到他逢迎权贵的文字，他感恩最多的，只有庞籍和张存两个人，因为，庞籍作为长辈，主动而无私地奖拔过他；张存作为长辈，心甘情愿地将女儿嫁给了他。

他节俭。

他是个崇尚节俭的人，在这一点上，他头脑非常清醒，这种崇尚节俭的理念，集中表现在《训俭示康》一文中。他提倡节俭，不仅体现在对自己及家人，就是在一些看似应该讲"排场"的场合，依旧恪守着这一原则。

他正直。

他把正直当作终生追求的人生目标，他敢于为民请命，敢于为正义呐喊，敢于逆龙鳞愤然谏净。他在明知可能刀锯加身的大是大非面前，把道义看得比生命更为重要。

他不愧是中华民族传统文化、道德、思想、学术，在宋代最杰出的继承者、实践者和传播者。

也许，他看到了邵雍要被强制搬家，他也不便在西京留台的"衙门"里久住了。

于是，熙宁五年（1072年），他在洛阳一条陋巷里买了一个小院，作为临时住处。可是，那房子过于低矮，房顶隔热性能太差，只好请人在房间内掘出一个地室，称之为"凉洞"，就在这里读书，就在这里写作。

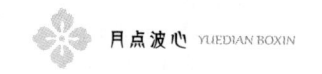

也许还在观望，也许正在等待，等待朝廷发生的变化，可是，他等来的是：变法的步伐加快了，在变法派一路高歌的形势下，他看来得定居洛阳了，于是决定建造私邸。这私邸，就建在了洛阳市东南偃师县诸葛乡司马村西，并给它取了一个很有寓意的名字——独乐园。

我们从他的《独乐园记》中，即可窥其来历：

孟子曰："独乐乐，不如与人乐乐；与少乐乐，不如与众乐乐。"此王公大人之乐，非贫贱者所及也。孔子曰："饭蔬食饮水，曲肱而枕之，乐在其中矣。"颜子"一箪食，一瓢饮"，"不改其乐"。此圣贤之乐，非愚者所及也。若夫"鹪鹩巢林，不过一枝；鼹鼠饮河，不过满腹"，各尽其分而安之。此乃迂叟之所乐也。

熙宁四年，迂叟始家洛。六年，买田二十亩于尊贤坊北关，以为园。为其中堂，聚书出五千卷，命之曰读书堂。……

迂叟平日多处堂中读书。上师圣人，下友群贤，窥仁义之源，探礼乐之绪，自未始有形之前，暨四达无穷之外，事物之理，举集目前。所病者，学之未至，夫又何求于人，何待于外哉！志倦体疲，则投竿取鱼，执衽采药，决渠灌花，操斧伐竹，濯热盥手，临高纵目，逍遥相羊，惟意所适，明月时至，清风自来，行无所牵，止无所柅，耳目肺肠，悉为己有。踽踽焉，洋洋焉，不知天壤之间复有何乐可以代此也。因合而命之曰独乐园。

或咎迂叟曰："吾闻君子所乐，必与人共之。今吾子独取足于己，不及人，其可乎？"迂叟谢曰："叟愚，何得比君子？自乐恐不足，安能及人？况叟之所乐者，薄陋鄙野，皆世之所弃也，虽推以与人，人且不取，岂得强之乎？必也有人肯同此乐，则再拜而献之矣，安敢专之哉！"

在《独乐园记》中，我以为读到的真是一"乐"境界。但透过其以鹪鹩巢林、鼹鼠饮河为喻，读出的并不是超然，更是一种牢骚、一种抗议。他失望，他被"世之所弃",但他却相信"必也有人肯同此乐",必有人愿意聚集在他的旗下,只不过需要时间,需要等待。至此,我恍然大悟,原来,独乐园,其实就是"等待园"。

你看,那园中七景,那七个"吾爱",那七个偶像:

## 读书堂

吾爱董仲舒,穷经守幽独。所居虽有园,三年不游目。邪说远去耳,圣言饱充腹。发策登汉庭,百家始消伏。

董仲舒,春秋断案,独尊儒术。
我们看到司马光的志向:像董仲舒那样,以为楷模,"消伏"百家。

## 钓鱼庵

吾爱严子陵,羊裘钓石濑。万乘虽故人,访求失所在。三公岂易贵,不足易其介。奈何夸毗子,斗禄穷百态。

严子陵,三召始出,迅即归隐。
我们心知司马光的自况:像严子陵那样,修钓鱼庵,绝不合作。

## 采药圃

吾爱韩伯休,采药卖都市。有心安可欺,所以价不二。如何彼女子,已复知姓字。惊逃入穷山,深畏名为累。

韩伯休,隐姓埋名,采药山中。

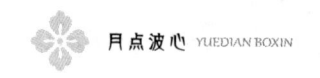

我们理解司马光的内心：像韩伯休那样，修采药圃，不为名累。

## 见山台

　　吾爱陶渊明，拂衣遂长往。手辞梁主命，牺牛惮金鞅。爱君心岂忘，居山神可养。轻举向千龄，高风犹尚想。

陶渊明，拂衣长往，志高节尚。
我们深知司马光的意愿："爱君心岂忘"，一有机会，就结束隐居，冲上政坛。

## 弄水轩

　　吾爱杜牧之，气调本高逸。结亭侵水际，挥弄消永日。洗砚可抄诗，泛觞宜促膝。莫取濯冠缨，区尘污清质。

杜牧，结亭水上，筑屋溪涧。
我们洞察司马光的痛苦："莫取濯冠缨"，却顶乌纱，情感矛盾，挥弄难消。

## 种竹斋

　　吾爱王子猷，借宅亦种竹。一日不可无，潇洒常在目。雪霜徒自白，柯叶不改绿。殊胜石季伦，珊瑚满金谷。

王子猷，借宅种竹，潇洒常在。
我们明白司马光的自励：不好"珊瑚满金谷"，只愿"柯叶不改绿"。

【宋代风流】

## 浇花亭

  吾爱白乐天，退身家履道。酿酒酒初熟，浇花花正好。作诗邀宾朋，栏边长醉倒。至今传画图，风流称九老。

白居易，晚居洛阳，纵情诗酒。
我们领悟司马光的愿景：安居洛阳，浇花自娱，以天为乐。

独乐，独乐，我们似乎听到独乐园中客的苦诉：

  车如流水马如龙，花市相逢咽不通。独闭柴荆老春色，任他陌上暮尘红。（《次韵和复古春日五绝句》）

是不是，渐行渐远，才是人生常态？
我想：人生，应该是一杯茶，不会苦一辈子，总会苦一阵子。
我们为什么不能像林清玄所说的那样：
以清净心看世界，以欢喜心过生活，以平常心生情味，以柔软心除挂碍。

2020年3月3日于天沐温泉谷

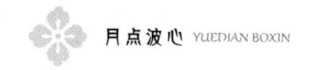

# 怎一个"情"字了得
## ——秦观词的情感世界

他是一位公认的抒情高手。

他的词只写了一个"情"字,一个"愁"字。

他的词传唱不衰,其奥秘全在一个"情"字,爱情是情,愁情也是情。

他是一位纯情的抒情歌手,也是一位悲情的抒情歌手,他作品中的主人公常常是因爱生愁,愁中有爱,爱情、愁情难分难解。

他在家居时期,山抹微云,总是一抹淡淡的愁绪。

从家居到出仕,他的生活游离于读书、冶游,偶尔也参加一些田间和家务劳动。

他的小令,看上去轻松恬淡,有时亦不乏俏皮诙谐:

> 幸自得。一分索强,教人难吃。好好地恶了十来日。恰而今、较些不。
>
> 须管啜持教笑,又也何须胳织。衡倚赖脸儿得人惜。放软顽、道不得。
>
> ——《品令》

我们从这里仿佛听到一个年轻的丈夫在给自己的娇妻赔不是:

你本来那么争强,耍起小性子叫人受不了。平白无故跟我怄了十来天闲气,到现在也该消气了吧?我只管变着法子逗你开心,你又何须再那样地疙疙瘩瘩,尽赖着脸,一个劲儿地跟我撒娇。

她倔而任性,娇而天真,惹人疼爱。

他用江苏高邮乡村方言小心地哄劝,三分责怪,三分疼爱。

> 晓日窥轩双燕语。似与佳人,共惜春将暮。屈指艳阳都几许。可无时霎闲风雨。
> 
> 流水落花无问处。只有飞云,冉冉来还去。持酒劝云云且住。凭君碍断春归路。
>
> ——《蝶恋花》

这里,描写的是闺中怨妇之愁。

由燕惜春引出佳人惜春,由惜春到怨恨风雨。为留住春天的脚步,女主人举杯相劝,苦苦留春。

这里,传达出的是害怕春光易逝,红颜易老。

而最让词评家们称道的是:

> 漠漠轻寒上小楼。晓阴无赖似穷秋。淡烟流水画屏幽。　自在飞花轻似梦,无边丝雨细如愁。宝帘闲挂小银钩。
>
> ——《浣溪沙》

我们仿佛看到这样一个画面:

带着一丝寒意,独自登上小楼,清晨的阴凉,令人厌烦,仿佛已是深秋。回望画屏,淡淡烟雾,潺潺流水,意境幽幽。窗外,花儿自由自在地轻轻飞舞,恰似梦境,雨淅淅沥沥地下着,漫无边际地飘洒着,就像愁绪飞扬。再看那缀着珠宝的帘子正随意悬挂在小小银钩之上。

难怪王国维说,境界虽小,然"宝帘闲挂小银钩",何遽不若"雾失楼台,月迷津渡"也?

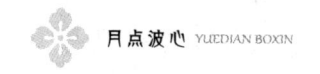

难怪唐圭璋予以极高评价:"轻灵异常。"

难怪徐培均感叹读之"有如细嚼橄榄,回味无穷",并将其推为小令的压卷之作。

其实,他也遇到过一些令他倾心相爱的女子,那相思之愁苦,一如《满庭芳·山抹微云》所云:

山抹微云,天连衰草,画角声断谯门。暂停征棹,聊共引离尊。多少蓬莱旧事,空回首、烟霭纷纷。斜阳外,寒鸦万点,流水绕孤村。　销魂,当此际,香囊暗解,罗带轻分。谩赢得、青楼薄幸名存。此去何时见也?襟袖上、空惹啼痕。伤情处,高城望断,灯火已黄昏。

如果你暂时难以把握,让我们一起复原到当下,我们便可深知他分手之时的无限惆怅与无可奈何:

会稽山上,云朵淡淡的像是水墨画中轻抹上去的一般;越州城外,衰草连天,无穷无际。城门楼上的号角声,时断时续。在北归的客船上,与歌妓举杯共饮,聊以话别。回首多少男女间情事,此刻已化作缕缕烟云散失而去。眼前夕阳西下,万点寒鸦点缀着天空,一弯流水围绕着孤村。悲伤之际又有柔情蜜意,心神恍惚下,解开腰间的系带,取下香囊。徒然赢得青楼中薄情的名声罢了。此一去,不知何时重逢?离别的泪水沾湿了衣襟与袖口。正是伤心悲情的时候,城已不见,万家灯火已起,天色已入黄昏。

让我们定格在"斜阳外,寒鸦万点,流水绕孤村"。其实,这样的意境,这样的怅然,早在隋炀帝的诗中就已道出"寒鸦千万点,流水绕孤村",只不过,一入少游词特为绝妙。

他在京都时期,弄晴微雨,总是时阴时晴的心境。

他在中进士之后,直到贬谪之前,他做过五年地方官、四年京官。这时的作品主要是寄赠歌女,宴游应酬,诗友酬唱。

他的《水龙吟》曾引发颇多争议,一度几乎成为浪费笔墨的代名词,甚至

连他的老师苏东坡亦颇有微词,其实并非如此:

> 小楼连远横空,下窥绣毂雕鞍骤。朱帘半卷,单衣初试,清明时候。破暖轻风,弄晴微雨,欲无还有。卖花声过尽,斜阳院落,红成阵、飞鸳鸯。 玉佩丁东别后,怅佳期、参差难又。名缰利锁,天还知道,和天也瘦。花下重门,柳边深巷,不堪回首。念多情,但有当时皓月,向人依旧。

透过他的情感特征,时晴时雨,有起有伏,恰如《水龙吟》中的词句"破暖轻风,弄晴微雨,欲无还有"。

他在贬谪时期,飞红万点,总是茫茫如海的愁绪。

绍圣四年(1097年),已经49岁的少游,再度被贬,罢监处州酒税,削秩流徙郴州。其时之行状,孤苦伶仃。

《踏莎行》正是这一心境的传达:

> 雾失楼台,月迷津渡。桃源望断无寻处。可堪孤馆闭春寒,杜鹃声里斜阳暮。 驿寄梅花,鱼传尺素。砌成此恨无重数。郴江幸自绕郴山,为谁流下潇湘去。

这是思念恋人之作。
这是思念友人之作。
这更是寄慨身世之作。
我们看到的是一种瞻望前程苦无出路的凄迷心境。
我们读到了清人王士祯的感慨"千古绝唱……高山流水之悲,千载而下,令人腹痛"。
我们发现:孤寂,是少游贬谪生涯的常态;愁苦,是少游后期词作的基调、主旋律。

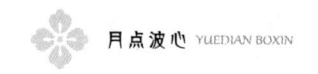

秦少游的形象，有一个是通俗的。因为《苏小妹三难新郎》，这实际上是一种雾里看花、隔靴搔痒的朦胧。

秦少游的形象，有一个是高雅的。因为作为婉约派的一代词宗，这样一个秦少游，有一种曲高和寡、难以企及的距离。

秦少游的形象，有一个是歧义的。都说他是"风流才子"，而"风流"却内容丰富而颇多歧义。

其实，他是一个真实的、清晰的、能时刻感觉到呼吸和心跳的旷代之才，不仅"风流"，更具"悲情"。

怎一个"情"字了得。

2020年3月6日于天沐温泉谷

【笠翁闲情】

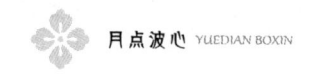

# 湖上笠翁昂秋爽
## ——李渔心中的四季

也许，你听过李渔这个名字，却不知道"湖上笠翁"是他著作中常用的落款。

也许，你知道他的《闲情偶寄》，却不太清楚他的主要著作《笠翁一家言全集》。

也许，你了解他是一个戏剧理论家，却不太明了他同时还是一个文学家、美学家。

也许，你知晓他的一生纵跨明清两代，却不太关注原来长篇小说《肉蒲团》也可能是他的作品。

他是一个奇人，奇怪得思维方式、人生体验总是异想天开、出人意外。

在他的心中有着不一样的四季。

在他的四季中，最美在秋天，秋爽媚人。

在他的生命中，秋日之美，秋价之昂，宜增十倍。

在春日里踏青，在三春中行乐，那是一个慎防纵欲的季节。

似乎人有喜怒哀乐，天正应春夏秋冬。

春天，人一旦进入大自然，不求畅达而自然畅爽，就好像父母相亲相爱，儿女嬉笑自如。看见满堂欢颜，即便向隅而泣，亦泣而不出。但是，在春天行乐，往往会抑制不了自己的纵情。一定要把握好自己的情绪，以便悠然适应酷夏。人无远虑，必有近忧。在三春行乐之时，不得纵欲过度，否则将埋下病根。

当然，花儿可以尽情欣赏，鸟儿的鸣叫可以用心倾听，更有那山川之胜等待你的纵游。

可是，在这美好的春天，唯独于房欲之事，当略存余地，恰到好处。

每一个人，在烂漫的春天，满体皆春。而春的内蕴，则意味着泄尽无遗。自然界的草木之春，泄尽无遗却不会顿然受损，那是因为三时都在积蓄，却只在春天里绽泄；人却做不到一时尽泄三时不再。如果在春天就尽泄，而在酷夏又不能不泄。即便是草木也不能不枯，更何况人如此脆弱。想要永葆青春，精力充沛，最好尽情游览，分心于花鸟，养精蓄锐。

春季行乐，最好向孔子学习。

你看，《论语·先进》中那悠然的春天：

  莫春者，春服既成，冠者五六人，童子六七人，浴乎沂，风乎舞雩，咏而归。

晚春三月，穿上了春天的行装，邀上五六位成年人、六七个少年，到附近的河里去洗洗澡，在旁边的台上吹吹风，一路唱着歌儿走回家。

脚踩着春天，拥入自然的怀抱，那陶然，那自得，心旷而神怡。

在酷夏里偷闲，在九夏中闭藏，那是一个一夏养生的季节。

假如，这个世界只有春天，没有酷暑，那人类一定康乐而延年；可是，就因为夏天的不约而至，从此人身叵测，令人不寒而栗。人类面临酷夏，常怀警惕日以防忧。但在防忧之刻，当时刻偷闲以行乐。历来，人们都流连于春天，总爱在春暖花开的时候，尽享春天之美。其实，在夏天难得的九十天里更当偷闲行乐。

晋代陶渊明在《荣木》诗序就有："日月推迁，已复九夏。"

当然，凭着三春的神旺，即使不快乐，也无损于身，可是，那炎热的夏

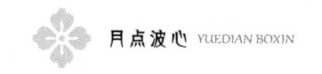

天，力难支体，假如不偷闲行乐更劳神役行。

《月令》以仲冬为闭藏，其实天地之气闭藏于冬，但人身之气当令闭藏于夏。真正冬天的时候，一个人的精神愈寒愈健，比起暑气铄人，不可同年而语。

每一个人都应该以三时行事，一夏养生。

有时裸处乱荷之中，妻孥无法找到；有时偃卧长松之下，猿鹤经过却没有发现。有时在飞泉之下清洗砚石；有时想吃瓜瓜就在长在门外。

那种自然，那种旷达，那种飘逸，真是人间至乐。

在秋天里蜡屐，在山水中行游，那是一个秋爽媚人的季节。

只要从夏天顺利过渡到秋天，一个人就意味着成为寿者。

那炎蒸初退之后，秋爽媚人，全身轻松自如。此时不乐，更待何时？更何况霜雪过不了多长时间马上又要来了。

霜雪一到，万物变形，不光是花儿凋落，叶儿亦不断凋谢。即便有月儿高照，亦难免秋风飒飒。

常人总是推赏"春宵一刻值千金"，其实，秋价之昂，何尝不值增十倍。

面对秋日山水之胜，为什么不趁机蜡屐而游？曾记否，宋代苏洞就有"蜡屐登山去，金貂换酒来"之闲情。

如果这样的机会一旦没有把握，那真是"前此欲登而不可，后此欲眺而不能"，恐怕又得一年之别了。

能行百里者，至九十二思休；善登浮屠者，至六级而即下。

秋天，是享受生活的好时光；秋天，是沉醉生命的好季节。

不必闭门避暑卧，久而不睹忽今逢，为欢即欲，一线之余，不足为外人道也。

在冬季里乐极，在风雪中忘忧，那是一个设身处地的季节。

冬日里行乐，当设身处地。当你幻想着你就是路上的行人，备受风雪之苦，回想起待在家的温暖。你就会庆幸：

你幸好不是那在风雪中打着破伞的人，独行在山道窄路，经过悬崖之下，石头都狰狞地吼着你，你却在努力地颠簸。

冬天，就像行路之人，在相距100里的路途中，你在走了七八十里时，离目的地所剩不多，但是无奈望到心切，急切难待，种种畏难怨苦之心频出。但是一回头，看看已经走过的路程，已走过大半，很快就要到了，相反，如果只走一小半，那就苦多乐少。

这样看来，凡是做官的人，理繁治剧，学道的人，读书穷理，都可以倚之为法。

我们在冬天里行乐，还真可以退一步海阔天空。一想想更为艰苦的未来，当下的暂时苦痛，也就不足为奇了。

今天的前行，就在开拓未来。

此时此刻，就是一切；此时此刻，就是永远。

2020年4月10日 于抱朴行藏阁

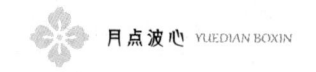

# 白日闲暇正梦时
## ——李渔心中睡觉的理想境界

有人要问：人生最重要的是什么？

人生，唯有锻炼与读书不能辜负。

有人要问：锻炼最佳的方式是什么？

人生，最好的锻炼是睡觉与运动。

有人要问：睡觉最好的选择是什么？

李渔说：唯时、唯地、唯人之异，唯白日闲暇正梦时。

什么最延年益寿？

什么地方最颐养天年？

有人说：延年益寿最好的方法，全在于手段；安生之计，全赖入静。

其实："天地生人以时，动之者半，息之者半。动则旦，而息则暮也。"

如果每天一味地辛劳，不能按时休息，那就麻烦了。

我们应按时作息，日出而作，日落而息，劳以经营，逸以静处。

养生最大的秘密在于：以善睡居先。

睡能还精，睡能养气，睡能健脾益胃，睡能坚骨壮筋。

一个人生下来，通常是健康的，但若生活、工作总是夜以继日，不能按时休息，那眼眶将逐步奄落，精气日颓。即便暂时没有生病，其实已经显露生病的前兆。一个已经有着生活劳累前兆的人，长期不能按时作息，即便按时作息，却没进入深度睡眠，那病势必将日增；偶然沉酣，突然苏醒，一定会突然变脸，大发脾气。

其实，睡眠，已经不是仅仅停留在睡觉，而已经成为一种精神良药。并不是用来疗治一种病的药方，恰恰是医治百病的妙方。

前人关于睡眠，有这样一首诗：

> 花竹幽窗午梦长，此中与世暂相忘。
> 华山处士如容见，不觅仙方觅睡方。

据说，五代北宋初睡仙高道陈抟，常常在华山高卧数月，以睡方和睡功传道。

其实，近人也有睡诀："先睡心，后睡眼。"

睡眠，特别讲究时间。

由黄昏7点开始，到第二天早上的7点，是睡眠时段。

如果还没有到黄昏7点，就开始睡觉，叫作先时。先时就睡觉的人，与身体不适的人想睡觉，没有什么不同；同样，超过早上7点还在睡觉，叫作后时。后时睡觉的人，同样犯错忌，与整个晚上不醒的人没有区别。

一个人的一生，夜晚占掉了一半。享受生活，总是嫌时间不够。而用于睡觉的时间就浪费了更多，真是遗憾。

曾经有一个人，非常善于睡觉，起来是常常超过正午，只要先时去拜访，一定不能准时见面。每每去见他，一定要等很久很久。

一天，闲坐无聊，正好有笔墨在身边，于是以一首旧诗为基础，在诗中更改了几个字，有意地对他进行嘲笑：

> 吾在此静睡，起来常过午；
> 便活七十年，止当三十五。

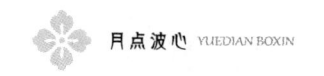

同人见后，没有不绝倒的。

事实上，睡觉的科学在于：只有黑夜。

但是，午睡的乐趣，往往倍于黄昏。而三时不宜，唯独宜春与长夏。

长夏的一天，抵得上残冬的两天；长夏的一夜，抵不上残冬的半夜。

夏天，暑气铄金，没有不疲倦的。倦极而眠，就好像饥饿的时候吃东西，渴了的时候喝饮料，养生的奥妙，没有再比得上的。

午餐之后，稍微过一会儿，等到有所消化，慢慢走近卧室，自然入睡。

宋代蔡确《夏日登车盖亭》说得好：

纸屏石枕竹方床，手倦抛书午梦长。
睡起莞然成独笑，数声渔笛在沧浪。

千古文人，最怕疲倦。

手书而眠，意不在睡；抛书而寝，则又意不在书，这就是不知其然而然。睡中三昧，惟此得之。

睡眠，特别讲究地点。

地点的选择关乎"静"与"凉"。

不安静的地方，只能姑且闭眼而睡，不能做到让耳入睡。耳目不协调，无法深睡。

不凉的地方，只能睡魂，无法睡身。身魂不附，是养生的大忌。

至于可睡可不睡的人，完全在于"忙闲"二字。客观地看，忙人宜睡，闲人可以不必睡。

但让忙人假寐，只能睡眼，无法睡心。而心不睡眼睡，就好像没有睡一样。

最糟糕的是，在好像醒了又似乎没有醒的时候，忽然想起某事还没做好，或者想见某人还没见到，这样的睡眠，未免失事妨时，一想到这儿，总是魂趋梦绕，胆怯心惊，与没有睡觉之前相比，更加烦躁，这就是忙人不宜睡觉的根本原因。

而闲人却是眼睛还没闭上，心却早就先闭上了，相反，有时心早就开了眼睛却一直未开。总是睡着的时候比没睡着的时候快乐，醒着的时候比没醒的时候更加快乐，这就是为什么悠闲之人更宜睡觉的根本。

遗憾的是，天地之间，有多少闲人？一定要闲下来才开始睡觉，那就没有可以睡觉的时间了。但是也有办法：那就是，一天里最重要的事，争取都在上半天做完，如果还有没做完的，就想办法让同事或家人代替一小部分，让每一件事都有着落，然后寻床觅枕美美地睡上一觉。

记得在杂志上读到过这样一句英文：
Talk and laugh with needle Labor，carefree with drug weariness.
大意是：通过安闲自在来消除劳累，通过谈话说笑去医治疲倦。

后来阅读《文心雕龙》时才发现，原来刘勰早就在《养气》中说过："逍遥以针劳，谈笑以药倦。"

身体和灵魂总要有一个在路上。人到了一个阶段，生活开始给你做减法。当灵魂升起，看着疲于奔波的自己，成为自己生活的旁观者，你才能找到自己的节奏。

看来要安闲自在，最好的方式是学会休息，而睡觉是消除劳累最好的方式。

休息好了，你就是托尔斯泰，你就能像托尔斯泰那样快80岁还能在双杠上翻跟头，翻出世界，走向未来。

钟扬说得好："不是杰出者才做梦，而是善梦者才杰出。"
让我们的梦，从睡觉开始。

2020年4月12日 于抱朴行藏阁

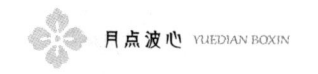

# 沐　浴

小时候，最喜欢夏天。

因为，洗澡特别方便。

源于，浸在水中洗澡，就是最好的空调。

参加工作后的几十年，有一次旅游，留给我太深的记忆。

暑假，乘着绿皮车，从南昌出发直抵西安。

从来，没有过这样缓慢的感受。

那就是男人第一次约见女朋友，女朋友有意推后几小时到来的踟蹰。很多年没有乘坐慢车的体验了，慢得汗流浃背，只想站，不愿坐；慢得饥渴难耐，水已经失去解渴的功能，只一味地啃着一条条的黄瓜；慢得情不自禁地叫了一声："真是奥特曼！"一边的小孩直笑着问："叔叔，你也知道奥特曼？"我苦笑地给小朋友解释说："我说的是：哦，特别慢！"小孩天真地笑了。

到了西安，正是中午，我们先在饭店午餐。按理，饥饿时，一桌菜很容易一会儿就会扫光的。可是，正当我狼吞虎咽夹着大鱼大肉时，一桌的朋友，整个饭厅的朋友都在看着我，我也开始纳闷儿："怎么回事？一桌满满的菜，几乎没动，总看着一个个筷子悬在空中。味儿不错呀。"我继续纳闷儿。

直到，到了延安，晚餐前，看着饭店的三盆水，我终于有了答案。一盆浑浊如泥，一盆泾渭分明，一盆已是不断从第二盆倒入的净化之后的水。原来，这儿的水，由于地貌特征的不同，不太干净，因此，这里的菜尽管好吃，却因为水质不好，游客尽量少吃。

遂想起白天在观察黄河水波涛汹涌时的色儿,那真是汹涌澎湃,却没有想到用水时的尴尬。

晚上,按理洗澡时,得一冲疲惫之劳,一享冲洗之怡,随心所欲。可是一开始,就感到有泥腻的滑润,只有适可而止。

直到李渔的《闲情偶寄·沐浴》,方知原来,洗澡竟有"沐浴"这么一个雅称。

沐浴,既濯发,又洗身。其实,就是杨绛所说的洗澡。只是现在更多时候,比较随意,一般洗身居多,濯发相对少些。

在李渔看来,盛夏酷暑,除了美美地睡上一觉之外,就是痛快地洗上一个澡。

一个澡,洗掉了潮垢,洗净了污浊,解除了炎蒸暑毒,更重要的是洗去了疲劳,洗去了疲惫不快的心情。

这样的快乐,其实,不仅仅宜于盛夏,除了严冬避冷,不宜频繁洗澡外,只要碰上春温秋爽,洗浴真是一种快乐,一种放松,一种养身。

当然,刚刚接触水时,得注意的是,须慢慢浇灌全身,不能突然以热投冷,以湿犯燥。最好的办法是:当其较急时,慢慢趋缓;当其太热时,慢慢调温。脱衣时,先调好水温,慢慢由腹及胸,由胸及背。等到适应水温后,才开始加热,不断洗,不断加,尽量水乳交融,渐入佳境。

对于每一个人而言,经常沐浴,的确是非常愉快的一件事,无论对自己还是于别人,都是一种尊重。

但是,生活中,也有的人为了事业,可能长时间不洗澡。

据说,杜书瀛先生的老师,著名《诗经》研究专家高亨教授就曾经说过,他在清华研究院读书时,一年不洗澡。

过去,北方一些地方的人一生也只洗三次澡:出生,结婚,入世。

唐代白居易《沐浴》诗:"经年不沐浴,尘垢满肌肤。"

梁启超 《读日本书目志书后》:"积池水而不易,则臭腐兴;身面不沐浴,则垢秽盈。"

其实,我们小时候在农村时,除了夏天,只在除夕的那一天洗个澡过年。

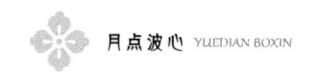

那时条件差，站在外面，一边烧着稻草，一边当众洗澡，已经是一种奢侈了。

今天，人们不再那么艰苦，沐浴清水，乃至沐浴温泉，已经成为一种习惯，一种养身，一种养心。

《楚辞·渔父》就说过："新沐者必弹冠，新浴者必振衣。"

刚洗过头一定要弹弹帽子，刚洗过澡一定要抖抖衣服。

刚刚沐浴过的人，一定会把自己要穿戴的衣帽收拾干净。

这是一种洁身自好。

这是一种灵魂的沐浴。

这更是一种不肯屈从于污秽的态度。

今天，沐浴已经成为一种常态，一种清洁的习惯，一种洗净疲劳的方式，一种沐浴阳光的感受，一种沐浴思想、洗涤灵魂的升华。

唐僧成为唐僧，不是经书，是那条取经的路。

人成为人，不是沐浴，是在沐浴之后灵魂的蜕变，其核心源于：有，我是，能。

2020年4月14日 于天沐温泉谷

# 我的菜园，就在心间
## ——李渔的饮食美学

也许，我们知道，音乐的美感，弦乐不如管乐，管乐更不如声乐，因为声乐逐渐贴近自然。

也许，我们深感，饮食的美味，精致的肉往往不如普通的肉，普通的肉却又不如蔬菜，因为蔬菜逐步靠近自然。

如果，你能远离肥腻，如果，你愿喜欢蔬菜，你肚子里的菜园，就不会再让牛羊来践踏。

遗憾的是，今天，只有佛以为真。

蔬菜的美味，美在清淡，干净；味在芳香，松脆。

素食的美味，远居于肉食之上，美在一个"鲜"字。鲜在山中，鲜在野外，鲜在自家菜圃，鲜在随摘随吃。

笋，是蔬菜中最美之味。

笋，生长于山林，每每将笋与肉在一起煮，盛在同一个碗里，我们总是先吃笋而留下肉。

似乎"素宜白水，荤用肥猪"早就成了烹饪的八字神经。

用白水煮熟，略加点儿酱油，笋的美味，尽在独立。

与肉食一起相煮，似乎只与肥肉一见钟情，那肥肉的甘味，完全被笋吸入，就像男人遇到心仪已久的女性，吻到极致，鲜到极点。

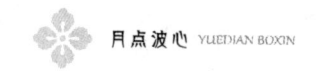

不早不迟，就在快煮熟时，将肥肉全部去掉留下一半鲜汤，再加上清汤，用上恰当的醋、适当的酒，一道荤制汤笋，用盘托出，就像春天里的暖风，早已熏得游人陶醉。

即便是烧笋的汤儿，留着用来调味，吃的人只觉得味儿鲜美，却是无法言说、只是陶醉的滋味。

好像《本草》中感叹过：有益的不一定可口，可口的不一定有益。可是，选择两全其美，唯在笋中滋味。

可惜，苏轼说："宁可食无肉，不可居无竹。无肉令人瘦，无竹令人俗。"却不知能医治素病的东西竟也可以疗治瘦病，只在于竹子是否已经成长。


蘑菇，是有形状无本体、汁液鲜美的伞菌上品。

好像除了笋之外，要寻找至鲜至美的东西，大概只有蘑菇了。

蘑菇，这东西，还真奇怪，没有根蒂就突然长出来，是山川草木之气聚集而成的，然而有形状却没有本体。而没有本体的东西，其实还没有从气完全脱离出来。而吃蘑菇简直就像吸食山川草木之气一样，对身体是有好处的。

蘑菇适宜素食，但若伴上少许荤腥味道更佳。这样，在清香有限的蘑菇里，汁液的鲜美味儿就更加余味无穷。


如果说，你喜欢陆上的蘑菇，那更不要忘记那水中的莼菜。

你可以试试将这两种绝配做羹，加上蟹黄、鱼肋，就是地道的"四美羹"了，或许，从今以后，你就没有再想动筷子的地方了。


世人做菜的方法，或许千奇百怪。可是要在"摘之务鲜，洗之务净"。

而天然的干净，是竹笋，是蘑菇，是豆芽。

最脏的莫过于自家种的菜，如果让懒人或是性急的人洗菜，或许就成了罪魁与祸首。

菜的种类实在太多，但最好的要数黄芽。吃上这种菜，或许，你就忘记了肉味儿。实在不行，就吃吃水芹吧。

有一种菜，让你视之忘俗。那就是发菜，俨然一卷乱发。倘若用开水浸泡，拌上姜和醋，什么藕丝，什么鹿角，就相形见绌了。

可是，却往往因为便宜，被人忽略。如今，发菜能从陕西来到江南，已是千载难得了。

蔬菜中也有结为果实的。可以做菜，可以当成主食。

煮冬瓜、丝瓜，不能太生；黄瓜、甜瓜，不能太熟；茄、瓠适合用酱、醋，不适合用盐；芋头不能单独煮，山药却是蔬菜中的全才。

蔬菜中最能使人口齿芳香的是香椿芽，污秽人的唇齿与肠胃的却是人们如醉如痴的葱、蒜、韭菜。

笠翁却将其吃出了哲学。蒜，永远不吃，葱只用作调料，韭菜只吃嫩的，刚发芽的，一任清香来相问，一待清香洁心灵。

好像在桌上，总离不开萝卜切丝这样一道小菜，是喝粥的佳配。初识，貌似小人，一旦熟悉之后，就是谦谦君子了。

也许，蔬菜中离不开姜、桂之性，辣芥就是。

一旦吃起来，就像遇见了正直的人，听到了正直的言论，困乏的人除去了疲倦，郁闷的人开阔了心胸，让人畅快，让人淋漓。

2020年8月29日于天沐温泉谷

【文人心迹】

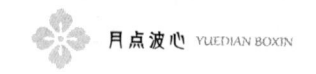

# 一腔痴情　蓄势待发
## ——司马相如的赋情世界

也许，你见过这样一副对联：西汉文章两司马；南阳经济一诸葛。

也许，你见过成语：举案齐眉，相敬如宾，文君当垆，子虚乌有，红拂绿绮。

也许，道听过这样的故事：汉武读相如之赋，以其飘飘凌云，恨不得与同时矣；及其既见相如，未闻加于一时侍从诸臣之右也。人固有爱其人而不知其学者，亦有爱其文而不知其人者。

这里，说的就是司马相如。

他出生在一片神奇的土地——蜀地。

他就在这片肥沃富饶、物产丰富的土地上成长。

他因为仰慕战国蔺相如的为人而自己将长卿更名司马相如。

他是蜀地第一个大文学家，从此，蜀地人望风影从，之后便有了王褒、严遵、扬雄。

他曾在梁孝王帐下，同舍而眠，情同手足。

他曾博得眉色如望远山、脸际常若芙蓉、精通音乐的才女卓文君的倾慕。

他虽然为官，却不追求权势，宁静自守，时常称病闲居，专心创作，著书不止。

他为《上林》《子虚》，意思萧散，不与外事相关，控引天地，错综古今，忽然如睡，跃然而兴，几百日而后成。

他的赋作，大在铺陈庞宏，小在抒情短悍。
他的思想，包含强干弱枝，崇本抑末，仁政爱民。
他的描写，层次分明，或双齐，或排比，气势雄浑，酣畅淋漓。
尽管稍显堆砌、重复，甚至笨拙、呆板，但尽显江山的宏伟，城市的繁盛，商业的发达，物产的丰饶，宫殿的巍峨，服饰的奢侈，鸟兽的奇异，人物的气派，狩猎的惊险，歌舞的欢快。
但在他的赋中，无不可以描写，着意夸扬。他在以有限的篇幅，描绘着极其广阔的世界。他在赋中所展示的正是"琳琅满目"的世界。
我们在王勃的《滕王阁序》中，曾流连于这样的句子：
层台耸翠，上出重霄；飞阁流丹，下临无地。
却全然不知出于司马相如对天子之离宫的描写：建筑宏伟，楼台众多，布满山冈，横跨山谷；往下看深不见底，往上看直插云霄。
那句式，错落有致。
或四言，或六字。用四言以实词组成，以六字往往夹杂虚词。于四言之中，字字重读，铿锵有力；在六言，虚实相间，抑扬顿挫。
因为有些词语罕用，自然稍显艰涩。
就因为这样，有些人总好批评；
就因为这样，有些人买椟还珠；
就因为这样，有些人求全责备；
就因为这样，有些人弃其豪奢。

有时，读着他的《长门赋》，总遗憾地看到他空怀一片痴情，在孤独地等待：

夫何一佳人兮，步逍遥以自虞。魂逾佚而不反兮，形枯槁而独居。言我朝往而暮来兮，饮食乐而忘人。心慊移而不省故兮，交得意而相亲。伊

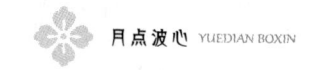

予志之慢愚兮，怀贞悫之欢心。愿赐问而自进兮，得尚君之玉音。奉虚言而望诚兮，期城南之离宫。修薄具而自设兮，君曾不肯乎幸临。

有时，咀嚼着他的《长门赋》，总欣喜地看到他正蓄势待发，酝酿着下一个抒情的高潮：

抚柱楣以从容兮，览曲台之央央。白鹤噭以哀号兮，孤雌跱于枯杨。日黄昏而望绝兮，怅独托于空堂。悬明月以自照兮，徂清夜于洞房。援雅琴以变调兮，奏愁思之不可长。案流徵以却转兮，声幼妙而复扬。贯历览其中操兮，意慷慨而自卬。左右悲而垂泪兮，涕流离而从横。

这悲切动人的文字，我们看到了他的孤单独处；
这如泣如诉的咏叹，我们听到了他的缠绵悱恻；
这满腹痴情的幽怨，我们体悟了他那"衣带渐宽终不悔，为伊消得人憔悴"的无奈。

尽管他广博闳丽，卓绝汉代。
尽管明代王世贞评价他的《子虚》《上林》，材极富，辞极丽，运笔极古雅，精神极流动，长沙有其意而无其材，班、张、潘有其材而无其笔，子云有其笔而不得其精神流动之处。
当我在《史记·司马相如传》中得知其"常有消渴疾"时，我听说，这其实就是现代的富贵病，很可能与他长期写作，缺乏体力活动有关。
叔本华说过："人类所能犯的最大错误，就是拿健康来换取其他身外之物。"
或许相如无意。
愿自由，不是随心所欲，而是有节制的自我主宰。

2020年3月4日 于天沐温泉谷

【文人心迹】

# 归卧山丘心悠闲
## ——陶渊明的自然世界

每每推开天沐温泉谷的窗户,听着潺潺的流水声,看着遍地的菊花,我就想起陶渊明。

每每捧读苏轼有关陶渊明的和诗,我就想:苏轼这么一个了不起的百科全书式人物,为什么如此服膺陶渊明?

每每抬头看见书房中悬挂的苏轼的《沁园春·孤馆灯青》横幅,我就会思考词中的一个名句"用舍由时,行藏在我"的意蕴。

但我最服膺陶渊明那归卧山丘的悠然心态,最向往陶渊明的自然世界。

他是三代以下第一流人物。

他是两代以还第一等作家。

他的伟大,就在于他的自然。

他的一生,清淡,真淳,放旷。

他的心灵,充满了"自然"的逸趣。

他任真自得。

真,是他人生的基本态度。我们在他的诗文中看到他的"任"与"真":

行行失故路,任道或能通。(《饮酒》十七)

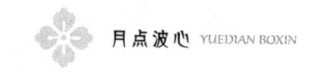

寓形宇内复几时，曷不委心任去留。（《归去来兮辞》）

傲然自足，抱朴含真。（《劝农》）

此中有真意，欲辨已忘言。（《饮酒》五）

自真风告逝，大伪斯兴，闾阎懈廉退之节，市朝驱易进之心。（《感士不遇赋》）

他所追求的真，就是顺应自然。

他"宁固穷以济意，不委曲而累己"。（《感士不遇赋》）

他最为人所称道的是：做官便做官，归里便归里。

他喝酒没有一般文人的繁文缛节。

尝九月九日，出宅边菊丛中坐。久之，满手把菊。忽值弘送酒至，即便就酌，醉而归。（萧统《陶渊明传》）

贵贱造之者，有酒辄设。潜若先醉，便语客："我醉欲眠，卿可去。"……郡将候潜，值其酒熟，取头上葛巾漉酒，毕，还复著之。（《宋书·隐逸传》）

他与人交往，真率、自然、适情。

性嗜酒，家贫不能常得。亲旧知其如此，或置酒而招之。造饮辄尽，期在必醉。既醉而退，曾不吝情去留。（《五柳先生传》）

他坦然真率地吐露自己的生活状况。

畴昔苦长饥，投耒去学仕。将养不得节，冻馁固缠己。（《饮酒》十九）

环堵萧然，不蔽风日；短褐穿结，箪瓢屡空，晏如也。（《五柳先生传》）

弱年逢家乏，老至更长饥。菽麦实所羡，孰敢慕甘肥。怒如亚九饭，当暑厌寒衣。岁月将欲暮，如何辛苦悲。常善粥者心，深念蒙袂非。（《有会而作》）

饥来驱我去，不知竟何之。行行至斯里，叩门拙言辞。主人解余意，遗赠岂虚来。谈谐终日夕，觞至辄倾杯。情欣新知欢，言咏遂赋诗。感子漂母惠，愧我非韩才。衔戢知何谢，冥报以相贻。（《乞食》）

他有着淳朴的本质，抱朴含真。

淳薄既异源，旋复还幽蔽。借问游方士，焉测尘嚣外。（《桃花源诗》）

他真率坦白的态度，显露出特有的魔力，惹人慕爱。

他简朴淡泊。

他为人守拙，清劲自然，自得自傲。

开荒南野际，守拙归园田。（《归园田居》一）

他弃繁就简。他的住所，环堵萧然，不蔽风日；他的衣着，短褐穿结；他的三餐，箪瓢屡空；他平日好读书，却又不求甚解，常著文章只是为了自娱，常常以酣觞赋诗为乐，"不戚戚于贫贱，不汲汲于富贵"。

他心中的理想社会是：

相命肆农耕，日入从所憩。桑竹垂馀荫，菽稷随时艺；春蚕收长丝，秋熟靡王税。荒路暧交通，鸡犬互鸣吠。俎豆独古法，衣裳无新制。童孺纵行歌，班白欢游诣。草荣识节和，木衰知风厉。虽无纪历志，四时自成岁。怡然有馀乐，于何荣智慧。（《桃花源诗》）

在这个社会中，人人过着"日出而作，日落而息"的单纯日子。

他隐居后，在耕种的闲暇，常常酌春酒、摘园蔬。那种在草木扶疏围绕的爱庐中，好风相伴之下，展开异书，泛览流观，陶陶自乐的日子，自在而

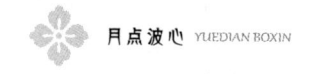

合意：

　　　　孟夏草木长，绕屋树扶疏。众鸟欣有托，吾亦爱吾庐。既耕亦已种，时还读我书。穷巷隔深辙，颇回故人车。欢言酌春酒，摘我园中蔬。微雨从东来，好风与之俱。泛览《周王传》，流观《山海》图。俯仰终宇宙，不乐复何如？（《读山海经》）

他淡泊人生。

　　　　行止千万端，谁知非与是。是非苟相形，雷同共誉毁。三季多此事，达士似不尔。咄咄俗中愚，且当从黄绮。（《饮酒》六）

他淡泊功名。

　　　　吁嗟身后名，于我若浮烟。（《怨诗楚调示庞主簿邓治中》）
　　　　千秋万岁后，谁知荣与辱。（《拟挽歌辞》）

他心境淡然。

　　　　少学琴书，偶爱闲静，开卷有得，便欣然忘食。见树木交荫，时鸟变声，亦复欢然有喜。常言：五六月中，北窗下卧，遇凉风暂至，自谓是羲皇上人。（《与子俨等疏》）

读书，弹琴，饮酒，赋诗，是他最爱的消遣。暑日闲卧窗下纳凉，周遭树荫鸟声，既使他悠然，又让他欢畅。

他闲适宁静。
他喜爱幽居闲适的生活，他的个性恬静，不喜欢做无谓的应酬，更厌恶官场的纷纷扰扰。

退官后,常常在平淡的生活中,发掘出闲适的乐趣。

息交游闲业,卧起弄书琴。(《和郭主簿》)

衡门之下,有琴有书。载弹载咏,爱得我娱。岂无他好,乐是幽居。(《答庞参军》)

他闲适达观。

世短意常多,斯人乐久生。日月依辰至,举俗爱其名。露凄暄风息,气澈天象明。往燕无遗影,来雁有余声。酒能祛百虑,菊解制颓龄。如何蓬庐士,空视时运倾!尘爵耻虚罍,寒华徒自荣。敛襟独闲谣,缅焉起深情。栖迟固多娱,淹留岂无成。(《九日闲居》)

你看,他在辞官归田之后,那种农家闲居的日子:

开荒南野际,守拙归园田。方宅十余亩,草屋八九间。榆柳荫后檐,桃李罗堂前。暧暧远人村,依依墟里烟。狗吠深巷中,鸡鸣桑树颠。户庭无尘杂,虚室有余闲。(《归园田居》一)

这里,我们看到的是"久在樊笼里,复得返自然"的欣喜。

在《饮酒》五中,我们看到的是他那静中高远悠然的境界。能静,自然心无挂碍:

结庐在人境,而无车马喧。问君何能尔?心远地自偏。采菊东篱下,悠然见南山。山气日夕佳,飞鸟相与还。此中有真意,欲辨已忘言。

他纵心委运。

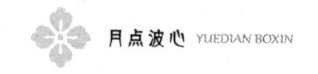

他认为人世间的盛衰，就如大自然的寒暑交替。于是，他退而安贫乐道，独善其身。

他知足固穷。
他只要有容膝之地可以立足，有一杯在手陶然自乐，便可以满足地过日子。他随遇而安，即得所止。

陶渊明的一生，任真自得，简朴淡泊，追求闲适宁静，采取纵心委运的态度，知足固穷。他在发挥"自然"的精神以处世立身，在"自然"的人生基础上，陶潜完成了一个辉耀千秋的隐逸诗人典型。

2020年4月18日 于抱朴行藏阁

【文人心迹】

# 对仗，山水诗最适合的形式
## ——谢灵运山水诗的美感世界

中国古典的重要形式对仗，与山水书写几乎同时在诗坛出现，以至对仗被认作山水诗最适合的形式。

而山水诗开山建幢者谢灵运恰恰就是最早在诗中大量使用对仗形式的诗人。

据萧驰统计，康乐所有描写自然风景的对句，凡七十联。其中山与水或山与水中景物的对联竟占四十二联。

你看，那山与水或山与水中的景物：

远岩映兰薄，白日丽江皋。（《从游京口北固应诏诗》）

石浅水潺湲，日落山照曜。（《七里濑》）

乱流趋正绝，孤屿媚中川。（《登江中孤屿》）

白花皜阳林，紫䓞晔春流。（《郡东山望溟海》）

日末涧增波，云生岭逾叠。（《登上戍石鼓山诗》）

近涧涓密石，远山映疏木。（《过白岸亭诗》）

憩石挹飞泉，攀林搴落英。（《初去郡》）

俯濯石下潭，仰看条上猿。（《石门新营所住，四面高山，回溪石濑，茂林修竹》）

澹潋结寒姿，团栾润霜质。涧委水屡迷，林迥岩逾密。（《登永嘉绿嶂山》）

莓莓兰渚急，藐藐苔岭高。石室冠林陬，飞泉发山椒。（《石室山》）

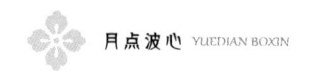

山行穷登顿，水涉尽洄沿。岩峭岭稠叠，洲萦渚连绵。白云抱幽石，绿筱媚清涟。（《过始宁墅》）

你瞧，那山与水之间的并列与对比：

蘋萍泛沉深，菰蒲冒清浅。企石挹飞泉，攀林摘叶卷。（《从斤竹涧越岭溪行》）

林壑敛暝色，云霞收夕霏。芰荷迭映蔚，蒲稗相因依。（《石壁精舍还湖中作》）

我们似乎领略到他笔下江南山水之间由山峦和陆滩延至水中的汀渚沚湄的曲线美。

"山行穷登顿，水涉尽洄沿。岩峭岭稠叠，洲萦渚连绵。白云抱幽石，绿筱媚清涟。"（《过始宁墅》）

这里是远景山与水空间形态中的变化；

这里是贴近山与水的形态多样与变化；

这里的美更在剡水畔萦回的曲岸洲渚；

这里的美更在有绿筱时在清涟之上的屈伸。

这样的美感，在他的诗中一再被书写：

"川渚屡径复，乘流玩回转。"（《从斤竹涧越岭溪行》）

"舍舟眺迥渚，停策倚茂松。侧径既窈窕，环洲亦玲珑。"（《于南山往北山湖中瞻眺》）

"洲岛骤回合，圻岸屡崩奔。……春晚绿野秀，岩高白云屯。"（《入彭蠡湖口》）

这里的"玩"与"眺"，透显出他以玩赏的态度对待在曲线中伸展的汀渚洲湄；

这里的"绿野"与"高岩"，凸显出水畔在垂直度上的变化。

我们似乎领略到他笔端自山之高处奔泻而下的瀑布在进入审美知觉之后的

阴寒美。

你看那"挹飞泉":

"企石挹飞泉,攀林摘叶卷。"(《从斤竹涧越岭溪行》)

"托身青云上,栖岩挹飞泉。"(《还旧园作,见颜范二中书》)

"憩石挹飞泉,攀林搴落英。"(《初去郡》)

这是他自我身体在山水中的运动与姿势。

你瞧那高山的瀑布:

"莓莓兰渚急,藐藐苔岭高。石室冠林陬,飞泉发山椒。"(《石室山》)

"沫江免风涛,涉清弄漪涟。积石竦两溪,飞泉倒三山。"(《发归濑三瀑布望两溪》)

这里把"飞泉"置于山林溪流的远景之中,其气势似难凸显。

我们似乎领略到他笔头两山间的溪流与两山夹峙的江河之"涧"的幽静美。

你看:

"俯濯石下潭,仰看条上猿。"(《石门新营所住,四面高山,回溪石濑,茂林修竹》)

"秋泉鸣北涧,哀猿响南峦。"(《登临海峤初发强中作,与从弟惠连,见羊何共和之》)

但他对"涧"最好的描写当属《从斤竹涧越岭溪行》,不仅前人不能比,恐后人亦鲜见其匹:

猿鸣诚知曙,谷幽光未显。岩下云方合,花上露犹泫。逶迤傍隈隩,迢递陟陉岘。过涧既厉急,登栈亦陵缅。川渚屡径复,乘流玩回转。蘋萍泛沉深,菰蒲冒清浅。企石挹飞泉,攀林摘叶卷。想见山阿人,薜萝若在眼。握兰勤徒结,折麻心莫展。情用赏为美,事昧竟谁辨? 观此遗物虑,一悟得所遣。

这里，以"幽"写涧，已见前人，然未能真入幽境；

这里，写到幽暗、幽美，更在飘飘恍惚、似有似无之间，出现了幽人；

这里，有激流，有浅濑，有深潭，有悬瀑，更有在山水交互中蜿蜒变化的路径。

这一切的景致变化，全被康乐以对仗形式展开的身体活动，表现得淋漓尽致。而对联之间的回环特征，更对应着溪谷中的山重水复和诗人的盘桓不已。

我们似乎领略到他笔里对澄净山水的偏爱以及由此所呈现的澄净美。

我们仿佛看到：

"江山共开旷，云日相照媚。景夕群物清，对玩咸可喜。"（《初往新安至桐庐口》）

"昏旦变气候，山水含清晖。清晖能娱人，游子憺忘归。"（《石壁精舍还湖中作》）

这种晨昏澄净山水中的"清"美，令人欣愉。

我们分明看到那互补色的对比：

"原隰荑绿柳，墟囿散红桃。"

"残红被径隧，初绿杂浅深。"

"遨游碧沙渚，游衍丹山峰。"

"陵隰繁绿杞，墟囿粲红桃。"

"铜陵映碧涧，石磴泻红泉。"

"连嶂叠巘崿，青翠杳深沉；晓霜枫叶丹，夕曛岚气阴。"

我们分明看到那纯度的对比：

"白花皜阳林，紫蘮晔春流。"

"白云抱幽石，绿筱媚清涟。"

"白芷竞新苕，绿蘋齐初叶。"

"春晚绿野秀，岩高白云屯。"

我们分明看到那冷暖色的对比：
"山桃发红萼，野蕨渐紫苞。"

这就是康乐诗的话语世界。
这就是康乐诗所建构的话语世界。
这就是康乐诗以山水对仗形式所建构的话语世界。

2020年2月3日于天沐温泉谷

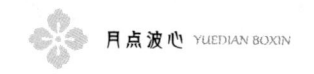

## 东篱闲坐以盈把
### ——马致远的隐逸心态

在那通幽的竹径中,隐映着一座小巧的游亭。走到竹径的尽头,就是小巧的庭院。

这里,花木繁茂,飘荡翩跹,这恬静的小院,时而飞来成群的鸟儿,生机勃勃,诱人,忘情,叹息……

一个经历了"半世蹉跎"的老人,在这里憩息,在这里陶然,在这里忘机。

他坐在这里规划着之后的人生。

在庭院后挖一个小池,在那儿注满一池清水,闲暇时,在小小池面泛舟一叶,在扁舟上,轻声吹起渔笛子,醉酒之后放声唱起渔歌,胸中的郁闷因此尽情宣泄。沉浸在这心旷神怡宠辱皆忘的心境之中,该是……

这里,没有了"密匝匝蚁排兵,乱纷纷蜂酿蜜,闹攘攘蝇争血"般的人世间争斗。

这里,没有了"无也闲愁,有也闲愁,有无间愁得白头"样的人世间烦恼。

尽管孑然一身,却怡然自得。

尽管半世蹉跎,却大彻大悟。

曾想过:

【文人心迹】

"茅庐竹径，药井蔬畦，自减风云气。"

寄情山水，回归田园，只想抑制那愤世嫉俗的风云气概。

跻身世外，心儿清净，只想享受那与世无争的无限乐趣。

到如今：

"东篱半世蹉跎，竹里游亭，小宇婆娑。有个池塘，醒时渔笛，醉后渔歌。严子陵他应笑我，孟光台我待学他。笑我如何？倒大江湖，也避风波。"

他虽也高唱隐居，却并没有严子陵那般彻底。

他担任着"江浙行省务官"；

他用以避世的茅庐小宇就在闹市。

有人说，孟光就是梁鸿之妻。他们曾隐居于霸陵山中，以耕织为生。每食时，光必举案齐眉，以示敬爱。

我却更信服黄克的揣测。

那是"东方朔"的误植。

我倾羡东方朔的狂傲，他乘酒酣，据地而歌：

"陆沉于俗，避世金马门。宫殿中可以避世全身，何必深山之中，蒿庐之下。"

他没有像严子陵那样弃官而去，隐逸江湖；

他只能效仿东方朔避世金马门，慰藉心灵。

他仿佛在说，为什么笑我，我又有什么可笑？

你隐逸于深山蒿庐是隐士的行藏，我隐逸于官署衙门也前贤可鉴。

他在痛苦地乞求谅解：

"倒大江湖，也避风波。"

他似乎在进一步诉求：

不知湖畔港湾，即或白浪滔天的湖面，亦自可躲避风波。

337

晋人邓粲就曾有过这般高论：

"夫隐之为道，朝亦可隐，市亦可隐。隐初在我，不在于物。"

我们终于明白：

马致远，为什么自号"东篱"？

原来是摘取陶渊明"采菊东篱下"，借以表明其寄身田园、寄情世外的志趣。

他虽沉寂下僚，却不齿于官场的窳败，不肯与之同流合污；又无力摆脱或与之抗争。

他只好在官署之旁，闹市之中苦心经营一片精巧的小天地。

即使比不上前辈隐士超世脱俗的气魄，志在一效其遗风，聊以慰藉。

这种慰藉，这种隐衷，这种叹世，读读《颜氏家训·慕贤》，或许就醍醐灌顶了：

> 世人多蔽，贵耳贱目，重遥轻近。少长周旋，如有贤哲，每相狎侮，不加礼敬；他乡异县，微借风声，延颈企踵，甚于饥渴。校其长短，核其精粗，或彼不能如此矣。

想想马致远在〔大石调·青杏子〕《悟迷》的自嘲，那真是掷地有声：

"天公放我平生假，剪裁冰雪，追陪风月，管领莺花。"

明明是怀才不遇，却故作旷达，主宰起风花雪月。

这胸襟，怎一个"豁"字了得。

2020年2月18日 于抱朴行藏阁

【文人心迹】

# 谁料晓风残月后

他生于满洲正黄旗一个贵族家庭;

他的曾祖金台什是海西女真叶赫部的领袖;

他十八岁中举,十九岁会试中第,三年后应殿试,中二甲七名进士;

他入对殿廷,数千言立就,条对剀切,书法遒逸,考官大臣无不为之惊叹;

他让康熙皇帝满心欢喜,特意把他留在身边,授乾清门三等侍卫,后又升为二等、一等;

他以进士出身而授侍卫,在他面前展开的实在是一条通往尊显的光明大道,但他却是个醉心风雅、酷爱生活而薄于功名的人。

他就是以浓郁的情致和清淳的风韵高标词坛的人——纳兰性德。

他虽然门阀崇隆,却性情恬淡。

他总是"闭门扫轨,萧然若寒素"。

尽管那些奔走权贵希风望泽者接踵而至,他却不喜会客,自在幽静处弹琴赋诗。

他昼夜穷研经学,在他的座师一代名儒徐乾学的指导下,辑印了一千八百多卷的《通志堂经解》。

他喜欢书法,善诗,尤爱词学,曾自选唐五代以来诸名家词,又依洪武韵改并连属编成《词韵正略》。

他经常在龙华僧舍、花间草堂、渌水亭等处,咏月吟花,纵论文史、摩挲

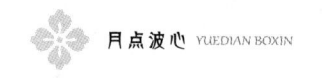

书画。

他羡慕野鹤朝饮碧泉暮宿沧江那样自由自在的生活。

他"身在高门广厦,常有山泽鱼鸟之思",他渴望美好的人生:

一生一代一双人,争教两处销魂。相思相望不相亲,天为谁春。浆向蓝桥易乞,药成碧海难奔。 若容相访饮牛津,相对忘贫。

——《画堂春》

他有自己的观念,他羡慕冷处远离热闹:

非关癖爱轻模样,冷处偏佳。别有根芽,不是人间富贵花。 谢娘别后谁能惜,飘泊天涯。 寒月悲笳,万里西风瀚海沙。

——《采桑子·塞上咏雪花》

他想摆脱浮名,他嗟怨无止息的巡幸将他与情人遥隔万里,抱恨为了君王事耗尽了宝贵的年华,失去了真正生活的光辉:

长漂泊,多愁多病心情恶。心情恶,模糊一片,强分哀乐。拟将欢笑排离索,镜中无奈颜非昨。颜非昨,才华尚浅,因何福薄。

——《忆秦娥》

这词境,"令人怆神寒骨不可久居";
这心境,正是他热烈追求受到冷酷现实的摧折以后的悲凉。

他多情而笃于友谊,他与妻子卢氏的情感时时梦中相见,梦醒时刻,悲伤不已,遂作《沁园春》,哀感凄切,声泪俱随:

丁巳重阳前三日，梦亡妇淡妆素服，执手哽咽，语多不复能记。但临别有云："衔恨愿为天上月，年年犹得向郎圆。"妇素未工诗，不知何以得此也，觉后感赋。

瞬息浮生，薄命如斯，低徊怎忘。记绣榻闲时，并吹红雨；雕阑曲处，同倚斜阳。梦好难留，诗残莫续，赢得更深哭一场。遗容在，只灵飙一转，未许端详。重寻碧落茫茫。料短发、朝来定有霜。便人间天上，尘缘未断，春花秋叶，触绪还伤。欲结绸缪，翻惊摇落，减尽荀衣昨日香。真无奈，倩声声邻笛，谱出回肠。

他的第一个词集《侧帽词》，取自晏几道的《清平乐》"侧帽风前花满路"。

他增订时改作《饮水词》，引自道明禅师答卢行者"如鱼饮水，冷暖自知"。

他的词宗李煜，兼学花间、晏、辛，多写离愁别恨，笼罩着一片凄清婉恻的气氛，常常想摆脱情感的纠缠，却往往欲罢不能：

谁道飘零不可怜，旧游时节好花天。断肠人去自经年。　一片晕红才著雨，几丝柔绿乍和烟。倩魂销尽夕阳前。

——《浣溪沙》

难怪徐釚在《词苑丛谈》中感叹："王俨斋以为柔情一缕，能令九转肠回，虽'山抹微云'君不能道也。"

其词，有时亦寓恢阔，但恢阔中往往蕴含悲冷：

万帐穹庐人醉，星影摇摇欲坠，归梦隔狼河，又被河声搅碎。还睡、还睡，解道醒来无味。

——《如梦令》

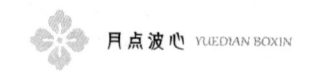

其词，有时清新跳跃，但跳跃中紧系不了之情：

> 过尽遥山如画。短衣匹马。萧萧落木不胜秋，莫回首、斜阳下。　别是柔肠萦挂。待归才罢。却愁拥髻向灯前，说不尽、离人话。
>
> ——《一络索》

一如辛弃疾横绝六合，扫空万古；一似小晏秦郎浓丽缠绵，温馨悱恻。其词，有时感情愤激，却也悲歌慷慨，壮志难酬：

> 何处淬吴钩？一片城荒枕碧流。曾是当年龙战地，飕飕。塞草霜风满地秋。　霸业等闲休。跃马横戈总白头。莫把韶华轻换了，封侯。多少英雄只废丘。
>
> ——《南乡子》

他就是这样特立独行，走出了一条自己的人生之路。以才华和辛酸铸成艺术，以艺术彰显才华。

难怪，曾有人将他的《侧帽词》与顾贞观的《弹指词》寄到朝鲜，朝鲜人叹道："谁料晓风残月后，而今得见柳屯田。"

难怪，《红楼梦》一书出来后，有人曾说写的明珠家事，贾宝玉就是纳兰性德，"金钗十二，皆纳兰侍御所奉为上客者也"。

或许，正是纳兰性德成就了曹雪芹。

或许，正是纳兰性德造就了《红楼梦》。

或许，正是纳兰性德造就了曹雪芹的《红楼梦》。

谁料晓风残月后，一待春风吹起，他在花下等你。

2020年2月15日 于抱朴行藏阁

【文人心迹】

# 花落春常在

也许，你不知道自古而今，文人为什么喜欢苏杭；

也许，你更多关注的是文学类的作家，却很少注意语言类的学者；

也许，你听说过国学大师章太炎，却不知道他有过谢本师的插曲，他的老师把他革出教门；

也许，你不曾知晓他治经、子、小学，继承的是高邮王念孙、王引之父子，他的《群经平议》"仅下《经义述闻》一等"；

也许，你叹服与胡适并称"新红学派"的创始人——著名散文家、红学家俞平伯，可你却并未想到他就是这位朴学大师的曾孙。

他就是清末著名学者、文学家、经学家、古文字学家、书法家俞樾。

提起俞曲园，不仅仅为我国文史学界所共知，就连日本以及东南亚各国的汉学家亦无人不晓。

他的学术成就在远东有着巨大的影响，即便现在，只要来中国访问的国外不少游客，到了苏州总要买一张俞曲园为寒山寺书写的唐人张继《枫桥夜泊》诗碑的拓片，带回去留作纪念。

俞曲园（1821—1907），名樾，自荫甫。原籍浙江湖州府德清县，四岁时因为在家乡找不到合适的私塾，迁居杭州府仁和县临平镇外祖父家就读。

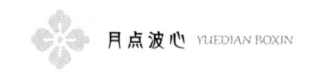

## 流觞曲水，别号"曲园"

他为什么叫曲园？原来渊源有自。源于他自己所建筑的园林。

光绪初年，俞氏的住家建于苏州马医科巷。其住房西侧，春在堂的北面，由于地面呈曲形，颇类篆文曲字，因名之曰"曲园"。就在这里开挖了一个门形的小池塘，而这池塘又很像篆文的曲字。池畔有亭，名"曲水亭"，取自《兰亭序》中"流觞曲水"，这里三面临水，对面就是"回峰阁"。亭的南面是假山，有两条小路，上有平台可用来憩息。从此，"曲园"就成了他的别号。

## 澹烟疏雨，花落春在

道光三十年（1850年），曲园29岁成进士。当时的复试阅卷官是曾国藩。作诗的试题是"澹烟疏雨落花天"。而曲园作诗的第一句就是"花落春仍在"，曾国藩一见大为欣赏，说他"咏落花而无衰飒意"，遂评为第一，钦点庶吉士。这正是曲园受知于曾国藩的开始。后来，曲园就以诗句中"春在"二字，以为堂名，并题为著作总集，称其为《春在堂全书》，以为纪念。

## 试题割裂，永不叙用

俞曲园在被授以翰林院编修后，没有几年就简放到河南做学政。在任学政期间，发生过试题割裂事件，因此被罢了官，永不叙用。

所谓试题割裂，就是考童生时出经书上的题目，往往力求隐僻，强截句读，割裂经文，在不应当连接的文字上连接，在不应当断句的地方断句，纯属文字游戏。曲园考试童生正场所出的题目数则，其中一题是《王速出令反》，语出《孟子·梁惠王篇·齐人伐燕章》"王速出令，反其旄倪"句。曲园割下句"反"字连上句而成；又一题是《二三子何患乎无君我》，语出《孟子·梁惠王篇·滕文公问曰章》"二三子何患乎无君，我将去之"句。曲园割下句"我"字连上句而成。在当时看来，出这样的题目，真是大胆，因为这两个题目可以曲解成为"王速出令，使造反"，"无君而有我"。若是在雍正、乾隆大兴文字狱的时代，这事必然招来横祸。但尽管到了咸丰年间，文网渐疏，可是御史曹登庸还是参劾曲园试题割裂。本来要加重处罚，好在老师曾国藩从中斡旋极力保奏，以素有心疾为由，方免于处刑，遂以革职回原籍永不叙用了事。

## 主持精舍，专心著述

咸丰八年（1858年），37岁的曲园回到了南方，客居苏州，专心著述。

他在研读"王氏四种"——《经传释词》《读书杂志》《广雅疏证》《经义述闻》之后，非常喜欢，从此产生了研治经学的愿望。

7年后，在江苏巡抚李鸿章的推荐下，曲园担任了苏州紫阳书院的教席。一时书院里极人文之盛，吴大澂等都是他的学生，后又接受浙江巡抚马新贻的聘请，辞去紫阳书院教席，到杭州长期任诂经精舍的山长。

曲园主持诂经精舍期间，建议江、浙、扬、鄂四个书局分刻《二十四史》，贡献极大。

其教学方法，悉尊阮元遗存规则；其治学传统，亦依孙星衍之旧。以汉儒许慎、郑玄为宗师，重视训诂之学。

其治经、子、小学，继承的是高邮王念孙、王引之父子一派，《群经平议》《古书疑义举例》就是这方面的代表作。他的《群经平议》完全应用《经义述闻》的方法，继续有所发明，其学术价值梁启超评为"仅下《经义述闻》一等"。

他的全部著述汇编成集为《春在堂全书》，凡500余卷。

## 补书重刻，弥足珍贵

曲园的书法非常有名，苏州一带，凡游览胜地，几乎都能见到其字迹。其中，最为人们所熟悉的，就是唐人张继的《枫桥夜泊》诗碑。

这块诗碑，原本为明代文徵明所书，惜后来年久字迹漫漶，光绪三十二年

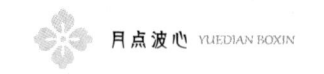

（1906年），陈夔龙任江苏巡抚时，重修枫桥寒山寺，请曲园补书重刻于石。其实，现在流传的这块碑的拓片，是正面的碑文，也就是曲园书写张继诗句的这一面，而碑的背面还有曲园写的附记，惜未引起人们的注意，所以很少有人去拓它。大意是"江枫渔火"应为"江村渔火"，一字之异，一字千金。

要是我们知道曲园补书张继这首诗为其去世前三月所写，更为弥足珍贵。

## "俞楼"今在，蜚声中外

曲园的学术成就，在国外影响很大。日本学术界一向仰慕曲园，他们购置了很多曲园的著作。不少日本学者曾经专程来华，拜他为师。曲园也选编过日本人作的中文诗，名为《东海投桃集》，并收入《春在堂全集》之中。

光绪四年（1878年），曲园的门人徐琪等人，集资建造"俞楼"于西湖六一泉西侧孤山之麓。又在孤山之阳凿一石室，把曲园刊行的全部著作藏在里边，署刻"曲园藏书"四个大字，朱漆石室之额。两年后，曲园在杭州右台山构屋一区，命名为"右台仙馆"，并把自己的著述手稿封埋在仙馆门外。在"右台仙馆"里设了两个位置，左边为曲园，右边是他的夫人。曲园曾与人说笑话："焉能知道日后我们不是右台山中的土地公公和土地婆婆？"一时传为书林佳话。

曲园虽在杭州任山长，西湖边还有他的"俞楼"，但他一直喜欢住苏州，只有春秋两季在杭州讲学，如此连续了31年。直到戊戌年（1898年），他的孙子俞陛云中了探花，他才不再两地往返而专在苏州居住了。

曲园主持杭州诂经精舍31年，培养了不少学有造诣的弟子。章太炎就是他的高足之一。

1901年，章太炎赴苏州东吴大学任教，顺便去拜见曲园。当曲园知道章太炎参加反清的革命活动，便以"不忠不孝"，宣布把章太炎革出教门。章太炎在政治上没有对曲园作任何妥协，他撰写《谢本师》以明志，宣布从此与曲园脱离师生关系。章太炎的毅然行动，得到一些正直人士的支持。与曲园齐名的著名经学家孙诒让便立即表示接受章太炎作学生。

章太炎对于曲园虽然政治上未予迁就，但对他的学术评价却始终推崇备至。

章太炎在《说林》中把曲园列为经师之第一流："吾生所见，凡有五第：研精故训而不支，博考事实而不乱，文理密察，发前修所未见，每下一义，泰山不移，若德清俞先生、定海黄以周、瑞安孙诒让，此其上也。"

他，一生以"煮字"疗饥，煮成了一代朴学大师。

他，一生以曲园为半径，深入浅出，却折射出"曲则全"的深邃哲理。

他，一生的路径告诉我们：

人生，并非只有一条道路走到底，有时适时拐一个弯儿，就别有洞天。

2020年2月16日 于抱朴行藏阁

# 饮食男女
## ——随园风流

他的诗清灵隽妙；

他是性灵三大家之一；

他以《随园食单》大谈饮食；

他于《小仓山房尺牍》对男女言之津津；

他在《遣兴》中说："但肯寻诗便有诗，灵犀一点是吾师。夕阳芳草寻常物，解用多为绝妙词。"

他就是随园骚主——袁枚。

他晚年广收弟子，前无古人，后无来者。

她们中有的姊妹同为弟子：

她衣裙淡雅，身材丰满，长圆的脸庞略施粉黛，一双丹凤眼流光溢彩，两道细眉微微上挑，透露出一般女子少有的刚毅之气。

她就是——孙云凤。

她的《媚香楼歌》格局颇大，又具史识，巾帼不让须眉，最得袁枚欣赏：

秦淮烟月板桥春，宿粉残脂腻水滨。翠黛红裙竞妆裹，垂杨句惹看花人。香君生长貌无双，新筑红楼唤媚香。春影乱时花弄月，风帘开处燕归梁。盈盈十五春无主，阿母偏怜小儿女。弄玉虽居引凤台，萧郎未遇吹箫侣。公子侯生求燕好，输金欲买红儿笑。桃花春水引渔人，门前系住游仙棹。奄党纤儿相纳交，缠头故遣狡童招。那知西子含颦拒，更比东林结社高。楼中刚耀双星色，无奈风波生顷刻。易服悲离阿软行，重房难把台卿匿。天涯从此别情浓，锦字书凭若个通。桐树已曾栖彩凤，绣帏争肯放游蜂。因愁久已抛歌扇，教坊忽报君王选。啼眉拥髻下妆楼，从今风月凭谁管。柘枝旧谱唱当筵，部曲新翻《燕子笺》。总为圣情怜胭觎，桃花宫扇赐帘前。天子不知征战苦，风前且击催花鼓。阿监潜传铁锁开，美人犹在琼台舞。银箭声残火尚温，君王匹马出宫门。西陵空自宫人泣，南内谁招帝子魂。最是秦淮古渡头，伤心无复媚香楼。可怜一片清溪水，犹向门前呜咽流。

其五律韵味亦不减唐人。

她身材婀娜苗条，瓜子脸秀气温婉。诗词兼工，诗格不让乃姊。当称闺阁二贤，虽不善古体，而近体颇佳。

其《宝剑篇》，气韵沉雄，得杜诗神韵，亦不类闺阁手笔。

她就是——孙云鹤。

一个"麻姑进爵"对"霸王扛鼎"，"囊中有句皆成锦，闺里闻名未识公"，钦佩不已，渴望心切；

一个"夜深灯暗阒无人，卧听虚廊走风叶"，空灵隽永，含蓄蕴藉。

让袁枚喜得合不拢嘴，直夸"扫眉才子两琼花"。

她们在湖楼相会，各展雄才。

徐兰蕴，一马当先，能诗善画，天真烂漫，稚气未脱，无所顾忌，倾杯而饮。

张秉彝，长于排律，口占五言："夫子声名盛，文章老更忙。公卿争款洽，桃李走门墙。奇字相从问，轻帆及晓扬。花光明晓露，翠柳媚晴光。湖水涵天远，萍丝引绪长。春风来小住，绛帐喜随行。父执颜初识，儿曹鬓已霜。怀恩兼感旧，绕尽九回肠。"

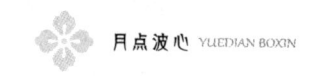

情意深厚，对仗工整，清新可诵，一片性灵。

汪妽、汪姌姐妹二人，投奔门下，立候倾听。

钱琳，面对击鼓传花，起初忸怩羞涩，须臾大方吟咏："愧无黄娟句，却受紫罗囊。解识先生意，敢留一瓣香。"即事赋诗，言浅意深。

兴奋之际，袁枚应弟子之邀请，即兴赋诗一首："红妆也爱鲁灵光，问字争来宝石庄。压倒桃李三千树，星娥月姊在门墙。"

众闺秀欢呼雀跃，兴尽而返。

湖楼诗会，声名远播。

北京弟子钱孟钿憾曰："春风远隔苍山外，问字无因到绛帐"；

云凤回顾说："不栉进士，竟传击钵之诗；扫眉才人，各逞解围之辩。"

她们在画舫载美，共游西湖：

一个梧桐，一个袖香。

一个二十出头儿，一个不过十七八。

或清丽可人，身材匀称；

或皮肤白皙，明眸皓齿；

直把袁枚惹得高呼："国色！""天香！"

一见素心，

那身材高挑，那眉眼妩媚；

那举止娴雅，那风范大家；

就在闭目凝听《湖楼即事呈随园夫子》之刻，酣然叹曰："但若强排座次，当以孙碧梧夫人为冠，潘素心夫人居其后。"

在袁枚弟子中，袁枚最欣赏的是"二贤"。

一是杭州的孙云凤，一是常熟的席佩兰。

席佩兰，身材婀娜，气质高雅，眉如新月，唇似樱桃，浅浅一笑，脸颊荡漾着一对酒窝，煞是迷人。

"慕公名字读公诗，海内人人望见迟。青眼独来闺阁里，缟衣无奈浣妆时。蓬门昨夜文星照，嘉客先期喜鹊知。愿买杭州丝五色，丝丝亲自绣袁丝。"

这即事抒怀、独出心裁的诗句，让袁枚不禁手捋银须称赞："风光细腻，笔触清新，看来徐淑果然胜过秦嘉。"

就在袁枚八十大寿时，女弟子纷纷奉和。
孙云凤曰："老去花仍生彩笔，春来人尽斗吟笺"；
孙云鹤云："琴瑟声中添岁月，烟霞卷里阅春秋"；
席佩兰作："独占文坛翰墨筵，九州才子让公先"。

他，"诗坛久作风骚主，闺阁频添弟子班"。
最赞赏"不栉进士"潘素心；
最称道"扫眉才子两琼枝"：孙云凤、孙云鹤；
最标榜"闺中三大知己"：席佩兰、金逸、严蕊珠。

他招收女弟子时已是古稀之年；
他是为了满足江南才女渴望执弟子礼的心愿；
他晚年广收弟子，培养其吟诗作赋，正是一种反叛，一种"有教无类"思想的体现，一种对"男女授受不亲"陈腐观念的挑战。
或许，章学诚的大肆攻击，实在是一种小人之心。
或许，今人苏芩所言，正是当年袁枚心态的最好诠释：
到了现在这个年纪，谁也不想取悦了，跟谁在一起舒服就和谁在一起，包括朋友也是，累了就躲远一点儿。

其实，人生最高的境界就是：
饥来吃饭困来眠。

2020年2月25日于天沐温泉谷

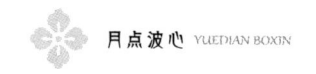

# 幽人卧谷　一川风月
## ——心中的文学朱熹

"半亩方塘一鉴开，天光云影共徘徊。问渠那得清如许？为有源头活水来。"（《观书有感》）

第一次知道朱熹，源于《观书有感》。

第一次了解朱熹，因为阅读束景南先生的《朱子大传》。

第一次驱使我深入研究朱熹，由于刚刚出版的《朱熹文集编年评注》，一旦深入，就再也欲罢不能。

他是宋代最伟大的思想家，是仅次于孔子的古代圣哲。

他是自秦汉迄于清末、长达两千余年的中国史上最重要的人物。

他是一位兼理学家与文学家于一身而尤长于文学的人，一位与文学有着不解之缘的思想家。

他的文学，源自天分，一直受父亲朱松及老师刘子翚的影响。他的文学业绩被他作为理学家的赫赫声名完全遮掩住了，他在文学创作、文学批评、文学理论、文学诠释等方面卓有建树。

他是理学家中的特例，在宋代的理学大师中，对文学表示出最大的容忍乃至喜爱。陆游、杨万里等文学家都自觉地皈依到理学家的队伍中来，即使是豪荡磊落的辛弃疾也不免对朱熹表示出高度的崇敬。

他喜欢《楚辞》，酷爱《诗经》，钟情陶渊明，立膺杜甫，倾心韩愈。他的传世之作，《诗集传》《楚辞集注》《韩文考异》，至今，研究者们无法绕行。

他乐于与文学家交游，在他的友人中，陆游、尤袤、辛弃疾、杨万里、周必大、陈亮、王十朋、楼钥等都以文学著称。

或许，我们喜欢"倚梧或欹枕，风月盈冲襟"，那是周敦颐《濂溪书堂》中的风花；

或许，我们欣赏"闲为水竹云山主，静得风花雪月权"，那是邵雍《小车吟》中的雪月；

或许，我们陶醉"云淡风轻近午天，傍花随柳过前川"，那是程颢对"时人不识余心乐"的感叹。

在我们心中一直认为理学家作诗，常常涉及的是风花雪月，但是他们的目的并不仅仅在于欣赏自然之美，更在于注重从自然景物中领悟生命的意义。他们无论是写山水诗还是咏物诗，追求的境界都以哲学层次的体论大道为终极目标，遗憾的是削弱甚至泯灭了审美层次上的欣赏和表现。

而在朱熹的创作中，风花雪月虽然也是极其重要的题材取向，但更多的写景咏物之诗注重于表现审美的愉悦感。

不再是"幽林滴露稀，华月流空爽。独士守寒栖，高斋绝群想"。（《斋居闻磬》）

不再是"闻道西园春色深，急穿芒屩去登临。千葩万蕊争红紫，谁识乾坤造化心"。（《春日偶作》）

我们看到的是他对苏轼的心摹手追。

我们欣赏到的是他出于对审美意识的认同。

我们服膺的是他在宋代理学家诗中的卓尔不群。

只要你一旦深入，就不愿意浅出：

"两岸苍壁对，直下成斗绝。一水从中来，涌潏知几折。石梁据其会，迎望远明灭。倏至走长蛟，捷来翻素雪。声雄万霹雳，势倒千崪嵲。足掉不自持，魂惊讵堪说。老仙有妙句，千古擅奇崛。尚想化鹤来，乘流弄明月。"（《栖贤院三峡桥》）

如果你真能做到浅出，那你一定渴望再一次深入：

罗浮山下黄茅村，苏仙仙去馀诗魂。梅花自入三叠曲，至今不受蛮烟昏。佳名一旦异凡木，绝艳千古高名园。却怜冰质不自暖，虽有步障难为温。羞同桃李媚春色，敢与葵藿争朝暾。归来只有脩竹伴，寂历自掩疏篱门。亦知真意还有在，未觉浩气终难言。一杯劝汝吾不浅，要汝共保山林樽。（《与诸人用东坡韵共赋梅花适得元履书有怀其人因复赋此以寄意焉》）

在纪昀看来，这是朱熹的"极意锻炼之作"。

这确实是朱熹的绝妙好词。

第一次让我醍醐灌顶的，依然是《观书有感》中的理趣：

"昨夜江边春水生，艨艟巨舰一毛轻。向来枉费推移力，此日中流自在行。"

那江中巨舰，顺流而行，仿佛一根鸿毛似的漂浮在水面上。可是，重如丘山的"艨艟巨舰"昨日搁在江边，费尽力气也推不动，而一夜之间，春水猛涨，就自由自在地漂浮在中流了。

著名文学研究专家程千帆先生却从中读出了更深层的言外之意：一个人的修养，往往有一个由量变到质变的阶段。一旦水到渠成，自然表里澄澈，无拘无束，自由自在。

原来，北宋惠洪在《石门文字禅》中所说的"心之妙，不可以语言传，而可以语言见"，或许，朱熹早就濡染了这样的禅风。

好像读着《鹤林玉露》所载的某尼之"悟道诗"正与朱熹之《春日》异曲同工：

"尽日寻春不见春，芒鞋踏遍陇头云。归来笑拈梅花嗅，春在枝头已十分。"

朱熹《春日》云：

"胜日寻芳泗水滨，无边光景一时新。等闲识得东风面，万紫千红总是春。"

【文人心迹】

在我的心中，朱熹是一位好学深思的思想家，是一位博览群书的学者。而他的谦虚，却到了一般人无法自觉的程度，他曾自号元晦，后来自以为元是乾四德之首担心不足当，于是自觉改为仲晦。

在我的心中，他是一位幽人，卧在空谷，却拥有一川风月，风吹月照耀古今。

2020年9月16日 于南国楚天阁

# 一帘幽梦影，漫随云卷舒
## ——醉吟清代张潮《幽梦影》

最近一直在批读《朱熹文集编年评注》，偶尔也旁读莫砺锋先生的《朱熹文学研究》与叶玉英女史的《朱熹口语文献修辞研究》。

读到第九册的时候停下来了，又激动地读着元代方回选评、李庆甲集评校点的《瀛奎律髓汇评》。

可是，正读到第三册的时候又停下来了。

因为清代张潮。

因为张潮的《幽梦影》。

因为张潮所言："花不可以无蝶，山不可以无泉，石不可以无苔，水不可以无藻，乔木不可以无藤萝，人不可以无癖。"

这真是一个不好的阅读习惯，可是这正应合了心理学上的注意力的分配原理，或许正是高效阅读的意外。

我仿佛看见，他在松下听琴，月下听箫，涧边听瀑布，山中听梵呗。

我似乎听见，他在月下，谈论禅法，意趣高远；纵论剑术，肝胆真纯；阔论诗歌，风致清幽；欣赏美人，情意浓郁。

他，家自黄山，才奔陆海。

他，真是言人之所不能言，道人之所未经道。

是他俘虏了我。

每当展味低回，总似餐帝浆沆瀣，听钧天之广乐。

他，柟榴赋就，锦月投怀；芍药词成，繁花作馔。苏子瞻十三楼外，景物犹然；杜牧之廿四桥头，流风仍在。

他，片花寸草，均有会心；遥水近山，不遗玄想。息机物外，古人之糟粕不论，信手拈时，造化之精微入悟。

他最注意读书的方式，经书以及解释经书的著作，适合一个人独自静静研读；史书以及品评历史的图书，适合与朋友共同讨论研读。

他最讲究读书的时间，读经书最适宜在冬天，因为冬天神志专一；读史籍最适宜在夏天，因为夏日白昼漫长；读诸子最适宜在秋天，因为秋天情致高远；读文集最适宜在春天，因为春天生机舒畅。

他最关注阅读的深浅，少年时读书，像是在门缝中窥探月亮，虽然专一，但局限于一隅；中年时读书，像是在庭院中观看月亮，虽然广阔，却不是太专注；晚年时读书，像是在台榭上玩赏月亮，对书中的妙谛别有会心。

他最感叹读书的内化，收藏图书并不难，难在能阅读图书；阅读图书并不难，难在能领会意思；领会意思并不难，难在能用于实践；用于实践并不难，难在能终生铭记。

他读书，读出的是精髓，读出的是发现，读出的是产出。

他说，《水浒传》是一部金刚怒目式的作品，《西游记》是一部感悟生命的作品，《金瓶梅》是一部哀挽人生的作品。

而我在深入品读他的《幽梦影》之后，发现它就是一部华为，一部快书，一部趣书，一部禅书。

他对读书有着别出心裁的高见：

读书是最快乐的事。读史书，则喜少怒多，心里总是沉甸甸的。其实，细究起来，愤怒的地方也就是快乐的地方。

只有读懂没有文字的书，才能写出石破天惊的妙句；只有解开难领会的谜，才能参悟高深莫测的禅机。

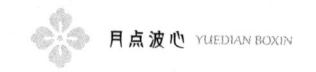

在他心中，朋友就是一本书。有的如读名人诗文，风雅；有的如读圣贤经传，谨饬；有的如阅传奇小说，滑稽。

在他看来，楼台上可以遥观山色；城墙上可以观赏雪景；灯烛前可以品赏花容；舟船里可以卧看霞光；月亮下可以欣赏美人。

在他眼里，写成一部有价值的新书，便是立下了千秋大业；注释一部有内涵的古书，确实称得上万世功勋。

好像，韩寒的一句话，正道出了我的认同：

一个人能走多远，要看他有谁同行；一个人有多优秀，要看他有谁指点；一个人有多成功，要看他与谁相伴。

我不愿因为看见一条船而忽略了一条河。我愿与张潮同行，我已经接受张潮的指点与暗示，我愿与张潮相伴。我想走得更远，我想不断靠近优秀，我想努力成功。

2020年9月22日于南国楚天阁

【文人心迹】

# 大观园里的真爱

他们,青梅竹马。

他们,一起长大。

他们,言和意顺。

他们,幼年时就"日则同行同坐,夜则同息同止"。

他们,就是贾宝玉与林黛玉。

他们,"两人对面倒下",睡在床上,黛玉总是用手帕替宝玉揩拭他替丫鬟们淘漉胭脂膏子时脸上沾染的"一点儿""纽扣大小的一块血渍",担心被贾政知道了给宝玉惹气。宝玉总是拉着黛玉的袖子闻里面散发出来的"令人醉魂酥骨"的幽香。

当宝玉"便伸手向黛玉膈肢窝内两肋下乱挠",让"素性触痒不禁"的黛玉"笑的喘不过气来"。

当宝玉讲述精心编制的耗子精偷香芋的故事时,黛玉笑得"翻身爬起来,按着宝玉"打闹,这样的厮缠,不知耗费了多少时光。

当搬入了大观园,他们,从此更进入了新的境界。

他们,共同葬花。

他们,共读"西厢"。

他们,用西厢词语相互戏谑。

他们,已经融入了一种别人难以体验的诗情画意之中。

他们,已经是一种情感的深深交融。

他们，互认知己。

林黛玉，听到贾宝玉"在人前一片私心称扬于我"，"不觉又喜又惊，又悲又叹"。

宝玉当面"诉肺腑"，要林黛玉"你放心"。

林黛玉，听到这话，如轰雷掣电，心灵因为撞击而共鸣。

有一次，在贾宝玉挨打之后，林黛玉哭得"两个眼睛肿的桃儿一般，满面泪光"地出现在宝玉床前。

宝玉便派遣晴雯给黛玉送手帕，黛玉明白宝玉的用意后，"不觉神魂驰荡"，立刻洒泪题诗。

黛玉，一面题诗，一面流泪，然而，却流的是幸福的泪、甜甜蜜蜜的泪。

从此，心灵更进一步地默契了。再也见不到以前的那种矛盾，那种纠葛，那种不欢而散。

那是一个刮风下雨的晚上，夜深了，宝玉在林黛玉的催促下要离开潇湘馆的时候，就是在这一瞬间，又是问有人跟着没有，又嫌他的灯不亮，把自己最好的玻璃绣球灯给他，满是埋怨，满是担心。

那细心爱护，那温柔体贴，那深情爱意，是爱情的甜蜜，更是一种幸福的无法代替。

那内心感情的深度交融，那外部行为上的独有的默契，尽在林黛玉为惜春的画作起名，尽在那《携蝗大嚼图》，尽在引发大家一阵狂笑之后。

这种交流，只有他们独有。

这甜情蜜意，成了他们独有的共享。

只是，他们如此随意，如此放肆。

你不见，荣国府元宵的夜宴，他们的行为，令人瞠目。

他们忘乎所以。

他们无视周围的一切。

他们完全沉浸在一种美好的境界里。

他们，或许在感情磨合期有过许多摩擦甚至痛苦，但这正是爱情的痛苦。没有爱情这一前提，也就不会有这样一种痛苦。痛苦总与爱情相伴。

他们的爱，正是那样委婉，那样细致，那样淋漓尽致，那样充实，丰富，甜蜜。

爱是一种错过，爱是一种迷离，爱是一种千古，爱更是一种不朽。

2020年6月3日 于抱朴行藏阁

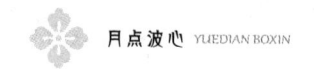

# 一箫一剑平生意
## ——中国士子的精神履历

我们读过苏轼《柳氏二外甥求笔迹》之一的名句"退笔如山未足珍,读书万卷始通神";

我们见过宋朝警句——陈与义《怀天经、智老,因访之》的"客子光阴诗卷里,杏花消息雨声中";

我们听过刘攽《新晴》"惟有南风旧相识,偷开门户又翻书"。

这是中国士子在读书中嗜占知识财富;

这是中国士子在读书中不断完善自我;

这是中国士子在读书中人格自然升华。

他们的人生道路经历了艰难的三部曲:

求仕为用世;

不成不济,则闲居;

探究抽象的生命奥义。

他们的人生内涵呈现出双重性分割与组合:

绝意仕进,专谈用世之略;

狷洁自励,深恶枯清自矜;

屏绝声色,爱怜儿女光景;

与物不和，倾注爱慕长能；

息机忘世，存亡雅宜交情。

他们的人生理想逐渐发生流变，尤其到了晚期，他们的人生风貌已少有古典意味，有时甚至游戏人生。

他们超越意识。

阮籍，"时率意独驾，不由径路，车迹所穷，辄恸哭而反"，"籍嫂尝归宁，籍相见与别。或讥之，籍曰：'礼岂为我设邪！'邻家少妇有美色，当垆沽酒。籍尝诣饮，醉，便卧其侧。籍既不自嫌，其夫察之，亦不疑也"；

嵇康，"今吾乃飘飘于天地之外，与造化为友，朝飧汤谷，夕饮西海，将变化迁易，与道周始"，"目送归鸿，手挥五弦，俯仰自得，游心太玄"；

王徽之，"乘兴而来，兴尽而返"；

孔融，"父之于子，当有何亲？论其本意，实为情欲发耳。子之于母，亦复奚为？譬如寄物瓶中，出则离矣"。（《后汉书·孔融传》）

他们疏放情调。

李白豪放；

苏轼旷放；

晚明文人狂放；

一个个放浪形骸，不拘形迹。

酒是他们的生活内容：

王佛叹言："三日不饮酒，觉形神不复相亲"（《世说新语·任诞》）；

唐人续之，酒中八仙，鲸吸牛饮，玉山自倒，"长安市上酒家眠，天子呼来不上船"（杜甫《饮中八仙歌》）；

梅尧臣曰："酒杯轻宇宙"（《吊石曼卿》）；

陆游云："醉眼觉天宽"（《剑南诗稿》卷十七）；

363

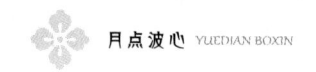

黄庭坚载："东坡老人翰林公，醉时吐出胸中墨"（《题子瞻画竹石》）。

茶是他们的生理需求：

卢仝云："一碗喉吻润，两碗破孤闷，三碗搜枯肠，唯有文字五千卷。四碗发轻汗，平生不平事，尽向毛孔散。五碗肌骨清，六碗通仙灵。七碗吃不得也，唯觉两腋习习清风生"（《走笔谢梦谏议寄新茶》）；

黄庭坚道："龙焙东风鱼眼汤，个中即是白云乡"（《戏答荆州王充道烹茶》）。

女人是他们的生活情调：

《新唐书》载崔颢："娶妻唯择美者，俄又弃之，凡四五娶"；

李白《江上吟》把酒与女人同时标举："美酒樽中置千斛，载妓随波任去留"；

晚唐尤甚，杜牧《遣怀》云："落魄江湖载酒行，楚腰纤细掌中轻。十年一觉扬州梦，赢得青楼薄幸名"；

姜夔《过垂虹》吟："小红低唱我吹箫"。

文人风情，入木三分。

他们压抑心态。

他们心态压抑，个性难伸，壮志难酬。

王勃悲怨："冯唐易老，李广难封"；

杜甫慨叹："文章憎命达，魑魅喜人过"；

白居易愤郁："文士多数奇，诗人尤命薄"。

他们情趣闲适。

他们，野云浮鹤，高卧草庐；

他们，临渊垂钓，醉眠芳草；

【文人心迹】

他们，啸吟歌咏，幽居抚琴；
他们，恬淡，惬意，自洽。

他们，那样闲适："有约不来过夜半，闲敲棋子落灯花"；
他们，那样疏慵："日长睡起无情思，闲看儿童捉柳花"；
他们，那样虚静："人生难得秋前雨，乞我虚堂自在眠"；
他们，那样静观："朱楼四面钩疏箔，卧看千山急雨来"。

我们从他们"卧"的闲适中似乎读出了一种生存状态：
"竹床瓦枕虚堂上，卧看江南雨后山"；
"可怜幽绝无人共，卧看云头璧月生"。

我们从他们对生活的描述中似乎可以勾勒出中国士子文人的画像：
"客散酒醒深夜后，更持红烛赏残花"；
"此身闲得易为家，业是吟诗与看花"；
"东风袅袅泛崇光，香雾空蒙月转廊。只恐夜深花睡去，故烧高烛照红妆"；
"花落柴门掩夕晖，昏鸦数点傍林飞。吟余小立阑干外，遥见樵渔一路归"。

2020年1月27日 于天沐温泉谷

[文化世家]

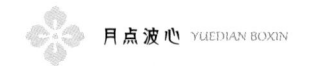

# 一脉进士十八人　刘敞之子入宰辅
## ——"三刘"家世的前承后续

在新余，今天的樟树，有这么一个刘氏世家。

他们从刘式起一脉六代两百多年，竟出了18个进士。

他们中有刑部郎中刘式；

他们中有知府、著名经济学家刘敞；

他们中有中书舍人、著名史学家刘攽；

他们中更有高如签书枢密院事副相宰执刘奉世。

### 刘式——秉行清洁　书藏墨庄

刘式（949—997），字叔度，北宋新喻荻斜（今樟树市黄土岗乡荻斜刘家村）人。

生于乾祐二年（949年）十一月初九日，原名克式，后改名式。大哥克明，二哥克敬，弟克己、克勤。母亲欧阳氏封渤海郡太君。

刘式少年时素有大志，好学问，十八九岁时辞家居庐山，借书苦读，刻苦钻研《左传》《公羊传》《穀梁传》、旁及其他经书。五六年不回家，学业精进。

时值五代十国纷争，江南虽然偏僻，然而各种典籍独存，人文颇具唐代遗风，礼部取士难于选人。刘式以明经举南唐进士第一。

开宝七年（974年）宋太祖平定江南，刘式随众入朝面见宋太祖，得到宋太祖的赏识。

刘式为官勤政，忠于职守，政绩卓著。

刘式崇尚名节，洁身自好，生活检点，待人接物一团和气，喜爱广交朋友，所交往的都是一时名人，最为著者乃徐铉。

刘式娶妻陈氏，生五子，立本、立言、立之、立德、立礼。刘式至道三年（997年）九月十九日卒于官，年49岁。

刘式去世时，五子尚幼，别无资产，只留下藏书数千卷。后在夫人陈氏的精心培育下，相继自立，都先后中了进士，多数为郎官。孙25人，“皆以文章器业为时闻”。人们因此美称陈氏为“墨庄夫人”，刘式故里荻斜亦称墨庄。

墨庄夫人陈氏——知书达理　远识祖孙

刘式娶妻陈氏，新淦县黎陂人氏，出身士子之家，从小聪明贤惠，知书达理，为父所钟爱。其父陈郜，为乡贤士，其祖父志节高尚，有才学，德行高，因五代乱世不仕，乡里以处士称之。

刘式年轻时游学新淦，陈郜见其敏而好学、人才出众，便将女儿许配给他。

刘式酷爱读书、藏书，大部分积蓄都花在藏书上，陈氏平时省吃俭用，支持丈夫买书藏书。刘式每每指着数千卷藏书对妻子说：“此乃墨庄，以昭示子孙。”

当有人劝说陈氏变卖全部藏书和一点儿家计，买田置产，为长久之计，陈氏却说：“先夫秉行清洁，藏书数千卷，以遗后，是墨庄也，安事陇亩？”

皇天不负有心人，在陈氏的精心培植下，在孩子们的刻苦努力下，五个儿子相继中进士。

长子立本，特赐咸平三年（1000年）庚子科进士；

次子立言，举大中祥符八年（1015年）进士；

三子立之，举景德二年（1005年）进士；

四子立德，举天禧三年（1019年）进士；

五子立礼，举天圣三年（1025年）进士。

后来孙子25人，“皆以文章器业为时闻”。其中，特别是刘立之的儿子刘

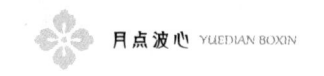

敞、刘攽两兄弟，皆中庆历六年（1046年）进士，前者是被誉为"天下第一"的经学家，后者是著名史学家，助司马光修撰《资治通鉴》，专职汉史。刘敞的儿子刘奉世官至签书枢密院事、直学士，亦精于史学，世称"三刘"。

从刘式起一脉六代两百多年，出了18个进士。

刘立之——孤能自立　为人沉敏

刘立之，字斯立，生于宋雍熙元年（984年）。刘式第三子。其先祖为彭城望族。

刘立之，从小受到良好的教育，受其家学渊源影响，勤奋好学，博览群书。

欧阳修说他："孤能自立，举进士。"刘立之常常遨游在自家藏书的海洋里，《左氏春秋》、天文地理无不涉猎。终学有所成，大中祥符元年（1008年），在他25岁时，中蔡齐榜进士，年少得志，金榜题名，从而走上仕途。

刘立之为官，处处为老百姓着想，是封建社会一个难得的清官。虽在官场几度沉浮，屡遭小人陷害，但始终未改正直无私的品性。居官几十年，没有给自己积攒更多财产，也没有伸手拿一分昧心钱。一生为官清廉坦荡。

刘立之，"为人沉敏，少言笑。与人寡言，而喜荐士"。

妻王氏，先他而卒。有五子，元卿、真卿早亡；三子刘敞，庆历六年举进士，官至翰林侍读，集贤院学士；四子刘攽，庆历六年中进士，官至尚书考功；五子刘放，任睦州青溪县丞。四女，三适人，一尚幼。孙刘奉世，官至签书枢密院事；孙刘当时，大理评事；孙刘安上，太常寺太祝；另有孙方山、亚夫。

刘敞——舀中饱经史　辨论出九州

刘敞（1019—1068），字原父，号公是，刘立之第三子，宋真宗天禧三年（1019年）二月出生。

他从小聪明出众，读书过目成诵，饱读诗书，博学多才。

庆历六年（1046年）与弟刘攽同举进士。廷试本为第一，因其内兄王尧臣为编排官，为避嫌将其列为第二名。

庆历八年（1048年）十一月七日，因其父刘立之去世在家守孝。

刘敞长于史学，对经学更是造诣深湛。元代理学家吴澄说他："宋代经学公是先生为天下第一。"著有《七经小传》《春秋权衡》《春秋传》《春秋意林》《春秋文权》《春秋传说例》《公是先生集》等一百余卷。

刘敞著书立说颇有新意，开宋儒批评汉儒先河。其淹通典籍，俱由心得。

正如其弟刘攽所言："其合众美为己用，超伦类而独得，瑰伟奇特，放肆自若。"

刘敞的诗词亦造诣颇深，诗风清新淡雅。

其如：

春草绵绵不可名，水边原上乱抽荣。似嫌车马繁华处，才入城门便不生。（《春草》）

其如：

雨映寒空半有无，重楼闲上倚城隅。浅深山色高低树，一片江南水墨图。（《微雨登城》）

怪不得《四库全书总目提要》称其"实则元丰、熙宁间，卓然一醇儒也"。

熙宁元年（1068年）四月八日卒于官。前夫人早卒，再娶程氏。四子，长子定国，次子奉世，三子当时，四子安上。女儿三人。


刘攽——笔下能当万人敌　腹中尝记五车书

刘攽（1023—1089），生于宋仁宗天圣元年（1023年）六月一日。旧名威卿，字虎臣，又字贡父，号公非。其兄刘敞号公是。

刘攽云"是其所是则易，非其所非为难"，乃自号公非。

兄妹共九人，长兄元卿，二兄真卿，早逝。三兄刘敞，弟刘放。妹妹四人。

刘攽少年时，刻苦自励，未冠通五经，博览群书，24岁时举进士，中举后一直担任近20年州县官。到了41岁，才从地方调到京城担任国子监直讲，44

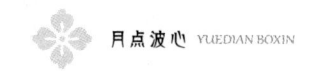

岁，经副宰相欧阳修、赵概的推荐，并参加馆职考试后，被任命为馆阁校勘。

刘攽本与王安石有很好的交情，但从政见上看，他更倾向于司马光。

刘攽虽为官并不显赫，做了20多年的州县官，晚年才任中书舍人，但他学识赅博，精于史学。

在未到国子监任职时，他就受到当时文坛领袖欧阳修的器重，欧阳修推荐他说："辞学优赡，履行修谨，记问赅博。"

苏轼甚至在判词中说他："能读典坟丘索之书，习知汉魏晋唐之典。"

刘攽最大的史学功绩，就是帮助司马光编修《资治通鉴》。英宗治平三年（1066年）四月十二日，司马光为编修《资治通鉴》开设书局，聘请刘攽、刘恕和后到的范祖禹为副主编同修。司马光虽然是主编，但大量的具体工作都是由刘攽、刘恕承担。《资治通鉴》全编294卷，而刘攽则主修了184卷，为参与编修者中修卷最多的人。

此外，还参与过《魏书》与《北齐书》的校勘工作；他对《汉书》的研究亦颇有心得。

《四库全书简明目录》也说："攽与敞齐名，敞性醇静，攽则才锋敏捷，词辨隽利，著作亦各肖其为人。然沉酣典籍，文章尔雅，则一也。"

刘攽，不仅是史学家，还是一位诗人兼诗歌评论家。

其诗歌代表作七绝《新晴》，乃传世名句。诗云：

清苔满地初晴后，绿树无人昼梦余。唯有南风旧相识，偷开门户又翻书。

其《中山诗话》，提倡"诗以意为主，文词次之，或意深义高，虽文词平易，自是奇作"。

刘攽与欧阳修、司马光，世称为北宋诗话三大家。

刘攽著有《芍药谱》3卷、《刘攽文集》50卷、《彭城集》40卷等。

配王氏，殿中丞献臣之女；韩氏，知制诰综之女。生二子：方山，亚夫。

刘奉世——敏而好学　博物洽闻

刘奉世，字仲冯。生于宋康定二年（1041年），父亲刘敞，叔父刘攽。

刘奉世出身于书香门第的官宦之家，父亲、叔父都是当时有名的文学家、史学家。

他从小耳濡目染，受家庭的熏陶，刻苦自励，勤奋好学，《春秋》、《左传》、方药、山经、天文地理无所不学。

特别是叔父刘攽对他影响很大，从小就指导他学习，很早就在文学与史学方面崭露才华。

《端明殿学士仲冯公本传》说他："敏而好学，从学叔父，博物洽闻，无所不通。"

欧阳修甚至感叹："生子如刘奉世者，真千里驹也。"

由于他在文学与史学方面的造诣，熙宁三年初，召他到枢密院诸房，检详文字，以太子中允居吏房。

刘奉世为了国家社稷的安危，不避嫌疑，要求面见哲宗皇帝，陈述所谓的朋党，实际上是被小人利用，造成朝野混乱，乘乱争权。他在仕途上历经坎坷，屡遭陷害贬官落职，但始终不改耿直、敢谏的品性。

他一心致力于文学与史学，尤其精于汉学研究。文词雅赡，最精于《汉书》学。自著《自省集》刊于世。

生一子元因。

曾巩曾给予刘敞、刘攽和刘奉世这样的高度评价：

"刘敞博学雄文，邻于邃古。……攽虽疏隽，文埒于敞。奉世克肖，世称'三刘'。"

2020年2月12日于抱朴行藏阁

# 三代传承史学，一门合祠西涧
## ——高安刘涣世家

世家，作为载史的体例，创于《史记》。这里，强调的是文化世家，是文化的传承，是家学渊源。

在高安，就有这么一个家族，三代精于史学，从刘涣开始，就惹动欧阳修；到其子刘恕则殊动司马光，无人不晓的《资治通鉴》，要不是谙熟历史，真不知道还与刘恕相关，相大关，相非常关；到其孙刘羲仲，刚不就俗，介不容众，更有甚者，家藏万卷，无所不读，竟敢问疑《资治通鉴》作《通鉴问疑》。竟敢撼动欧阳修，摘其《五代》之误，作《五代史纠谬》。

不是家学，何能如此渊博；不是渊源，何来这般宏举。

### 刘涣——精于史学　固节自守

刘涣（1000—1080），字凝之，号西涧。北宋筠州（治高安，后改瑞州）人。从小就有远大的理想，精通史学。

天圣八年（1030年）王拱辰榜进士，知颍上县、升屯田员外郎。做官20年，始终安于清贫，勤于职守。

刘涣为人总是和颜悦色、轻言细语、宽厚可爱，但是一旦争论起大是大非，他却从不动摇。他总是以玉石自励，宁断却从不肯弯腰。正因为他个性刚直、不喜逢迎，因而屡屡得罪上司。据《东都事略》卷八七载，年过50便以太子中允致仕，归隐庐山。

据说，当时的学者和官员纷纷为之饯行，其实并非真心推重他的行为，而是以参与送别刘涣为荣。

皇祐三年（1051年），同年进士欧阳修得知刘涣不肯屈节事人，归隐庐山，遂赋《庐山高赠同年刘中允归南康》为之送行：

庐山高哉几千仞兮，根盘几百里，巀然屹立乎长江。长江西来走其下，是为扬澜左里兮，洪涛巨浪日夕相舂撞。云消风止水镜净，泊舟登岸而远望兮，上摩青苍以晻霭，下压后土之鸿庞。试往造乎其间兮，攀缘石磴窥空谾。千岩万壑响松桧，悬崖巨石飞流淙。水声聒聒乱人耳，六月飞雪洒石矼。仙翁释子亦往往而逢兮，吾尝恶其学幻而言哤。但见丹霞翠壁远近映楼阁，晨钟暮鼓杳霭罗幡幢。幽花野草不知其名兮，风吹露湿香涧谷，时有白鹤飞来双。幽寻远去不可极，便欲绝世遗纷痝。羡君买田筑室老其下，插秧盈畴兮酿酒盈缸。欲令浮岚暖翠千万状，坐卧常对乎轩窗。君怀磊砢有至宝，世俗不辨珉与玒。策名为吏二十载，青衫白首困一邦。宠荣声利不可以苟屈兮，自非青云白石有深趣，其气兀硉何由降。丈夫壮节似君少，嗟我欲说安得巨笔如长杠。

诗中以巍峨的庐山为喻，赞颂刘涣的高尚情操。

刘涣隐居后，虽环堵萧然，饘粥以为食，而游心尘垢之外，无戚戚之意，总是寄情山水，固节自守，达30年之久。

晚年曾与陈顺俞一起在庐山骑牛游览，一览南山北水，雅爱宝峰双涧，春湍怒号，有水石之胜，往来尤多，因号西涧居士。

李公麟曾为之作画，黄庭坚曾为之题诗："弃官清款尾，买田落星湾。身在菰蒲中，名满天地间。"

著有文集20卷。《全宋诗》收其诗4首、残句1联。《全宋文》收其文2篇。

《初及第归题净慈寺壁二绝》：

彤扉新授紫皇宣，品作蓬壶二等仙。
今日访师无限意，应怜憔悴胜当年。
梵刹仙都显焕存，心心惟绍法王孙。

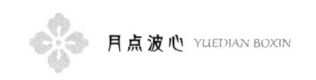

俗流不信空空理，将谓长生别有门。

《自颍上归再题寺壁二绝》：

颠倒儒冠二十春，归来重喜访僧邻。
千奔万竞无穷竭，老竹枯松特地新。
被布羹藜三十春，苦空存性已通真。
我来试问孤高士，翻愧区区名利身。

其残句云：东台乃主人，吾身同过客。
据苏辙《哀西涧先生辞》，刘涣神宗元丰三年卒，年八十一。
有两个儿子，一个叫刘恕，一个叫刘恪。

## 刘恕——编修《通鉴》 广征博引

刘恕（1032—1078），字道原。幼聪颖俊拔，读书十分勤奋。司马光在《十国纪年》中高度评价他："方其读书，家人呼之食，至羹炙冷而不顾。夜则卧思古今，或不寐达旦。"

皇祐初年，司马光知贡院。时有诏：士能讲经义者，听别奏名。应诏者数十人。主考官问以《春秋》《礼记》大义，其中一人所对最精详，先具注疏，次引先儒异说，末以己意，继而论之，凡二十问，答无不当。主司惊异，擢为第一。等到揭开密封，原来这人便是进士刘恕，年方18岁。

司马光"以是慕之，始与相识"。这一年，试诗赋、策论，刘恕亦入高等，殿试不中，复下国子监讲经，复为第一，名动京师。刘攽送之以诗。诗云："关东少年西入都，诸老先生惊不如。射策遂为天下选，限年却就里中居。"之后授巨鹿主簿，迁和川令。

刘恕为人强记，纪传之外，闾里所闻，私家杂说，无所不览。谈论史实，了如指掌。

有一次，刘恕讲《春秋》，丞相晏殊亲自带领属员往听。

司马光受命编修历代君王事迹，英宗赵曙命他"卿自择馆阁英才共修之"。司马光说："馆阁文章之士诚多，至于专精史学，臣得而知者，唯刘恕耳。"

于是，刘恕应诏参与《资治通鉴》的编纂，居二年转著作佐郎。

在编修《资治通鉴》过程中，刘恕倾注了毕生精力。

司马光曾给予高度评价："其通部义例，多从道原商榷。""讨论编次，多出于恕。""凡数千年间史事之纷错难治者，则以诿之道原。"

同修范祖禹也说："道原汉魏以后事尤能精详，考证前事差谬，司马光悉委而能抉焉。"

受诏校《资治通鉴》于秘书省的张耒也说："其学自契书以来，以至于今，国家治乱，君臣世系，广至郡国山川之名物，详至于岁时日月之先后，问焉必知，考焉必信，有疑必决。其言滔滔汩汩，如道里闾族之事也。"

刘恕厥功甚伟，先是分编魏晋南北朝史，后来负责五代史长编，先后完成魏记至五代各记共135卷。

刘恕修书，贵在广征博引。"天下事物无所不学，历数、地理、职官、族姓至前代官府案牍，亦取之，审其书之得失。求书不远数百里，身就之，借读且抄，尽得乃已。"

为了充分占有丰富的历史资料，他除借阅三馆、秘阁的书籍外，对于私家藏书，亦多方借阅。

《宋史·刘恕传》："宋次道知亳州，家多书，恕往道借览。次日具馔为主人礼，恕曰：'此非吾所为来也，殊费吾事。'悉去之。独闭阁，昼夜口诵手抄，留旬日，尽其书而去，目为之翳。"

熙宁二年（1069年），王安石为执政。深爱其才，欲引置三司条例官，刘恕正参与《资治通鉴》的编修，他宁愿得罪执政，亦不愿放弃修书，遂"以不习金谷为辞"，不就。

熙宁九年（1076年），刘恕不畏路途坎坷，风尘仆仆，水陆数千里至洛阳，与司马光商讨修书大事。

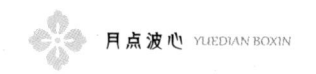

刘恕在书局12年，"研精积虑，穷竭所有"，积劳成疾，卒。司马光感叹说："道原致疾。亦繇学之苦耶！"司马光在元祐元年（1086年）《乞官刘恕一子札子》中追述其捞，并请求皇帝"如敛等所奏，照'黄鉴、梅尧臣'例，除一子官，使其平生苦心竭力不为虚设取进"。不久，刘恕长子羲仲诏补郊社斋郎。

## 刘羲仲——刚不就俗　介不容众

刘羲仲，字壮舆。性慧敏，家藏万卷，无所不读，史学能世其家。幼检家庭修书余论，作《通鉴问疑》。又尝摘欧阳修《五代》误，作《五代史纠谬》。

羲仲沉于忧患，而力学不倦，既久不仕，自号浪漫翁。

晁补之评价说："志操大义，知名于士大夫，年四十而学问益苦，盖不欲一日弃其力于无用也。筑室庐其先人之居，自号浪漫翁，意比元吉从仕皆不得已也。"

绍圣四年（1097年），始为济州巨野主簿。元符年间，改江州德安，政和中为汝州汝曹。在巨野之时，自谓："吾刚不就俗，介不容众，而人亦不容也，故吾勉哉，是其所是，非其所非，又惧有时而忘之也，以名吾居耳。"

之后，陈师道在《是是亭记》中赞叹刘羲仲一家，"其大父刘凝之，有所不顾，举世俛之不回也。仕不合而去，老于庐山之下，欧阳修为赋《庐山高》也。其父道原而数人长短不避权贵，群居聚语，是是非非，公无所隐，闻者至心悼、手失、掩耳、疾足，而天下归重焉。今刘子博览伟辩，刻身思苦，既嗣其世，而向善仇恶亦不减于二父，而又能潜摧折以成其才，故君子皆乐，告以善也"。

政和间，以蔡京荐，召羲仲以宣教郎为修史检讨，但他"自宰相以下皆不造谒"，致忤蔡京，愤然弃官，归隐庐山，直到逝世。

世人以他和他的祖父、父亲合称"三刘先生"，并于其故里建西涧书院共祠之，以发扬光大"三刘"之为学、治史和做人的精神。

其实，刘恕还有一个儿子叫刘和叔。《宋元学案补遗》也作和仲。字咸临，南康人。善诗文，黄庭坚称其诗"刻厉而思深""清奥欲自为家"，其文"河汉而无极""似汉游侠"。他欲自成一家，为文慕石介。尝于醉中撰诗话数十篇，后有诗自悔所作率尔，年二十五而卒。

《全宋诗》收其诗《书诗话后》一首。

怪不得成语有云：好事多磨。现在才明白：原来，被磨的石头才亮，被多磨的石头才闪亮。

丘吉尔说：不要浪费一场好危机。其实，危机就是转机。

2020年2月9日于抱朴行藏阁

【独领风骚】

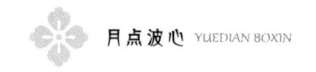

# 一位被忽视的画家
## ——八大山人的前世今生

他像陶渊明一样，都知道他是九江浔阳人，却不了解其实他始家宜春宜丰。

相反，都知道朱耷世居南昌，却不知道他奉母带弟出家至奉新耕香寺，削发为僧。

他是明末清初画家，中国画一代宗师。
他的花鸟画，以水墨写意为主，形象夸张奇特，笔墨凝练沉毅，风格雄奇隽永。
他的山书画，师法董其昌，笔致简洁，有静穆之趣，得疏旷之韵。
他擅长书法，能诗文，用墨极少。

他是清初画坛"四僧"之一，他是明太祖朱元璋的第十七子宁献王朱权的九世孙子。祖父是诗人兼画家，山水画多宗法"二米"；父亲擅长山水花鸟，名噪江右。

他生长在宗室家庭，从小受到陶冶，八岁能诗，十一岁会画。

崇祯十七年，明朝灭亡。朱耷时年十九，不久父亲去世，内心忧郁，便假装聋哑，隐姓埋名，遁迹空门，潜居山野，以全自己。

顺治五年，妻子亡故，便携母带弟出家，至奉新县耕香寺，削发为僧，改名雪个。

他生活清贫，常喜酒，动辄酒醉。常常在醉时大笔挥毫。

【独领风骚】

中年常常往返于南昌与青云谱之间。

六十岁始用"八大山人"署名题诗作画。当时诗人叶丹的《八大山人》诗,于其生活,可见一斑:

> 一室寤歌处,萧萧满席尘。
> 蓬蒿丛户暗,诗画入禅真。
> 遗世逃名老,残山剩水身。
> 青门旧业在,零落种瓜人。

他曾自题曰:

> 墨点无多泪点多,山河仍是旧山河。
> 横流乱世杈椰树,留得文林细揣摹。

他的一生有着晦涩的痛苦。因为其特殊的身世,使他的画作不能直抒胸臆。

他的水墨达到了真正的写意高峰。他长于水墨写意成为划时代人物。他的花鸟画既少且廉,前无古人,后难继者。

我们从邵长蘅《青门旅稿》与陈鼎《留溪外传》,足见其踪;

我们从秦祖永《桐阴论画》与《桐阴画诀》,可见其迹;

透过谢稚柳的《朱耷》,或许会有更为全面的了解;

深入傅吾康的《八大山人传》,当有更为全面的认识。

他毕竟是任性的八大山人。

他又是惜墨如金的八大山人。

他更是墨点无多泪点多的八大山人。

最难忘的是八大山人的《孤禽图》局部,整幅画只在中下方绘一只水禽,

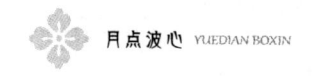

禽鸟一足立地，一足悬，缩颈，拱背，白眼，一副既受欺又不屈、傲兀不群、冷眼看世界的神情。

《孤禽图》，这是八大山人作品中最贵的一只鸡，也是世界上最贵的一只鸡，2010年成交价6272万元。

2020年6月16日于抱朴行藏阁

【独领风骚】

# 剥蕉见心　悱恻芳馨
## ——写在陈寅恪先生130周年诞辰之际

这些天，一直在研读陈寅恪先生的《柳如是别传》，于是6月23日在《今日头条》发表了一篇《柳如是，风流放诞的女人》，其实，我要表达的是：柳如是只是风流，并不放诞，并非陈子龙所言。

于是，有了创作长篇小说《风月柳如是》的冲动。毕竟，陈寅恪先生采用的是考证的写作手法，毕竟用的是半文言的表达方式，毕竟一般的读者读不懂。

今天，打开微信，看到了西北大学博士生导师郝润华女士的推文姚大力《陈寅恪对今日历史学的意义》，于是想说说江西人的骄傲，说说清华大学的骄傲，说说史学界的骄傲。

他是一个史学家，他的诗歌里洋溢着历史的睿智，记载着现代历史的发展进程。

他是一个思想家，他的诗歌真实反映了其政治立场、人生观念，他的耿介、刚正，丰富了现代思想史。

他是一个诗人，他在传承家学、赓续晚清民国以来宋诗派的传统中，变化出新学人的底蕴，思想的内涵，跃然纸上。

记得第一次了解陈寅恪先生，是因为阅读清华大学国学门的四大导师。

记得第一次深入感受陈寅恪先生，是因为出差有幸到了中山大学，有幸参

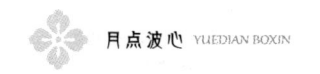

观了陈寅恪故居。

记得第一次坐拥书房阅读陈寅恪，是因为胡文辉的大著《陈寅恪诗笺释》。

陈寅恪的诗轻于法而独深于意。结辞的古劲顿挫，逊色于钱萼孙；构象的尖新独运，不如钱锺书；骋才的回翔众体，也难匹饶固庵。但陈寅恪压倒元白的地方，是他的诗关乎天意，所寄宏深，伤国伤时，最堪论世。

如果说陈宝箴的诗堪称政治之诗，陈三立的诗，更似文学家之诗，而陈寅恪的诗，则是史家之诗。他的诗，更在文字的背后。

他的诗，是诗史，也是心史。

李商隐的诗元遗山有"恨无郑笺"之语；而陈寅恪的诗，则索解尤其困难，他常常用古典以述今事。更难的是常常拈出今典，石破天惊。

20世纪五六十年代的诗居然也要笺注，这本身就是一种历史的讽刺，这里有先生不得不隐晦的苦衷，但也可能隐含着更深的寓意。

他对镜写真，在他的诗中，我们总能读到老子、陶渊明、韩偓、苏轼，我们仿佛看到了他的人生信念。

他频繁地使用"残"字，在他的生命意象中，总是出现劫灰之世、衰残之景与惊悚之心，他是现代最悲情的学者诗人。

他总是有一种"不生不死"的感觉，似乎只有身体尚留存于世间，而其心思则早已遁飞于尘世之外。

他以诗歌描摹着眼前的风景，宣泄的却是心底的波澜。

他的诗歌总是借闲情以寓意，解读他的诗歌，当剥蕉见心，在他的诗歌融汇了杜甫的沉郁、李商隐的绵邈、庾信与钱谦益的遥深，呈现出一种悱恻芳馨之美。

他用学人之诗，诠释了自己的生命历程与精神世界。

2020年7月3日于天沐温泉谷

【独领风骚】

# 柳如是,风流放诞的女人

也许我们喜欢女性寂静、娴雅。

也许我们习惯女性的美丽、温柔、忠诚、能干。

也许我们心中的女人是用来看的,用来欣赏与陶醉的,而有一个女人就特别需要别人来听,发自内心的倾听。

她从头到尾,都是因为言说而显示自己的存在。

她的出身扑朔迷离。

她叫影怜,她叫云娟,她叫婵娟,她叫柳隐。

她出身于扬州瘦马,才十来岁,就被卖到江南名妓徐佛家中。

她的一生,爱过两个男人,爱得胆大,爱得超越。

一个大10岁,一个大36岁。

一个是她最著名的情人,大才子陈子龙;一个是视若珍宝、以正妻之礼迎娶的清初诗坛盟主钱谦益。

她,不仅是名妓,更是一代才女,文学成就斐然。任何与她见面把谈过的人,无不倾倒。

他们都喜欢曹植。

他们都膜拜秦观,秦词正是他们的灵感源泉。

在陈子龙的《采莲赋》中,传统示爱的修辞技巧与个人取典的新诗学,在

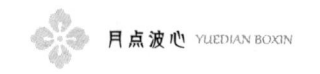

这里回环激荡。

柳如是的《男洛神赋》与陈子龙的《采莲赋》，都以曹植的《洛神赋》为临摹蓝本。

卧子于柳如是的爱苗，实际上在1633年就已种下。

人何在？

人在木兰舟。

总见客时常独语，

更无知处在梳头，

碧丽怨风流。

这就是陈子龙与柳如是的情，爱情，浪漫之情。

红楼——南园，曾是陈柳共泛爱舟的场所。

如果说黄昏的意象是时间的提示语，那么红楼就是他们倾诉私衷、编织美梦的地方。

他们的互赠，就是以《浣溪沙》为寄调，那红楼简直斧凿可见：

### 浣溪沙·五更（陈子龙）

半枕轻寒泪暗流，愁时如梦梦时愁。角声初到小红楼。　风动残灯摇绣幕，花笼微月澹帘钩。廿年旧恨上心头。

### 浣溪沙·五更（柳如是）

金猊春守帘儿暗，一点旧魂飞不起。几分影梦难飘断。　醒时恼见小红楼，朦胧更怕青青岸。薇风涨满花阶院。

他们都以秦观为范本：

漠漠轻寒上小楼，晓阴无赖似穷秋。淡烟流水画屏幽。　自在飞花轻似梦，无边丝雨细如愁。宝帘闲挂小银钩。

他们，极尽情讯之能事。

柳在《别赋》中致陈说：

"虽知己而必别，纵暂别其必深。冀白首而同归，愿心志之固贞。"

陈在《拟别赋》中致柳云：

"苟两心之不移，虽万里而如贯。又何必共衾帱以展欢，当河梁而长叹哉？"

陈子龙爱她的风流，却不能接受她的放诞。她总爱将自己放到与男方对等的位置，于是陈子龙就只好遗憾地变成前男友，直到遇见钱谦益。

就在崇祯十三年的冬天，她才扁舟过访钱谦益的半野塘。

她虽"为人短小，结束俏利"，看上去容貌似乎并无可圈可点之处，可钱谦益却别具慧眼，看重她的"性机警，饶胆略"。

就在过访半野塘时，她"幅巾弓鞋，着男子服"，神情洒落，一展林下之风。直男们也许无法消受的美，在钱谦益的胸中，就像老房子着了火，两人之间的爱情被最大限度地点燃。

他为她筑"我闻室"——"如是我闻"，他愿意听她发声。也正是这样，嫁给钱谦益之后才启用"是"这个名字，自号"如是"。

倘若盛世持续，他们或许就这么幸福又无聊地过下去了，然而乱世来了，乱世却成了他们真正的舞台。

崇祯皇帝自杀，南明小朝廷建立，钱谦益做了南明重臣。遗憾的是，臣子的位子还没坐热，清军南下，钱谦益跪在风雨中迎接了新生。

这种行为，钱谦益的解释是为了保全百姓，那么保全之后你可以自杀呀，柳如是这么劝钱谦益，之后还真这么做了。正当两人准备投河自尽，钱谦益试了一下水，觉得太凉，柳如是冷笑一声，决定独自赴死，却被钱谦益阻拦。

之后钱谦益在新朝并不得意，又一次提出自杀时，柳如是又一次冷笑一声，说，已经太晚了。

柳如是不愿意窝囊委屈，从来不甘心被塑造，她选择死，或许只是想用人生写出一篇轰轰烈烈的文章。

他们的爱，是一种风尘知己的爱，不是举案齐眉，不是卿卿我我，更多的是一种歃血为盟,一种心心相印,不是对肉体的忠诚,是一种长久的倾听。

柳如是的昨天,告别了"男性凝视",活出了真我。

只是风流,并不放诞。

2020年6月23日于天沐温泉谷

【独领风骚】

# 高山仰止　景行行止
## ——服膺吕叔湘先生

阳光温暖的正午，伫立窗前，啜吸着刚刚沏好的西湖龙井，寻着潺潺的水声，我还没来得及注意，三月的桃花就笑容可掬地盛开了。

开在了小溪旁，

开在了小楼前，

开在了眼皮底下，

开在了醉意浓浓的心扉。

当我在书桌前坐下，翻阅着《吕叔湘——纪念吕叔湘先生百年诞辰》画册，品读着《吕叔湘先生百年诞辰纪念文集》，记忆的闸门，一如潺潺的流水互不相让地奔腾着……

第一次接触吕叔湘先生，除了课文外，记得是在一家乡上的百货店角落里发现了一本发黄的《开明文言读本》，上署朱自清、吕叔湘、叶圣陶三人合编，因为喜欢朱自清的《荷塘月色》，爱屋及乌，于是买下了，但以当时的阅历尚无法读懂，遂束之高阁。

第二次拜读吕叔湘先生的文章，源于报考南开大学解惠全先生研究生的指定阅读书目。解先生研究的也是语法，尤其是对虚字的研究。他要求我仔细阅读吕叔湘先生的《汉语语法分析问题》。

这本书在书店根本就买不到，那时并没有孔夫子旧书网，我只好向大学现代汉语老师周文定先生借阅。巧在弟弟正好也在周先生门下读书，当弟弟向周

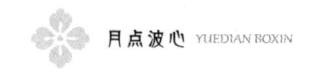

先生借书时，周先生却提出要写借条，我终于理解为什么有的老师购同一种书要购至少两本。

第三次了解吕叔湘先生，始于一个故事。说的是高考恢复后，吕叔湘先生亲自下水写高考作文，有意放在高考阅卷中批阅，结果被判为不及格。不知是否真有这回事，但有怀恶意者，常常用以讽刺吕叔湘先生的语言太明白如话，我在读了吕先生的文字后，却懂得了什么叫行云流水。

第四次真正熟悉吕叔湘先生，得感谢我的学生江绍东。那是2011年，我正在执行江西省高考命题公务，他从出版社意外发现一套《吕叔湘全集》，不假思索就给我从出版社购回。从此，我才真正开始了吕叔湘先生的阅读之旅。

那是，当年用一元钱参加物资交流，什么也买不了，却唾液横流的感觉；

那是，在农村，妈妈端上一碗刚刚放好糖还冒着热气的水豆腐的滋味；

那是，读高中时老师安排女同学坐在后面从此不方便自由进出的意外困惑；

那是，正当发育时对异性的渴望，只好到图书室看到《大众电影》封面发痴的满足。

他是语言学家。

他是一代宗师，学界楷模。

他严谨，谦逊，与人为善。

他开创了我国近代汉语研究。

他领衔主编了《现代汉语词典》。

他是全国中学语文教学研究会第一任会长。

他主编了第一部用法词典《现代汉语八百词》。

他担任了主编，在《中国语文》杂志复刊时，挺身而出。

他的第一个影响者，是丹麦语言学家奥托·叶斯柏森。

叶氏在吕叔湘一生的语法研究中产生过重要影响。他在苏州中学图书馆读到了叶斯柏森的《语法哲学》。不久，叶氏的《英语语法要义》出版，这两部书使他大开眼界。之后他便把《英语语法要义》翻译成了中文。

他的译文，风格清晰、简洁、细致、研炼；他的译笔，像天际行云一般舒卷自如，能通达原著的意境和丰神，自然流畅，字字熨帖。

他的第一篇谈语言文字的文章，是《中国话里的主词及其他》。

他常常教导语言学者："写文章，下结论要留有余地，话千万不要说死，语言现象太复杂了。"

他是《现代汉语词典》的第一任主编。这是一项开创性的工作，几乎没有什么前例可援，他却早出晚归，风雨无阻，啃着馒头，喝着开水，一条一条地定稿。从此，在我们身边有了一个默默不语的老师。

他开创了近代汉语语法研究，他编定了一份近代汉语基本资料的书目，收录的文献近200种。从此，追随吕先生研究近代汉语者人才辈出，一如刘坚、项楚、郭在贻、王瑛、蒋绍愚、江蓝生等知名学者，享誉语言学领域。

他是对比语言学的创始人。他是比较方法论的积极倡导者，他更是比较方法论的杰出实践者，他创建了我国有史以来第一个英汉对比语法专业，并亲自担任导师，招收了3名研究生。

他的汉语语法观，浸润着辩证的思想。既体现了中西合璧，又体现了古今合璧，更体现了理论与实践的合璧。既借鉴西方语言学的理论，又重视汉语语法自身的特点；既分析汉语语法古代的源流，又注重汉语语法现代的描述；既重视建构理论语法体系，又重视理论在实践中的运用。

他的研究领域宽广，既有语言学理论，又有汉语研究；既有文字改革，又有语文教学；既有写作，又有文风；既有词典编纂，又有古籍整理。

他把王海棻从故宫博物院调到中国社会科学院语言研究所，专心研究语言，人尽其才。那是一种无言的关怀，一种深沉的关爱。

他在审阅贵州大学王瑛的职称材料时建议直接评为教授，力尽其用，那是一种大胆的肯定，一种对后进的奖掖，一种砥砺与鞭策。

他把多年的积蓄六万元设置"中国社会科学院青年语言学家奖"，这是一种风范，一种培育，一种奖赏，一代宗师的卓越风范。

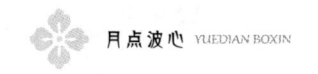

从吕先生身上，我们仿佛看到草木对光阴的钟情；我们发现条条大路通罗马，但他就出生在罗马；我们幡然醒悟：浅水总是喧哗，深水却永远沉默。

他一辈子，写就的是一篇文章，一篇道德文章，一篇令人敬仰的道德文章。

我们只有：

高山仰止，景行行止，虽不能至，然心永远向往之。

有一天，你会自豪地说：我用华为，因为我买得起苹果。

2020年3月2日于天沐温泉谷

【独领风骚】

# 我每天看着三个老男人发痴

在我的私人图书馆里,我每天看着三个男人发痴。

每每看到著名哲学家冯友兰修髯飘飘,我就似乎看到了他的真。

时时看到著名国学家季羡林眉宇慈祥,我就分明看到了他的善。

常常看到著名美学家朱光潜女性模样,我就惊喜看到了他的美。

一看到冯友兰现在修髯飘飘的头像,我就会想到有关他的印象。

先生之前面色苍黑,头发黑,胡子也黑。他是个高度近视眼,戴一副黑边眼镜,眼镜片很厚,迎面看去,只见一圈又一圈,看不清他的眼睛是什么样子。

在阅读冯友兰的《三松堂全集》时,我发现他真是一位继往开来的哲学家。他的主要贡献在中国哲学史。他第一个用现代方法写完整的中国哲学史。

他读书学习有一个特点,就是从不熬夜。学习是学习,工作是工作,休息是休息。

他具有高度的抽象概括能力,据说是因为口吃,与著名逻辑学家金岳霖先生形成鲜明对照。一个精于综合,一个明于分析。著名物理学家杨振宁就说到过这样一件事,正好印证了这样一个事实。

大家都知道冯先生口吃。口吃的人通常演讲不容易成功,可是杨振宁听了冯先生的演讲以后,觉得冯先生把口吃转化为一个非常有用的演讲办法。就是在口吃的时候,他停顿了一下,这样一停顿反倒给听众一个思考他接下来讲什么的机会。在这个情形之下,他后来讲出来的这个话,往往是简要而精辟,影

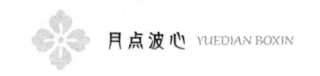

响就很大。所以杨振宁先生认为，很多人喜欢听冯先生演讲的原因之一就是他把口吃这种缺点转化为长处。

如今，看到他长长的胡须，仿佛看到他的成长历史，仿佛看到他的全部哲学，仿佛所有的不言，全都蕴藉在胡子的每一个缝隙。

一看到季羡林，手里抱着个猫，我就会想起他的慈善，就会想起他的《清塘荷韵》，想起他作为一个副校长为大学新生守行李的故事，想起他的散文。

不会忘记他晚年生命的最中之最。

他最警醒的观察是：人类在大自然面前翘尾巴的高度与人类前途的危险性成正比。尾巴翘得越高，危险性越大。

他最具法眼的忠告是：人文科学和自然科学绝不像以前讲的那样泾渭分明。

他最喜爱的书是：司马迁的《史记》、刘义庆的《世说新语》、陶渊明的诗、李白的诗、杜甫的诗、南唐后主李煜的词、苏轼的诗文词、纳兰性德的词、吴敬梓的《儒林外史》、曹雪芹的《红楼梦》。

他最敢于拍胸脯的壮语是："在十几二十年前，我曾讲过一个预言：21世纪将是中国的世纪。"

他最欣赏的诗句并以之为座右铭的是："纵浪大化中，不喜亦不惧。"

他的生命，印证了伍迪·艾伦的一句名言："放弃所有让你想活到一百岁的东西，你就可以活到一百岁。"

一看到朱光潜，我就想起王攸欣的《朱光潜传》的封面，那自然的微笑，是那样的淡定与真诚，仿佛是大山的沉稳，又似是静水流深，那微笑，让我从男性中发现了女性的温柔，仿佛是母性的归宗。

记得之前在中学课本中有他的一篇《咬文嚼字》，其中，有关"推敲"故事的分析，简直是新人耳目，看大家写的文章，就是王安石《游褒禅山记》中的分析，一旦深入，就不愿意浅出。

他的阅读岂止汗牛充栋，他的学问之深、之广，简直在夏天，亦不敢汗出。他也是陶渊明的涵泳者。

我发现，大凡人物，好像都接受过陶渊明的洗礼，仿佛这就是考量的标准之一，看来阅读陶渊明，应成为每一个人的通识之课、必经之途。

他对中国古典诗的理解力远远过于他的新创造力，如果你想进入诗歌的鉴赏领域，你绕过他，那你可能只是站在了河边，并没有亲历游泳的快乐。

如果你说你喜欢美学，却不曾阅读过他的美学著作，或者，更深入一步，阅读他的全集，那只是在美学的领域里散步而已。

他有过深厚的人文化成，他有过独到的西学洗礼，他践行过教育，他的学术转型与学术树立令人叹为观止。

从三位大学者的身上，我似乎读懂了解析符号学家克里斯托娃的名言：

我不属于任何一派理论，我选择的是我自己的道路。

我只想以罗振玉集陆游的诗用以自励：

外物不移方是学，百家屏尽独穷经。

2020年7月7日 于抱朴行藏阁

## 空前绝后
### ——余光中：三分之二是作家

今天，窗外的小溪、流水一直奔腾着。

窗前的细雨，却耐心地下着，不快不慢，不大不小。

我想起了余光中的《等你，在雨中》，

那执着，那期待，那穿越，那陶醉……

等你，在雨中，在造虹的雨中

蝉声沉落，蛙声升起

一池的红莲如红焰，在雨中

你来不来都一样，竟感觉

每朵莲都像你

尤其隔着黄昏，隔着这样的细雨

永恒，刹那，刹那，永恒

等你，在时间之外，在时间之内，

等你，在刹那，在永恒

如果你的手在我的手里，此刻

如果你的清芬

在我的鼻孔，我会说，小情人

诺，这只手应该采莲，在吴宫

这只手应该

【独领风骚】

摇一柄桂桨，在木兰舟中
一颗星悬在科学馆的飞檐
耳坠子一般地悬着
瑞士表说都七点了　忽然你走来
步雨后的红莲，翩翩，你走来
像一首小令
从一则爱情的典故里你走来
从姜白石的词里，有韵地，你走来

我联想起姜夔的《念奴娇》，想起"日暮，青盖亭亭，情人不见，争忍凌波去"。

这清澈秀逸，这音乐般的柔和，这亲切的韵味……

一个在词中成了"情人不见"的情人，一个在诗中"步雨后的红莲，翩翩，你走来"。

一个依依不舍的"争忍凌波去"，一个沉醉在美幻的情境……

他右手写的是诗，左手写的却是散文，"诗文双绝"。

他纵观中西，兼及古今散文，为建构中华散文创造了新形态、新秩序。

他理论与创作互补，创作与翻译并重。他在翻译时，无论是中译英，还是英译中，既不"重意轻形"，也不"得意忘形"。他的翻译成就"展现出'作者、学者、译者'三者合一的翻译大家所特有的气魄与风范"。

他并不只是一个满怀乡愁的行吟诗人，在整个汉语言文学的疆域里，他自期承担更为宏大的传承与开拓的使命，他涵纳中西，熔铸古今，锻炼出的具有速度、密度与弹性的珠玑般文字，前所未有。

他半个世纪来出版了18本诗集，11本散文集，6本评论集，13本译书。其产量之丰，质量之高，题材之广，开掘之深，想象之丰沛，感受力之敏锐，构思之灵巧，风格之多变，实属现代诗坛之罕见，后无来者。

399

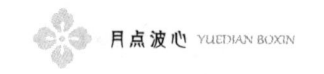

他的诗作儒雅风流，具有强烈的大中华意识。他光大了中国诗，他对得起他的名字——余光中。

他的散文雍容华贵，他的写作接续了散文的古老传统，也汲取了诸多现代因素，感性与知性，幽默与庄重，头脑与心肠交织在一起，构成了他散文的独特路径。

他渊博的学识，总是掩盖不了天真性情的流露；雄健的笔触，发现的常常是生命和智慧的秘密。

他写《乡愁》只花了20分钟，但这种情感在他心中却酝酿了20年。

他在文字、句式、节奏上总是苦心孤诣。当代诗人中，没有一位像他那样倾心于修辞，如此计较文字的力量、句式和节奏的效果。他的古典心向，使他非常自觉地向古代的韵文和散文汲取养分。

你看，他的《空山松子》，全诗把韦应物"空山松子落"一句进行巧妙的"稀释"，一加点染，用新诗的形式扩成十行，就在结尾制造出高潮：一粒松子落下来，被整座空山接住。

你琢磨，他那对文字的着力锤炼，于对偶句俯拾可见，一如：远看羡云，近迷疑路；后顾成都，前望荆楚；轮滚现代，水归永恒；虫归草间，鱼潜水底。

你多个心眼儿，就会发现，他真是个运用语言的高手。

或吸纳"而"字句，"翩翩而舞，蠕蠕而攀"；

或仿拟古典诗句，"偏是落花的季节又逢君"源自杜甫的"落花时节又逢君"；

或吸纳领字句，"纵我见青山，一发多妩媚"；

或使句式对称，"又月满中秋，菊满重阳"；

或得力于卞之琳的句式，"你窗台上迤逦的七颗星星，脉脉倒影在镜面上的"。

他见到最后一位老同学石大周时，"将大周紧紧抱住，像抱住抱不住的岁月，一秒，一秒，又一秒，直到两人都流下了泪来"。

【独领风骚】

他将《诗经》常读常新。

不仅谙熟朱熹等人对《诗经》的评价,而且努力从《诗经》中吸取创作灵感,化《诗经》的诗意于现代散文之中,他的两篇散文题目,就直接来自《诗经》的名句:《在水之湄》《宛在水中央》。

他对《诗经》、《离骚》、唐诗、宋词,念念不忘,写了许多既横接西方,又承袭诗骚的作品。他在《与永恒拔河》中的《公无渡河》《秋兴》这类套用古人诗句或诗题的作品,《隔水观音》中的《木兰怨》《将进酒》《两相惜》,一看题目就把读者带入古典的氛围中。

他就好像居住在唐代。

他曾在李杜悠悠的清芬里沉醉。他与李白同游高速公路,他为杜甫写"传记"。

他三登鹳雀楼,他喜欢"似浅而实深"的贾岛诗,他在《象牙塔到白玉楼》中,为李贺浮雕出朦胧的侧影,他最欣赏"无物隔纤尘"的韦应物。

他就好像又穿越到宋代。

他夜读东坡。和屈原、李白、杜甫一样,苏轼也是他心中的偶像。他的《茫》中,显然有着苏轼《江城子》的投影:

天河如路,路如天河

上游茫茫,下游茫茫,渡口以下,渡口以上

两皆茫茫。我已经忘记

从何处我们来,向何处我们去

他向宋词美学撷取精华。他对李清照情有独钟,他酷爱姜夔,他创造过姜夔时期,他的《莲的联想》,留下了难以磨灭的姜夔痕迹。

他留下蕴含着生活的哲理:

人生有许多事情,正如船后的波纹,总是过后才觉得美的。

401

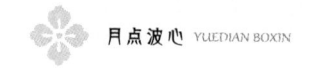

如果说余秋雨的才华是雪浪三丈，乱石穿空，如钱江之潮，那么余光中的才华则是断崖千尺，惊涛拍岸，如东海之潮。

他是诗人、散文家，又是学者、翻译家。但他自认三分之二是作家，三分之一是学者。

他自称，以诗为文，以文为论。写散文时常富诗意，写译论时又注重情趣与文采，像在写一篇散文。

其实，诗与散文，是他的双目，两者并用，才能把他看成立体，才能把世界看成立体。

2020年3月7日于天沐温泉谷

【独领风骚】

# 苏世独立　横而不流
## ——训诂学专家郭在贻的读书生活

他毕业于杭州大学中文系；

他师从姜亮夫与蒋礼鸿先生；

他是中国语言学会理事；

他是中国训诂学会副会长；

他是中国敦煌吐鲁番学会理事；

他1988年被评为国家有突出贡献的中青年专家；

他的《楚辞解诂》与《唐代白话诗释词》获中国社会科学院首届青年语言学家奖二等奖；

他的专著《训诂丛稿》获国家教委普通高校首届人文社科研究成果二等奖。

他就是当年杭州大学博士生导师——郭在贻。

## 一个读书"丹黄烂然"的痴者

他的导师是一代宗师夏承焘、姜亮夫。

为了看书方便，他曾有一段时间借口神经衰弱，不堪集体宿舍的吵闹，搬到资料室里住，在那里得以泛览资料室的大量藏书。

每当夜深人静之时，他总是一卷在手，独对青灯，觉得人生的乐趣无过于此。

那时，他才二十二三岁，精力旺盛，常常看书看得错过吃饭时间，赶到食堂时，门已经关了，有时只好到路边小摊儿上买一个甜瓜充饥。每天晚上，就是他最好的读书时间。吃罢晚饭，总是先练习一个小时的毛笔字，然后开始读书，不到十二点甚至次日凌晨一二点，他是不会就寝的。年年月月，乐此不疲。

按照专业要求，其读书的重点应在语言文字学方面。光清人段玉裁的《说文解字注》一书，他就从头到尾读过三四遍。他在自己用的本子上，先用红笔点读过一遍，然后又密密麻麻地贴满了浮签，真可谓"丹黄烂然"。

## 一个读书"由博而专"的智者

当时读书虽不无重点，但却谈不上专精。他曾这么谦虚地说过。可是他所读的书并不局限于语言文字学一个方面，诸如历史、哲学、文学以及其他杂书，都是如饥似渴。甚至连《丛书集成》中所收的笔记小说之类，大部分他也都浏览过。

在研读《说文解字注》的同时，他也读了不少清人的文集笔记。诸如《日知录》《潜邱札记》《十驾斋养新录》《蛾述编》《经义札记》《陔馀丛考》《读书脞录》《癸巳存稿》《癸巳类稿》《札朴》《东塾读书记》《越缦堂读书记》等。甚至连中国古典诗词和中外长篇小说也在他的阅读视野之内。清人汪容甫的骈文、散文，他尤其崇拜。以为诚如汪氏自叙所云："此殆天授，非人力也。"中国长篇古典小说如《儒林外史》《红楼梦》等，他都读过若干遍，并详细做过卡片，在书上写满了批语。他最感动的外国小说，莫过于托尔斯泰的《复活》与陀思妥耶夫斯基的《被侮辱与被损害的》，这两部小说曾经极大地震撼着他的心灵。

"文革"期间，他的读书生活开始跨入一个新的阶段：由原来的博览群书打基础转而为进行专门性的研究，开始了《楚辞》的研究。

他把杭州大学和浙江图书馆所收藏的楚辞书全都设法借了出来，一一涸泽而渔的研读，在研读过程中发现了《楚辞》中有许多训诂问题前人并没有解决,于是运用其所掌握的音韵训诂知识,再征之以各种古代文献,逐步加以解决。

一个读书"忘乎所以"的迷者

有一次,他到肉店买肉,一边排队,一边捧着一本书在读,读得入神了,不觉时光之流逝,猛一抬头,肉店已经关门了,长长的队伍也不见了。他还独独一人孤零零地站在原处。

有时,夜里忽然想起一个问题,便立刻爬起来翻阅资料,总是兴奋得难以入睡。

就这样,夜以继日,对《楚辞》的训诂做了一番深入的研究,七易其稿,参阅了上百种文献,陆续写成了《楚辞解诂》一文。

1976年后,在蒋礼鸿先生的影响与熏陶下,他由传统的训诂学研究转入到俗语词研究的新领域。所读之书多涉及历代笔记小说、诗词曲、禅宗语录、敦煌文书之类。仅仅1978—1984年的6年时间,写成了60余篇高质量论文,其中一部分已结集为《训诂丛稿》。

## 一个读书返"朴"归真的硕者

他用他毕生的经历,把他从事"朴学"之一——训诂学的经验告诉我们:

读书要博,研究应精。读书的面宜宽,中外古今文史哲,都要涉猎。外国小说,作为人类历史上的一笔巨大的精神财富,任何人都应有所知晓。做研究工作,应该专精,切忌博杂。正如扬雄《法言·问神篇》所云:"人病以多知为杂。"

讲究方法,端正学风。做学问应当提倡去华崇实,实事求是。

重视发明,力倡创造。判断一个人学术成就的大小,不应看著作的多少,要看有多少发明与创造。

清代顾炎武有云:"尝谓今人纂辑之书,正如今人之铸钱。古人采铜于山,今人则买旧钱,名之曰废铜,以充铸而已。"真正有价值的著作,应当是采山之铜。

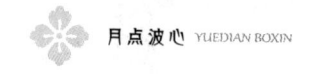

戴震曰:"知十而非真知,不若知一之为真知也。"

刊落声华,甘于寂寞。要耐得起苦,能于枯寂落寞中得其真味和乐趣;能自觉抵拒外界名利诱惑。

郭在贻先生,一直以《楚辞·橘颂》中的名言为砥砺:

深固难徙,更壹志兮。

…………

苏世独立,横而不流兮。

2020年2月13日 于抱朴行藏阁

【域外风情】

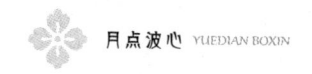

# 比喻的浓度

今天,差一点儿错过一本后悔一辈子的书。

这本书,2016年就躺在我的书橱里。

就因为她16开;

就因为她厚达709页;

就因为她字数1317千字;

一直没有找到合适的、完整的阅读时间。

这是一本关于阅读的书;

这是一本关于小说鉴赏的书;

这是一本解答什么是小说的书;

这是一本解答什么是成功的小说的书;

这是一本解答什么是成功小说的真谛的书;

这本书就是布鲁克斯与沃伦共同编著的《小说鉴赏》。

我从中阅读到让我停下来反复揣摩的一篇小说是欧·亨利的《带家具出租的房间》。

第一次接触到欧·亨利,是在中学教书,是给学生教他的《警察与赞美诗》。

最惊叹于他那欧·亨利式的结尾。

惊叹于他那在结尾时突然让人物的心理情境发生出人意料的变化;

【域外风情】

惊叹于他那使主人公命运陡然逆转，出现意想不到的结果，但既在意料之外，又在情理之中。

今天，走进他的文本，却又有了新的发现——几乎无处不在的比喻。
以前，只在朱自清的文本中陶醉；
之后，就在毕淑敏的文字中徜徉；
今天，偶在欧·亨利的小说里见证了比喻的浓度。

曾和朋友，特别是学生，开过这样的玩笑：谁能随意排比出一连串的比喻，他就可能成为一个作家，一个出色的作家，一个了不起的知名作家。
如果你不信，就准备好酒杯吧，看看什么叫作醉得一塌糊涂：

  这女房东的样子使他想起一条吃得太饱而懒洋洋的蛆虫。这蛆虫好像已经把一个果核吃得只剩下一只空壳，现在就等着那些可供充饥的房东来填补这个空间了。

  他们悄然无声地踏着楼梯和毡毯，那条毡毯简直不成样子，大概连原先织它的织机也认不出它了。它似乎已经变成植物，在腐恶阴暗的空气里，它长在这楼梯上，就像一大块滑腻腻的地衣或一大片苔藓，踩上去活像那种黏糊糊的有机物。

  他知道，她离家出走之后，一定流落在这个沿海大城市的某个地方，可是这个城市却像一大片无底的流沙，每一颗沙粒都在不停地沉浮，永远也不固定，今天还浮在上面，明天又沉到污泥秽土里去了。

  这个带家具出租的房间，就像一个强颜欢笑、忸怩作态的妓女，带着那种初次见面时的虚情假意欢迎着刚到的客人。

  客人有气无力地坐在一把椅子上，而整个房间呢，则像巴比伦高塔的一层塔面，在语无伦次地向他诉说早先在此居住过的房客们的种种情况。

  一块花花绿绿的地毯就像波涛翻滚的大海上的一个长方形的、鲜花盛开的热带岛屿。

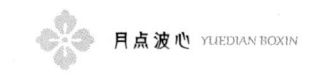

歪歪扭扭、不成样子的帷帘就像亚马逊舞女的饰巾半遮着轮廓分明的壁炉。

曾在这房间里住过的房客们就像航船遇难后飘落到海岛上的旅客，当他们有幸被别的船所救而能去另一港口时，便扔下随身所带的东西不管了。

就像密码给慢慢地破译出来一样，早先在此居住过的房客们留下的遗痕也渐渐地清楚了。

那张弹簧一根根露在外面的睡榻，看上去就像一头在拼命挣扎时给人杀死的可怕的怪物。

他呼吸着屋子里的空气——与其说是空气，不如说是一股潮湿味儿——一股就像地下室的油布和烂木头里散发出来的冷飕飕的霉气。

这香味儿似乎是随着一阵轻风飘来的，而且是那样分明，那样浓郁，那样强烈，简直就像是一个有血有肉的来客。

他于是就像猎狗追踪嗅迹似的在房间里到处搜索；扫视墙壁，趴下身子仔细查看角落里地毯鼓起的地方，检查壁炉台、桌子、窗帘、帷布以及角落里的那只东倒西歪的柜子，一心想找到什么明显的迹象。

帕特里西亚·海史密斯说：饮酒让人"一而再地看见真理"。

当我们在欧·亨利《带家具出租的房间》中阅读到大量的比喻时，我们其实就像喝了酒一样，看见了主人公，看见了主人公的命运，看见了小说所升华的主旨。

如果你手里有一把锤子，所有的东西看上去都像钉子；
如果你想给别人留下深刻的印象，就要坐在中间的位子；
如果你想让读者深入解读文本，你就必须借助比喻，甚至更多的表达形式，一品像酒一样的浓度。

你会发现：对人来说，语言，尤其是比喻，才是治愈烦恼的最好的医生。

【域外风情】

# 孤独，就是一枚待嫁的少女

年前，把三年内计划阅读的书都搬到新装修的房子里去了。

一直想在那门前就可以听到潺潺流水的温泉谷里读自己最喜欢读的书。

一直想在那推窗就可以看到涌入眼帘的明月山中写自己最投入的小说。

可是一场突如其来的新型肺炎疫情，打乱了全部的阅读计划，只能就着《全唐诗》下酒，甚至《全唐诗》也因为临时的居所变化，暂时不能继续，只好阅读手头的《外国文学史话》，一函就是十册。

我首先打开了东方近现代卷，一身临其境，再也无法入眠。

我只想将樋口一叶的《青梅竹马》中剪下五六千字，熬成汤吞下去。

我膜拜谷崎润一郎的《春琴抄》，那妙技入神，虽圣人无可挑剔。

我震撼芥川龙之介的主题，那是希望已达到之后的不安，或者正不安时的心情。

我服膺托尔斯泰对宫本百合子的征服，那是在严霜之下的孕育。

我惊叹汉语在日本文学中的潜移默化，那是夏目漱石提出的"则天去私"的思想。

这是夏目漱石自己创造的一个词语。《后汉书·逸民列传序言》里说："是以尧称则天，不屈颍阳之高。"《吕氏春秋》卷一有《去私篇》，其中讲到墨家一头领的独生子犯了死罪，头领拒绝了秦惠王的赦免，按墨家之法大义灭亲。夏目漱石把两个典故捏合在一起，表达了自己丰富的思想。从伦理道德

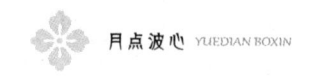

上说，应该无私无欲；人与人之间要宽容，人应该抛掉个人的私心，追求更为广阔的天地。

作为文学创作方法，一是不要写自己，更不要把自己写成完美无缺的人；创作应浑然天成，返璞归真。

我更景仰川端康成，那孤儿的悲哀，是创作的潜流。

"茶水煮开了，让爷爷喝。那是粗茶。一口一口地喂他喝。鹳骨凸出的脸，秃顶白发的头，哆哆嗦嗦地颤抖着的皮包骨的手，仙鹤般的细脖子，每喝一口喉结就一个劲儿地蠕动。喝了三杯茶。"这是他的处女作《十六岁的日记》的片段。

这是他以纯朴的笔调描写的中学三年级的少年护理卧床不起的祖父时的情景。

"随着痛苦的叹息声停止，在尿壶的底部发出了山谷清泉的流淌声。"

这是他给七十五岁的祖父接尿的情形。

这是他那独有的清澈、冷酷的目光。

"在石头上，是祖父死后第三天自己第一次得到安静的时间。这时，一股茕茕孑立的孤独情绪隐隐约约涌上心头。"

这是在祖父的葬礼之后，他仰卧在院子树荫下的石头上的抒写。

寻读川端，我们发现他在《父亲的名字》中曾这样写道："我没有任何关于早亡父母的记忆。出现在梦里的骨肉亲人也只有活到我十六岁的祖父一人。"

直到上小学之前，他"除了祖父母之外，简直就不知道还存在着一个人间世界"。

这种闭塞的生活，倒让川端从小具有了更为敏锐的感觉。

祖父的去世，使川端的孤儿根性达到了顶点。他说过："这种孤儿的悲哀成为我的处女作的潜流"，"说不定还是我全部作品、全部生涯的潜流吧"。

他甚至说："我认为艺术家不是一代人所能诞生的，是承继前辈几代人的血脉而开出的花朵。作家的产生是承继了世家相传的艺术素养的结果。"

川端的孤儿根性使他倍加渴望人生的温情，在川端的现实生活中，他曾得到了菊池宽等前辈热忱的照顾。

如果说《文学自叙传》是他进入文学创作新时期的宣言，那么《雪国》就是他进入新时期的创作实绩。《雪国》是他的第一部中篇小说。

1968年10月17日，川端康成获得诺贝尔文学奖的消息终于从瑞典斯德哥尔摩传来。作为亚洲人，川端是继印度泰戈尔之后的第二个获奖者，他"以卓越的感受性表现出日本人心灵的精髓，使全世界各国人士深受感动"。

从川端康成的创作生涯中，我们发现：

寂寞是会发慌的，孤独是饱满的。孤独才是生命圆满的开始。孤独，就是一枚待嫁的少女，只要你修炼成功，即使是漫山的野草，也有着一股原始的蓬勃的爆发力。

2020年2月10日 于抱朴行藏阁

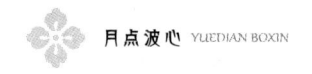

# 马克·吐温："美国文学中的林肯"

马克·吐温，他的《竞选州长》，给人留下太深刻的记忆。

之前，我只知道他是一个作家。之后，才知道他同时也是一个演说家、幽默大师，美国批判现实主义文学的奠基人。

其实，他还是一位未经正式命名的科学家。

一直以为，马克·吐温，就是他的本名。后来才知道，他的原名其实是萨缪尔·兰亨·克莱门。

只是因为他太喜欢Mark Twain了。

因为，Mark是"测标"，Twain是"二英寻"。在密西西比河上，船只的安全标准就是"测标水深二英寻"。

因为，他常去内华达的一家酒店喝酒，Mark Twain实际上就是"来两杯"的意思。

因为，他对水手与航行的兴趣。

因为，他对酒的陶醉。

据说，他小时候，至少有过5次差点儿被淹死的经历，其中还有一次掉进了一个冰窟窿。这大概就是在他的作品中常常出现这样题材的原因。

或许，生活就是文学的唯一源泉。

在他的生活中，有着太多的神奇。

他是个地道的色盲，竟然分不清红与绿。

【域外风情】

他是一个穿越者，在出生和逝世时，竟然两次都遇上了哈雷彗星造访地球。他写出了历史上最早的穿越小说《康州美国佬在亚瑟王朝》。

他爱骂脏话，口无遮拦，"如果天堂里不能骂脏话的话，那我宁愿不去天堂"。这种争议性的语言，甚至进入了他的《哈克贝利·费恩历险记》。

他是黑科技的爱好者，他对科学与发明非常感兴趣。他经常去发明家尼古拉·特斯拉的实验室玩儿。

有一次，特斯拉用克鲁克斯管（阴极射线管）为实验室照明，并给马克·吐温拍了照片，但在冲洗时，却发现底片意外曝光了。特斯拉大概没有想到，自己差点儿因此而成为历史上第一个发现X射线的人。

可惜，还没等他弄明白，几个星期之后，伦琴就在德国宣布了自己的发现，从而成为史上第一位诺贝尔物理学奖获得者。其实，伦琴发现X射线，恰恰也是通过克鲁克斯管。

他是发明爱好者，发明过很多奇特的东西。其中一种伸缩扣带后来被应用到了女性的胸罩上，导致了胸罩开始大为流行。

在他生前，胸罩这种东西还完全不是妇女的必备用品，他就是妇女之友，是他引领了胸罩的流行。

之后，他还发明过一种自带黏性的剪贴簿，当时，算是他最火爆的发明。

他是"美国文学中的林肯"，是世所公认。

但我们从他身上，更应看到"文"之后的"理"，"理"之后的"工"。他是一位"专"者，著名作家；他是一位"博"者，博学多才，横跨多个领域。

如果，每个人都能坚持用自己的杯子喝水，就可能喝出一个不同的世界。

2020年7月10日 于抱朴行藏阁

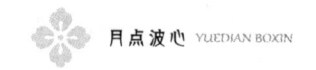

# 他活蹦乱跳地活在世上
## ——索尔·贝娄，一个盖棺未必有定论的传奇

生活的现实缠满我身，我很快便感到胸口有一股压力。混乱的激流开始朝我涌来——我的父母，我的妻子，我的情人，我的孩子，我的农场，我的牲口，我的习惯，我的钱钞，我的音乐课程，我的醉酒，我的偏见，我的野蛮，我的牙齿，我的脸庞，还有我的灵魂！我不得不大声叫道："不，不要，去吧，你们都给我滚开，别管我！"……

这是索尔·贝娄长篇小说《雨王汉德森》中的片段。

这段经典独白，道出了汉德森的所有的苦闷，物质上的富足无法解除心灵的苦恼，财富、亲情、事业、连同他的个性和肉体都统统成了他的负担，他苦闷得把爱情搁置了起来，想养猪充实自己的生活，弄得一团糟后，荒唐地背井离乡，逃往异国。

索尔·贝娄，一位了不起却难以理解的作家。

他，生于加拿大蒙特利尔市郊的一个工业小镇拉辛镇；

他，在时间意义上说，是一个货真价实的第一代美洲犹太人；

他，是美国第八位诺贝尔文学奖获得者，"二战后美国最出色的小说家"；

他，以《赫索格》在当代美国文坛赢得了一席之地，其《雨王汉德森》《塞姆勒先生的行星》《洪堡的礼物》等进一步展示了他的文学实绩；

他，是一个伟大的现实主义者、自然主义的追随者、一位幻想家，是意第

【域外风情】

绪文化的最后一位小说家,瑞典科学家以他"对当代文化富于人性的理解和精妙的分析"授予他诺贝尔文学奖。

他,是一个思想的求索者,一位杰出的语言大师,其自然流畅的叙述语言使得小说主题虽深沉严肃却不刻板晦涩,读者在轻松的阅读过程中得到思想的启迪,由此获得独特的审美享受。

他的父亲亚伯拉罕·贝娄,是一个脾气暴躁的人,动辄火冒三丈,就像煮沸牛奶的泡沫,来得快,去得也快。

他的母亲莱莎·贝娄,是一个意志坚强的女人,并没有被生活压倒,她是全家情感生活的中心,她的爱心使整个家庭充满了温馨,她对贝娄的艺术创作及其对人性、对生活的理解产生了极其重要的影响。

纵观贝娄,他的生活创造着婚姻与创作的传奇二重奏。

他是一个离了女人就没法活却又不善于处理和女人的关系的人。

他结过五次婚,却离过四次婚,也许,就是他,创造了当代作家的纪录。

他的婚姻,也许最能反映出他的乐观主义精神:

屡战屡败,屡败屡战。

他的婚变,就像他的创作一样,让人瞠目结舌:

据美国《时代》周刊报道,1999年12月23日,84岁高龄的贝娄喜得千金。

他的第五任妻子珍妮·弗雷德曼于1989年嫁给贝娄,流产5次之后终于在40岁时给他生了一个女儿内奥米·露丝。

2000年,第三部鸿篇巨制《拉维尔斯坦》问世,让他第三部传记的作者Jmes Atlas始料不及。

对于这样一个人物,盖棺都未必能有定论,更何况他还活蹦乱跳地活在世上。

他是一个放荡不羁的家伙。

他的第一任妻子是他在芝加哥大学的同学安妮塔·戈士金。

他们1935年夏天相识，1937年结婚，当时，他正在西北大学攻读人类学专业，对未来的生活根本没有任何计划或准备。两个人结婚后住在安妮塔的娘家，他满脑子想当作家，整天地读书、写作，但究竟写了些什么，他自己也不愿意记得了。但安妮塔喜欢他，而且还克服不少阻力得到了他。他不是个好丈夫，他太以自我为中心。在传统意义上，他是个放荡不羁的家伙，安妮塔却是一个比较传统的女性。

她是一个脾气暴躁的人，她的舌头锋利。婚后不到三年，他们便不断地争吵。

婚外偷情，是贝娄的家常便饭，安妮塔不甘忍受如此待遇，亦偶有所为。他们两个吵闹之后再和好，和好之后再吵闹，循环往复，成了他们婚姻生活的一种模式。但尽管如此，却是贝娄五次婚姻中维持时间最长的一次，十五年，对他的影响也最大。

就在这一时期，贝娄创作了三部作品：《挂起来的人》《受害者》和《奥吉·马奇历险记》。

他私下里对朋友坦白地说他有点儿害怕离婚，没有安妮塔，他无法生活，但和安妮塔一起生活，他又感到沉重、压抑。


他被桑德拉赶出了家门。

桑德拉·查可巴索夫聪明、漂亮、年轻。在贝娄的所有女性人物中，她是最坏的一个。骄傲、阴险、刻薄、野心勃勃，对丈夫不忠。

桑德拉，的确是一个典型的俄罗斯大美人，白皙的皮肤，高耸的鼻梁，晶莹剔透的蓝色大眼睛和一双性感的嘴唇，在朋友中间，人们叫她白雪公主或俄国公主。但她并非漂亮而已，她还具有很高的文学艺术修养，舞跳得出色，也写过诗。

贝娄是个自以为是的人，嫉妒心很重，做他的妻子很累。这种要求，对桑德拉这样一个出类拔萃、富于才智又备受众人瞩目的年轻女人来说，或许太高，让她难以忍受，因而婚姻只维持了四年，是她抛弃了他，他被桑德拉赶出了家门。

【域外风情】

  他虽然被赶出了家门,但他45岁的生活与二十年前并无多大差别,在离婚与再婚的这一段时间里,他却是最快活的。

  为他获取名利的《赫索格》,1964年出版,整整一年时间都排在畅销书之列,而且他身边从来就没有缺少过女人,只是他在婚姻问题上总是出差。

我们不禁发问:

是他过于见异思迁吗?

是他对女人的判断能力太弱吗?

是他对自己的婚姻感到迷惑不解吗?

也许,婚姻的多变,正是他赤子之心不失之所在。

2020年2月11日 于抱朴行藏阁

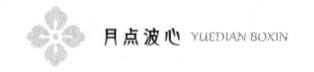

# 跋

很喜欢南怀瑾。

在阅读其子南一鹏50万字巨作《父亲南怀瑾》时，其中的一句"太湖三万六千顷，月在波心说向谁"，这意境，这心境，深深地震撼着我。

原来这是宋释普度《偈颂一百二十三首》中的偈语："邬那青青处，山高云半垂。面面栽荆棘，游人到者稀。寥寥五十载，昨是今何非。太湖三万六千顷，月在波心说向谁。"

特别喜欢"月在波心说向谁"，于是取其"月在波心"四字做了我的第一部散文集书名。

什么是灵感？我一直没有去琢磨，好像与我并不沾边。可是，就在写了几篇散文之后，才知道什么是一发不可收，什么是欲罢不能。没想到，竟然写上了100篇。

这就是我的第一本散文集《月在波心》。

或许，此时《论语》中"用之则行，舍之则藏"，最能诠释我的内心。

或许，此时苏轼的《沁园春·孤馆灯青》中"用舍由时，行藏在我"，更适合表达我的正向迁移。

这就是"月在波心说向谁"的真正寓意。

原来藏词格修辞竟可这般独具内蕴，言已尽而意无穷。

以为能写到100篇，已经不容易了。

【域外风情】

没想到写作的激情依然不减，就在大年正月初六，就在迈向58岁的这一天，我又开启了第二本散文集的创作，就在这一天，我将我的第二个散文集取名为《掬水月在手》。

可是，正当我创作完第二本散文集时，发现叶嘉莹女史的纪录片片名就是《掬水月在手》，我只好将我的第二本散文集书名改名了。

于是，调动大脑的记忆，想起了白居易，想起了白居易的《春题湖上》，想起了白居易《春题湖上》的"松排山面千重翠，月点波心一颗珠"。

西湖的春天，总是像一幅醉人的风景画，三面群山环抱中的湖面，汪汪一碧，水平如镜。群峰上，松树密密麻麻排满山面，千山万峰显得一派苍翠。一轮圆月映入水中，好像一颗明珠，晶莹透亮，跳荡悬浮。

好不陶醉。

因为儿子就在杭州工作，因为第一篇真正意义的散文《溪声入梦》就在西湖的西溪湿地紫金庭园写就，特别喜欢月在波心的感觉，特别陶醉月点波心的诗意，于是不假思索地将第二本散文集取名为《月点波心》。

本散文集的创作，始于2020年1月30日，到2020年11月30日，正好9个月的时间，共116篇。

全集类别大致分为：行游山水、心灵独语、参悟人生、天伦之乐、刻骨铭心、梦幻之旅、穿越时空、飞鸿踏雪、开卷有益、卧读鲁迅、唐人雅韵、宋代风流、笠翁闲情、文人心迹、文化世家、独领风骚、域外风情。

在这本集子里，我以《这个春天，我愿以身相许》开启了又一次写作之旅，在山水之间，在卧游之际，在《全唐诗》里，在鲁迅的世界，在唐宋名人的心迹，在笠翁的《闲情偶寄》，在域外风情……

有时我想：《人生，就是一双筷子》，《人生，就是一辆自行车》，《爱，就是分离》，《我们努力奔跑，只为留在原地》，《当癖好成为人生》，自然《山影水中尽，鸟声天上来》。

要说最喜欢哪一篇，一定是《我只想待在地铁的一角》，那是我内心的告白，我太喜欢书了，那就是读书最好的地方。

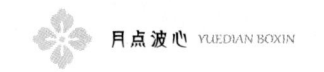

要说最推崇哪一篇，一定是《人生何不"半"风流》，那是我一生的参悟，毕竟"满招损，谦受益"，"半"是生活，"半"更是人生哲学。

要说我的愿景是什么？《心宽无处不桃源》，只想像比尔·波特一样，《一念桃花源》，在那儿与陶渊明枕山，和苏东坡际水，开启灵魂的对话，《只想把自己活成原创》。

今天，这本散文集的出版，我要感谢的太多太多。

感谢生活，给了我记忆的再现，让我从普通意义的生存升华到哲理的思考。其实，文学更多的就是回忆。

感谢修辞，让我体会到修辞在文学表达中的独特魅力，让我一享作为修辞的语言一旦进入文学创作文本的震撼。

感谢哲学，给了我思考的逻辑。哲学使人睿智、深思、通达，是高山，更是流水。生活本身就蕴含着无尽的哲理，哲理的人生，让我们懂得：春天不播种，夏天就不生长，秋天就不能收割，冬天就不能品尝。

感谢爱妻吴佑梅女士，承担了所有的家务，把时间和空间让给了文学，让我有更多的闲暇，在文字中行吟，在行吟中抒写。

感谢中国修辞学会副会长、福建师范大学博士生导师祝敏青教授的推荐。

感谢《红楼梦》研究专家、复旦大学博士生导师罗书华教授的倾力推荐。

感谢江西省作家协会副主席江子先生的推荐。

感谢青年作家冷莹的推荐。

感谢远在北京的宗亲鄢福路的倾力推介，散文集才有机会在花山文艺出版社得以出版。

感谢本书责任编辑于怀新、张凤奇老师的辛勤付出。

著名作家周晓枫说，出版三本散文集之后，才能看出散文写作者真正的潜能与余勇。

我还没有这个体会，因为我正向着第三本散文集出发，我已经把我的第三本散文集取名为《月涌波心》。

这样，我就有了月的系列三部曲了：《月在波心》《月点波心》《月涌波心》。

很喜欢罗希文的《卜算子·咏莲》：

藕断细丝连，月涌波心荡。

冉冉荷香裹梦来，怎不添遐想？

出水俏芙蓉，一脸娇憨相。摇曳随风舞绿裙，故做含羞状。

鄢文龙

2020年12月28日 于杭州西子湖畔